Sommer

Neobe Stone

Fantasy Roman

Impressum

Deutschland

1. Auflage November 2018
Urheber: Neobe Stone

Die Autorin schreibt unter einem Pseudonym und ist unter
uptotheendoflife@hotmail.de
zu erreichen.

Cover:
Ulrike Steinbrenner/photocase.de
Joexx/phtotcaxe.de
URL: *https://www.photocase.de/fotos/614867-ich-kann-auch-anders-mensch-jugendliche-mann-18-30-jahre-photocase-stock-foto*

URL: *https://www.photocase.de/fotos/1168716-der-spuk-beginnt-himmel-alt-blau-gruen-weiss-landschaft-wald-photocase-stock-foto*

ISBN: 9781728662015

Seelenfinster

Neobe Stone

Er ist weg!

Als Slevin langsam wieder zur Besinnung kam, befand er sich immer noch in dem Raum, indem es passiert war.
Ein großer Stuhl, der eher einem knöchernen Thron glich, stand leer vor ihm. Ein paar Lichtstrahlen fielen durch das große Fenster des Raumes. Slevin hob langsam die Hand und starrte auf die Staubteilchen, die er, von der Sonne angestrahlt, in der Luft schweben sah. Es musste inzwischen Tag sein. Er konnte nicht sagen, wie lange er hier gelegen war. Aber es mussten einige Stunden gewesen sein. Oder waren es Tage? Der Steinboden, auf dem er lag, war kalt und auch sein Körper fühlte sich kalt und fremd an. Vorsichtig bewegte er seine Arme und Beine. Ein Kribbeln, welches sich sofort durch seine Gliedmaßen zog, war die Folge. Er gab sich und seinem Körper etwas Zeit und langsam wurde das Kribbeln erträglicher. Augenblicke später kamen die Erinnerungen, an das was hier passiert war wieder hoch und er sah sich panisch um. Aber tief in seinem Inneren kannte er das Ergebnis bereits.
Er war alleine. Und ER war weg! Der Dämon war weg!
Als er das Gefühl hatte, seine Beine würden ihn wieder tragen, stand er auf. Er streckte kurz seine immer noch steifen Glieder und sah sich weiter um. Die Luft roch modrig, eine Mischung

aus Tod und noch etwas anderem, dem er lieber nicht weiter auf den Grund gehen wollte. Und obwohl in diesem Raum einige Fenster waren, war es hier drinnen irgendwie düster. Außerdem hörte er ein monotones, leises Klopfen. Oder war es eher ein stetiges Tropfen von Wasser? Oder Blut? Dann fielen ihm die Diener des Dämons wieder ein, die er gesehen hatte. Waren sie noch hier? Waren sie davon gelaufen? Oder vielleicht hatten sie sich auch einfach in Luft aufgelöst, jetzt, da ihr Herr nicht mehr da war. Hier, in der Burg des Dämons, konnte so ziemlich alles möglich sein. Eine Zeitlang stand er unschlüssig herum. Was sollte er tun?

Blöde Frage! Weg hier, und zwar schnell. Er hatte eine ungefähre Ahnung, wo er sich gerade in der Burg befand. Und das Wichtigste, auch davon, wo der Ausgang war. Also ging er langsam in die angenommen richtige Richtung. Er blickte vorsichtig durch jede Tür, die er öffnete und spähte um jede Ecke, bevor er in einen der Gänge abbog. Nichts rührte sich, also ging er weiter. Er musste schon fast am Ziel sein. Die Wände, an denen er vorbeiging veränderten sich, je weiter er wohl in Richtung Ausgang kam. Sie waren nun nicht mehr aus rohem Stein, so wie im vorherigen Teil der Burg. Die gewaltigen Mauern waren glatt geschmirgelt worden, sodass man die Fugen zwischen den Steinen kaum mehr erkennen konnte. Außerdem hingen jetzt auch Bilder an den Wänden. Teils große imposante, wie die eines Kriegers auf seinem Pferd, inmitten von Flammen. Aber auch kleine und in kostbare Rahmen gefasste Gemälde von Pferden und Bären. Sogar ein paar mannshohe Spiegel hingen dort.

Erst überlegte er, ob er überhaupt hineinschauen sollte. Nicht, dass er als Vampir sein Spiegelbild nicht sehen oder ertragen konnte, wie es oft in irgendwelchen Legenden weitergetragen wurde. Aber er war nun so lange in Gefangenschaft gewesen, vielleicht würde ihm nicht gefallen, was er darin sah. Slevin atmete tief ein und riskierte einen Blick. Dann blieb er wie vom Donner gerührt stehen und starrte sein Spiegelbild ungläubig an. Es war nicht sein leicht eingefallenes, blasses

Gesicht, das ihn so erschreckte, obwohl gesund nun wirklich anders aussah. Und auch nicht seine Haare, die ihm während seiner Gefangenschaft immer wieder vom Kopf geschoren worden waren. Diese waren inzwischen wieder nachgewachsen und immer noch rabenschwarz.

Nein, er blickte erschrocken in seine eigenen Augen. Also, wenn man diese grün schimmernden Punkte in seinem Gesicht so nennen wollte.

Slevin ging noch einen Schritt weiter auf den Spiegel zu. Vielleicht war es ja nur eine optische Täuschung, versuchte er sich einzureden. Ein grünes Licht, welches ungünstig durch die Fenster viel.

Nein! Es war keine Täuschung.

Er hatte grüne Augen. Also nicht so, wie ein Mensch grüne Augen hatte. Seine grünen Augen funkelten unnatürlich und die Farbe schien sich darin zu bewegen und stetig etwas heller und dann wieder etwas dunkler zu werden. Er trat von dem Spiegel weg und rannte so schnell er konnte zu dem nächsten Spiegel, den er finden konnte. Doch auch dort, derselbe Anblick. Er fasste sich selbst ins Gesicht, spürte seine etwas kalte Haut und die Barthaare, die schon wieder etwas sprießten. Er sah etwas abgehalftert aus mit seiner zerschlissenen Kleidung, aber ansonsten hatte er sich nicht verändert.

Ein weiteres Privileg, welches man als Vampir hatte. Man konnte Jahrzehnte älter werden und sah trotzdem noch aus wie jemand Mitte dreißig. Dies war ein Privileg der übernatürlichen Wesen. So hatte es ein alter Freund und Hexer zumindest einmal genannt. Nur die wirklich Alten unter ihnen sahen auch so aus. Ach ja, und natürlich Dämonen hatten dieses Privileg, wenn sie denn menschliche Gestalt annahmen. Denn meistens waren sie nicht mehr als etwas wabernder, grüner Rauch. Doch die Augen, die ihn nun aus seinem Gesicht entgegenblickten, waren eben nicht die Alten. Ganz im Gegenteil! Es waren Augen, die er bis jetzt nur einmal so gesehen hatte. Und zwar bei dem Dämonen, gegen den er vor vielen Jahren in der Schlacht gegen Thorun gekämpft hatte und der ihn nun auf Geheiß dieses Hexers hierher verschleppt hatte.

Scheiße nochmal! Er hatte Dämonenaugen, fluchte er in sich hinein. Jede Vorsicht war vergessen, als er von Spiegel zu Spiegel rannte. Doch kein Einziger hatte Erbarmen mit ihm und zeigte ein anderes Bild. Keuchend ließ er sich auf den glatten, kalten Boden sinken. Seine Freude über seine Freiheit hatte einen gewaltigen Knacks bekommen. Und dies nicht aus Eitelkeit. Mit diesen Augen war er wie gebrandmarkt.

Niemand würde mit einem Mann, der solch grausame Augen hatte auch nur ein Wort wechseln. Jeder, der ihn sehen würde, würde ihn für ein Monster halten.

Glaubte diese Welt überhaupt noch an Monster, Dämonen oder dergleichen?

Er wusste nicht mehr, wie lange der Hexer ihn gefangen gehalten hatte, bevor er ihn letztendlich von seinem Dämon in diese Burg hatte schleppen lassen. Er wusste quasi nichts mehr von der Welt dort draußen. Außerdem hatte er niemanden mehr. Er wusste nicht, wohin er gehen sollte. Gut, er wusste ja auch noch nicht einmal, wo er genau war. Doch nach dem Weg fragen, hatte sich dann mit diesen Augen wohl erledigt. Verdammt! Sollte die Welt sich nicht komplett geändert haben, würden ihm diese Augen noch ziemliche Probleme bereiten. Slevin atmete tief ein und wieder aus.

„Scheiß drauf", sagte er sich. Der Dämon war weg und er konnte gehen. Also warum stand er hier noch herum? Also rappelte er sich wieder auf und lief in Richtung Ausgang. Jedoch nicht, ohne in jeden Spiegel, an dem er vorbeikam, noch einen hoffnungsvollen Blick zuzuwerfen. Doch auch am letzten Spiegel vor der großen Tür, die ihn in die Freiheit entlassen sollte, waren seine Augen immer noch grün und schimmerten. Er musste sich wohl erst einmal damit abfinden. Also hob er den schweren Riegel an und öffnete die Tür. Vorsichtig spähte er nach draußen. Doch auch hier war niemand zu sehen. Die Sonne stand am Himmel und zum ersten Mal seit langer Zeit, spürte er wieder ihre Wärme. Es war ein fantastisches Gefühl und am liebsten wäre er einfach stehen geblieben und hätte diesen Moment genossen. Trotzdem rannte er, so schnell er konnte über den Hof und weiter über die Brücke, die über einen leeren Graben führte. Er rannte und rannte. Tausende Male blickte er sich dabei um. Jedes Mal darauf gefasst, doch noch jemanden hinter sich zu sehen, der ihn verfolgte. Aber da war niemand. Irgendwann erreichte er einen Wald. Erst dort blieb er nach Luft japsend stehen. Seine Muskeln brannten und sein Herz hämmerte stoßweise. Sein Körper wollte ihn wohl darauf aufmerksam machen, dass man so mit ihm nicht umzuspringen hatte. Erst jahrzehntelange Gefangenschaft ohne Bewegung und dann einen solchen Spurt hinlegen wollen. Immer noch keuchend blickte er sich um. Die Burg lag inzwischen weit hinter ihm. Trotzdem schien es ihm, als stünde dort ein großes Monster, welches immer noch sein Maul nach ihm aufreißen würde. Er schüttelte sich, als ihm ein eisiger Schauer über den Rücken lief. „Immer nach vorne schauen, nicmals zurück", sprach er zu sich selbst. Er würde fürs Erste einmal in diesem Wald bleiben. Dort konnte er sich gut verstecken, falls dies nötig sein sollte. Er musste erst einmal herausfinden, wo er war und was inzwischen in dieser Welt vor sich ging.

Einige Wochen später befand sich Slevin immer noch in diesem Wald. Er war einfach in eine Richtung losgegangen und hatte angenommen, er würde früher oder später schon auf Menschen treffen. Doch da hatte er sich wohl gründlich geirrt. Keinen einzigen Menschen hatte er bis jetzt zu Gesicht bekommen. Er hatte immer wieder am Waldrand Ausschau nach Dörfern oder Ähnlichem gehalten. Doch nichts. Nicht einmal Wege waren zu erkennen. Und inzwischen hatte er ganz andere Probleme, als seine Augen. Viel weltlichere Probleme: Er hatte Hunger!

Also rannte er einem Hasen hinterher. Und dieser war verdammt schnell.

'Los, renne schneller', meldete sich im unpassendsten Moment wieder diese Stimme in seinem Kopf.

'Hetze mich nicht!'

'Gleich ist er weg. Renne schneller!'

'Du sollst mich nicht hetzen, verdammt!', schrie Slevin in sich hinein.

Doch leider hatte die Stimme Recht. Wenn er nicht einen Zahn zulegte, war der Hase definitiv weg! Also versuchte er noch schneller zu rennen. Das war auf diesem unwegsamen Waldboden doch leider nicht ganz so einfach. Und auch nicht ganz ungefährlich. Aber was sollte schon groß passieren? Er war ein Vampir. Alle Verletzungen würden innerhalb weniger Zeit wieder von alleine heilen. Sein Hunger allerdings nicht. Also rannte er so schnell er konnte.

'Drei', meldete sich die Stimme in ihm wieder zu Wort.

'Was drei?'

'Zwei.'

'Lass den Scheiß! Was zählst du?'

'Uuuuuunnnd.....jetzt!'

Gerade als Slevin sehr unfreundlich zurückschreien wollte, schrie er tatsächlich. Aber nun vor Überraschung. Sein Fuß hatte sich an einer Wurzel verfangen und Slevin krachte im vollen Lauf und mit ganzer Wucht auf den Waldboden.

Umpf.

'Jetzt ist er weg!'

'Sag mal, willst du mich verarschen?', fragte Slevin böse in sich hinein.

Langsam stemmte er sich dabei in die Höhe. Er sah nach vorne, obwohl natürlich klar war, dass der Hase weg war. Dieser würde wohl nicht so fair sein und auf ihn warten bis er wieder aufgestanden war, um seine Flucht fortzusetzen. Doch das war ihm im Moment auch egal. Er war sauer. Und zwar sehr. Also versuchte er die Stimme, die gerade höhnisch lachte, zu ignorieren.

Und ja, selbst mit einer inneren Stimme konnte man streiten oder versuchen sie zu ignorieren. Sonst wäre er schon verrückt geworden. Obwohl er so eine leichte Ahnung hatte, dass Außenstehende wohl genau dieses Wort für seinen „Zustand" verwenden würden.

Einige Tage nachdem er aus der Burg geflohen war, hatte er zum ersten Mal diese metallene Stimme gehört. Anfangs hatte er sich panisch um sich selbst gedreht, bis er begriff, woher diese Stimme kam. Sie kam aus seinem Inneren. Sie war in seinem Kopf. Erst hatte er versucht sie auszublenden. Hatte sich immer und immer wieder gesagt, sie sei nur Einbildung. Er durfte hier draußen nicht durchdrehen. Aber nach einigen Wochen alleine in diesem nicht enden wollenden Wald und nach der langen Einsamkeit im Kerker, hatte er angefangen, mit dieser Stimme zu reden. Auch wenn sie nicht gerade der freundlichste Gesprächspartner war.

Also schrie er diese Stimme nun seinerseits an.

'Was zum Geier sollte das? Du hast diese verdammte Wurzel gesehen, bevor ich darüber gestolpert bin, oder?'

'Also ich würde ja mehr sagen, dass du fast schon darüber geflogen bist, so wie du mit den Armen gewedelt hast. Aber um deine Frage zu beantworten. Ja, habe ich!'

Und Slevin konnte das unsichtbare Grinsen der Stimme fast schon vor sich sehen. Er klopfte sich übertrieben stark den Dreck von seiner Hose und seinem Hemd bevor er antwortete: 'Du hättest mich auch warnen können, verdammt!'

'Ja, hätte ich, aber das wäre mit Sicherheit nicht so lustig gewesen. Außerdem warst du eh viel zu langsam, um den Hasen zu erwischen. Wir werden wohl mit deinen Jagdkünsten noch verhungern müssen!'

'Ich bin nun mal kein Jäger', gab er gereizt zurück. Außerdem bezweifelte er stark, dass Jäger ihrer Beute hinterher rannten, um sie zu erlegen. Und da kam er auch schon zu seinem nächsten Handicap. Er konnte sich seit Neuestem nicht mehr an Beute heran schleichen. Noch bevor er überhaupt näher an ein Tier herangekommen war, floh es. Und irgendwie hatte Slevin den bestimmten Verdacht, die Tiere konnten seine Gegenwart spüren. Und noch einen größeren Verdacht hatte er, wer daran schuld sein könnte.

'Was?', meldete sich diese Stimme wieder, in einem etwas beleidigten Ton: *'Jetzt bin ich wieder Schuld daran, dass du als Vampir nicht in der Lage bist, auch nur einen Hasen zu fangen?'*

Slevin wetterte zurück:

'Ich konnte Tiere fangen und erlegen. Zumindest noch, bevor du da warst!'

'War ja wohl nicht meine Entscheidung!'

'Ach. Etwa nicht?'

'Nein verdammt! Du hättest ja nur nicht....'

Aber Slevin hörte nicht weiter zu. Missmutig ging er weiter. Er sah durch die Bäume, zum Himmel hinauf. Bald würde es dunkel werden. Wieder ein Tag ohne Essen. Nicht, dass ein Vampir, wie er, so schnell verhungerte.

'Dafür bräuchte es schon mehr als ein paar Wochen ohne Essen. Und vor allem ohne Trinken, nicht zu vergessen. Aber immerhin bist du dazu nicht zu blöd.'

Slevin fletschte die Zähne als er der Stimme antwortete: 'Verpiss dich endlich!'

Für die nächsten Minuten würde er wohl nichts mehr von ihr hören. Also ging er mehr oder weniger entspannt zu dem Bach, dem er seit einiger Zeit folgte. Er bückte sich, um etwas zu trinken. Natürlich nicht, ohne wieder einmal einen prüfenden Blick in das verzerrte Spiegelbild des Wassers zu werfen. Immer noch taten sich diese zwei grün leuchtenden Punkte in seinem Gesicht auf. Es hatte sich nichts verändert. Also schöpfte er mit einer Hand etwas Wasser und trank es. Das würde das Hungergefühl etwas mildern. Doch er sollte sich langsam etwas einfallen lassen. Er hatte kein Essen und keine Waffen. Missmutig sah er das Stück Stein in seiner linken Hand an, bevor er es wieder in den Bund seiner Hose steckte. Er hatte es angeschliffen und nun hatte es immerhin die Form eines Messers. Für einen Hasen würde es reichen. Aber bei einem größeren Tier oder einem Menschen, wenn es die denn hier noch gab, müsste er wohl eher darauf hoffen, diese würden sich beim Anblick dieser „Waffe" totlachen. Plötzlich hörte er Geräusche und blickte auf. Das Knacken und Rascheln war noch weit weg. Aber auch von dieser Entfernung konnte er hören, dass diese nicht von Tieren stammten. Er konnte Stimmfetzen erkennen. Oder war es nur wieder Einbildung? Die nächsten inneren Stimmen, die ihn in den Wahnsinn treiben wollten? Slevin lauschte nochmals gespannt. Und er konnte eindeutig Bewegungen und mehrere Stimmen hören. Nicht, was sie sagten, aber sie redeten miteinander. Konnte das wirklich sein? Menschen? Hier, in diesem Wald? Langsam und immer darauf achtend, keinen verräterischen Laut zu machen, ging er weiter. Und schon

11

erkannte er drei Gestalten. Diese standen und knieten am Bach. Vorsichtig schlich er noch ein Stück näher heran. Dann sah er eindeutig drei Frauen an dem Rande des Baches.

Keine Einbildung! Sie waren wirklich da.

Sie holten anscheinend Wasser, denn sie hatten Krüge und Eimer dabei. Also musste es hier so etwas wie ein Dorf oder eine Siedlung geben. Die drei Frauen waren ja wohl nicht alleine hier.

'Sehr gut kombiniert, wenn du so weiter machst, wird irgendwann doch nochmal etwas aus dir werden. Kein Jäger oder Ritter. Aber vielleicht Hofnarr! Ja, das könntest du hin bekommen.'

'Wirklich sehr witzig', antwortete Slevin langsam etwas genervt. Vielleicht sollte er diese Stimme doch wieder versuchen auszublenden. Er sah weiter zu den Frauen, als er dann doch noch antwortete:

'Wie wäre es einmal mit sinnvollen Ratschlägen?', fragte er. Leider bekam er sogar wirklich eine Antwort.

'Natürlich. Vorschlag von mir: Wir suchen das Dorf und holen uns, was wir brauchen!'

'Ganz tolle Idee! Wirklich! Da wäre ich von alleine nicht darauf gekommen. Und die Leute, die dort Leben, grüßen uns wahrscheinlich noch ganz freundlich, während wir ihre Sachen klauen, oder wie?'

'Ich denke eher nicht, dass sie noch grüßen können, wenn sie tot sind. Sehr wahrscheinlich sind es nur ein paar Bauern mit Mistgabeln, die kannst du locker erledigen. So schlecht bist du auch wieder nicht.'

Slevin verzog sein Gesicht.

'Wir könnten auch einfach diese Frauen überfallen, sie beißen und töten. So für den Anfang. Ich weiß, Essen und Waffen wären mir auch lieber. Aber das würde uns stärker machen und unseren Hunger fürs Erste stillen, weißt du?!'

„Du meinst wohl deinen Hunger", dachte Slevin in sich hinein und hoffte aber, seine innere Stimme würde dies nicht hören. Er war immerhin ein Vampir. Er musste kein Blut trinken, so wie es in den Sagen immer zu hören war. Wahrscheinlich hatten die Leute, die solche Sagen erfanden, in ihrem Leben nicht einen einzigen richtigen Vampir gesehen. Aber er KONNTE Menschen töten und sich an ihnen nähren. Es würde ihn stärker machen. Und Stärke hatte er nach den Jahren der Folter bitter nötig, da machte er sich nichts vor. Aber über die ersten Menschen, die er hier sah, herfallen und sie umbringen? Nein, das konnte er nicht, oder?

'Ich will dich ja nun wirklich nicht bei deinen Träumereien stören. Vor allem nicht, wenn es um Blut und Tod geht, du kennst mich. Aber die Frauen...'

'Was ist mit den Frauen?', unterbrach Slevin erschrocken.

'Nun, die sind weg. Weil du hier wie ein Baum angewurzelt stehen geblieben bist. Ich revidiere meine Meinung nochmals, du kannst keine Hasen fangen und noch nicht einmal drei Frauen folgen. Aus dir wird niemals etwas werden.'

Slevin hörte seine innere Stimme höhnisch lachen. Leichte Wut stieg in ihm hoch. Aber leider sagte die Stimme die Wahrheit. Die Frauen waren weg. Und er konnte sie noch nicht einmal mehr hören. Wie lange war er hier nur gestanden? Er musste sich langsam zusammen reißen! Er schickte seine Vampirsinne aus, um nach den Frauen zu suchen. Mit diesen übernatürlichen Sinnen konnte er spüren, ob und wo sich Menschen in seiner Umgebung aufhielten. Und immerhin auf die war noch immer Verlass. Er spürte die Richtung, in die sich diese bewegt hatten. Also ging er los. Einige Zeit später hatte er die Frauen eingeholt, als sie gerade den Wald verließen. Slevin blickte ihnen nach. Vor ihm lag kein Dorf oder Siedlung, so wie er es erhofft hatte. Dort unten standen nur drei Wagen mit jeweils zwei Pferden vorgespannt. Die

13

Wagen hatten so etwas wie einen Kreis gebildet, in deren Mitte eine Gruppe Menschen saßen. Diese Leute waren nur auf der Durchreise und hatten hier Rast gemacht. Aber immerhin waren es Menschen. Richtige Menschen! Und nicht nur Stimmen in seinem Kopf. Und wo Menschen waren, war auch Brot, Fleisch und vielleicht sogar Waffen. Außerdem war bei wenigen Leuten auch mit wenig Gegenwehr zu rechnen. Gegenwehr? Gegen was sollten sich die Leute dort unten wehren?

Sollte er wirklich dort hinuntergehen und sie einfach ausrauben?

Aus seinem Inneren war ein freudiges *'Jaaa',* zu hören. Aber vielleicht sollte er es erst einmal anders versuchen. Es dämmerte bereits und die nahende Dunkelheit würde vielleicht seine Augen genug kaschieren, um als normaler Mensch durchzugehen.

'Du willst jetzt aber nicht da hinunter gehen und nach Essen betteln, oder?'

'Warum nicht?', entgegnete Slevin gelassen. Noch zumindest war er das.

'Weil sie dich sowieso weg jagen werden! Oder vielleicht sogar versuchen dich zu töten!'

'Warum sollten sie?'

'Weil du ein verdammter Vampir mit glühenden Augen bist! Höre auf deine vernünftige innere Stimme und LASS DEN SCHEISS!'

Doch Slevin war entschlossen es zu versuchen. Vielleicht würden seine Augen in der Dämmerung wirklich nicht weiter auffallen. Es war schon ziemlich dunkel. Außerdem wollte er einfach mal wieder mit einem richtigen Menschen reden. Nicht mit einer inneren Stimme, die ihn in den Wahnsinn treiben wollte und auch mit keinem gottverdammten Hexer, der ihn foltern ließ und dabei verspottete!

14

Also straffte Slevin seine Schultern und ging unter dem Geschrei und Gezeter seiner inneren Stimme, hinunter zu den Wägen.

Kaum dort angekommen, kamen ihm auch schon drei Männer entgegen. Und die sahen nicht gerade erfreut aus, ihn zu sehen. Slevin sah weiterhin zu Boden, begrüßte sie aber freundlich: „Guten Abend, ich bin ebenfalls auf der Durchreise. Ich habe seit Tagen nichts gegessen und wollte fragen, ob sie vielleicht einen Platz zum Schlafen und etwas zu Essen für mich haben." Einer der Männer blickte erst ihn misstrauisch an, dann sah er hinter Slevin in den Wald.

„Und du bist ganz alleine unterwegs?", fragte er.

'Wenn man diese nervige Stimme einmal nicht mitzählte, dann ja', dachte Slevin, nickte aber nur.

„Kannst du denn dafür zahlen?", fragte ein anderer.

Nein, konnte er nicht. Außer vielleicht damit, dass er sie am Leben ließ. Aber das sollte er lieber nicht erwähnen.

„Nun, leider bin ich auf dem Weg ausgeraubt worden. Ich habe nichts mehr, außer die Kleider, die ich am Leib trage." Das war wenigstens nur halb gelogen. Und dann fügte er hinzu:

„Ich könnte dafür arbeiten."

„Du siehst nicht aus, als wärst du Arbeit gewöhnt", war die wieder durch und durch misstrauische Antwort.

„Danke auch", dachte sich Slevin mürrisch. „Ich habe leider die letzten Jahrzehnte damit verbracht in einem Kerker zu vergammeln." Trotzdem sagte er so freundlich wie es ging:

„Ich könnte mich um die Tiere kümmern."

Das war nun komplett gelogen. Er hatte es bisher nie nötig gehabt, solche Arbeiten zu verrichten. Und außerdem konnte es auch gut sein, dass diese ihn genauso scheuten, wie die Tiere im Wald. Dann wäre er wohl keine große Hilfe.

Die Männer unterhielten sich kurz. Dann trat der erste, der jetzt immerhin die Freundlichkeit besaß, sich vorzustellen, wieder zu ihm.

„Ich bin Wolfgang. Tut mir leid, aber man muss in diesen Zeiten vorsichtig sein."

In Slevin keimte bereits Hoffnung auf. Das lief ja schon mal nicht so schlecht, wie er erwartet hatte.

„Ja, das verstehe ich", pflichtete er zu.

„Bist du bewaffnet?", hakte einer der Männer nun weiter nach. Slevin schüttelte schnell den Kopf, verzog dann aber das Gesicht, als ihm sein angeschliffener Stein einfiel, welchen er noch immer bei sich trug. Ob das nun auch schon als Waffe zählen würde?

Doch bevor er sich erklären konnte, trat Wolfgang zu ihm und sah ihn auffordernd an.

Slevin hob widerwillig die Arme und wollte noch etwas sagen, konnte aber nicht. Denn jetzt, da der Mann so nah an ihm war, konnte er dessen Herzschlag hören. Er roch ihn. Nicht nur den Geruch von Schweiß und Pferd. Auch den Menschen selbst. Er konnte riechen, dass er etwas Angst hatte, aber nicht viel. Nur so viel um vorsichtig zu sein. Und es war auch eine gewisse Stärke in ihm. Eine Stärke, die ihn anzog. Alles in ihm gierte danach, den Mann auf der Stelle zu töten und dessen Energie in sich aufzunehmen.

'Ja, töte ihn! Mach schon!'

Doch Slevin versuchte gelassen zu bleiben. Zumindest äußerlich. Er hatte nicht vor, auf die Stimme zu hören oder seiner Gier nachzugeben. Noch nicht.

Der Mann tastete ihn weiter ab, fand sein „Messer" und zog es aus seinem Hosenbund. Slevin spannte sich, ohne es zu merken. Doch dann zuckte er mit den Schultern und rang sich zu einem Lächeln durch.

„Wie ihr schon sagtet, man muss heutzutage vorsichtig sein."

Und fast, ja fast wäre er damit durchgekommen. Der Mann vor ihm entspannte sich wieder kurz bei seinen Worten und auch in Anbetracht dessen, wie schäbig dieses Teil als Waffe war. Kein Räuber würde sich mit so etwas blicken lassen. Doch dann, sah Wolfgang ihm lächelnd ins Gesicht. Und augenblicklich gefror sein Lächeln und machte einem anderen Ausdruck Platz. Und zwar Erschrecken und Furcht.

Verdammt! Slevin hatte nicht mehr daran gedacht, seinen Blick zu senken oder seine Haare über die Augen fallen zu lassen. Er hob sofort wieder beschwichtigend die Arme. Wollte etwas sagen, wollte es erklären.

'Wie zum Geier, willst du das denn bitte erklären? Ich habe zwar Dämonenaugen, aber keine Angst, ich bin nur ein Vampir', mischte sich – ungefragt - seine innere Stimme wieder ein.

'Töte sie. Töte sie jetzt!'

'Nein, das werde ich nicht!', schrie Slevin in sich hinein. Doch Eines stimmte leider: Wie sollte er es erklären? Doch dazu bekam er auch keine Chance mehr, selbst wenn ihm noch etwas eingefallen wäre.

„Ein Hexer!", schrien die Männer panisch und suchten das Weite, bevor Slevin auch nur im Geringsten auf diese Worte reagieren konnte.

Hexer?!

„Ich bin kein…"

Doch es war niemand mehr da, der ihm zuhörte. Die Männer waren davon gelaufen und versteckten sich mit den anderen hinter ihren Wägen.

Slevin atmete tief ein. Er roch die Angst der Menschen, die sich versteckten und der Vampir in ihm meldete sich erneut. Außerdem brauchte er etwas zu Essen und mit Sicherheit würde er auch eine einigermaßen brauchbare Waffe finden. Er würde sich eines der Pferde nehmen und so wesentlich schneller vorankommen, überlegte er.

Kurz spürte Slevin, wie die Kraft von damals durch seine Glieder floss. Spürte wieder eine Vorahnung, wie sich Kämpfen und Siegen anfühlte. Er würde diese Leute getötet haben, bevor sie auch nur wussten, wie ihnen geschah.

Dann drehte er sich hastig um und rannte so schnell er konnte zurück in den Wald. Dort ließ er sich dann auf den Boden sinken und lehnte sich an einen der Bäume.

'Warum bist du weggelaufen? Warum hast du sie nicht einfach getötet?'

'Weil ich eine verdammte Angst davor habe, mit dir da drinnen, einen Menschen zu töten', antwortete er in der Hoffnung, seine innere Stimme würde ihn nicht hören.

Er senkte den Kopf noch tiefer und spürte wie ihm seine Haare ins Gesicht und vor die Augen fielen. Super Timing. Das hätte er vor ein paar Minuten gebraucht.

Slevin bemerkte erst jetzt, wie seine Hände, ohne seinen bewussten Willen angefangen hatten, über den Waldboden zu kratzen, als würden sie tatsächlich ein Opfer unter sich haben und dieses zerreißen. Er war kurz davor gewesen, die Männer zu töten. Weniger aus Habgier, mehr aus Frust heraus. Das waren die ersten Menschen seit Langem, mit denen er gesprochen hatte und er hätte sie beinahe umgebracht. Einige Zeit lang hing er seinen wehmütigen Gedanken nach. Er dachte an die Zeit vor seiner Gefangenschaft.

Er hatte einen Platz in dieser Welt gehabt. Ein Ziel vor Augen. Und nun? Nun saß er hier und wusste nicht einmal wohin mit sich selbst.

Gerade als Slevin der Stimme doch noch etwas entgegnen wollte, hörte er ein verräterisches Knacken hinter sich. Er blieb still und kratzte weiter mit steifen Fingern über den Boden. Anscheinend hatten es sich die Männer doch noch anders überlegt und waren jetzt so verrückt, Jagd auf ihn zu machen. Erneute Wut stieg in ihm hoch. Weniger auf die Menschen dort unten, dennoch würden sie diese Wut zu spüren bekommen.

Er wartete bis die Schritte näher kamen. Erst als er diese fast neben sich wahrnahm, sprang er auf. Sein Gegenüber war so dermaßen überrascht, es war nur ein ersticktes Keuchen zu hören. Er packte den Mann und drückte ihn mit seinem Arm an dessen Brust gegen einen Baum. Dann sah er sich hektisch um, während er die andere Hand um dessen Kehle presste.

„Wo sind die anderen? Wie viele seid ihr?", fragte er in das vollkommen erschrockene Gesicht vor ihm.

„Ähm....Wer? Wie? Ich...ich bin alleine."

„Ja klar, sie schicken einen einzelnen Mann um mich zu töten. Denkst du, ich bin blöd?", erwiderte Slevin erbost.

Doch in Slevins Gedanken formte sich langsam ein eindeutiges „Ja". Vor ihm stand kein Mann. Dieses furchtsame Etwas war vielleicht sechzehn Jahre alt. Niemand würde so dumm sein und einen Jungen zu ihm schicken, um ihn zu töten. Und das auch noch alleine. Denn so sehr Slevin auch seine Sinne ausschickte, um zu suchen. Es war niemand sonst mehr hier.

Slevin sah den Jungen vor sich an. Dieser hatte nicht geantwortet. Er wusste wahrscheinlich nicht, was er sagen sollte. Also hakte Slevin nach.

„Du bist alleine hier? Warum?"

„Naja, ihr sagtet, ihr habt Hunger und hier…" Bei den Worten hielt der Junge einen Beutel mit seiner rechten Hand hoch. Zumindest soweit er diesen, in Slevins Griff heben konnte.

Slevin ließ den Jungen frei und starrte, wie ein hungriges Tier, auf den Beutel in dessen Hand. Jedoch nicht, ohne weiterhin auch auf jede dessen Bewegungen zu achten.

„Das ist jetzt ein Witz, oder? Ich hätte dich fast umgebracht, Junge!", herrschte Slevin ihn an. Doch der Junge hatte sich wieder etwas gefangen.

„Ich bin kein Junge mehr! Ich bin zweiundzwanzig.", erwiderte dieser fast trotzig.

Slevin entriss ihm den Beutel, bevor er antwortete.

„Na herzlichen Glückwunsch. Wie hast du es bei deiner Dummheit geschafft, sooo alt zu werden?"

Und während Slevin den Beutel gierig öffnete, wurde sein Gegenüber immer mutiger.

„Bedankt ihr euch immer so bei den Leuten, die euch helfen?" Slevin hatte sich mittlerweile in die Hocke sinken lassen und tatsächlich Brot und etwas getrocknetes Fleisch in dem Beutel gefunden. Nun kniff er ein Auge zu und sah den Jungen, der immer noch, wie angewurzelt an dem Baum stand, von unten herauf an. Der Junge wurde ihm langsam zu mutig. Außerdem entging Slevin nicht, dass dieser ihn aus irgendeinem Grund mit der förmlichen Anrede eines Herrn ansprach. Aus welchem Grund auch immer. Andererseits hatte der Kleine Recht. Er hatte ihm wirklich nur etwas zu Essen gebracht. Und so wie es aussah, hatte er nicht einmal ein Messer oder eine andere Waffe dabei, was schon fast wieder an Wahnsinn grenzte.

„Dankeschön", murmelte er mit vollem Mund. Denn er hatte sich sofort ein riesiges Stück Brot in den Mund gestopft. Erst als er wieder etwas Platz in seinem Mund hatte, sprach er weiter.

„Ich bin so etwas wohl einfach nicht mehr gewohnt. Was mich zu der Frage bringt: Was willst du?"

Der Junge trat nun nervös von einem Bein auf das andere.

„Tut mir leid!", sagte dieser nun endlich leise. „Ich habe noch nie solche Augen gesehen. Sie sehen so …", wieder suchte der Junge nach den passenden Worten.

Slevin hatte da sofort ein paar Vorschläge parat: abscheulich, boshaft, hässlich, dämonisch, abstoßend. Doch keines dieser Worte, benutzte der Junge, als er weiter sprach.

„Sie sehen so... so beeindruckend ...so fantastisch aus!"

Nun blickte Slevin den Jungen ehrlich überrascht an.

„Aha!?"

Darauf wäre er nun beim besten Willen nicht gekommen.

Trotz der etwas schrägen Unterhaltung, aß Slevin gierig weiter und sprach undeutlich zu dem Jungen.

„Wenn du wieder einmal solche Augen sehen solltest, gebe ich dir einen Tipp: Laufe weg, so schnell du kannst!"

Doch seine Worte schienen den Jungen nur minder zu beeindrucken.

„Warum? Seid ihr so bösartig?"

Slevin wusste nicht, ob er bejahen oder verneinen sollte, also sah er den Jungen nur an, ohne zu antworten.

„Ihr seid doch ein Hexer, richtig?"

„Nein!", kam nun die prompte und leicht aggressive Antwort des Vampirs.

Der Junge schien ehrlich verwundert, während Slevin weiter auf seinem Brot herum kaute.

Die Leute hier hielten ihn also für einen Hexer. Zwar wären diese in der Lage, ihre Augen so erscheinen zu lassen, wie er sie hatte. Doch er wusste beim besten Willen nicht, warum einer von ihnen so etwas tun sollte!?

Niemals würde ein Hexer sich mit solchen Augen selbst kennzeichnen. Zumindest nicht in der Welt, die er von damals kannte. Denn in dieser wurden Hexen angegriffen und verbrannt, wenn die Menschen sie erkannten und ihrer habhaft werden konnten. Deswegen waren sie auch soweit es ging, immer zu zweit unterwegs. Durch ihre Kräfte konnten sie nicht nur Menschen und Tiere heilen, sondern sich gegenseitig, selbst von sehr schweren Verletzungen kurieren.

Slevin biss nachdenklich ein Stück von dem Fleisch ab, welches sich ebenfalls in dem Beutel befunden hatte. Einfach Köstlich!

Erst dann sah er wieder zu dem Jungen auf.

„Was?", fragte er. „Was willst du?"

„Nun ja … also… Ich hatte gehofft, ihr wäret ein Hexer. Und ihr wäret vielleicht nur von Räubern oder so überfallen worden."

Der Junge machte eine Pause, bevor er weiter sprach, was ihm sichtlich Mut abverlangte.

„Und da wollte dich fragen, ob ich euer persönlicher Diener werden könnte", sagte der Junge etwas kleinlaut.

Slevin verschluckte sich fast an seiner Köstlichkeit im Mund.

„Mein was?", fragte er nochmal ungläubig nach.

„Euer Diener. Ihr seid doch Herr über eine Burg, oder? Wir sind ebenfalls unterwegs zu einem neuen Burgherrn. Er soll nicht gerade freundlich sein. Ich habe ich nicht vor, irgendwo als Knecht zu verhungern. Ist mir auch egal, wo wir hingehen. Wirklich!"

'Jaaa!' antwortete seine innere Stimme gierig.

„Nein!", antwortete Slevin bestimmt.

„Nein?!", kam nun enttäuscht von beiden Seiten.

Slevin seufzte.

„Und was zum Geier soll ich mit einem Jungen im Schlepptau machen?"

Die Frage ging an beide Seiten. Denn der Junge war anscheinend immer noch davon überzeugt einen Hexer vor sich zu haben. Seine innere Stimme war jedoch schneller im Antworten.

'Er ist ein Mensch. Und noch ein dummer dazu. Er kann uns nützlich sein. Und wenn wir ihn nicht mehr brauchen, schaffen wir ihn einfach aus dem Weg.'

Slevin hoffte inständig, der Junge hatte bessere Argumente.

22

„Ich bin fleißig, wirklich! Und schnell! Ich kann euch sicher zu eurer Burg geleiten. Und ich kann mich gut anschleichen, wie ihr ja eben bemerkt habt."

Slevin verdrehte die Augen und seine innere Stimme kicherte in sich hinein.

'Sollen wir ihm sagen, dass wir ihn schon längst gehört hatten und er eigentlich schon tot wäre, wenn du nicht der pazifistischste Vampir wärst, denn ich kenne.'

Wieder erklang das höhnische Lachen in seinem inneren.

'Pazifistischer Vampir, eigentlich schon paradox wenn man darüber nachdenkt, wo ihr doch eigentlich als die Engel des Todes bekannt seid und....'

'Du schweifst ab' unterbrach Slevin schroff. Und das nicht nur, weil der Junge ihn immer noch fragend ansah.

„Nein!", wiederholte er seine Antwort nochmals. „Außerdem solltest du dich nicht mit Hexern einlassen. Haben dir das deine Eltern nicht beigebracht?"

„Wieso?", hakte der Junge nun abermals neugierig nach.

„Also seid ihr doch einer?! Oder WAS seid ihr?"

Wieso bezeichneten Menschen einen immer gleich als ETWAS, wenn man anders war, verdammt?

'Weil du glühend grüne Augen hast, vielleicht?!' antwortete seine innere Stimme, wohl wissend, dass diese Frage eher rhetorisch gemeint war.

Slevin überlegte kurz, was er dem Jungen antworten sollte. Dann entschloss er sich einfach für die Wahrheit. Vielleicht würde der Junge ja dann von seinem fragwürdigen Plan, mit ihm zu kommen, ablassen.

„Also wenn du es wissen willst. Ich bin ein Vampir."

Bei seinen Worten beobachtete Slevin die Reaktion seines Gegenübers ganz genau. Er musste herausfinden, wie die Menschen auf diese Information reagieren würden. Doch die des Jungen viel etwas anders aus, als er erwartete hatte.

„Sehr witzig. Denkst du, du kannst mir damit Angst machen?"
„Ah ja."
Da fiel ihm erst auf, dass er nicht einmal dessen Namen wusste.
„Wie heißt du eigentlich?", fragte er ihn.
„Ich heiße Frowin. Heißt das, ihr nehmt mich mit?" Und bei den Worten fingen die Augen des jungen Frowins zu leuchten an.
„Nein, das heißt ganz bestimmt nicht, dass ich dich mitnehme. Aber ich werde mir deinen Namen merken. Ich bin mir ziemlich sicher, wenn du deine lockere Zunge überlebst, bis du dreißig bist, wird aus dir mal jemand, den man gekannt haben muss."
Und tatsächlich erinnerte ihn der Junge an jemanden. Ohne sein Zutun formte sich der Name Yascha in seinem Kopf. Ja, sein Bruder war auch so gewesen. Also zumindest, als dieser noch ein Kind gewesen war. Wie er jetzt sein würde, konnte Slevin nur erahnen. Kurz überlegte er, wie lange es her war, als die Sklavenhändler Yascha entführt hatten.
Viel zu lange!
Und da stellte der Vampir entsetzt fest, dass er sich nicht mehr daran erinnern konnte, wie sein Bruder ausgesehen hatte!
Wann zum Teufel hatte er dessen Gesicht aus dem Gedächtnis verloren?!
Slevin war so sehr in Gedanken versunken gewesen, er bemerkte erst jetzt, dass Frowin ihn die ganze Zeit schon böse anstarrte. Slevin hob die Augenbrauen und überlegte, was er zuletzt zu ihm gesagt hatte. Ach so, ja: Dass er ihn nicht mitnehmen würde.
„Ich kann dich wirklich nicht mitnehmen. Ich wäre irgendwann für deinen Tod verantwortlich und das will ich nicht!"

Und das war sogar die Wahrheit. Er konnte beim besten Willen nicht auch noch auf einen Jungen aufpassen.

Doch Frowin blickte nur noch wütender.

„Du bist nichts Besonderes! Und mit Sicherheit auch kein Vampir oder Hexer. Du bist nur ein Feigling mit komischen Augen, mehr nicht!"

Slevin sah ihn nun seinerseits böse an und konnte ein leises Knurren nicht unterdrücken. Wut stieg in ihm auf. Es hatte Zeiten gegeben, in denen er sich solche Worte von einem dahergelaufenen Bauer, nicht hatte gefallen lassen. Seine innere Stimme hatte Recht. Was war aus ihm geworden? Ein Feigling, der sich von einem Jungen an der Nase herum führen ließ! Er schmiss das Brot auf den Boden und war mit einem Satz bei dem Jungen. Dieser hatte erst mitbekommen, dass Slevin sich bewegt hatte, als dieser ihn nun schon am Hals gepackt und in die Luft gehoben hatte. Nun spiegelte sich Angst und Furcht in dessen Augen. Gut so! Gier stieg in Slevin hoch. Eine uralte und sehr vertraute Gier.

„Ja? Ist es so? Willst du wirklich herausfinden, was ich wirklich bin? Oder soll ich dich gleich hier und jetzt töten? Vielleicht werde ich dich beißen und dein Blut trinken, bis noch von dir nur noch eine trockene, leblose Hülle übrig ist."

Diese Worte schienen zu wirken. Jedes bisschen Mut war aus dem Jungen gewichen. Slevin sog den Duft von Angst in sich hinein. Es roch köstlich!

„Bitte! Bitte töte mich nicht! Bitte!"

Der Junge vor ihm fing an zu wimmern. Etwas, was man in Gesellschaft eines Vampires besser nicht tun sollte. Denn es war nur Nahrung für die Gier in ihm, die bereits nach mehr schrie. Slevin knurrte und zog die Lippen zu einem Zähnefletschen hoch. Er drückte den Jungen noch weiter an den Baum in dessen Rücken. Gierig glitten seine Augen über die rosige Haut seines Opfers. Der Junge stieß ein ersticktes

25

Schreien aus und fing an, wie wild um sich zu schlagen. Doch Slevin hielt ihn unbarmherzig fest und näherte sich unaufhaltsam dessen Hals.

Dann, mit dem letzten bisschen Selbstbeherrschung, die er in diesem Moment noch aufbringen konnte, schmiss er den Jungen in hohen Bogen von sich weg. Dieser rappelte sich, so schnell es ging auf und rannte davon. Slevins Inneres schien zu schreien und zu toben, nun da sein sicher geglaubtes Opfer, wie ein Hase davon lief.

'Warum hast du das getan?'

Er ist nur ein dummer Junge. Und auch wenn er selbst ein Vampir und vielleicht ein verdammter Bastard war, so tötete er ganz bestimmt keine kleinen Jungen, die ihm gerade noch etwas zu Essen gebracht hatten.

'Dann hättest du ihn wenigstens mitnehmen können. So wie ich das sehe, kannst du jede Hilfe brauchen, die du kriegen kannst.'

Aber ich habe doch dich, antwortete Slevin sarkastisch. Außerdem wäre er ihm bei seinem Vorhaben eher ein Klotz am Bein gewesen. Er brauchte richtige Krieger an seiner Seite, wenn er seinen Bruder befreien und Thorun töten wollte. Und das hatte er immer noch vor.

Aber vielleicht war es doch besser erst einmal alleine zu bleiben. Sein Kopf schwirrte vor Gedanken, Erinnerungen und dem Treffen mit dem Jungen. Also legte er sich mit dem Rücken auf den Boden und betrachtete die Bäume über sich. Er folgte dem Verlauf der Äste, bis zum Himmel hinauf. Er sah zu den einzelnen Sternen, die er inzwischen durch das Dach des Waldes funkeln sah. Er lauschte dem Wind, der durch die Baumkronen fuhr und mit den Ästen und Blättern spielte. Langsam entspannte Slevin sich. Und auch das Chaos in seinem Kopf, schien wieder erträglicher zu werden.

Als Slevin wieder einmal von einem Alptraum geplagt hoch schreckte, war es bereits wieder hell. Er musste eingeschlafen sein. Irgendwie kam ihm der gestrige Tag, ebenfalls wie ein Traum vor. Aber das war jetzt egal. Er sollte sich auf den Weg machen, bevor der Junge, im schlimmsten Fall mit seinen Leuten im Schlepptau, sich hier doch noch einmal blicken ließ. Eine Zeit lang folgte er weiter dem Bachverlauf. Bis dieser sich auf einmal dazu entschloss, seinen Weg nicht mehr durch den Wald zu nehmen, sondern hinaus auf das offene Land floss. Einige Momente stand Slevin ratlos am Waldrand. Er war lange in diesem Wald gewesen. Und so seltsam es sich anhörte, er hatte ihm inzwischen so etwas wie Sicherheit vermittelt. Doch er sollte sich langsam in diese Welt hinaus wagen, wenn er wieder ein Teil davon werden wollte. Also gab er sich einen Ruck und trat aus dem Wald heraus. Doch seine Befürchtungen waren wohl doch grundlos. Er lief nun schon wieder einen ganzen Tag und hatte noch keine Menschenseele getroffen. Niemand! Einfach nichts war hier. Warum hatte dieser verdammte Dämon seine Burg so weit weg von jeglichem Leben bauen müssen? Oder hatte sich einfach jegliches Leben so weit wie möglich von der Gegenwart des Dämons entfernt? Beides war möglich. Er ging weiter.

Erst am nächsten Tag und nach dem gefühlten tausendsten kleinen Hügel, den er hinauf stieg, erblickte er in einiger Entfernung etwas, das wie ein Dorf aussah. Slevin blickte sich prüfend um. Der Wald war inzwischen aus seinem Blickfeld verschwunden. Die Landschaft um ihn herum bestand aus Wiese, so weit sein Auge reichte. Ab und zu wuchsen ein paar Bäume oder Büsche. Und natürlich nicht zu vergessen, die kleineren und größeren Hügel, die hier die Landschaft bestimmten. Es sah fast so aus, als wäre er inmitten eines Meeres aus Gras. Ein unruhiges Meer, welches grüne Wellen schlug. Slevin sah zum Himmel. Er würde das Dorf sehr wahrscheinlich vor der Dämmerung erreichen. Dann bliebe ihm noch etwas Zeit, um sich dort umzusehen.

Und tatsächlich war er sogar einige Zeit vor Sonnenuntergang dort. Die Aussicht von Menschen hatte ihn wohl beflügelt. Auch wenn er sich ihnen besser nicht zeigen sollte, das hatte ihm die letzte Begegnung mit Menschen gezeigt. Aber immerhin hatte er nun den Beweis vor Augen, dass hier in diesem Landabschnitt doch noch Menschen lebten, und dies gab ihm Hoffnung. Vielleicht würde er ja doch noch auf jemanden treffen, der sich nicht von seinen Augen einschüchtern ließ und kein halbes Kind mehr war.

Im Moment zumindest saß er alleine hinter der Spitze dieses Hügels und blickte schon seit Stunden auf das Dorf hinab. Es umfasste in etwa zehn Häuser.

'Ich hoffe dir sind die Soldaten aufgefallen, die dort unten herumlaufen.'

Ja, die waren Slevin tatsächlich bereits aufgefallen. Er fragte sich nur, wozu die Soldaten in diesem Dorf gut sein sollten? Es waren wohl nicht irgendwelche Reichtümer, die diese beschützten. Denn die Häuser bestanden alle aus zusammen genagelten, dünnen Brettern. Die Bewohner waren einfach gekleidet und gingen ihren Arbeiten auf dem Feld oder mit den Tieren nach. Der Wohlstand war hier nicht gerade ausgebrochen. Außerdem sah Slevin, dass die Hütten so gut wie immer Wohnung für die Menschen, als auch Stall für die Tiere waren. Slevin kannte dieses Prinzip bereits. In der Mitte der Hütten war eine Trennwand, die Tiere und Menschen trennten. Dies hatte den Vorteil, dass die Tiere den Wohnbereich in den Wintermonaten mit aufheizten. Außerdem hörte man auch sofort, wenn mit den Tieren irgendetwas nicht stimmte. Oder sie vielleicht sogar quiekend oder blökend von einem Räuber aus der Hütte gezogen wurden. Slevin grinste bei dem Gedanken schief. Aber er hatte ja auch nicht vor, die Tiere zu stehlen.

'Sag jetzt bitte nicht, du willst den gleichen Versuch nochmals starten und dort unten nach Essen betteln.'

Slevin seufzte schwer. Wie gerne hätte er sich mit jemand Anderem unterhalten. Trotzdem antwortete er mit einem neckischen: 'Warum nicht?' Doch eigentlich nur zur Provokation.

'Ähm. Weil das so ziemlich überhaupt nicht funktioniert hat, vielleicht', bestätigte die Stimme Slevins Gedanken.

Doch hat es! Und mit diesen Worten holte Slevin das letzte Stück Brot aus dem Beutel und aß es. Er konnte schon fast sehen, wie seine innere Stimme genervt die Augen verdrehte. Doch er hatte wirklich nicht vor, noch einmal so unbedarft zu Menschen zu laufen und zu betteln. Nicht nur, weil es ihm höchst unangenehm war zu betteln. Er wollte erst einmal eine weitere Konfrontation vermeiden. Er hatte einen anderen Plan. Und dazu brauchte er diese Hütte da. Er starrte auf die einzige kleine Hütte, die anscheinend nicht auch von Menschen bewohnt war. Ein paar Bauern trieben gerade die Hühner dort hinein.

'Du willst Hühner klauen?'

Langsam schien auch seine innere Stimme an ihm zu verzweifeln. Gut so, sollte diese auch einmal wissen, wie sich das anfühlte. Trotzdem antwortete er:

'Nein, aber ich werde sie anzünden.'

'Oh, gebratenes Hühnchen. Sehr lecker!'

'Nein, nicht die Viecher. Die müssen vorher da raus.'

'Alle?', fragte die Stimme schon fast mitleiderregend nochmal nach.

'Ja alle! Ich hoffe darauf, dass die Leute dort unten alle aus ihren Hütten kommen und versuchen werden, das Feuer zu löschen. Dann kann ich derweil in die leeren Hütten hinein und mitnehmen was ich brauche. Wenn alles klappt, bin ich weg, bevor sie es überhaupt bemerken.'

Seine innere Stimme war nicht wirklich beeindruckt von seinem Plan. Slevin auch nicht. Aber er musste irgendwie dort hinunter und in die Häuser, ohne dass ihn jemand sah. Und der Plan konnte zumindest klappen.

'Muss er aber nicht!'

'Du könntest mir ausnahmsweise auch einmal zustimmen.'

'Würde ich. Wenn du einen GUTEN Plan hättest. Ich würde sagen, wir ziehen weiter. Es wird sich schon noch eine andere Gelegenheit ergeben.'

Slevin fiel aus allen Wolken: 'Weiter ziehen? Was war bitteschön aus `töte sie, töte sie alle` geworden?'

War es etwa die Entdeckung der Soldaten, die diesen Stimmungsumschwung zu verantworten hatte?

Slevin besah sich diese genauer. Sie trugen alle ein Wappen auf ihren Mänteln. Darauf waren ein Schwert und ein Speer zu sehen. Das sagte ihm nichts. Außerdem hatte er ja nicht vor dort zu bleiben. Und was war denn bitteschön die Alternative? Ohne Essen und Waffen weiter durch die Gegend zu streifen? Eher nicht!

Also musste es einfach klappen, fertig!

Er wartete hinter seinem Hügel auf die nahende Dunkelheit. Einige Stunden später waren alle Bewohner in ihren Häusern verschwunden und auch von den Soldaten war nichts mehr zu sehen. Nicht einmal Wachen hatten sie postiert. Sehr gut! Dort unten lagen wohl tatsächlich alle nach einem langen und anstrengenden Tag in ihren Betten, um sich ihren wohl verdienten Schlaf zu gönnen. Nur dass diese Nacht nicht ganz so erholsam für sie werden würde. Aber dies war wohl das kleinste Übel, welches Slevin ihnen zufügen konnte. Trotzdem wartete er nochmal einige Zeit ab. Nur um sicher zu gehen, dass auch wirklich alle schliefen. Dann schlich er sich in das Dorf hinunter.

Er war vorsichtig. Blickte sich immer wieder um und sendete auch immer wieder seine Sinne aus. Nur falls doch noch jemand unterwegs war.

Aber nichts. Also weiter.

Schnell kam er an dem Hühnerstall an. Langsam und leise öffnete er den Riegel der Tür. Auch die Hühner schliefen bereits. Langsam nahm er ein Huhn nach dem anderen und trug es vorsichtig aus dem Stall. Er konnte auf keinen Fall riskieren, dass diese laut gackernd aus dem Stall rannten. Verdammt nochmal, mussten es denn ausgerechnet Hühner sein?

'Du könntest auch einfach die anderen Häuser anzünden. Dir ist schon klar, dass die hier alle aus Holz sind?'

'Ja, das ist mir klar. Aber in jeder anderen Hütte liegen auch Menschen.', gab Slevin zurück.

Und vor seinem inneren Auge, drängten sich Erinnerungen von schreienden Menschen. Menschen die schrien, weil sie gerade bei lebendigen Leib verbrannten."

'Und?', riss ihn die Stimme aus seiner Starre.

'Und? Ich verbrenne keine Menschen', flüsterte er nun leise und versuchte seine Erinnerungen in die hinterste Ecke seiner Gedanken zu vertreiben. Trotzdem blieb ihm ein bitterer Geschmack im Mund zurück, der ihn fast zum Würgen brachte.

'Schade!'

Erst nach ein paar Minuten fiel ihm auf, dass er immer noch ins Leere starrte. Er riss sich zusammen und bald hatte er auch das letzte Huhn vorsichtig aus dem Stall getragen. Diese hatten sich von seiner Gegenwart nicht einschüchtern lassen, wie die Tiere im Wald. Das gab ihm Grund zur Hoffnung. Er spähte noch einmal durch die Tür nach draußen, aber es war immer noch niemand zu sehen. Also entzündete er im leeren Stall ein Feuer. Immerhin das konnte er noch gut. Schnell verbreitete sich die kleine Flamme, als sie das trockene Stroh als gute Nahrung erkannte. Als Slevin aus dem Stall trat, hatte das Feuer bereits um sich gegriffen und brannte fast einen Meter hoch. Slevin schlich zu den hinteren Hütten des Dorfes. Dort konnte er am besten abwarten, bis die Gelegenheit günstig war.

'Und was jetzt, bitte schön?'

'Jetzt warten wir.'

Von dem Feuer ging ein helles Lodern aus. Das Holz der Hütte knackte und zischte, als es mit den Flammen in Berührung kam. Die Leute hier mussten dadurch früher oder später aufwachen. Und wenn nicht, würde er eben an die eine oder andere Wand klopfen müssen. Doch noch bevor er dazu kam ernsthaft darüber nachzudenken, ging schon die erste Hüttentüre auf. Ein lauter Schrei war zu hören. Darauf ein weiterer, aus einer anderen Richtung. Und schon liefen die Menschen aus ihren Häusern. Einige rannten einfach nur panisch hin und her. Aber die ersten hatten bereits Eimer und alles, in das sich Wasser füllen ließ, zum Brunnen geschafft. Es würde nicht mehr lange dauern und sie würden eine Kette zu der brennenden Hütte bilden. Also, wenn sie klug waren, zumindest.

'Ist dir aufgefallen, dass keiner der Soldaten hier ist?'

Slevin sah sich nochmals um und tatsächlich sah er keinen einzigen Menschen in einer Soldatenkutte. Er spähte zu der Hütte, in die die Soldaten am Abend gegangen waren. Er hatte angenommen, sie schliefen dort. Was sie anscheinend immer noch taten. Die Tür der Hütte war noch zu und auch drinnen rührte sich augenscheinlich nichts.

Seltsam. War dies etwa eine Falle?

Doch es konnte niemand wissen, dass er hier war, oder?

Und jetzt hatte er die Leute schon aus ihren Häusern gelockt, nun würde er sein Vorhaben auch durchziehen.

Er ließ die Hütte der Soldaten zwar nicht aus den Augen, konzentrierte sich aber wieder auf die fünf Hütten, die er sich schon am Nachmittag ausgesucht hatte. Er hatte beobachtet, wie viele Leute dort ein und aus gegangen waren. Er stand geschützt im Schatten und zählte mit. Zwei der Hütten mussten inzwischen leer sein. Bei einer war er sich nicht ganz sicher. Und in den anderen beiden mussten sich, nach seiner Beobachtung, noch Leute befinden. Na gut, dann eben diese zwei Hütten, von denen er annahm und hoffte, sie würden leer sein. Leise schlich er sich an sein Ziel heran. Dabei verbarg er sich in den Schatten der Hütten. Außerdem tauchte das Feuer das ganze Dorf in ein loderndes rotes Licht. Er würde nicht auffallen. Auf jeden Fall redete er sich das ein. Doch als er in die erste Hütte eintrat, hatte er tatsächlich Glück. Es war niemand darin. Schnell durchstöberte er die Schränke. Das war recht schnell erledigt. Es gab nämlich nur einen und darin war nicht gerade fette Beute zu holen. Aber er fand auch auf einer kleinen Ablage etwas Brot. Sofort steckte er es sich in den Beutel, den er im Schrank gefunden hatte. In dem Haus war ansonsten so gut wie nichts Brauchbares. Er nahm nur das Seil, welches in einer Ecke lag und tat es ebenfalls in den Beutel. Und auch den langen Mantel mit Kapuze zog er sich an und die Kapuze über den Kopf. So konnte er erstens seine Augen besser verbergen und zweitens würden seine verschlissenen Kleider darunter weniger auffallen. Dann sah er eine weitere Tür. Diese führte sehr wahrscheinlich nicht zu dem angelegenen Stall. Eine Kammer um Vorräte zu lagern? Gespannt öffnete er die Tür. Doch auch hier war die Ausbeute eher mager. Enttäuscht steckte er sich noch ein altes Hemd und ein kleines Stück getrocknetes Fleisch in seinen Beutel. Dann sah er sich nochmals in der Hütte um. Er brauchte eine

Waffe. Und damit meinte er nicht ein abgewetztes Messer. Doch hier fand er das unter Garantie nicht. Und auch etwas mehr Vorrat an Essen wäre nicht schlecht. Er ging zur Ausgangstür. Erst spähte er vorsichtig hindurch, doch die Bewohner des Dorfes waren immer noch mit dem brennenden Stall beschäftigt. Slevin schlich um die Hütte herum.

'Das soll alles sein? Dafür der ganze Aufwand? Das ist nicht dein Ernst!'

Und auch Slevin musste sich eingestehen, er hatte sich mehr erwartet. War das Dorf wirklich so arm? Oder hatte er einfach nur im falschen Haus gesucht.

Er ging wieder zurück und sah sich nochmals um. Eine der Hütten war größer. Das war ihm heute Nachmittag schon aufgefallen. Dort wohnte vielleicht ein Lehnsherr, oder wie die Leute sich inzwischen nannten, die in einem Dorf das Sagen hatten. Dort könnten Waffen sein. Oder auch andere sich lohnende Dinge. Aber diese Hütte lag auch in der Mitte des Dorfes. Es war riskant. Er wägte noch einmal kurz ab, und zu seiner Verwunderung ließ sich seine innere Stimme einmal nicht mit weiteren Sticheleien hören. Nochmals beobachtete er die Lage. Die umherlaufenden Menschen konzentrierten sich alle auf den brennenden Stall und von den Soldaten war immer noch nichts zu sehen. Also entschied er sich kurzerhand dafür, es zu wagen.

Den Weg zu der Hütte hatte er bereits hinter sich. Niemand hatte sich auch nur im Geringsten für ihn interessiert. Denn genauso wie er, trugen hier die meisten lange Mäntel aus einfachem Leinenstoff. Es war wohl das Erste, was die Leute zu fassen bekommen hatten, als sie aus ihren Betten gehüpft waren. Obwohl er bereits seine Vampirsinne ausgesandt hatte und niemanden in dem Haus erspüren konnte, spannte er sich, bevor er hinein trat. Jederzeit darauf gefasst angegriffen zu werden, oder noch schlimmer, in eine Falle getappt zu sein.

Nun stand er im Haus vor zwei Türen. Prima! Also entschied er sich spontan für die linke. Treffer! Wohnbereich und Küche. Hier waren auch mehr Schränke zum Durchsuchen. Das kostete aber Zeit. Er hoffte, die Leute dort draußen würden noch längere Zeit benötigen, das Feuer zu löschen. Und ja, hier war um Einiges mehr zu holen, als in der ersten Hütte. Jedoch musste er sich entscheiden, was er mitnahm. Die Bewohner waren aufgebracht und beschäftigt. Sollte er aber hier mit mehreren Kisten und Säcken hinaus spazieren, würde das wohl doch Aufmerksamkeit auf ihn ziehen. Also nahm er nur das Wichtigste mit. Sein Sack war voll mit Essen, etwas Kleidung und was man sonst noch so brauchte. Trotzdem durchsuchte er auch noch den Wohnbereich. Und er wurde fündig. Dort in einer Kiste lag ein Schwert. Es war nicht besonders gut geschmiedet oder kostbar. Aber es war eine Waffe. Und sogar ein Gurt lag dabei. Schnell legte er sich den Gurt um, steckte das Schwert in die Scheide und ging zur Tür. Er sollte sich schleunigst vom Acker machen. So viel Glück in einer Nacht, da sollte man das Schicksal nicht heraus fordern. Also öffnete er die Tür und spähte hinaus. Das Feuer war so gut wie gelöscht. Aber die Leute waren immer noch hektisch dabei, Wasser in Eimern dorthin zu befördern. Und an diesen musste er nun vorbei. Beziehungsweise, er lief im größeren Bogen um sie herum. Er hielt die Luft an und ging so unauffällig, wie es mit einem Sack in den Händen ging, los. Vielleicht hätte er die Sachen doch lieber in einem Eimer verstauen sollen. Damit wäre er jetzt zumindest eher weniger aufgefallen. Doch das Glück war ihm weiterhin gewogen. Niemand nahm Notiz von ihm. Er hielt den Blick gesenkt, spähte aber immer wieder nach links und rechts. Wenn jemand auf ihn zukommen sollte, würde er einfach rennen müssen. Mit dem Sack war er nicht ganz so schnell, aber es würde reichen. Wieder sah er nach links.

Dann blieb er, wie vom Donner gerührt, stehen.

Denn dort vorne stand sie!

'Was machst du denn?', ließ sich nun doch seine innere Stimme wieder einmal hören. Und diese klang etwas besorgt.

'Das ist sie', antwortete Slevin. Es war dunkel und das Feuer des Stalles gab nur noch wenig Licht ab. Aber er konnte ihre wilden, langen braunen Haare sehen. Inzwischen hatte sie sich mit dem Rücken zu ihm gedreht und trug einen Eimer zum Feuer. Aber er war sich ganz sicher, ihr Gesicht erkannt zu haben. Ihre schönen braunen Augen. Ihre wundervollen Lippen.

'Das ist sie nicht! Laufe weiter, sofort!'

Doch Slevin hörte nicht hin. Er ließ den Sack achtlos auf den Boden fallen. Er hatte nur noch Augen für die Frau dort vorne. Sie würde sich jeden Moment wieder umdrehen. Slevin lief ein Stück auf sie zu. Ihre langen Haare fielen ihr ins Gesicht als sie sich umdrehte. Trotzdem war er sich sicher, ihre bekannten Züge darin zu erkennen.

„Dragana! Dragana!", schrie er.

'Halte die Klappe, verdammt. Du bringst uns noch um! Das ist sie nicht!'

Doch Slevin hatte nicht vor, still zu sein. Außerdem hatte er gerade genug damit zu tun, die einstürmenden Gefühle zu ertragen. Da war Freude, sie wieder zu sehen. Aber auch Wut und Enttäuschung, für das was sie getan hatte. Slevin lief weiter in ihre Richtung. Sie musste ihn doch erkennen! Sie musste ….

'Duck dich!', schrie nun seine innere Stimme. Diesmal noch lauter.

'Was?'

'Duck dich und renne, verdammt nochmal! Jetzt!!'

Doch noch bevor Slevin, diesen Worten einen Sinn geben konnte, hatte er schon das Gefühl gegen eine Mauer zu laufen.

Ein schwarzer Schleier drang in sein Gesichtsfeld und er fiel auf die Knie. Das letzte was er sah, als er abermals getroffen wurde, war das Gesicht der Frau mit den braunen Haaren. Jetzt konnte er es deutlich im Feuerschein sehen.

Und - sie war es nicht!

Sie hatte nicht einmal annähernd ihre Schönheit. Und wahrscheinlich hatte sie nicht einmal große Ähnlichkeit mit ihr. Es war nur ein Trugbild. Das Gefühl unendlicher Enttäuschung machte sich in ihm breit, als er nun wieder hart getroffen wurde, vollends zu Boden sank und das Bewusstsein verlor.

Slevins Kopf dröhnte, als er erwachte.

'Wirst du auch mal wieder wach, ja?' begrüßte ihn seine, etwas angepisste innere Stimme.

'Was...was ist passiert?'

'Was passiert ist?', antwortete die Stimme mit leicht hysterisch.

'Du bist mitten im Dorf einfach stehen geblieben und hast lauthals nach deiner Hexe gerufen. Das ist passiert!'

'Oh, verdammt!' entfuhr es Slevin.

Er konnte nur hoffen, es nicht laut gesagt zu haben. Denn bis jetzt hatte er sich nicht bewegt oder gar die Augen geöffnet.

'Oh verdammt. Ganz genau, du Idiot! Du wirst uns noch ins Grab bringen. Was sollte das?'

'Ich dachte, nein, ich war mir sicher, Dragana gesehen zu haben.'

'Und da hast du nichts Besseres zu tun, als ihr hinterher zu schreien? Hast du etwa schon vergessen, was sie getan hat?'

'Nein, habe ich nicht!', antwortete er leise. 'Wie könnte ich?! '

War es doch der Verrat dieser Frau gewesen, der ihn hatte innerlich zerbrechen lassen und durch den er sich zum ersten Mal im Kerker Thoruns wieder gefunden hatte.

Zuvor waren Dragana, ihr Bruder Diamant und er Jahrzehnte lang zusammen durch die Länder gezogen.

Er hatte die beiden auf der Suche nach seinem Bruder Yascha kennengelernt. Die Hexengeschwister waren die ersten und einzigen gewesen, denen er hatte vertrauen können.

Das hatte er wenigstens gedacht! Zumindest so lange, bis sie auf ihrer Reise einen Hexer namens Kilian Thorun begegnet waren.

Vom ersten Moment an, hatte er das hinterlistige Wesen dieses Mannes erkannt und das sichere Gefühl gehabt, dieser verbarg etwas vor ihnen.

Nur sein Freund Diamant und seine Geliebte Dragana waren dem Offensichtlichen gegenüber blind geblieben. Seit Wochen waren sie nun schon als Gäste auf dessen Burg geblieben, obwohl Slevin längst zur Weiterreise gedrängt hatte. Und nicht nur das! Die Geschwister hatten es ernsthaft in Erwägung gezogen, dort zu bleiben und sich bei diesem scheinheiligen Bastard nieder zu lassen.

Als seine Gefährten ihm dies eröffnet hatten, war ihm sofort bewusst gewesen, irgendetwas stimmte hier nicht! Niemals würden sie ihn einfach so bei seiner Suche nach seinem Bruder im Stich lassen!

Also hatte er nachts heimlich dessen Burg durchsucht. Erst hatte er nichts gefunden, zumindest nichts Brauchbares, was gegen Thorun sprach.

Doch eines Nachts hatte er seinen Bruder gehört! Er hatte gehört, wie Yascha laut nach Hilfe gerufen hatte und dann weggeschleift wurde. Er hatte nicht gewusst, wie sein Bruder zu Thorun gekommen war, was dieser von ihm wollte oder warum er ihn gefangen hielt.

Für solche Fragen hatte er auch keine Zeit gehabt. Natürlich war er sofort losgehetzt und hatte ihn gesucht. Doch selbst mit seinen Vampirsinnen hatte er seinen Bruder, in diesem

Labyrinth aus widerhallenden Gängen, Türen und Treppen nicht ausfindig machen können.

Also war er zu denjenigen gegangen, denen er blind vertraut, und von denen er gewusst hatte, sie würden ihm helfen seinen Bruder zu finden und diesen Dreckskerl von einem Hexer umzubringen.

Doch dies war ein Irrtum gewesen, wie er schmerzhaft festgestellt hatte.

Zwar hatten Dragana, Diamant und er sich in der nächsten Nacht, in den Kerker der Burg geschlichen, um nochmals nach seinem Bruder zu suchen, doch die Zellen waren allesamt leer und verwaist gewesen.

„Natürlich! Thorun hat Yascha gerade von hier weg schaffen lassen, als ich ihn schreien gehört habe!", hatte er den Geschwistern erklärt und war sofort zu Thoruns Gemach gehetzt.

Er war sich sicher gewesen, die Wahrheit und den Aufenthaltsort seines Bruders aus dem Hexer und Grafen dieser Burg heraus zu bekommen. Und wenn er ihn dafür in kleine Stücke zerlegen musste.

Selbst jetzt noch, stieß er ein unbewusstes Knurren aus, als er daran dachte. Denn damals hätte er Thorun noch ohne größere Probleme erledigen können. Ohne dafür erst Burgmauern, Soldaten oder gar einen Dämon bezwingen zu müssen.

Doch seine Rechnung war nicht aufgegangen. Dragana und Diamant hatten Thorun gewarnt und in jener Nacht nicht nur dabei zugesehen, sondern dem Hexer auch noch dabei geholfen, ihm eine tödliche Falle zu stellen.

So hatte sich das Blatt gewendet und als er aus seinem Tod wieder erwacht war, hatte er sich im Kerker des Hexers wieder gefunden. Von seinen verräterischen Freunden, keine Spur und so hatte Thorun ihn die ganze Nacht lang ungestört foltern und quälen können, bis er abermals gestorben war.

Der Hexer jedoch, hatte Slevin, seine Kraft und Entschlossenheit gnadenlos unterschätzt. So war es ihm damals nochmals gelungen zu fliehen. Zwar schwer verletzt und verstört, aber in Freiheit hatte er erst einmal das Weite gesucht.

Als er etwas später, in der großen Schlacht gegen Thorun gekämpft und abermals verloren hatte, hatte der Hexer diesen Fehler, ihn zu unterschätzen, kein zweites Mal begangen und so hatte sein Aufenthalt dort länger, viel länger gedauert, bis er es nun abermals geschafft hatte zu entkommen.

'Wo…..woher weißt du davon, was sie getan haben?', fragte er in sich hinein, als er die Erinnerungen wieder in sich hinein verbannte.

Doch noch bevor er eine Antwort auf seine Frage erhielt, hörte er vor sich ein Geräusch. Wo auch immer er jetzt war, er war nicht alleine!

Nach einer längeren Pause des unguten Schweigens, nach der Slevin sich sicher war, keine Antwort mehr zu erhalten, fragte er dann nochmals nach.

'Wo bin ich? Was ist passiert?'

'Na was denkst du wohl. Sie haben dich nieder geschlagen und gefesselt. Danach haben sie dich in diesen Stall hier geschleift. Rühr dich nicht. Keine zwei Meter vor dir sitzt dein Aufpasser.'

'Tolle Idee. Und wie lange soll ich mich bitte schön nicht rühren? Bis ich hier verwest bin?'

'Das wäre auch eine Möglichkeit. Vielleicht sogar die beste für dich! Aber jetzt mal im Ernst. Ich kann ihn für dich töten. Ihn und alle anderen, die sich uns in den Weg stellen, wenn du es nicht selbst tun willst. Ist ganz einfach. Du lässt es zu und der hier kippt schon mal tot vom Stuhl. Danach befreien wir uns, holen unsere Sachen und gehen wieder'

'Nein', äußerte Slevin entschlossen. 'Du wirst ihn dir nicht holen! Ihn nicht und auch keinen anderen.'

Und ohne auf eine Antwort zu warten, öffnete er die Augen und rollte sich nicht gerade leise auf die Seite.

Seine innere Stimme schäumte vor Wut. Gut so!

Slevin spürte, dass seine Hände auf dem Rücken gefesselt waren und so rappelte er sich erst einmal auf die Knie hoch. Ein spitzer Schmerz fuhr ihm dabei durch den Kopf und Slevin unterdrückte ein Stöhnen, schloss für einen Moment wieder die Augen und verzog schmerzverzerrt das Gesicht. Er konnte nicht lange bewusstlos gewesen sein. Sein Körper heilte gerade seine Verletzungen. Vor allem die am Kopf. Und das war nun einmal ziemlich schmerzhaft. Aber er wusste auch, dass es nötig war.

Wie erwartet blieb sein Erwachen nicht unbemerkt.

„Dir brummt der Schädel ganz schön, oder?", fragte ihn eine raue männliche Stimme.

Erst als der Schmerz in seinem Kopf wenigstens etwas nachgelassen hatte, schaute er leicht schräg zu dem Mann hoch, der nun vor ihm stand. Dabei achtete er allerdings genau darauf, dass dieser seine Augen nicht sah. Doch der müsste sich schon dafür bücken, denn Slevin kniete immer noch am Boden und hatte seinen schmerzenden Kopf wieder zu Boden sinken lassen.

„Etwas", gab er zu.

„Warst du das?", fragte er weiter, als er wieder hoch spähte und den langen Holzschläger in den Händen des Mannes sah. Schon schwoll die Brust seines Gegenübers sichtlich an.

„Jawohl! Ich hatte schon immer einen starken Schlag drauf. Ich hätte Ritter werden können, musst du wissen! Ich war sogar der Beste im ganzen Umkreis. Aber es ist ja alles anders gekommen. Also bin ich hier und helfe bei der Feldarbeit.

Aber wer weiß, vielleicht dauert es nicht mehr lange, dann werden wir …"

Der Redeschwall des Mannes brach abrupt ab. Erst jetzt schien dem Mann einzufallen, mit wem er da gerade plauderte. Denn er stoppte seine Erzählung und sah ihn finster an.

„Was hattest du vor, hä? Wolltest uns ausrauben, während wir das Feuer löschen. Aber da hast du wohl nicht mit einem Kerl, wie mir gerechnet, was?"

„Nein, habe ich nicht", erwiderte Slevin unbeeindruckt und richtete sich wieder etwas auf, ließ aber weiterhin den Kopf hängen. „Sonst hätte ich dir auch etwas von meinem erbeuteten Essen abgegeben."

Denn nun sah er den Mann vor sich fast komplett. Und er war nicht etwa dünn oder schlaksig. Er war dürr! Slevin fragte sich allen Ernstes, wie ein solch magerer Mann, so einen Schlag haben konnte.

„Lass dich von meinem Äußeren nicht täuschen. Ich habe Kraft!", erwiderte dieser nun sichtlich erbost.

„Tue ich nicht. Das nächste Mal schlage ich dich nieder."

Der dünne, blonde Mann vor ihm, sah durch die Entschlossenheit in Slevins Stimme, erst etwas irritiert aus. Doch dann fing er sich wieder und verschränkte die Arme vor der Brust, bevor er sagte:

„Bin gespannt. Ich wünsche dir viel Glück. Das wirst du ohnehin brauchen!"

Noch bevor Slevin nachfragen konnte, wie diese Worte gemeint waren, drehte sich sein Gegenüber um und ging zur Tür. Jedoch nicht, ohne ihm vorher noch einmal einen feixenden Blick zuzuwerfen und „nicht wegrennen", zu sagen.

Slevin rollte mit seinen funkelnden Augen unter der Kapuze, blieb aber stumm.

Es dauerte nicht lange, bis die Tür sich wieder öffnete und zwei Männer hereinkamen. Slevin ließ seinen Kopf wieder etwas zu Boden sinken. Sollten sie ruhig denken, er hätte noch Schmerzen. Und das war sogar die Wahrheit. Der Typ musste ihn ganz schön schlimm erwischt haben. Immer wieder durchzuckte ihn ein glühender Schmerz. Also musste er auf jeden Fall warten, bis seine Wunden komplett verheilt waren. Aber so lange konnte das doch nicht mehr dauern, oder?

Er hatte schon sehr viel Schlimmeres hinter sich. Normalerweise sollte er bereits wieder geheilt sein. Jedoch sein Lebensstil in den letzten Jahren und Jahrzehnten war für seine inneren Heilkräfte nicht gerade förderlich gewesen. Immerhin funktionierten sie schon wieder etwas besser als in Gefangenschaft. Schnell beendete er diesen Gedanken, bevor er ihn noch weiter in die Vergangenheit führen konnte.

Die zwei Männer, die hereingekommen waren, standen immer noch vor ihm und sahen ihn abschätzend an. Einer von ihnen war wieder der gleiche Mann, mit dem er hier schon das Vergnügen gehabt hatte. Den anderen kannte er nicht. Wie auch? Doch dieser war eindeutig einer der Soldaten, die er gestern Nachmittag hier schon gesehen hatte, die allerdings während des Feuers mit Abwesenheit geglänzt hatten.

„Hier, Hauptmann Tremon, er ist tatsächlich wieder aufgewacht", erklärte der dünne Mann eilig dem Soldaten. Dieser musterte ihn weiter.

„Es ist ziemlich dumm, alleine ein Dorf ausrauben zu wollen, weißt du?", waren die ersten Worte, die er von diesem Hauptmann hörte.

„Hätte aber fast geklappt", gab Slevin zurück.

'Ja, wenn du dich dann nicht wie ein Vollidiot, nieder schlagen hättest lassen.'

'Das ist jetzt nicht gerade hilfreich', gab Slevin zurück und wartete auf die Antwort des Mannes vor ihm.

„Du hattest schon einiges in deinem Sack, das stimmt. Ich sollte erwähnen, dass die Sachen die du klauen wolltest, allesamt Eigentum des Königs sind!"

„Ach. Sogar das trockene Brot und das alte Hemd? Ich wusste gar nicht, dass ein König solche Sachen benötigt", entgegnete Slevin mit einem leichten Schmunzeln.

Der dünne Mann musste hörbar ebenfalls ein Lachen unterdrücken, was ihm sofort einen bösen Blick des Hauptmannes Tremon einbrachte.

„Du hast es erfasst. Alles und jeder, den du hier siehst gehört dem König und steht unter seinem Schutz!", fuhr der Mann finster fort.

„Hätte man aber letzte Nacht, als der Stall brannte, gar nicht gemeint. Ich habe nur die Bauern gesehen, die gelöscht haben."

Slevins abermals angreifende Worte wurden übergangen und nun ging Tremon seinerseits zum verbalen Angriff über.

„Hast du eigentlich eine Ahnung, was wir hier mit Räubern und Brandstifter, wie dir machen?"

Ich habe nicht einmal eine Ahnung in welcher Zeitrechnung wir uns genau befinden, dachte Slevin in sich hinein. Doch das war wohl kaum die richtige Antwort. Also schüttelte er nur den Kopf. Und der Hauptmann sprach weiter.

„Die nächste Stadt ist zwei Tagesmärsche von hier entfernt …"

Slevin spitzte die Ohren. Zwei Tagesmärsche? Er würde ihm wohl nicht auch noch zufällig die Richtung sagen, in der diese lag, oder?

Nein, tat er nicht, als er weiter sprach.

„…also regele ich diese Sache hier am besten selbst. Sozusagen, bin ich dein Richter und Henker in einem."

„Und ich darf annehmen, das Urteil lag bereits fest, noch bevor ich aufgewacht bin", warf Slevin bitter ein.

„So sieht es aus! Und die Bestrafung wird sofort ausgeführt."

Na da bin ich ja mal gespannt, dachte sich Slevin. Er nahm nicht an, dass sie hier so etwas wie eine Gefängniszelle hatten. Also hakte er nach.

„Und die wäre?"

„Mein ehrenwertes Urteil lautet: Hand ab!", erläuterte Tremon ungerührt.

Slevin spannte sich und fletschte die Zähne, als er knurrte: „Versucht es! Und ihr werdet mehr verlieren, als nur einen Sack voll Essen!"

Und diese Drohung meinte Slevin überaus ernst.

Überraschender Weise, schritt nun der dünne Mann in das Gespräch ein.

„Herr, das können wir nicht machen. Er wird sterben! Außerdem habt ihr dazu keine Befugnis und …!"

Doch der Bauer wurde sofort schroff unterbrochen.

„Nun, Gunnar, das war seine eigene Entscheidung, als er hierherkam, um uns zu beklauen. Und ich würde dir nicht raten, meine Befugnisse in Frage zu stellen!", wies dieser ihn zurecht.

Dann befahl er: „Los! Pack ihn und nimm ihn mit."

Gunnar jedoch rührte sich nicht. Er schien noch mit sich zu ringen, ob er diesen Befehl wirklich ausführen sollte. Erst als Tremon ihn abermals mit drohender Stimme dazu aufforderte, ging er zu Slevin, packte ihn am Arm und zerrte ihn auf die Füße.

Slevin ließ es zu und ging dabei prüfend in sich. Die Heilung war abgeschlossen. Seine Beine taten ihren Dienst und auch seine Arme waren genug durchblutet. Er war bereit!

Sie brachten ihn nach draußen. Dort standen auch schon die ganzen Einwohner des Dorfes. Es war immer noch dunkel, auch wenn der Sonnenaufgang nicht mehr weit sein konnte. Die meisten hatten Fackeln in der Hand. Die Schatten der

45

vielen kleinen Feuer, tanzten um die Hütten, zwischen den Menschen und verlieh dem Ganzen eine dämonische Atmosphäre. Ja, der Dämon hätte sich hier sicher wohlgefühlt. Slevin nicht. Er biss wütend die Zähne zusammen, ließ seinen Blick aber weiter durch die Bewohner schweifen. Und nun sah er auch wieder Soldaten unter ihnen. Diese standen größtenteils hinter den Bewohnern des Dorfes. Nur zwei von ihnen warteten in der Mitte der Menge. Und da war auch wieder die Frau mit den braunen Haaren.

'Mach jetzt bloß keinen Scheiß!', fuhr ihn seine innere Stimme drohend an.

Doch das hatte er nicht vor. Denn jetzt sah er sofort, dass es nicht Dragana war. Was hatte ihn nur geritten? War er denn immer noch so sehr auf diese Frau fixiert, die ihm vor so langer Zeit den Rücken gekehrt hatte? Egal, er sollte sich lieber auf das Hier und Jetzt konzentrieren. Und nun, als sie ein Stück weiter gegangen waren, konnte Slevin auch sehen, was sich in der Mitte der Leute befand. Es war ein Baumstumpf, auf dem normalerweise Holz gehackt wurde. Auch eine passende Axt war daran gelehnt. Nun hatten sie wohl vor, diese etwas zweckentfremdet für seine Bestrafung zu gebrauchen. Und auch der Sack, den er so schön gepackt hatte, stand wie eine Anklage daneben. Slevin blieb stehen, schloss die Augen, hob etwas den Kopf und bewegte ihn entspannend hin und her. Er musste nun schnell sein. Tremon, der sich hier als selbsternannter Richter und Henker dieses Dorfes aufspielte, gab sofort Befehl ihn weiter zu treiben und Gunnar hinter ihm, stieß ihn unsanft in den Rücken. Slevin stolperte durch die Wucht des Stoßes, verlor das Gleichgewicht und ging zu Boden. Gunnar zog ihn wie erwartet, wieder auf die Beine. Slevin ließ es zu, ächzte etwas unter dem harten Griff. Der Mann hatte tatsächlich Kraft, trotz seiner mangelnden Körperfülle. Dann ging er langsam und mit gesenktem Kopf weiter, bis sie an dem Baumstumpf angekommen waren.

Das ganze Dorf stand nun in einem Kreis um sie herum. Die Fackeln erhoben. Gierig darauf, dass das blutige Schauspiel beginnen möge.

Oder?

Die Menschen, die er verstohlen ansah, sahen nicht gerade froh über das Geschehen oder gar gierig darauf aus. Im Gegenteil. Viele von ihnen waren eher verängstigt und wollten sich abwenden. Sie wurden jedoch von den Soldaten wieder nach vorne getrieben. Und da fiel ihm auch auf, dass Gunnar nicht der einzige halb verhungerte Mann hier war. So ziemlich alle Bewohner des Dorfes hatten eingefallene und von Hunger gezeichnete Leiber und eingefallene Gesichter. Was war hier nur los?

Doch er kam nicht dazu, eine Frage diesbezüglich zu stellen. Sie wäre wohl auch fehl am Platz gewesen. Denn immerhin ging es hier um seine Hinrichtung. Denn genau dies war es im Endeffekt. Die meisten Menschen würden an so einer Verletzung sterben. Vor allem, wenn diese nicht behandelt wurde. Und er ging nicht davon aus, dass sie hier so etwas wie einen Arzt oder Heiler überhaupt hatten, geschweige denn, ihn von diesem behandeln ließen.

Der Hauptmann der Soldaten ergriff nun wieder das Wort und es wurde still in den Reihen.

„Die Strafe wird jetzt vollzogen. Er hat des Königs Eigentum angegriffen, als er dieses Dorf hier angezündet und bestohlen hat. Dafür wird er büßen!"

„Es war der verdammte Hühnerstall!", gab Slevin vorlaut zurück. Und dabei hatte er die Viecher sogar noch vorher aus dem Stall getragen.

Slevin, der bereits für diese Worte, mit einem erneuten Schlag in den Rücken gerechnet hatte, wurde jedoch wieder einmal von der Reaktion Gunnars überrascht. Denn anstatt ihn zu prügeln oder ihn einfach zu seiner Strafe zu zerren, pflichtete er ihm quasi bei:

„Herr, ich möchte noch einmal anmerken, dass dies hier nicht zu euren Aufgaben gehört. Wir sollten selbst über ihn richten dürfen. Er könnte zum Beispiel die Hütte wieder aufbauen, die er abgebrannt hat. Damit wäre uns mehr geholfen, als den Mann hier zu verstümmeln."

Hauptmann Tremon sah den Mann mit der vorlauten Klappe fast schon mordslüstern an.

„So, wäre es das? Und was ist mit dem, was er gestohlen hat? Wäre es ebenfalls besser einen Raub an dem Königs Eigentum gut zu heißen und hier Milde walten zu lassen? Oder sympathisiert ihr etwa mit einem solchen Verhalten?"

Oh oh, fuhr es Slevin durch den Kopf. Wenn dieser Gunnar so weiter machte, wäre er bald nicht mehr der einzige, der hier die Axt zu spüren bekommen sollte.

Doch Gunnar ließ sich von der offensichtlichen Drohung diesmal nicht einschüchtern. Der Mann war wohl tatsächlich lebensmüde.

„Er hat anscheinend eher aus der Not heraus gehandelt, jeder intelligente Mensch kann das erkennen. Seht ihn euch doch nur mal an!"

Slevin wollte schon fast wieder protestieren, allerdings, wenn er so an sich herab sah und die Tatsache mit einberechnete, dass er tatsächlich seit einiger Zeit viel zu wenig gegessen hatte, musste er Gunnar wohl eher Recht geben. Und dann konnte er dieses Spiel auch genauso gut mitspielen.

„Also ich finde, der Mann hinter mir hat durchaus recht", pflichtete Slevin Gunnar bei und trieb den Hauptmann damit an den Rand eines Tobsuchtsanfalles.

Und dies kam ihm nicht einmal ungelegen. Sollte hier eine Rangelei zwischen Bewohnern und Soldaten ausbrechen, konnte er die Gelegenheit durchaus nutzen, um zu fliehen.

„Außerdem waren es wirklich nur Dinge, die ich gebraucht habe, um weiter zu ziehen. Ich wollte niemandem hier etwas tun und…"

„Und das Schwert?", wurde er von dem Hauptmann Tremon böse unterbrochen. „Gehörte es dir oder hast du dies auch nur gebraucht, um weiter zu ziehen?"

Slevin zuckte jedoch nur mit den Schultern.

„Ihr seht selbst, es sind gefährliche Zeiten für einen Mann, der alleine umherzieht. Überall lauern Räuber und …"

Doch er wurde abrupt unterbrochen.

„Es ist egal, was du gestohlen hast und wofür du es brauchtest!", entgegnete Tremon mit einem siegessicheren Lächeln und wieder etwas ruhiger. „Ich habe das Urteil gesprochen und es wird vollzogen!"

Dabei sah der Hauptmann schon fast lauernd zu Gunnar und den anderen Anwohnern, bei denen ein Tuscheln und Raunen begonnen hatte.

„Er hat uns weniger genommen, als ihr es tut!", erklomm dennoch eine Stimme aus dem Wirrwarr.

„Genau! Wir werden diesen Winter verhungern, bei den Abgaben, die ihr verlangt!", ertönte es weiter aus der Menge.

Darum ging es hier also. Die Soldaten waren nicht hier gewesen um etwas oder jemanden zu beschützen. Sie waren hier, um die Abgaben für den König einzutreiben. Und Slevin war durchaus bewusst, dass es hier nicht um ihn ging. Die Leute hier, genauso wie Gunnar, handelten nicht aus Nächstenliebe heraus. Hier bahnte sich ein Aufstand an. Seine Strafe war nur der Tropfen, der das sprichwörtliche Fass zum Überlaufen gebracht hatte, um diese Revolte auszulösen. Oder der Aufstand war bereits länger geplant und er war nur wieder einmal zur falschen Zeit am falschen Ort. Denn er hatte bereits, als er zu dem Dorfplatz geführt worden war bemerkt, dass einige der Bewohner Waffen unter ihren Mänteln versteckt hielten. Und dies mit Sicherheit nicht, um die Soldaten bei ihrem Tun zu unterstützen.

'Habe ich es dir nicht gesagt? Aber nein, du konntest ja nicht hören!'

'Sei still! Wenn wir einen passenden Moment abwarten, können wir uns vielleicht davon schleichen, während die sich die Köpfe einschlagen.'

Denn die Soldaten ließen sich nicht von den aufgebrachten Bauern beeindrucken. Im Gegenteil. Manche von ihnen hatten bereits die Hand am Schwertgriff.

„Nehmt ihm die Fesseln ab und richtet ihn her", erklang nun der weitere Befehl Tremons. „Und jeder, der es auch nur wagt, meine Befehle, und damit, die des Königs infrage zu stellen, teilt sein Schicksal!"

Das war zumindest einmal eine Ansage. Doch auch Slevin war schon einen Schritt weiter.

„Oh, das wird nicht nötig sein, aber danke", sagte er und hob seinen linken Arm, wie zum Gruß.

Die Stricke hatte er bereits in der Hütte durchgerissen und diese nur in den Händen behalten, um den Anschein zu wahren.

Der Hauptmann sah ihn im ersten Moment tatsächlich etwas irritiert an. Doch dann gab er den zwei Soldaten an seiner Seite einen Wink. Diese zogen ihre Schwerter und kamen langsam auf ihn zu. Der Hauptmann wollte anscheinend um jeden Preis sein Urteil in die Tat umsetzen. Und wenn dies nur, um ein Exempel zu statuieren.

Derweil stand Slevin einfach nur da und sah den zwei, auf ihn zukommenden Männern entgegen. Dabei blitzten seine Augen leicht unter seiner Kapuze hervor. Doch darauf achteten die Soldaten, die sich ihrer Überlegenheit sicher waren, nicht.

„So. Ihr wollt mir also die Hand abhacken, ja?", fragte nun Slevin lauernd. „Welche hättet ihr denn gerne?"

Die Soldaten standen nun vor ihm.

„Die Rechte?"

Dabei hielt Slevin seine rechte Hand hoch, in der er inzwischen das Messer trug, welches er Gunnar, bei seinem geschauspielerten Sturz aus dem Hosenbund geklaut hatte.

„Oder doch lieber die linke Hand."

Und mit einer blitzartigen Bewegung hieb Slevin dem linken Soldaten seine Faust mitten ins Gesicht, während er im nächsten Moment den Schwerthieb des anderen Soldaten parierte und ihm mit einer gekonnten Drehung des Armes, sein Schwert aus den Händen wirbelte und dieses knapp vor dem Hauptmann mit der Spitze in den Boden fuhr.

Dieser hüpfte, wie ein aufgescheuchtes Huhn ein paar Schritte zurück und wedelte erschrocken mit den Armen.

Doch Slevin hatte keine Zeit, sich darüber zu amüsieren.

Sofort drehte er sich wieder und schlug dem ersten Soldaten, der immer noch seine blutende Nase hielt, den Griff seines Messers gegen die Schläfe und dieser sackte zu Boden.

Während dessen versuchte sein zweiter Gegner ebenfalls, ihn mit der Faust nieder zu schlagen. Doch Slevin duckte sich, wirbelte herum und streckte auch den zweiten Soldaten, mit einem Tritt seines Fußes gegen dessen Kopf nieder.

Hauptmann Tremon keuchte erneut auf und schnaubte dann wütend, während Slevin sich ein paar Schritte zurückzog und leise zu dem Mann hinter ihm sprach.

„Gunnar, ich bin nicht euer Feind!", versuchte er auf den Mann einzusprechen. „Ihr wollt einen Aufstand und die Soldaten töten? Ich kann euch helfen!"

'Und du denkst wirklich, dass du damit durchkommst?'

Seine innere Stimme klang eher belustigt, als alles andere.
'Wahrscheinlich nicht', gab er zu, aber es war immerhin einen
Versuch wert.

Gunnar sah ihn eine ganze Zeit lang abschätzend an, dann
nickte er.

„In Ordnung. Wenn wir siegen, wirst du deine Hand behalten.
Aber denke ja nicht, dass du damit dann fein raus bist!"

Slevin nickte nur knapp. Er hatte nichts anderes erwartet. Also
wandte er sich wieder nach vorne und den Soldaten zu, die
sich nun alle durch die Menge kämpften. Einige hatten bereits
hinter ihren Hauptmann erreicht und hinter ihm Aufstellung
genommen.

Auch hinter Slevin hatten sich einige Männer des Dorfes
aufgestellt. Allesamt nun mit ihren Schwertern in den Händen.
Und auch Gunnar wurde von hinten eine Waffe gereicht.

Slevin sah zu dem Schnitzmesser in seiner Hand und wandte
sich dann kurz zu nochmals um.

„Ein Schwert wäre toll!"

Doch Gunnar sah nun seinerseits auf die eher schlechte Waffe
in seiner Hand und zuckte etwas hilflos mit den Schultern.
Offenbar war das alles, was sie an Schwertern zur Verfügung
hatten und niemand hier wäre wohl nicht so freundlich, sein
Schwert gegen das Messer einzutauschen.

Dann eben so.

In diesem Moment gab der Hauptmann auch schon den Befehl
zum Angriff.

Die Soldaten stürmten zu ihnen.

Den ersten Angriff eines Soldaten wich er aus, indem er sich
zur Seite beugte und gleichzeitig einem Gegner neben ihm mit
seinem Messer über die Brust fuhr. Dann duckte er sich, warf
den Mann vor ihm mit Schwung einfach über sich und stand
Sekunden später wieder aufrecht. Er musste sich nicht noch
einmal umdrehen. Aus den Augenwinkeln sah er, wie die

Männer hinter ihm sich des am Boden liegenden Soldaten bereits annahmen.

Allerdings war es auch für ihn nicht leicht, mit einem Messer gegen diese Überzahl an ausgebildeten Soldaten mit Schwertern zu kämpfen. Einen anderen Kampfstil wollte und konnte er aber nicht an den Tag legen. Sollte er seine Gegner hier mit Hilfe seiner Vampirkräfte angreifen, würde wohl kein Zweifel mehr daran bleiben, dass er ein Monster war. Und das wollte er so lange es ging vermeiden.

Also duckte er sich weiterhin vor Hieben und Stichen und versuchte sein Handicap mit Schnelligkeit auszugleichen.

'Vielleicht wäre es für dich das Beste, wenn du dich einfach töten lässt und hoffst, dass sie dich nicht all zu tief begraben. Du kämpfst wie ein Mädchen, weißt du das?'

'Dankeschön!', erwiderte Slevin gereizt. 'Und was ist, wenn sie mich verbrennen?'

Er hatte weiß Gott gerade besseres zu tun, als hier wieder einmal eine Diskussion zu führen.

'Verbrennen wäre natürlich dumm, nicht wahr? Aber du könntest dir auch wirklich von jemandem helfen lassen. Von jemandem, für den diese paar dahergelaufenen Soldaten keine Herausforderung wären?'

'Jemanden, wie dir zum Beispiel?'

Slevin hatte eigentlich nur auf dieses Angebot gewartet. Doch er würde es auch dieses Mal ausschlagen.

Dem nächsten Soldat, der ihn angriff, stach er sein Messer in den Oberschenkel, bevor dieser auch nur wusste, wie ihm geschah, während er einem zweiten sein Knie in den Unterleib rammte. Dann zog er das Messer wieder aus dem Mann heraus und ein roter Blutschwall trat aus dessen Bein und er kippte sofort zu Boden. Den zweiten Mann, der ebenfalls in die Knie gesunken war, packte er am Hals und zog ihn wieder hoch. Er benutzte ihn als lebendes Schutzschild, während er sich seinem eigentlichen Ziel, dem Hauptmann näherte. Er hatte noch eine Rechnung mit diesem offen.

Tremon allerdings erkannte sein Vorhaben und begann, mutig wie er war, die Flucht zu ergreifen.

Als sie die Kämpfenden hinter sich ließen und auf die Dorfbewohner zuliefen, warf Slevin seine Geisel zur Seite und blickte sich kurz um.

Gunnar und seine Männer würden wohl kurz ohne seine Hilfe auskommen müssen.

Tremon rannte, so schnell er konnte von ihm davon, was Slevin nur ein spöttisches Grinsen entrang.

Slevin beschleunigte seine Schritte, rannte aber noch nicht. Der Hauptmann hatte sowieso einiges damit zu tun, sich durch die, zwar nicht bewaffneten, aber trotzdem nicht nachgebende Masse an Menschen, zu kämpfen. Tremon jedoch kannte bei seiner Flucht kein Erbarmen. Mit seinem Schwert hieb er nach den Bewohnern, die ihm im Weg standen oder gar versuchten ihn festzuhalten. Egal, ob es nun Männer, Frauen oder gar Kinder waren.

Slevin knurrte wütend. Aber nur noch ein paar Meter trennten ihn von seinem Opfer.

Da änderte dieser Bastard seine Taktik. Er steckte sein Schwert ein, riss zwei der Bewohner die Fackeln aus der Hand und stach diese nun in die Menge. Drei von ihnen konnten nicht mehr rechtzeitig ausweichen und ihre Kleidung fing augenblicklich Feuer. Sofort gerieten alle in Panik. Zwar versuchten einige, die Brennenden auf den Boden zu werfen, um sie so zu löschen, aber die meisten flüchteten kopflos. Dies gab dem Hauptmann Raum, seine Flucht fortzusetzen.

Slevin lief verbissen hinterher.

Als er Tremon jedoch abermals eingeholt hatte, stand dieser in einer engen Gasse zwischen zwei Hütten.

Und das nicht alleine.

Eine Frau war bei ihm. Diese drückte er mit einer Hand an deren Kehle, an die Wand einer der Hütten. Die blonden Haare der Frau fielen ihr wirr ins Gesicht, als sie versuchte sich aus dem Griff zu befreien. Sie wandte sich hin und her und versuchte mit ihren Händen, nach Tremon zu schlagen. Dieser ließ sie kurz etwas los, doch nur um sie dann erneut mit voller Wucht gegen die Wand zu knallen. Die Abwehrversuche der Frau ließen nach und sie stand benommen an der Wand. In der anderen Hand hielt Tremon immer noch eine Fackel, welche er drohend an das Gesicht der Frau hielt.

„Keinen Schritt weiter oder sie wird brennen!", mahnte Tremon ihn, als er bis auf ein paar Schritte herangekommen war.

„Was geht mich dieses Weib an?", erwiderte Slevin böse und trat einen Schritt weiter.

Der Hauptmann sah ihm entschlossen entgegen und knallte die Frau abermals gegen die Wand.

„Was ist los, mein ehrenwerter Richter und Henker? Zu feige für einen fairen Kampf?", fragte Slevin und drehte angriffslustig sein Messer in der Hand.

Sein Gegenüber lachte hysterisch.

„Einen fairen Kampf, gegen ein Monster, wie dich?" Inzwischen hatte der Mann wohl bemerkt, dass er es mit keinem normalen Gegner zu tun hatte.

„Der Teufel soll dich holen!", spie der Hauptmann ihm verächtlich entgegen.

„Glaube mir, das hat er schon! Und nun ist er wegen dir hier!" Slevin blickte den Mann vor ihm finster an und in seinen Augen lag ein Versprechen! Er würde ihn töten, so oder so!

„Lass uns darüber reden", versuchte es Tremon nun anders.

„Was willst du? Gold? Waffen? Das kannst du haben!"

„Dazu ist es zu spät!", entgegnete Slevin böse.

Die Frau in Tremons Griff sah Slevin mit flehenden Augen an, als dieser einen weiteren drohenden Schritt auf sie zu lief.

Der Hauptmann zog den Griff um den Hals seiner Geisel noch weiter zu, bis diese zu röcheln begann.

In Slevins Körper war jeder Muskel zum Zerreißen gespannt. Langsam ging er weiter auf Tremon zu. Er würde ihn sich holen, das wussten sie beide.

In diesem Moment erschlaffte die Frau in den Armen des Hauptmannes.

„Verschwinde, du Ausgeburt der Hölle!", schrie er Slevin entgegen und schwenkte drohend Fackel hin und her.

Slevin schüttelte langsam den Kopf.

„Ich gehe nirgends wo hin. Und du auch nicht mehr!"

Mit diesen Worten preschte Slevin nach vorne.

Doch auch der Hauptmann blieb nicht tatenlos. Er rammte der bewusstlosen Frau seine Fackel in den Leib und schmiss sie Slevin entgegen, als er die beiden erreicht hatte.

Fluchend konnte Slevin nur noch dabei zusehen, wie der Hauptmann abermals flüchtete, während er die brennende Frau zu Boden gleiten ließ.

Slevin stieß ein frustriertes Knurren aus und ballte die Fäuste, bevor er sich dann ebenfalls auf den Boden sinken ließ und versuchte, die Flammen, die aus der Kleidung der Frau hervorzüngelten zu löschen, in dem er sie kurz hin und her rollte und dann mit bloßen Händen die restlichen Glutherde ausschlug.

'Was zum Geier tust du da? Scheiß' auf die Frau! Töte diesen Bastard endlich! Er hat dich gesehen! Dich und deine Augen. Willst du ihn wirklich davon kommen lassen?!'

'Das habe ich nicht vor!' entgegnete Slevin böse. 'Und jetzt halte deine Klappe!', schrie er in sich hinein.

Als er sich sicher war, alle Flammen und glühenden Stoffreste gelöscht zu haben, stand er auf und lief mit wütenden Schritten auf Tremon und seine Soldaten zu, zu denen der Hauptmann geflüchtet war und zwischen denen er sich jetzt versteckte. So wie es aussah, war Gunnar mit seinen Leuten in der Zwischenzeit nicht gerade erfolgreich gewesen. Slevin konnte nicht gerade erkennen, dass die Soldaten weniger geworden wären. Doch das machte jetzt auch keinen Unterschied mehr. Mit, vor Wut funkelnden Augen hielt er auf sein Opfer zu. Während die Bewohner, die zwischen ihm und den Soldaten standen, sich erschrocken umdrehten.

Panisches Kreischen war zu hören, als die Menschenmenge vor ihm zurückwich und so eine Gasse für ihn freimachte. Slevin hatte in seinem Zorn nicht einmal bemerkt, wie sein eigener Mantel Feuer gefangen hatte. Nun loderten die Flammen immer höher aus seinem Rücken hervor, während Slevin entschlossen weiter lief. Doch darum kümmerte er sich überhaupt nicht. Es würde einige Zeit dauern, bis sich das Feuer durch den dicken Stoff des Mantels gefressen hatte. Und selbst dann, er würde wieder heilen.

Also lief er langsam weiter, die Hände zu Klauen geformt, die sich ruckartig schlossen und wieder öffneten.

Selbst die Kämpfenden hielten inzwischen inne und erstarrten bei diesem Anblick.

Tatsächlich musste er für sie, wie der Leibhaftige aussehen. Mit vor Zorn sprühenden, grünen Augen und inzwischen lichterloh brennend, schritt er dennoch einfach weiter auf den Hauptmann und seine verbliebenen Männer zu.

Es war ein kurzes Gefecht.

Slevin stürmte einfach auf sie los. Ohne Waffe zerfleischte er seine Gegner mit den Zähnen und seinen bloßen Händen, bis sie am Boden lagen und sich keiner mehr von ihnen bewegte. Er konnte ihr warmes Blut in seinem Mund schmecken. Und es schmeckte nach mehr! Langsam erhob er sich und drehte sich zu dem einzigen noch Lebenden um.

Hauptmann Tremon.

Die Zunge über seine blutigen Lippen streichend, näherte er sich ihm.

„Helft mir. Er ist ein Monster! Helft mir doch!", schrie der Hauptmann wie von Sinnen und wedelte wie verrückt mit seinem Schwert herum.

Doch niemand rührte sich, als Slevin den Mann mit nur einem Hieb das Schwert aus der Hand schlug, ihn am Hals packte und in die Luft hob.

'Pass auf! Messer!'

'Habe ich gesehen!'

Tatsächlich hatte dieser Bastard in seiner anderen Hand ein Messer versteckt gehalten und wollte es Slevin in die Brust rammen.

Slevin war schneller. Mit der freien Hand griff er nach der Schneide des Messers und hielt es fest. Der Hauptmann versuchte es mit ruckartigen Bewegungen wieder frei zu bekommen. Aber Slevin hielt es mit einem kalten Lächeln fest, auch wenn er sich dabei die Hand blutig schnitt.

Mit, vor Angst geweiteten Augen ließ der Hauptmann das Messer los.

„Du bist wahrlich der Teufel!", waren seine letzten Worte, als Slevin das Messer umdrehte und es seinem Gegner bis zum Heft in den Körper rammte.

Mit dem toten Hauptmann fiel Slevin ächzend auf die Knie. Sein ganzer Körper war ein einziger Schmerz.

'Was hast du denn erwartet? Du brennst ja auch!'

Doch Slevin kniete nur da und bewegte sich nicht.

'Ähm, willst du noch länger hier herum hocken bis nur noch ein Häufchen Asche von dir übrig ist, oder wie?'

Erst da ging endlich ein Ruck durch seinen Körper. Er zog sich hektisch seinen immer noch lodernden Mantel aus und erstickte mit den Händen die restlichen Flammenherde auf seinem Hemd und der Hose.

Wieder einmal zogen durch ihn blitzartige Stöße der Heilung. Slevin ließ es zu. Er kniete einfach nur da, blickte nach oben und sah, wie sich die Sonne langsam gegen die Nacht durch setzte. Lange Schlieren aus rot und orange zogen sich durch den Himmel und nicht einmal die Geräusche der Menschen hinter ihm, interessierten ihn. Einige Zeit blieb er so.

Erst nach einige Minuten raffte er sich langsam wieder auf und sah sich um.

Alle Leute standen immer noch mit aufgerissenen Augen und Mündern da und starrten ihn an.

Er sollte schleunigst machen, dass er von hier verschwand.

Also stand er auf und ging langsam zu dem Baumstumpf, an dem immer noch sein Beutel lag. Frustriert nahm er ihn und ein Schwert, welches auf dem Boden lag.

So hätte diese Nacht nicht verlaufen sollen.

„Warte!", erklang plötzlich eine Stimme neben ihm.

„Auf was?", entgegnete Slevin barsch, ohne aufzusehen. „Ich nehme das Zeug hier und ich denke nicht, dass ihr versuchen wollt, mich davon abzuhalten!"

Sein Maß an Geduld war heute mehr als erschöpft.

Als Slevin aufsah, erkannte er Gunnar neben sich, der mit ihm gesprochen hatte.

Slevin seufzte. Wollten die Leute hier wirklich, nach allem was geschehen war, wegen einem Beutel Essen und Klamotten sterben?

„Ich habe gesehen, was du getan hast", sagte Gunnar leise zu ihm, machte aber keine Anstalten sein Schwert gegen ihn zu richten.

Slevin blickte fragend zurück.

„Der Hauptmann und Gretl, die Frau die du gerettet hast. Ich habe es gesehen!"

Noch bevor Slevin etwas erwidern konnte, zog Gunnar sich seinen Mantel aus und reichte ihn Slevin. Als dieser misstrauisch zögerte, fügte Gunnar hinzu.

„Was du auch bist, du hast Gretl gerettet, mit uns gekämpft und die Soldaten besiegt. Du sollst bekommen, was du brauchst!"

Slevin setzte den Sack auf den Boden ab und nahm den Mantel an sich. Er zog ihn sofort an und auch die Kapuze wieder über den Kopf.

„Danke."

Doch als er den Sack vom Boden aufheben wollte, hielt Gunnar ihn abermals zurück.

„Ich sagte: Warte!"

Slevin sah abermals fragend und bereits wieder misstrauisch zu seinem Gegenüber. Das Schwert hatte er die ganze Zeit in den Händen behalten.

Bevor Gunnar sich erklären konnte, kam eine ältere Frau zu ihnen gelaufen. Sie trug einiges an Fleisch, Obst, aber auch ein Hemd und ein Seil in den Armen.

Die Frau blieb vor ihnen stehen und übergab Gunnar die Sachen.

„Hier Gunnar, ich habe alles geholt, was du gesagt hast."

„Danke Berta."

Gunnar nahm alles nacheinander der Frau ab und reichte es dem verblüfften Vampir weiter.

„Hier ist besseres Essen, als du gestohlen hast. Und auch noch ein paar andere Dinge, die du brauchen könntest. Stecke es ein."

Slevin steckte alles wortlos in seinen Sack, nickte nochmals, drehte sich um und ging ohne sich noch einmal umzusehen.

Die Räuber

Als Slevin aus dem Dorf heraus war, lief er.
Immer weiter. Ohne Ziel.
Wohin sollte er denn auch schon gehen? In das nächste Dorf,
in die nächste Stadt und damit vielleicht in das nächste
sinnlose Gefecht?
Er brauchte Zeit um nachzudenken. Er musste sich klar
werden, was er tun wollte.
Und er hatte etwas zu klären, und zwar mit seiner inneren
Stimme.
'Hey', sprach er diese unfreundlich an.
'Was willst du?', war die ebenso unfreundliche Antwort.
'Wir müssen reden!'
'Ach. Und worüber, bitteschön?'
'Stell dich nicht dumm, Dämon! Du weißt genau worüber!'
Doch Slevin erhielt wieder nur dieses höhnische Lachen,
welches ihm inzwischen so dermaßen auf die Nerven ging, er
hätte am liebsten den Kopf gegen eine Wand geknallt. Zum
Glück war keine da.
Slevin hatte bereits kurz nachdem er diese Stimme in sich das
erste Mal gehört hatte, begriffen, dass es der Dämon war, der
zu ihm sprach. Und kurz darauf hatte er ihn auch in sich
wahrgenommen. Er hatte ihn in jener Nacht so tief in sich
begraben, dass er ihn nicht einmal mehr gespürt hatte. Doch
jeden Tag hatte sich dieser mehr und mehr in sein Bewusstsein
geschlichen. Hätte Slevin nicht bereits sein Leben lang gegen
den Vampir in sich gekämpft und diesen hinter geistigen
Mauern in Schach gehalten, er hätte keine Chance gegen den

Dämon gehabt. Er hätte seinen Geist verdrängt und die Kontrolle über seinen Körper übernommen.

Nun saß der Dämon in ihm, gehalten alleine durch seine Willenskraft. Immer wieder kratzte er an Slevins imaginären Mauern, die ihn hielten und lauerte auf seine Chance.

Slevin hatte mehrmals versucht, mit dem Dämonen zu sprechen. Herauszufinden was in dieser Nacht in dessen Burg geschehen war. Oder wenigstens, wo er war oder einfach nur irgendetwas, was ihn weiter brachte. Doch ohne Erfolg. Der Dämon ließ nichts heraus. Stattdessen lachte er ihn einfach nur aus. Aber jetzt würde er ihn nicht mehr so davon kommen lassen!

'Hör zu. Wir sitzen beide quasi im selben Boot. Also wäre es langsam angebracht, wenn du mit mir reden würdest?'

'Dieses geistige Wirrwarr nennst du also Boot, ja?! Hast du eigentlich in letzter Zeit mal in dich hinein gefühlt? Kein Wunder, dass deine sogenannten Freunde dich verraten haben! Du bist verrückt, weißt du das überhaupt?! Und tu jetzt bloß nicht so, als wüsstest du nicht wovon ich rede!'

Jetzt war Slevin erst einmal sprachlos.

Dass der Dämon so Einiges von seinen Gedanken mitbekam, war ihm klar gewesen. Aber dass er anscheinend auch in seiner Vergangenheit und seinen Gefühlen lesen konnte, wie in einem offenen Buch, schockierte ihn dann doch.

Aber immerhin redete er jetzt mit ihm. Also sollte er erst einmal alles andere zur Seite schieben und diese Chance nutzen.

'Dann weißt du ja immerhin auch schon, was ich vorhabe. Was ich von dir nicht behaupten kann. Jetzt wäre ein guter Zeitpunkt, es mir zu erzählen!'

'Ich sitze in einem verrückt gewordenen Vampir fest! Was soll ich deiner Meinung nach vorhaben?'

'Du weißt ganz genau, was ich meine, also stell dich nicht dümmer, als du bist!'

'Hast du dahergelaufener Möchtegern-Vampir mich eben gerade dumm genannt?'

Slevin atmete zweimal tief ein und wieder aus. So kamen sie keinen Schritt weiter!

'Nein, das wollte ich damit nicht sagen, okay?'

'Was wolltest du dann sagen?'

'Ich wollte damit sagen… Ich…. Was hat Thorun dir befohlen, mit mir zu machen? Er wollte, dass du mich zu einem Lakai machst, oder? Darum hast du mich…'

Wieder fehlten Slevin die passenden Worte, für das was passiert war. Er wusste ja noch nicht einmal, wie so etwas überhaupt möglich war.

'Das würdest du wohl gerne wissen, nicht wahr?', fragte der Dämon lauernd.

'Ja, verdammt, das möchte ich! Und vor allem möchte ich wissen, ob Thorun weiß, was geschehen ist und dass ich geflohen bin.'

Doch schon während er diesen Satz sprach, wusste er, er würde wieder keine wirkliche Antwort erhalten.

'Siehst du den Hexer hier irgendwo?'

Slevin antwortete ein verwirrtes 'Nein.'

'Wenn Thorun davon wüsste, würde er doch längst Jagd auf dich machen und wäre bereits hier. Denk doch einmal mit!'

Okay, das klang logisch, musste er zugeben.

Andererseits saß auch dessen Dämon, des Hexers mächtigstes Werkzeug, in ihm fest. Hatte der Hexer vielleicht sogar Angst ihm so zu begegnen? Oder war dies alles nur ein weiteres abartiges Spiel des Hexers.

'Dann sage mir wenigstens noch etwas über diese Soldaten, die im Dorf waren, bat Slevin nun. Du wolltest wegen ihnen weiter ziehen. Warum? Wer ist ihr König?'

Doch anstatt einer Antwort hörte Slevin wieder dieses dreckige Lachen. Der Dämon schien sich über seine Frage so sehr zu amüsieren, er konnte sich vor Lachen schier nicht mehr halten.

'Wer ihr König ist? Du machst Scherze! Weißt du denn gar nichts?'

'Sieht wohl so aus.', antwortete Slevin ehrlich verblüfft, obwohl ihm da so langsam eine Idee kam, welcher grausame Herrscher hier in diesem Land sein Unwesen treiben könnte.

'Na siehst du, du bist doch gar nicht so dumm, wie du manchmal tust.', wurden seine Gedanken bestätigt.

'Thorun?', hakte er dennoch ungläubig nach.

'Thorun ist der Herrscher dieses Landes?'

'Natürlich ist er das! Oder warum denkst du, hat er diese Krone auf dem Kopf? Aus Jux und Tollerei?'

'Wenn er zu mir in den Kerker kam, hatte er kein verdammtes Krönchen auf!', schrie Slevin ungehalten zurück.

Doch immerhin war dies eine Information, mit der er vielleicht etwas anfangen konnte. Auch wenn ihm noch jegliche Idee fehlte, was.

'Verdammt, pass doch auf!'

In Gedanken versunken, war Slevin fast gegen einen Baum gelaufen. Er sah sich um. Noch ein Wald. Na prima!

'Muss ich hier auch noch die Kindsmagd für dich spielen oder wie?'

Slevin hatte bereits eine boshafte Antwort parat, als ihn Geräusche aufhorchen ließen. Er spähte durch die Bäume hindurch und schickte seine Sinne aus. Dort vorne waren Männer. Und nicht nur ein oder zwei. Es musste eine ganze Gruppe sein. Was wollten die jetzt plötzlich hier? Tagelang war er einsam durch den Wald geirrt und nun da er alleine sein wollte, traf er sofort wieder auf Menschen.

'Was willst du denn bitteschön hier? Warum sind wir nicht in die Stadt gegangen, von der dieser Anführer geredet hat?'
'Weil wir verdammt nochmal nicht wissen in welche Richtung wir hätten laufen sollen. Außerdem brauchte ich Ruhe', entgegnete er schroff.
'Ja dann wünsche ich dir viel Spaß bei deiner Ruhe, wenn diese Räuber oder Landstreicher dich hier sehen!'
'Räuber? Woher willst du wissen, dass es Räuber oder so etwas sind?', hakte Slevin nach.
'Weil sie bis an die Zähne bewaffnet sind vielleicht?', gab seine innere Stimme fröhlich zum Besten.
Na wenigstens einer hatte hier immer noch gute Laune.
'Aber jetzt mal im Ernst. Wer sollte sich hier im Wald verstecken? Außer ein dummer Vampir, der nicht weiß in welche Richtung eine Stadt liegt, natürlich. Wir hätten nach Norden gehen sollen, so wie ich es gesagt habe. Aber nein, der Vampir weiß ja wieder einmal alles besser!'
Slevin hingegen versuchte schon nicht mehr zuzuhören. Er schlich sich weiter an die Gruppe Männer heran. Und tatsächlich. Diese Gruppe von etwas mehr als zehn Mann, machte wirklich nicht den Anschien, dass es sich hier um ein paar Bauern auf der Durchreise handelte. Sie trugen alle Waffen, so wie es der Dämon gesagt hatte. Trotzdem trugen sie keine Kittel mit Wappen darauf, so wie die Soldaten im Dorf. Und die meisten hatten sogar Schwert und Messer im Gürtel stecken.
'Na? Neidisch?', fragte seine innere Stimme. *'Du hättest auch mehr Waffen haben können, hättest du…'*
'…hättest du sie alle getötet und all ihre Sachen genommen. Bla bla bla. Lass dir mal etwas anderes einfallen. Die Sätze kenne ich schon auswendig', blaffte Slevin zurück.

Aber eines musste er zugeben. Die Räuber dort vorne interessierten ihn. Und so beschloss er kurzerhand, sie zu beobachten.

Anfangs hatte er vorgehabt, sie in der Nacht zu beklauen. Aber er war skeptisch geworden. Räuber zu berauben schien ihm nicht die beste Idee zu sein. Also folgte er ihnen unauffällig.

Und was er sah, machte sie noch interessanter. Am ersten Tag hatten die Räuber die Gelegenheit gehabt, ein paar Reisende zu überfallen. Allesamt Leute, die sich niemals hätten wehren können. Einfach Beute! Doch diese hatten sie einfach weiter ziehen lassen. Einen Tag später das Gleiche. Sie sahen ein paar Bauern mit ihren Wagen. Doch wieder unternahmen die Männer, denen er folgte, nichts.

Das sind keine Räuber, machte sich in ihm der Gedanken breit. Aber was sind sie dann? Und was tun sie hier?

Erst zwei Tage später erhielt er die Antwort, als er schon gar nicht mehr damit rechnete.

Die Männer lagerten wieder im Schutz des Waldes. Ein Stück weiter lag ein kleines Dorf. Slevin hatte mitbekommen, wie zwei der Männer zu dem Dorf gingen und es ausspähten.

Also doch Räuber?

Aber wenn sie etwas vorhatten, dann mit Sicherheit in der Nacht. Also würde er abwarten.

Er schloss die Augen und ließ sich, wie so oft, in seine Erinnerungen versinken.

In Gedanken sah er ihre braunen langen Haare, die sie meistens offen und ungebändigt trug. Er sah ihre dunklen, schönen Augen und verlor sich darin. Gerade wollte sie ihm etwas sagen, als er plötzlich wieder einmal seine innere Stimme vernahm.

Was war denn nun schon wieder?

'Klettere auf den Baum. Schnell!'

'Was?'

'Klettere so schnell du kannst auf diesen verdammten Baum!'
Inzwischen hatte Slevin gelernt, dass es sich bei solchen
Ansagen, dann doch lohnte einfach zu machen, was diese
sagte und erst später nach zu fragen. Also kletterte er so
schnell es ging auf diesen doofen Baum. Dort angekommen,
wollte er dann doch wissen, was das denn jetzt sollte.
'Und jetzt? Soll ich hier etwa Eichhörnchen fangen?'
'Warte!'
'Worauf?'
'Das wirst du gleich sehen. Also bleib still.'
Doch schon im nächsten Moment sah er es. Etwas entfernt
schlichen einige Männer durch den Wald. Nicht mehr sehr
lange und sie würden unter ihm vorbeigehen. Aber was
wollten sie hier? War ihm jemand von dem Dorf gefolgt?
Denn die Männer, die sich inzwischen um den Baum
schlichen, auf dem er nun zum Glück saß, hatten allesamt
Helme auf. Sie trugen ihre Schwerter in kostbaren
Lederscheiden. Außerdem trugen sie alle das gleiche Wappen
auf der Brust, wie die Soldaten im Dorf. Thoruns Wappen!
Oh, verdammt!
*'Die wollen nicht dich. Die wollen die deine Bande dort
unten!'*
'Und woher willst du das wissen, wenn ich fragen darf?'
Doch wieder einmal bekam er keine Antwort.
Vorsichtig drehte sich Slevin auf seinem Ast, um mitverfolgen
zu können, was nun geschehen würde. Das Räuberlager lag
knapp in Sichtweite.
Hatten diese die Soldaten vielleicht schon bemerkt? Nein,
hatten sie nicht, stellte Slevin etwas enttäuscht fest. Eigentlich
waren sie recht vorsichtig. Einmal hätten sie ihn sogar fast
entdeckt, als er sie beobachtete. Und er war ein Vampir. Die
da unten waren nur Menschen. Doch die Räuber fühlten sich
wohl sicher. Zu sicher. Die Soldaten waren schon knapp vor

dem Lager. Nun wäre es eh zu spät gewesen. Slevin sah weiter zu, verabschiedete sich allerdings schon mal in Gedanken von seinen neuen Gefährten. Wenn der Dämon Recht hatte, und das hatte er leider meistens, würden die Soldaten die Räuber entweder gleich töten oder ebenfalls versuchen, ihnen die Hände abzuhacken! Vielleicht auch beides.

Plötzlich war doch noch ein leises, unnatürliches Knacken zu hören, welches einer der sich anschleichenden Männer unbedacht verursacht hatten. Die Räuber sahen sich alarmiert um. Doch schon in diesem Moment waren sie nun komplett umzingelt und die Soldaten gaben sich zu erkennen. Slevin zählte mehr als ein Dutzend von ihnen. Die Männer im Lager hatten zu ihren Waffen gegriffen, zogen sie aber in Anbetracht der Situation nicht. Außerdem hatten vier der Angreifer bereits ihre Bogen gespannt und auf sie gerichtet. Jede unvorsichtige Bewegung würde mit Sicherheit einen Angriff bedeuten, den keiner der Räuber überleben würde.

Kurze Zeit schwirrte die Luft vor Anspannung, während der Wald davon komplett unbeeindruckt weiter seine typischen Geräusche machte. Irgendwo huschte ein Hase, welcher wohl immer noch nicht vorhatte, in eine von Slevins Fallen zu tappen, die er mittlerweile gebastelt hatte. Äste raschelten sanft im Wind. Und inmitten dieser Friedfertigkeit eine Gruppe Räuber, die einem womöglichen Blutbad entgegensahen. Selbst Slevin hielt die Luft an, als einer der Soldaten nun einen Schritt nach vorne tat. Es war wohl der Hauptmann und genoss in vollsten Zügen seine Überlegenheit. Denn er sagte in sehr theatralischem Ton:

„Nun ihr Gesetzlosen. Heute kommt die Gerechtigkeit zu euch und wird euch zu eurem Richter und Henker führen."

Slevin hätte beinahe laut losgelacht. Entweder war der Typ dort unten Tremons Bruder oder die hatten alle den gleichen Text drauf.

Die Räuber schienen zwar angespannt, allerdings nicht im Mindesten beeindruckt.

„Hallo Gerechtigkeit. Ich bin Lincoln. Schön dich kennen zu lernen", erwiderte einer der Räuber. „Setzt euch doch zu uns und trinkt einen Schluck Met mit uns."

Eines musste man dem Räuber lassen, er hatte Courage. Auch der Hauptmann schien zumindest ein wenig überrumpelt von dessen Worten. Doch er hatte sich schnell wieder im Griff und seine nächsten Worte klangen fest und unnachgiebig.

„Weder ich, noch einer meiner Männer, wird mit Gesetzlosen trinken. Und die ungemütliche Wahrheit sieht so aus: Ihr seid hiermit meine Gefangenen. Ich werde euch in die nächste Stadt bringen und euch dem Richter übergeben. Legt die Waffen nieder!"

Doch keiner der sogenannten Gefangenen bewegte sich auch nur ein Stück.

Nur Lincoln, der Anführer der Bande, stand achtsam und mit erhobenen Händen auf.

„Langsam. Ist ja in Ordnung. Wir ergeben uns natürlich, nicht wahr?", und dabei grinste der Räuber in die Runde. Das eher höhnische Grinsen ging weiter durch seine Männer. Trotzdem ließ der Hauptmann den Räuber weiter sprechen.

„Können wir nicht erst einmal in Ruhe darüber reden? Vielleicht habt ihr ja die Falschen, darüber schon einmal nachgedacht?!"

Dieser Lincoln hatte aber auch Nerven. Oder er hatte solche Situationen einfach schon zu oft erlebt, um sich einschüchtern zu lassen. Was war nur mit diesen Männern? Aber Slevin bezweifelte trotzdem, dass dessen Plan aufgehen würde. Auch er erkannte, dass die umzingelten Männer nur auf eine Gelegenheit warteten, um die Soldaten doch noch überraschen und angreifen zu können. Und er sollte Recht behalten. Ohne auf die Frage einzugehen, wiederholte der Befehlshaber nun nochmals:

„Übergebt uns sofort eure Waffen oder wir liefern euch tot ab!"

„Aber wenn ihr uns tot abliefert, bekommt ihr doch kein Geld, oder?"

Der Hauptmann funkelte ihn böse an. Erwischt!

„Wir werden euch nicht umbringen. Aber ich denke, der Weg in die Stadt wird für euch mit Sicherheit angenehmer, wenn ihr keine Pfeile in den Beinen stecken habt."

Bei diesen Worten senkten die umstehenden Soldaten ihre Bögen ein wenig.

„Oder lieber in die Arme?"

Und wie auf Befehl, hoben sich die Bögen wieder etwas. Diese Drohung schien zu wirken.

„Also gut Männer, ihr habt den Herrn hier gehört. Gebt bitte alle eure Waffen ab. Er scheint es tatsächlich ernst zu meinen."

Es kratzte wohl etwas an der Ehre des Hauptmannes, dass die Räuber nun zwar ihre Waffen abgaben. Dies aber erst auf den Befehl IHRES Anführers geschah. Außerdem war er wohl so einen respektlosen Umgang nicht gerade gewohnt. Also ging er zu dem Mann mit der großen Klappe und schlug ihm kurzerhand mit der Faust ins Gesicht. Dieser wurde von der Wucht einmal um seine eigene Achse gedreht, fing sich aber relativ schnell wieder. Der Räuber hielt seine Hand ans Gesicht und fluchte:

„Autsch, verdammt. Was sollte denn das? Da will man euch helfen und dann sowas."

Der Soldat holte sofort nochmal aus. Doch dieses Mal war sein Gegenüber darauf vorbereitet. Er duckte sich schnell unter dem Schlag hinweg und die Faust des Hauptmannes traf ins Leere. Der Hauptmann jedoch taumelte, von seiner eigenen

Wucht aus dem Gleichgewicht gebracht und als er sich wieder gefangen hatte, stand ein hämisch grinsender Lincoln da.

Und zwar HINTER ihm.

Der bewaffnete Räuber hätte ihn leicht töten können.

Nicht, dass er sein Leben, oder das seiner Männer, dadurch gerettet oder auch nur verlängert hätte. Die anderen Soldaten hätten sie sofort alle abgeschlachtet. Aber er hätte es tun können. Slevin zwickte die Augen zusammen. Das konnte einfach nicht gut gehen. Die anderen Soldaten wurden bei der Aktion immer nervöser. Noch ein paar Sekunden, so schätzte Slevin, und der erste würden seine Nerven nicht mehr im Griff behalten und den ersten Pfeil abschießen. Lincoln, der Mann, mit der großen Klappe, sah dies wohl genauso. Denn er hob fast sofort beschwichtigend die Arme. Trotzdem war jedem hier klar, wie einfach der Räuber, diesen so ehrbaren Hauptmann, hätte überwältigen können. Welchen Zweck er damit verfolgte, blieb auch für Slevin verschlossen. Trotzdem setzte Lincoln noch einen drauf und sagte zu den umstehenden Rittern:

„Ganz ruhig. Alle ganz ruhig. Wir ergeben uns ja."

Tatsächlich entspannten sich die umstehenden bei diesen Worten wieder etwas. Wenn der Typ so weiter machte, würden wohl bald alle hier auf dessen Kommando hören. Also, falls der Hauptmann ihm nicht bis dahin den Hals umgedreht hatte. Denn die pure Mordlust war in dessen Augen zu lesen. Besänftigend sprach Lincoln nun auf diesen ein, allerdings eher so wie man mit einem kleinen Kind sprechen würde, welches nur aus Trotz seine Meinung nicht änderte.

„Sehr geehrter Herr Hauptmann oder soll ich lieber Kopfgeldjäger sagen? Egal! Ich wollte Ihnen nur veranschaulichen, wie viel Mühe es machen würde uns den ganzen Weg, bis in die Stadt zu schaffen. Ihr müsstet uns ständig im Auge behalten. Könntet keine Nacht ruhig schlafen.

Wie viel bekommt ihr für uns? Ich kann euch ebenfalls ein Angebot machen. Dann hätten wir alle etwas davon, meint ihr nicht auch?"

Die umstehenden Soldaten, die gerade noch die Waffen der Räuber in einem Sack verstauten, schienen fast schon zustimmend zu nicken. Doch ihr Befehlshaber war wohl nicht so leicht zu überreden.

„Ich gehe keine Geschäfte mit Gesetzlosen ein!"

Und zu seinen Männern sprach er, härter als es nötig gewesen wäre:

„Fesselt sie, alle! Den hier besonders sorgfältig." Dabei zeigte er natürlich auf den Anführer der Bande.

„Wir bringen sie erst einmal hinunter ins Dorf. Morgen ziehen wir weiter zur Stadt. Und passt auf. Durchsucht sie sorgfältig!"

Die Befehle wurden sofort und natürlich mit größter Sorgfalt ausgeführt. Keine halbe Stunde später waren die Soldaten mit ihren Gefangenen auch schon unterwegs in Richtung Dorf.

Slevin saß immer noch unentdeckt auf seinem Baum und fluchte in sich hinein. Er sah auf das verlassene Lager. Die Soldaten hatten so gut wie alles eingepackt und mitgenommen. Nur noch ein paar alte Leinen und Krüge waren zurückgeblieben.

'Na dann müssen wir uns wohl neue Kameraden suchen. Die hier sind quasi schon tot', feixte Slevins innere Stimme munter vor sich hin.

'Nein, das tun wir nicht', entgegnete Slevin entschlossen.

'Tun wir nicht?', fragte der Dämon nochmals nach.

'Nein. Wir folgen!'

'Wir folgen? Das ist doch nicht dein Ernst?'

Doch es war Slevins voller Ernst. Er hatte wohl gerade so etwas wie einen Narren an den Räubern gefressen. Und das nicht nur, weil es Thoruns Soldaten waren, die sie gefangen genommen hatten.

Also wartete er noch etwas und folgte dem Trupp dann mit genügend Abstand, um nicht gesehen zu werden.

Die nächsten Stunden verbrachte Slevin damit, alles auszukundschaften. Die Soldaten wurden mit ihren Gefangenen mehr oder weniger freundlich von den Dorfbewohnern empfangen. Nun ja, schließlich hatten sie die Bösen ja ausfindig gemacht und somit wohl einen bevorstehenden Überfall auf sie vereitelt. Andererseits ließen sie sich dafür natürlich auch von den Dorfbewohnern entlohnen. Die Gefangenen wurden gefesselt in einen der wohl leerstehenden Ställe gebracht. Nur der Anführer der Räuber wurde in eine andere Hütte gezerrt. Vielleicht hatten sie Angst, dieser könnte die Seile von den Handgelenken seiner Männer quatschen und sie so befreien, dachte sich Slevin hämisch. Oder der Hauptmann wollte sich heute Nacht nochmal in aller Ruhe an ihm rächen. Schließlich hatte er ihn schon fast vor seinen eigenen Leuten vorgeführt. Egal, bis dahin würde Slevin sie hoffentlich schon befreit haben.

Er sah auch, wo sie die Waffen und die restlichen Habseligkeiten der Räuber verstauten. Es würde wohl kein Problem sein, die Sachen von dort zu stehlen. Die Soldaten hatten sie ja netterweise bereits in Säcke verpackt.

'Ja weil du ja auch so ein guter Dieb bist. Soll ich dich daran erinnern, was das letzte Mal passiert ist, als du versucht hast einen Sack ... '

'Nein', schnitt Slevin dem wieder einmal vorlauten Dämonen das Wort ab.

Dann herrschte innere Ruhe. Wenigstens vorerst. Außerdem sah er, wie die Soldaten ihre Pferde in das Dorf brachten und sie dort in einen der Ställe führten.

Als Slevin genug in Erfahrung gebracht hatte, ging er zurück in den Wald und zu dem ehemaligen Lager der Räuber. Er setzte sich mitten in das verlassene Lager und schloss die Augen.

In Gedanken saß er nun gut gelaunt inmitten der Bande. Einer von ihnen erzählte gerade eine, vor Übertreibungen bis zum Himmel stinkende, aber durchaus spannende Anekdote aus seinem Leben. Ein anderer spuckte fast sein Essen vor Lachen wieder aus und nannte den Erzählenden einen durchtriebenen Lügner. Das Feuer in der Mitte des Lagers wärmte Slevin. Er war satt und außerdem hatte er einen Krug Met in der Hand. Dann verschwand diese schöne Einbildung wieder aus seinem Kopf und er saß alleine da.

Er hatte das Gefühl, er brauchte die Gesellschaft von richtigen Menschen im Moment mehr, als Waffen oder Essen.

Also nahm er einen der dort liegen gebliebenen Krüge und prostete den nicht vorhanden Räubern zu. „Auf euren Heldenmut!", sagte er bitter und trank den letzten Schluck Met, der sich darin noch befand. Er konnte nur hoffen, dass sein Vorhaben dieses Mal besser funktionierte, als das letzte Mal.

'Du meinst wohl: auf unseren Heldenmut? Oder wie willst du die Räuber befreien? Hast du einen Plan? Ich halte das für keine gute Idee!'

'Ach, wirklich nicht?', sagte Slevin schmunzelnd in sich hinein.

Er wäre auch mehr als überrascht gewesen, hätte der Dämon nicht versucht ihn von seinem Vorhaben abzubringen.

Doch eines war ihm sehr wohl bewusst. Auch wenn er bis jetzt alles unter Kontrolle zu haben schien, sollte er es lieber nicht herausfordern. Natürlich hatte er bemerkt, wie mit jedem Toten nicht nur seine Kraft stieg. Auch der Dämon in seinem Inneren wurde dadurch stärker. Wie viele Tote noch und dieser würde die Oberhand gewinnen?

Seine innere Stimme verdrehte verärgert die Augen und zog sich zurück. Aber auch Slevin wusste, dass er einen Plan brauchte, wenn er sich dort unten nicht einfach nur durchkämpfen wollte. Und wenn es ging, dann diesmal auch noch einen guten! Slevin schloss wieder die Augen. Eine ganze Zeit lang saß er so da und lauschte den Geräuschen des Waldes. Ließ sich von den wogenden Ästen mit hinauf tragen und vergaß für den Moment alles um sich herum. Dann, nach einiger Zeit, stand er auf und ging los.

„Wird schon schiefgehen", sprach er zu sich selbst, als er im Dorf angekommen war. Leise schlich er sich zu der Hütte, in der die Waffen und Habseligkeiten der Räuber gelagert waren. Es war nahe Sonnenuntergang und die meisten Bauern waren in ihren Häusern, wenn man diese so nennen wollte. Denn auch hier waren es mehr zusammen gezimmerte Hütten aus Holz und Stroh. Nur eines der Häuser hatte den Namen auch wirklich verdient. Es war aus Lehmziegeln gemauert und wies eine beachtliche Größe auf.

Gerade als Slevin sich weiter an die Hütte mit den Waffen schleichen wollte, wäre er dabei fast in die Arme der Soldaten gelaufen. Dieb sein war nun wohl wirklich nichts für ihn. Erst im letzten Moment konnte er noch unauffällig die Route wechseln und sich hinter eine der Hütten retten.

'Verdammt nochmal! Pass doch ein bisschen besser auf. Oder willst du dich dieses Mal wirklich umbringen lassen?', zeterte der Dämon sofort los.

'Hättest mich ja auch warnen können', schimpfte Slevin lautlos zurück.

'Ja klar, Dämon tu dies, Dämon tu das! Und im Endeffekt hörst du sowieso nicht auf mich!'

'Würde ich vielleicht, wenn du mir Antworten auf ein paar sehr wichtige Fragen geben würdest, aber...'

Weiter sprach Slevin nicht. Er war es langsam Leid, darüber
zu diskutieren. Vorsichtig sah er den sechs Soldaten hinterher.
Sie liefen in Richtung des gemauerten Hauses und waren
bestens gelaunt. Außerdem schnappte Slevin ein paar
Wortbrocken deren Unterhaltung auf.

„Jetzt gehen wir erst einmal zu diesem Lehnsherrn, wie heißt
er nochmal? Gotthard, genau. Und dann schlagen wir uns die
Bäuche voll!", hörte Slevin eine bekannte Stimme.

„Ja, wir haben ja schließlich etwas zu feiern. Diese Räuber
werden uns eine nette Summe und Ruhm einbringen, nicht
wahr Roman?"

So hieß dieser Hauptmann also, Roman, dachte sich Slevin. Er
huschte eine Hütte weiter, um dem Gespräch weiter zu folgen.

„Ja das werden sie. Und heute Nacht werde ich mir diesen
Anführer noch einmal vorknöpfen. Der muss ja schließlich nur
am Leben sein, um ihn abzuliefern. Da macht es nichts, wenn
ich ihn noch etwas in die Mangel nehme. Aber nun trinkt und
esst alle so viel ihr könnt. Es geht ja schließlich alles auf
unseren Freund Gotthard."

Slevin hatte genug gehört. Die Soldaten waren nun erst einmal
beschäftigt.

Also schlich er zurück zur Hütte mit den Sachen der Räuber.
Die würden sie mit Sicherheit gerne mitnehmen. Ganz
langsam und vorsichtig machte er die Tür der Hütte auf. „Jetzt
bloß keinen Fehler machen", redete er sich selbst zu. Seine
innere Stimme hielt wenigstens im Moment ihre Klappe. Auch
dies funktionierte ohne Probleme. Trotzdem hatte er irgendwie
ein ungutes Gefühl. Er schlich mit den zwei Säcken weiter.
Nun in Richtung Stall, indem der Räuberanführer gefangen
gehalten wurde.

Allerdings musste er jetzt erst einmal auch dort
hineinkommen. Und dies war gar nicht so einfach. Schon am
Tag hatte er nach Möglichkeiten gesucht, dort unbemerkt dort

einzudringen. An dem Tor vorne stand zumindest immer eine Wache. Die könnte er zwar überwältigen. Aber er wollte sich für dieses erste Zusammentreffen Zeit nehmen. Und dabei wäre es wohl nicht gerade gut, wenn die fehlende Wache am Eingang entdeckt werden würde und die Soldaten hereinplatzten. Außerdem hatte er vor, so schnell es ging, wieder zu verschwinden, wenn dieser Lincoln nicht mit sich reden ließ. Dabei war es eher hinderlich, wenn die Soldaten aufgrund einer fehlenden Wache nach ihm suchen würden. Hinten am Giebel des Stalles war ein größerer Spalt. Dort könnte er sich hindurchzwängen. Wenn er erst einmal bis dort hinauf kommen würde. Slevin sah sich um.

In der Nähe wucherten einige Sträucher, dort versteckte er erst einmal die Säcke.

Dann besah er sich den Stall genauer.

Etwa drei Meter von dem Stall entfernt stand eine kleinere Hütte. Deren Dach war etwa auf gleicher Höhe wie der Spalt. Er musste nur auf das Dach dieser Hütte klettern und von dort aus, zu dem Spalt hinüberspringen.

Na klar, Kinderspiel, oder? Er konnte sich genauso gut dabei den Hals brechen oder die Beine. Das würde wieder verheilen, schließlich war er ein Vampir. Aber nur, wenn ihn dabei niemand sah oder hörte und voreilig den Kopf abschlug.

'Na also, worauf wartest du dann noch?', fragte wieder diese Stimme in seinem Kopf und lachte leise.

'Du willst mich unbedingt tot sehen, wie?'

'Nein, mir ist nur langweilig und das wäre mal etwas anderes, findest du nicht?'

Ohne darauf einzugehen, machte er sich ans Werk. Auf dem Dach der ersten Hütte war er schnel! angekommen, jetzt musste er nur noch springen. Er betete kurz ein paar gute Wünsche in sich hinein und spannte sich. Dann sprang er ab. Der Sprung war gut und er hatte auch genügend Schwung.

Sehr gut. Und dann, als er es schon fast geschafft hatte, verfehlte er den Spalt nur um ein paar Zentimeter. Aber er fand keine passende Stelle, um sich festzuhalten. Also rutschte er die Bretterwand wieder hinunter und kam mit einem unsanften, aber immerhin leisen Plumps auf dem Boden auf. Schnell sah er sich um, ob seine kleine Akrobatikeinlage entdeckt worden war. Aber es war niemand zu sehen oder zu hören.

Slevin fluchte leise. Der Dämon war natürlich sofort zur Stelle und lachte sich förmlich den Hintern ab. Ganz toll!

Dann auf ein Neues. Wieder stieg er auf das Dach der kleineren Hütte, sah sich nochmals um und sprang. Gerade noch konnte er sich am Spalt festhalten, bevor er abermals nach unten gestürzt wäre.

Leise zog er sich hoch und kletterte hindurch.

'Na, was sagst du jetzt?', fragte er in sich hinein.

Wie erwartet, keine Antwort. Auch gut.

Er war nun auf dem Dachboden. Dort hatten die Bewohner so einigen Krimskrams gelagert. Slevin brauchte eine Weile, um sich lautlos einen Weg durch die alten Werkzeuge und Bretter zu bahnen. Aber immerhin stand am Rande des Dachbodens eine Leiter. So konnte er wenigstens ohne weitere Klettereinlagen wieder hinuntergelangen.

Dort angekommen, fand er den Anführer, mit dem Rücken zu ihm am Boden sitzend. Er war mit dicken Seilen um Brust und Bauch, an einen dicken Pfosten gefesselt. Rechts und links von ihm standen ein paar alte Karren. Das vordere Tor der Hütte war noch immer geschlossen. Er konnte ohne Probleme zu dem Mann gelangen.

Doch was dann?

Eine Zeit lang beobachtete Slevin den Mann noch. Er war bei Bewusstsein, auch wenn er nicht mehr gerade fit aussah. Er hatte wahrscheinlich die ganze Zeit mit dem Versuch verbracht, sich loszureißen. Doch augenscheinlich ohne Erfolg. Leise schlich er sich an ihn heran. Dieser hatte ihn noch nicht bemerkt. Lautlos war er nun hinter ihn getreten. Mit einem raschen Handgriff legte er seine Hand um dessen Mund. Erschrocken spannte sich der Mann. Doch so gefesselt, konnte er sich nicht wehren. Slevin hörte von hinten seinen pochenden Herzschlag und sah, wie er panisch durch die Nase atmete, dass sich seine Nasenflügel dabei hoben und senkten. Slevin trat neben ihn.

„Shhh … ganz ruhig. Ich will dir helfen, in Ordnung? Aber du darfst auf keinen Fall schreien. Hast du mich verstanden?"
Der gefesselte Mann, spannte sich immer noch gegen die Seile, nickte aber.

„Okay. Nicht vergessen, nicht schreien", erinnerte Slevin ihn nochmal, bevor er die Hand langsam von seinem Mund löste. Erst einmal ließ er ihn etwas frei atmen. Slevin wusste, wie beklemmend dieses Gefühl war. Er sollte erst einmal ruhig werden. Und tatsächlich ließ die Spannung in dessen Körper, nach einigen Atemzügen, sichtlich nach.

„Was … was willst du?"
Der Räuber sah ihn fordernd an. Für einen Mann in seiner momentanen Situation, war das schon ziemlich mutig.

„Sagte ich doch schon. Ich will dir helfen. Ich kann dich und deine Leute befreien."

„Aha. Und warum solltest du das tun?", fragte ihn der Räuber unumwunden.

„Na, weil ich so ein guter Mensch bin", antwortete Slevin grinsend.

Erst jetzt kniete er sich vor ihn und offenbarte damit sein Gesicht. Wie erwartet erschrak der Mann vor ihm erst einmal. Slevin hob sicherheitshalber die Hand, nur falls er nun doch noch vorhatte, laut loszuschreien. Aber so schätzte er ihn nicht ein. Und tatsächlich fing der Räuber sich erstaunlich schnell wieder und fand sogar wieder Worte.

„Was zum Geier bist du denn?"

Trotz der forschen Worte, lag definitiv Angst in der Stimme des Mannes.

„Sehr freundliche Begrüßung, danke!", antwortete Slevin etwas angepisst. Aber immerhin hielt er ihn nicht für einen Hexer.

Nun schien sein Gegenüber mehr irritiert als ängstlich. Also sprach Slevin schnell weiter.

„Darüber kannst du dir später noch Gedanken machen. Im Moment ist es wohl wichtiger, was ich für dich tun kann. Wie gesagt, ich kann dich und deine Männer hier herausholen. Aber natürlich nicht ganz ohne Gegenleistung, versteht sich."

„Aha, und was wäre diese Gegenleistung, wenn ich fragen darf? Wenn es meine Seele ist, muss ich dich leider enttäuschen. Die gehört wohl schon dem Teufel."

Unweigerlich musste Slevin grinsen.

„Gute Antwort. Aber nein. So wie es aussieht, möchte ich dafür etwas Kostbareres. Ich möchte dich und deine Männer!"

Diese Aussage schien nun doch Eindruck zu machen. Die Augen des Räubers weiteten sich. Der Ausdruck in seinem Gesicht bei den nächsten Worten, war entschlossen.

„Weder ich noch meine Männer werden jemals die Sklaven von so einem … Ding wie dir sein. Da sterben wir lieber!"

„Wieder gute Antwort", entgegnete Slevin. „Wenn du so weiter machst, fange ich noch an dich zu mögen. Im Übrigen: Vampir. Ich bin ein Vampir und kein Ding."

„Sieht aber nicht so aus, Vampir!", unterbrach ihn sein Gegenüber und blickte ihm fest in die Augen.

„Nun, Räuber, das können wir gerne ein anderes Mal ausführlich diskutieren. Im Moment sollten wir uns auf das Wesentliche konzentrieren, meinst du nicht?"

Immerhin bekam er nun ein einverständliches Nicken.

„Ich möchte weder dich, noch deine Männer als Sklaven. Ich wüsste ja gar nicht, wie ich euch alle durchfüttern sollte. Und genau da sind wir schon beim Thema. Ich habe euch beobachtet. Ihr habt Mut und seid schlau. Und wie du ja vielleicht bereits bemerkt hast, fällt es mir schwer, sagen wir, neue Freunde zu finden. Ich will mich euch anschließen. Nicht als Herr oder Anführer. Aber auch nicht als Prügelknabe, wenn du verstehst, was ich meine."

Der Räuber sah ihn eine ganze Zeit lang nachdenklich an. Ihm würde diese Entscheidung nicht leicht fallen, das war beiden klar. Er kannte ihn nicht. Und einen „Vampir" in seine Gruppe zu lassen, war nun wirklich kein Pappenstiel. Außerdem musste er dies, wenn er sich dafür entscheiden würde, auch noch irgendwie seinen Leuten erklären. Die spätestens in ein paar Tagen tot waren, wenn er dieses Angebot ausschlug.

Noch einmal sah dieser in diese seltsam schimmernden Augen, als suche er dort die Antwort.

„Und du kannst uns hier alle lebend herausbringen? Es sind mehr als ein Dutzend Soldaten."

Slevin nickte. „Das kann ich. Außerdem hast du auch ein paar Männer, wenn wir sie wieder befreit haben. Deine Männer und ein Vampir. Das sollte reichen."

Es verging nochmal eine kleine Ewigkeit, in der der Räuber einfach nur vor sich hin starrte. Doch dann nickte er.

Vielleicht kam dieses Einverständnis etwas zu schnell, was Slevin etwas misstrauisch machte. Aber er würde es wohl riskieren müssen, genauso wie der Mann vor ihm. Und dieser hatte weit mehr zu verlieren als er.

„In Ordnung, Vampir, ich bin einverstanden", sagte dieser nun, um seine Entscheidung auch in Worte zu kleiden.

„Okay, gut, na dann."

Slevin zückte sein Messer, hielt es dem Räuber nochmal kurz unter die Nase, dann schnitt er damit die Seile, mit denen dieser gefesselt war, durch. Dieser stand er erst einmal umständlich auf. Slevin ließ ihm die Zeit, die er brauchte, um aus seinem Körper die Steifheit heraus zu schütteln. Slevin hob derweilen noch die nun am Boden liegenden Seile auf. Die würden sie noch brauchen.

Der Räuber streckte die Hand zu ihm aus.

„Lincoln."

Slevin sah ihn irritiert an.

„Vielleicht sollten wir uns zumindest kurz vorstellen, wenn wir nun schon gemeinsame Sache machen. Mein Name ist Lincoln."

Slevin saß noch in der Hocke und blinzelte nach oben.

„Ich kenne deinen Namen bereits. Und ich denke, für den Moment, weißt du genug von mir."

„Okay, Vampir, dann eben nicht. Wenn du schon keinen Namen hast, hast du dann wenigstens einen Plan, wie wir hier wieder herauskommen?"

„Ich brauche keinen Plan, ich habe Waffen. Das hoffe ich zumindest"

Mit diesen Worten kletterte Slevin die Leiter wieder hinauf und ging zu dem Spalt, durch den er hineingekommen war. Er bückte sich, steckte seinen Kopf hindurch und blickte nach unten. Die Beutel mit den Waffen und dem anderen Zeug waren noch da. Gut. Also war er auch noch nicht entdeckt worden. Als er seinen Kopf wieder zurückzog und zu Lincoln gehen wollte, prallte er fast mit diesem zusammen. Slevin knurrte ihn an.

„Was soll das? Willst du mir den Hintern küssen, weil ich dich befreit habe, oder wie?"

Lincoln stand etwas ratlos vor dem Vampir.

„Nein, ich wollte nur… Ich dachte wir gehen dadurch raus?!"

Slevin grinste ihn böse an und machte eine einladende Geste.
„Bitte schön!"
Lincoln steckte nun ebenfalls den Kopf durch den Spalt und
sah sich um.
„Wie zum Teufel bist du hier hereingekommen?"
„Gesprungen", erklärte ihm Slevin trocken. „Von der Hütte
links von dir. Und jetzt rede bitte etwas leiser. Hier sind
Wachen unterwegs."
Erst jetzt zog Lincoln seinen Kopf wieder aus dem Spalt
„Und wie soll ICH bitte schön aus diesem blöden Stall wieder
heraus kommen?"
„Na, so wie du auch hereingekommen bist. Ich wollte nur
nachsehen, ob die Waffen noch da sind", erklärte Slevin
weiter.
„Durch das vordere Tor?", hakte Lincoln nochmals ungläubig
nach.
„Yep, durch das vordere Tor", bestätigte Slevin.
Er musste zugeben, langsam gefiel ihm die Gesellschaft des
Räubers.
„Und jetzt komm mit", befahl er ihm.
Doch der Räuber bewegte sich keinen Zentimeter.
„Bitte sage mir, dass du einen Plan hast", forderte der etwas
angepisst.
Slevin rollte mit den Augen.
„Na schön, ich habe einen Plan, zufrieden?"
Wirklich zufrieden sah anders aus, aber immerhin folgte er
ihm nun.
Vor besagtem Tor angekommen, deutete Slevin dem Räuber
zu warten. Dieser blieb nun immerhin wie vom Blitz getroffen
stehen. Slevin tastete mit seinen Sinnen nach draußen. Es
stand immer noch eine Wache vor dem Tor. Ansonsten war
niemand in direkter Nähe. Er sah nochmal zu dem Räuber
zurück.

„Würdest du dich bitte irgendwo verstecken?"
Missmutig folgte Lincoln seiner Anweisung. Er hatte sich das
ganze wohl etwas anders vorgestellt. Slevin spannte sich und
nahm sein Messer in die Hand. Dann rüttelte er einmal an dem
Tor. Die Wache draußen reagierte wie erhofft. Der Riegel
wurde zurückgeschoben und das Tor einen Spalt geöffnet.
Slevin hatte sich so postiert, dass er nicht sofort gesehen
werden konnte. Ein leises Fluchen war zu hören, als die
Wache den leeren Pfosten sah, an dem eigentlich der Räuber
hätte sitzen sollen. Doch noch bevor der Soldat ganz
eingetreten war, schlug Slevin dem Mann mit dem Griff des
Messers hart auf den Kopf. Dieser fiel sofort lautlos zu Boden.
Schnell schloss Slevin das Tor wieder und schleifte den
bewusstlosen Mann hinter einen der Karren. Auch Lincoln war
nun wieder aus seinem Versteck getreten und sah Slevin
irritiert und auch etwas enttäuscht an.
„Das hätte ich auch gekonnt", warf er Slevin schon fast
vorwurfsvoll an den Kopf.
Slevin, der bereits damit beschäftigt war, der Wache den Helm
und die Kutte auszuziehen, blickte zu ihm auf.
„Was? Was hast du erwartet? Dass ich hier alle einfach tot
umfallen lasse oder dass ich ihm mit meinen Zähnen die Kehle
zerreiße?"
„Ja … Nein. Ich weiß nicht. Irgendetwas in der Art?"
Slevin schnaubte missmutig.
„Ich glaube, wir müssen uns wirklich später einmal lange, sehr
lange über ein paar Dinge unterhalten."
Währenddessen fesselte er die Wache. Dann schnitt er den
Rest des Seiles ab und nahm es mit.
„Sieht wohl so aus", entgegnete Lincoln nun mit einiger
Zurückhaltung.
Slevin hatte sich derweilen die Kutte und den Helm der Wache
übergezogen.

„Und, wie sehe ich aus?"

Lincoln schüttelte den Kopf.

„Ganz toll!"

„Super, na dann komme mit. Und halte bitte die Hände hinter dem Rücken und den Kopf gesenkt. Unser schlechtes Schauspiel soll ja nicht gleich sofort auffliegen."

Der Räuber atmete tief ein und wieder aus, folgte aber dann wieder den Befehlen des Vampirs. Das konnte ja noch heiter werden.

Lincoln ging wie befohlen, mit den Händen hinter dem Rücken und gesenktem Blick voraus. Slevin folgte ihm. Ihr erstes Ziel waren die Beutel, die er zurückgelassen hatte. Slevin schulterte sie und trieb Lincoln unsanft weiter.

„Hey, ist ja schon gut. Es ist niemand da, der uns sieht."

„Ich weiß, aber irgendwie macht es mir Spaß", antwortete Slevin schief grinsend.

Lincoln steuerte dann sofort den großen Stall, indem er seine Männer wusste, an. Schon nach wenigen Schritten sahen sie die Wache davor.

Slevin bugsierte seinen „Gefangenen" direkt auf die Wache zu. Wieder konnte er den rasenden Herzschlag des Mannes vor sich hören. Außerdem wurden die Schritte des Räubers vor ihm immer langsamer. War er etwa nervös? Das war gar nicht gut. Wenn der Räuber nun etwas Dummes tat, würde es Probleme geben. Slevin musste nahe an die Wache herankommen, um ihn zu überwältigen, ohne dass dieser schreien und seine Leute warnen konnte.

Deshalb flüsterte er ihm leise von hinten ins Ohr.

„Stell dir einfach vor, das wäre der neue Freund deiner Tochter!"

„Ich habe keine Tochter!", gab dieser zurück.

„Der neue Freund deiner Frau?"

„Sehr witzig!"

Na also, Herzklopfen weg, Wut da! Geht doch!

Also gingen sie weiter. Wie erwartet hielt die Wache sie auf und wollte im schroffen Ton wissen, was er mit dem Gefangenen vorhatte. Slevin trat wild schimpfend und gestikulierend an die Wache heran, würdigte diese aber keines Blickes. Dann ging alles so blitzschnell, dass sogar Lincoln im ersten Moment erschrak. Er hatte nicht einmal gesehen wie oder wann der Vampir seine Waffe gezogen hatte. Noch bevor er sich wieder gefangen hatte, schob der Vampir bereits den Riegel des Tores zurück und schleifte die bewusstlose Wache hindurch.

„Willst du da draußen Wurzeln schlagen oder kommst du auch rein?", riss Lincoln die Stimme des Vampirs aus seiner Schockstarre.

Als er eintrat, sah er nun den Vampir erstaunt an.

„Okay, das war schnell."

Slevin funkelte ihn an und gab ihm den Sack mit den Waffen. Die gefesselten Räuber in der Hütte ignorierte er komplett.

„Ich mime draußen die Wache, bis du sie befreit und den hier gefesselt hast, dann komme ich nach, in Ordnung?"

Der Räuberhauptmann nickte nur. Dass ihm einmal die Worte fehlten, kam nicht oft vor, das musste er dem Vampir lassen. Doch nun hatte er eine andere Aufgabe zu erledigen. Und die hieß nicht nur, seine Leute zu befreien, sondern ihnen auch ihren neuen Weggefährten schmackhaft zu machen.

Slevin ging wieder nach draußen und verriegelte das Tor. Er ertappte sich selbst dabei, wie er nervös mit seinem Zeigefinger auf den Griff seines Schwertes tippte. Schließlich wusste er nicht, was die nun bewaffneten Männer dort drinnen alles für dumme Einfälle haben könnten. So etwas wie: Wir töten den Vampir einfach, jetzt wo wir frei sind, zum Beispiel. Dann hätte er sich das alles hier sparen können. Unstetig blickte sich Slevin um. Was dauerte da so lange?

Endlich wurde von innen an das Tor geklopft. Langsam und auf alles gefasst trat Slevin in den Stall. Drinnen stand die versammelte Räuberbande, bis an die Zähne bewaffnet. Slevin hasste solche Momente.

„Sind die Damen dann endlich alle soweit, ja?", sagte Slevin schroff in die Gruppe hinein.

Bei Slevins Satz rollte Lincoln mit den Augen.

„Da hätte ich mir meine kleine Ansprache, was für ein netter Kerl du bist, ja auch gleich sparen können", rügte er ihn.

„Das bin ich!"

Slevin schürzte die Lippen.

„Ich habe euch das Leben gerettet. Schon vergessen?"

„Noch sind wir hier nicht heraus. Und ich habe kein gutes Gefühl dabei, mich mit so einem Ding zu verbünden", raunte eine dunkle Stimme.

Slevin musterte den Mann, dem diese Stimme gehörte. Er war eher etwas klein geraten. Dafür aber so bullig gebaut, wie ein Stier. Genau genommen, war dessen Umfang wohl genauso groß wie sein Körper hoch.

„Das sagt der Richtige", entgegnete Slevin sofort. „Wer hat dich denn hier hereingerollt?"

„Ich glaube, dieses Ding braucht erst einmal einen kleinen Hinweis, wo er hier in der Rangordnung steht. Aber keine Angst, ich tu ihm auch nur ein kleines bisschen weh."

„Es reicht, Dave!", schritt Lincoln sofort ein.

„Was denn?", sprach dieser einfach munter weiter. „Wir sollen das da wirklich in unsere Gruppe aufnehmen? Wer sagt uns, dass er kein Hexer ist und uns in eine Falle locken will? Sieh dir doch nur mal diese Augen an!"

Lincoln schnaufte tief, während Slevin lauernd den Kopf schief legte und die Lippen leicht nach oben zog.

„Wir sind bereits in einer Falle", versuchte Lincoln die Sache ruhig zu klären. „Warum sollte er uns befreien, um uns in eine nächste zu locken?"

Das klang zumindest einmal logisch. Doch anscheinend nicht für Dave.

„Mir egal, ich sage wir töten ihn lieber, sicher ist sicher!"

In dem Moment als der Mann dies sagte, zog Slevin bereits sein Messer. Blitzschnell überwand er die zwei Meter, die ihn noch von ihm trennten und hielt ihm das Messer vor sein linkes Auge.

„Versuche es! Und diese Augen werden das letzte sein, was du in deinem Leben sehen wirst!", flüsterte Slevin drohend.

Alle standen da, bereit diesen merkwürdigen Fremden anzugreifen.

„Dave! Verdammt!", zischte derweil Lincoln seinen Mann an und kam mit erhobenen Armen auf die beiden zu und redete beschwichtigend auf die beiden ein.

„Ist ja gut! Ist gut! Ich habe hier das Sagen. Und wenn ich bestimme, dass dieser Mann mit uns kommt, dann tust du was, Dave?"

„Ich mache, was du sagst. Ist ja gut. Tut mir leid, Lincoln!"

Lincoln war mit dessen Antwort wohl fürs Erste zufrieden. Denn nun sah er Slevin auffordernd an.

„Und wenn der Herr ohne Namen so gütig wäre, das Messer aus dem Gesicht meines Mannes zu nehmen, könnten wir endlich hier verschwinden."

Slevin grinste ihn an. Drehte das Messer dann aber nach oben und hob ebenfalls leicht die Arme.

„Wegen mir, gerne!"

„Na also, geht doch!", knurrte Lincoln angefressen. „Und nun kommen wir zum nächsten Problem. Die Soldaten sind uns zahlenmäßig überlegen. Außerdem haben sie mindestens vier oder fünf Bogenschützen. Und wir wissen nicht, wie viele Wachen sie aufgestellt haben."

„Zwei", unterbrach ihn Slevin. „Wir müssen zwei Wachen überwältigen, um in den großen Stall zu kommen."

„Um in den Stall zu kommen?! Falls es dir nicht aufgefallen ist, wir sind bereits in einem verdammten Stall!", gab Lincoln leicht genervt zurück.

„Ja, ist mir aufgefallen. Aber in dem anderen Stall befinden sich die Pferde. Oder wollt ihr lieber zu Fuß davon laufen?"

„Wie jetzt?"

Lincoln sah ihn an, als hätte er ihm gerade sein Frühstücksei geklaut. Aber Slevin zuckte nur kurz mit den Schultern, steckte in aller Ruhe sein Messer ein und sah ihn an.

„Na, die Pferde! Du weißt schon, diese großen Tiere mit Hufen, auf denen man reiten kann und so."

„Ich weiß, was Pferde sind, verdammt nochmal", fing der Räuber lautstark zu fluchen an.

Doch dann schien sich langsam Verstehen in Lincolns Gedanken zu schleichen.

„Du hast also vor, nicht gegen die Soldaten zu kämpfen, sondern ihre Pferde zu stehlen und abzuhauen?"

„Du hast doch selbst gesagt, sie sind uns zahlenmäßig überlegen. Wäre doch dumm, wenn wir gegen sie kämpfen würden. Außerdem haben die Bauern hier keine weiteren Pferde, so wie ich gesehen habe. Also können sie uns nicht verfolgen. Aber ihr seid doch die Räuber hier, oder? Wundert mich, dass ihr nicht selbst darauf gekommen seid!"

Bei den Worten legte Slevin einen so unschuldigen Blick an den Tag, jeder Hundewelpe wäre vor Neid erblasst. Lincoln hingegen atmete ganz tief ein und dann ganz langsam wieder aus. Dann nochmal. Erst dann redete er weiter.

„Okay, in Ordnung." Selbst Lincoln musste in diesem Moment eingestehen, dass die Idee des Vampirs gut war. Warum sollten sie sich den Soldaten stellen?

„Also, wir gehen nicht zu den Soldaten, sondern holen uns die Pferde und hauen ab. Habe ich deinen Plan jetzt verstanden?" Lincoln fixierte dabei Slevin mit einem fast schon mörderischen Blick. Doch dieser hatte nicht vor, sich davon auch nur ein Stück beeindrucken zu lassen.

„Denke schon! Ich bin hier nur ein Ding. Ihr seid die Räuber!" Ohne weiter darauf einzugehen, wies Lincoln seine Männer an aufzubrechen. „Wenn dieser Vampir immer so war, konnte das ja noch richtig lustig werden", dachte er gereizt.

Die ganze Mannschaft machte sich nun zu dem Stall auf. Bisher stellte sich ihnen niemand in den Weg. Und der eine Bauer, der unverhofft ihren Weg kreuzte, trollte sich so schnell es ging, wieder in seine Hütte. Er hatte wohl nicht vor, sich zwischen zwei bewaffnete Gruppen zu stellen. Es wäre auch einem Selbstmord gleichgekommen. Auf dem Weg dorthin suchte Lincoln kurz Slevins Nähe. Er hatte noch etwas zu klären.

„Hey. Nimm es Dave nicht übel. Sein Mundwerk ist meistens schneller als sein Verstand. Aber er ist in Ordnung. Meine Leute und ich werden uns an die Abmachung halten. Es ist nur …" Lincoln suchte nach den passenden Worten.

„Es ist nur so, dass ein Vampir, und dann noch mit diesen Augen, nicht gerade Vertrauen erweckend wirkt", vollendete Slevin dessen Satz. „Das verstehe ich. Doch solltest du oder einer deiner Männer versuchen mich zu töten, verspreche ich dir, ihr werdet euer blaues Wunder erleben."

„Das wird nicht passieren! Ich stehe zu meinem Wort!" Slevin nickte nur. Er würde sehen, in wie weit dieses Wort noch galt, sollten sie erst einmal von hier weg sein.

Ein paar Minuten später waren sie auch schon bei der ersten Wache angekommen. Slevin hatte den Räubern gesagt, wo diese postiert waren. Und so war es ein Leichtes, sich anzuschleichen und diese zu überwältigen. Slevin selbst hielt sich heraus. Und er bemerkte, mit einem Aufatmen, dass auch Lincolns Männer, die Wachen nur bewusstlos schlugen und fesselten. Er wollte und konnte im Moment keine weiteren Toten gebrauchen. Auch, wenn er sie nicht selbst töten musste. Leise und vorsichtig schlichen sie an dem großen Haus vorbei, in dem die Soldaten immer noch hörbar feierten. Dann, die paar Meter weiter, zum Stall der Pferde. Der Stall und das Haus lagen unglücklicher Weise keine zehn Meter voneinander getrennt. Doch immerhin lag die Tür zum Haus nicht gegenüber des Stalltores, sondern um die Ecke. Nur durch ein kleineres Fenster, konnte man zum Eingang des Stalles sehen, in den die Räuber sich nun schlichen.

Die Räuber gingen in den Stall, um die Pferde aufzuzäumen. Nur Slevin, Lincoln und einer seiner Männer blieben draußen und hielten Wache.

Wieder spähte Slevin in die Richtung des Hauses. Hatte er da gerade eine Tür gehört?

Er warf Lincoln einen warnenden Blick zu und keine zwei Sekunden später, sah er nun einen Soldaten, der etwas wankend auf sie zulief.

Verdammt!

Schnell suchten sie Deckung unter einem Pferdekarren, der in der Nähe stand.

Los, laufe woanders hin, betete Slevin in Gedanken den Soldaten an. Aber dieser wollte natürlich nicht auf seine lautlosen Worte hören und lief schnurstracks auf sie und den Pferdekarren zu. Hatte er sie entdeckt? Aber das konnte nicht sein. Es war viel zu dunkel.

Und sofort polterte es wieder in ihm los:

'Schnapp ihn dir! Jetzt!'
Aber Slevin rührte sich nicht. Das Risiko war zu groß. Denn er musste erst einmal wieder unter dem ziemlich niedrigen Karren hervor krabbeln. Und wenn er ihn töten musste, dann lautlos. Außerdem würde dessen fehlen auch bald auffallen und die anderen würden, im schlechtesten Fall, nach ihm suchen, bevor sie weg waren. Also blieb Slevin geduckt und wartete ab. Was hatte der Typ denn auch bitteschön mitten in der Nacht hier zu suchen? Fünf Sekunden später hörte er die Antwort auf diese Frage. Mit einem erleichterten Seufzer fing der Soldat an, direkt neben Slevin an den Karren zu pinkeln.
Slevin verdrehte die Augen. Ganz toll, dachte er sich und unterdrückte den Impuls von dem Strahl direkt neben ihm wegzurücken. Außerdem musste er seinen Kopf nicht drehen, um die hämisch grinsenden Gesichter der beiden Räuber neben ihm zu sehen.
Endlich hatte sich der Soldat erleichtert. Er zog sich noch seine Hose zurecht und trat den Rückweg an. Slevin atmete auf. Trotzdem blieb er unten und lauschte. Doch der betrunkene Mann war auf dem Weg zurück in das Haus. Das war nochmal gut gegangen.
„Was zum Geier?!", hörte Slevin dann auf einmal lauthals eine Stimme rufen.
Und dieses Mal war es nicht seine innere Stimme, die ihn wieder einmal anpflaumte. Es war die Stimme des Soldaten. Schnell drehte Slevin seinen Kopf wieder in die Richtung, um zu sehen, was los war.
Der Betrunkene stand direkt vor der geöffneten Scheune. Die Männer, die die Pferde holen sollten, waren genau im falschen Moment aus dem Stall getreten und standen nun ebenfalls überrascht da. Slevin hielt die Luft an. Er war zu weit entfernt, um jetzt noch schnell genug eingreifen zu können.

„Tut etwas!", schrie er lautlos die Räuber an, die vor dem
Mann standen. Und als ob sie Slevins Worte tatsächlich gehört
hätten, ging ein Ruck durch einen der Räuber. Er zog sein
Schwert und stach damit nach seinem Gegner. Doch noch
bevor er diesen niederstrecken konnte, schrie dieser abermals.
Er brachte keine anständigen Worte mehr heraus. Aber sein
Gebrabbel war laut genug, um in der Hütte gehört zu werden.
Dann sank der Soldat zu Boden.

Alle Räuber hatten sich erhoben und blickten nervös zu dem
Haus. Man hatte das Gefühl, selbst die Grillen im Gras hielten
für einen Moment den Atem an.

Und dann geschah – nichts!

Aus dem Haus erklangen die gleichen Laute, wie zuvor.
Gelächter und halb betrunkenes Gerede. Kein Aufschrei und
auch kein Befehl, nach draußen zu gehen, um nach dem
Rechten zu sehen.

Sie haben es nicht gehört, dachte Slevin erleichtert in sich
hinein, während die Räuber bereits einen Schritt weiter waren.
Als folgten sie einem Befehl, den er nicht hatte hören können,
setzten sie sich in Bewegung. Einer der Räuber postierte sich
nun vor der Ausgangstür der Hütte, in der die Soldaten
weiterhin feierten. Die anderen zwei, die gerade etwas
überrumpelt wurden, schleppten bereits den toten Soldaten in
den Stall hinter ihnen, während sich ihre Kameraden weiter
um die Pferde kümmerten, als wäre nichts gewesen. Nur
Slevin, der inzwischen auch wieder unter dem Karren
hervorgekrochen war, stand erst einmal verdutzt da.

Okay, das hatten sie wohl schon öfter, dachte er in sich hinein.
Und bevor er hier weiter nutzlos herum stand, gesellte er sich
zu dem Räuber, der sich an der Tür des Hauses postiert hatte.
Angespannt lauschte er hinein. Aus dem Stimmengewirr war
nichts Brauchbares herauszuhören. Aber das hieß auch, sie

waren nicht aufgeflogen. Bis er eine ebenfalls hörbar angetrunkene Männerstimme sagen hörte:

„Hey, wo ist eigentlich Thorsten hin?"

Eine andere Stimme antwortete:

„Der ist raus! Pissen. Oder kotzen, der Idiot weiß immer noch nicht, wann er genug hat."

Slevin hörte weiter gespannt zu. Doch damit schien sich das Thema anscheinend wieder erledigt zu haben.

Oder?

„He he, Thorsten, der Volltrottel!", hörte er eine weitere Stimme aus dem Haus.

Slevin hielt den Atem an und lauschte weiter.

„Der Idiot ist anscheinend so besoffen, dass er sich sein Pferd geschnappt hat und mitten in der Nacht reiten gehen will!"

Sofort hastete Slevin um die Ecke, in Richtung Stall. Wie erwartet, war es nicht der wieder auferstandene Thorsten, der gerade ein Pferd aus dem Stall führte, sondern einer der Räuber.

Verdammt nochmal! Konnte nicht einmal etwas gut laufen?!

'Doch, das könnte es. Wenn du einfach mal auf mich hören würdest!'

'Und was zum Teufel, soll ich jetzt deiner Meinung nach tun, hä?'

'Also, da du sie ja wahrscheinlich immer noch nicht alle töten willst, würde ich vorschlagen, du nimmst wenigstens diesen Karren da und schiebst ihn vor die Tür, bevor die Soldaten heraus kommen und euch alle töten!'

Das war immerhin mal ein Vorschlag, den er gebrauchen konnte. Schnell gab er dem anderen Räuber ein Zeichen, ihm zu helfen. Keine Sekunde zu früh. Gerade als sie ächzend den Karren vor der Tür postiert hatten, wurde auch schon von innen dagegen gedrückt. Allerdings ohne Chance, sie zu öffnen. Bei den Fenstern würde dies jedoch etwas anders aussehen.

„Schnell, die Fensterläden!", rief er seinen neuen Kameraden zu.

Diese reagierten schnell. Je zwei Mann machten sich auf und rannten zu den Fenstern, um die Läden zu schließen. Jedoch waren die Balken, um die Fensterläden zu verriegeln, im Haus. Und die Soldaten würden wohl nicht so freundlich sein, ihnen diese herauszureichen. Also stemmten sich die Räuber mit aller Kraft dagegen. Doch lange würden sie dem Druck nicht standhalten können. Gehetzt sah Slevin sich um. Einige der Pferde standen bereits aufgezäumt bereit. Aber nicht genug für alle.

Also rannte Slevin zu den Männern am Fenster. Diese konnten sichtlich jede Hilfe gebrauchen. Sofort stemmte er sich ebenfalls mit ganzer Kraft gegen die Fensterläden, als sich direkt vor seiner Nase eine Schwertspitze durch das Holz bohrte. Erschrocken wich er zurück.

„Das war knapp", grinste ihm der Räuber neben ihm ins Gesicht. „Du solltest besser aufpassen."

Der Vampir grinste unfreundlich zurück. Aber noch bevor er seine gehässige Antwort geben konnte, pfiff der Räuberhauptmann ihnen zu.

„Wir sind so weit! Auf mein Kommando!"

Und wieder einmal wurde Slevin klar, dies hier war nicht das erste Gefecht der Räuberbande. Ihre Kameraden führten die Pferde zu ihnen. Auf das Kommando Lincolns hin, würden sie alle gleichzeitig die Barrikaden aufgeben und sich auf die Pferde schwingen. Nur Laien wären zu ihren Pferden gerannt und wahrscheinlich niemals bei ihnen angekommen. Denn wie erwartet stießen die Soldaten die Fensterläden sofort auf und schossen mit ihren Armbrüsten auf sie.

Slevin und die zwei anderen Räuber hatten sich bereits auf die Pferde geschwungen und trieben diese hastig an. Allerdings waren sie noch lange nicht aus der Gefahrenzone heraus.

Aber es sah gut aus. Noch keiner der Fliehenden war getroffen worden. Also weiter!

Slevin zwang sein Pferd im vollen Galopp um den Stall herum, als er hinter sich einen Aufschrei hörte.

Augenblicklich drehte er sich um und sah, wie einer der Männer, welche gerade noch mit ihm am Fenster gestanden hatten, getroffen vom Pferd fiel.

„Scheiße, scheiße, scheiße!"

Slevin ritt weiter.

'Gut so! Wäre auch dämlich von dir gewesen, wenn du wieder umgedreht wärest. Sieht so aus, als würdest du langsam merken, worauf es ankommt.'

'Verdammt nochmal, du findest auch immer die falschen Worte, oder?'

In dieser Sekunde zog Slevin die Zügel stark nach links und wendete sein Pferd.

Der Dämon in ihm fluchte und zeterte und wäre am liebsten aus der Haut gefahren, wenn es ihm möglich gewesen wäre.

Noch bevor der Vampir bei dem Räuber ankam, zog er sein Schwert. Denn auch die Soldaten waren bereits aus dem Haus gestürmt und eilten ebenfalls auf den gefallenen Räuber zu.

Dem ersten Gegner hieb er sein Schwert auf den Kopf. Doch mehr würden folgen.

Also schrie Slevin den am Boden liegenden Mann, mit einem Pfeil im Bein an.

„Komm schon, steh auf!", und reichte ihm seine Hand.

Sie hatten nicht die Zeit, damit er vom Pferd steigen und ihm aufhelfen konnte. Denn drei Soldaten waren nur mehr vier Meter entfernt.

Der Räuber biss die Zähne zusammen und stemmte sich in die Höhe.

Drei Meter! Mach schon!

Fast hatte Slevin ihn an der Hand, da taumelte der Mann vor ihm schmerzgeplagt wieder einen Schritt zurück.

Zwei Meter! Außerdem schossen ihnen ebenfalls einige Pfeile um die Ohren. Sie würden es nicht schaffen.

Da konnte er endlich die Hand des Räubers packen und wuchtete ihn einfach bäuchlings vor sich auf das Pferd. Sofort trieb Slevin dieses wieder an und es sprang mit einem wilden Schnauben los.

Schnell brachten sie wieder Distanz zwischen sich und ihren Verfolgern. Slevin atmete tief ein und ein Lächeln stahl sich auf seine Züge. Er hatte es geschafft. Und nun, da er auch noch einen von ihnen quasi heldenhaft gerettet hatte, standen die Chancen, dass sich die Bande nicht bei der nächsten Möglichkeit gegen ihn wenden würde, gar nicht so schlecht.

Slevin blickte auf den Räuber vor sich. Er hatte Schmerzen, aber er würde es überleben. Ein paar Heilkräuter und sein Bein wäre in ein paar Wochen wieder wie neu, dachte er gerade, als ihm ein spitzer Schmerz in den Rücken fuhr.

Von der Wucht des Pfeiles, der ihn getroffen hatte, wurde er nach vorne geschleudert. Krampfhaft versuchte er sich an den Zügeln festzuhalten, als er vom Pferd rutschte. Hätten sie sich doch lieber mal die Zeit genommen, die Pferde auch zu satteln! Außerdem konnte er sich wegen des Räubers, der immer noch vor ihm auf dem Rücken des Pferdes lag, nicht gerade gut festhalten.

Das Pferd kam ins Stolpern, als Slevins ganzes Gewicht seitwärts an den Zügeln hing, lief aber wiehernd weiter. Wenn er sich weiter fest hielt, würden ihn die Hufe des Pferdes treffen und ihm wahrscheinlich ein paar Knochen brechen.

Wenn nicht, fiel er zu Boden und konnte dem Pferd, beim Davon reiten zu sehen.

Tolle Auswahl!

Außerdem machte das hektische Strampeln des Mannes mit ihm auf dem Pferd die Sache nicht gerade einfacher. Und just verlor er nun gänzlich den Halt, rollte sich noch während seines Sturzes schützend zusammen und blieb dann schwer atmend auf dem feuchten Boden liegen.

Wie erwartet lief das Pferd einfach ohne ihn weiter. Hastig blickte er sich um und tastete dabei nach dem Pfeil in seinem Rücken. Dieser war vom Sturz abgebrochen und so ragte nur noch ein kleines Stück aus der Wunde heraus. Und das auch noch an einer Stelle, an die er selbst nicht gelangen konnte. Also konnte er sich des Übels, welches ihn vom Pferd geschmissen hatte und nun einige Schmerzen bereitete, nicht einmal entledigen.

Jetzt konnte es doch langsam nur noch besser werden, oder? Und natürlich hatten die Soldaten seinen Sturz bemerkt und fingen an, das hohe Gras zu durchkämmen, um ihn zu suchen. Langsam bewegte er sich auf allen Vieren durch das Gras, in die Richtung, in der er die Räuber vermutete.

'Das ist ja richtig gut gelaufen! Sehr gut, Vampir!'

'Es war ja auch nicht geplant, dass ich angeschossen werde!', zischte Slevin böse zurück und unterdrückte ein schmerzhaftes Stöhnen.

Wenn er nur diesen verdammten Pfeil heraus ziehen könnte. Eisern kroch er weiter. Er kam nicht gerade schnell voran, aber immerhin war es Nacht und der Himmel wolkenverhangen. Die Soldaten konnten trotz der Fackeln, die sie mittlerweile geholt hatten, nicht viel sehen. Mit viel Glück konnte er sich noch davon schleichen.

'Ach, ist das etwa der Plan? Mit viel Glück steckt uns nicht gleich der nächste Pfeil im Rücken! Oder im Kopf!'

Nein, das war nicht der Plan! Aber mehr konnte er im Moment nicht tun, als davon zu kriechen. Wie sollte er es verletzt mit über einem Dutzend Soldaten aufnehmen? Aber vielleicht hatten die Räuber ja gesehen, dass er gestürzt war. Oder der verletzte Räuber hatte es zu den anderen geschafft und ihnen berichtet, was vorgefallen war.

'Und das bringt uns dann was genau?'

'Dass die Räuber kommen und mir helfen?'

'Und das denkst du wirklich?!?'

Na gut, selbst Slevin musste zugeben, es war etwas weit hergeholt. Er kannte diese Männer nicht und es war eher unwahrscheinlich, dass diese ihre Freiheit oder gar ihr Leben riskierten, um ihn zu retten.

'Unwahrscheinlich?! Du bist ein Vampir mit verfluchten Dämonenaugen. NIEMAND wird kommen! Niemand WILL dich retten! Die sind doch heilfroh, dass sie dich los sind!'

'Ist ja schon gut! Lass es! Ich habe es kapiert!'

Verbittert kroch er weiter. Immerhin konnte er bereits etwas Abstand zwischen sich und seine Verfolger bringen, da diese ihn anscheinend weiter links vermuteten. Doch schon nach weiteren Metern war Schluss. Vor ihm endete die Wiese und Ackerboden machte sich breit. Keine Versteckmöglichkeit. Kein Weg weiter. Offener Lehmboden soweit das Auge reichte.

Slevin ließ den Kopf sinken.

Den Schmerz in seinem Rücken weiterhin unterdrückend, griff er zu seinem Schwert.

Na dann. Auf in die Schlacht!

Er wollte nicht wie Jagdvieh, auf der Flucht mit Pfeilen durchbohrt werden.

Als er sich gerade aufrichtete, hörte er Schreie. Die Soldaten schrien sich etwas zu. Erst konnte er nicht verstehen, was sie sagten.

Verwirrt ließ er sein Schwert sinken, als die Soldaten alle von ihm weg und wieder ins Dorf rannten.

Was war geschehen?

Kurz war er geneigt, ebenfalls zurückzugehen, um es zu erfahren, aber der Schmerz und auch der Dämon, der in seinem Inneren bereits wieder lospoltern wollte, hielten ihn ab. Er sollte zusehen, dass er von hier weg kam. Und zwar schnell.

Als er gerade aufstehen wollte, hörte er einen zischenden Laut, hinter sich.

„Tsss, hey!"

Hastig drehte Slevin sich um.

Vor ihm saß Lincoln auf einem Pferd. Er hatte ihn nicht kommen hören und da er angenommen hatte, hier alleine zu sein, hatte er auch nicht seine vampirischen Sinne ausgeschickt.

Völlig perplex spähte er zu dem Räuber hinauf.

„Was ist? Kommst du jetzt?", fragte dieser ihn mit einem leichten Lächeln und streckte ihm die Hand entgegen.

Slevin ergriff sie und schwang sich hinter ihm auf das Pferd. Sofort preschten sie davon.

Einige Zeit ritten sie alleine über einen Feldweg, bis er weitere Reiter sah. Lincoln hielt auf sie zu. Als sie bei den anderen angekommen waren, bremste der Räuber sein Pferd und begrüßte seine Männer.

„Derwin, Lenker. Ist alles gut gegangen?"

Die Angesprochenen nickten zufrieden.

„Ja, wir waren wieder weg, bevor sie uns zu nahe kommen konnten. Niemand wurde verletzt."

Nach einer kleinen Pause fügte der Mann dann aber mit sorgenvoller Miene hinzu.

„Aber Richards Bein sieht nicht gut aus" und deutete auf den Mann, den Slevin mitgenommen hatte.

Dieser saß jetzt wieder auf einem eigenen Pferd. Aber sein Gesichtsausdruck machte klar, dass er Schmerzen litt.

Slevin sah zu dessen Wunde. Die Räuber hatten den Pfeil bereits herausgezogen und mit Tüchern notdürftig verbunden. Allerdings waren auch diese inzwischen blutdurchtränkt.

„In Ordnung", erwiderte der Hauptmann mit finsterer Miene. „Wir reiten weiter. Südlich von hier beginnt ein Wald. Dort verstecken wir uns und versorgen die Verwundeten."

Lenker blickte seinen Anführer erst fragend an, bis er den abgebrochenen Pfeil in Slevins Rücken bemerkte.

„Oh verdammt!"

„Das ist nichts!", winkte Slevin ab. „Lasst uns los reiten!"

Sein Gegenüber schien zwar anderer Meinung, über seine Verletzung zu sein, trieb dann aber doch sein Pferd an. Sie mussten von hier weg! Also ritten sie los.

Selbst als sie den Wald erreichten, blieben sie nicht stehen. Bei Tagesanbruch entschied Slevin, dass sie jetzt genug Abstand zwischen sich und den Soldaten gebracht hatten. Sein ganzer Oberkörper schmerzte wie Hölle. Er musste diesen Pfeil loswerden. Und zwar jetzt!

Also ließ er sich von dem nunmehr langsam trabenden Pferd herunterrutschen. Hastig drehte Lincoln sich um und stoppte sein Pferd, als Slevin sich bereits an einen Baum sinken ließ. Der Räuberhauptmann gab Befehl zur Rast, stieg ab und ging zu ihm.

„Nun, im Allgemeinen, gebe ich den Befehl zu stoppen, weißt du?", sagte der Hauptmann etwas erbost zu ihm.

Slevin blinzelte zu ihm hoch, als er antwortete.

„Hat auch so ganz gut geklappt, oder?" Etwas versöhnlich fügte er hinzu. „Tut mir leid, ich werde mich in Zukunft daran halten."

Lincoln nickte nur zustimmend.

„Tut verdammt weh, oder? Tut mir echt leid, aber die nächste Stadt ist drei Tagesreisen entfernt. Ich wünschte, ich könnte dir helfen."

„Das kannst du", erwiderte Slevin. „Zieh das scheiß Teil heraus!"

„Dann wirst du verbluten!"

Slevin sah sein Gegenüber mit einem Lächeln an, welches wohl eher einer Grimasse glich.

„Ich bin ein Vampir. Wir verbluten nicht. Und jetzt zieh das Ding aus mir heraus!"

Der Räuber sah ihn etwas zweifelnd an, nickte dann aber.

Slevin drehte sich um und klammerte sich an dem Baum fest, an dem er saß.

„Das wird jetzt weh tun!", warnte ihn Lincoln, als er nach dem abgebrochenen Stück Pfeil griff.

„Jetzt mach schon!"

Mit einem Ruck riss Lincoln den Übeltäter aus Slevins Rücken heraus. Dieser presste die Zähne aufeinander und krallte seine Finger in die Baumrinde. Mit einem erleichterten Stöhnen, drehte er sich dann wieder um und lehnte sich gegen den Baumstamm.

DAS wird jetzt wehtun, dachte Slevin sich, als bereits die ersten Blitze der Heilung durch ihn hindurch strömten.

Währenddessen besah sich Lincoln, was er da gerade aus dem Körper des Vampirs gezogen hatte.

„Du hast Glück gehabt. Die Spitze ist dran", lächelte er ihn aufmunternd an.

„Was du nicht sagst", murmelte Slevin, schloss die Augen und harrte so aus, bis die Heilung abgeschlossen war.

Als er nach einiger Zeit die Augen wieder öffnete, stand der Räuber immer noch vor ihm, sagte aber kein Wort. Jedoch hatte Slevin noch eine Frage, die ihm auf den Lippen brannte.

„Warum habt ihr das getan?"

Lincoln sah ihn fragend an. Doch sie beide wussten, wovon er sprach.

Die Räuber waren zurück in das Dorf geritten, um die Soldaten von ihm weg zu locken, damit ihr Hauptmann ihn holen konnte. Als er weiter keine Antwort bekam, fügte er erklärend hinzu:

„Ihr hättet mich auch einfach dort lassen können und wärt mich los gewesen. Warum habt ihr mir geholfen?"

Doch der Räuberhauptmann zuckte nur, wie beiläufig mit den Schultern.

„Schien mir nicht ratsam, einen Vampir, der uns gerade befreit hat, unseren Feinden zu überlassen"

und damit war das Thema für ihn wohl vom Tisch. Und auch Slevin stand auf und lief suchend durch den Wald.

Nach einer Weile war es wieder Lincoln, der auf ihn zutrat und ihn ansprach. Die anderen waren sich wohl noch nicht sicher, ob sie diesen Vampir in ihrer Mitte dulden würden. Oder es interessierte sie auch einfach nicht, was er tat.

„Was machst du?", fragte Lincoln ihn nun tatsächlich besorgt.

„Du bist verletzt, du solltest dich ausruhen."

Doch Slevin lächelte ihn an und dieses Mal war er schmerzfrei und das Lächeln gelang ihm sogar.

„Jetzt nicht mehr! Danke!"

Der Räuberhauptmann sah irritiert auf Slevins Rücken. Tatsächlich war kein neues Blut zu sehen. Und selbst die Wunde konnte er in dem Riss des Hemdes nicht mehr ausmachen.

„Okay. Und was suchst du?", fragte Lincoln weiter.

Er hatte bemerkt, wie Slevin die ganze Zeit nach unten auf den Waldboden blickte, während er herum lief.

„Habt ihr Heilkräuter?", wollte der Vampir wissen.

„Sehen wir so aus, als hätten wir welche?"

„Nein, es sieht eher so aus, als hättet ihr nicht die geringste Ahnung davon", gab Slevin offen zu.

Doch da hatte Slevin schon das richtige Gewächs gefunden und ließ sich in die Hocke sinken, um es zu pflücken.

„Das da, suche ich. Wenn ihr dieses Gewächs seht, pflückt es. Wir werden mehr davon brauchen."

Lincoln sah ihn verwundert an, ließ ihn aber machen.

Slevin stand wieder auf und bereitete die Kräuter mit den spärlichen Mitteln, die ihm zur Verfügung standen, zu. Der verletzte Räuber saß am Boden und hielt immer noch sein blutendes Bein. Slevin ging langsam zu ihm. Erst sah er ihn etwas beunruhigt an, doch augenscheinlich waren die Schmerzen größer, als die Vorsicht vor ihm. Und immerhin hatte der Vampir ihm geholfen. Warum sollte er ihm jetzt nicht trauen?

Etwas später sah Slevin sich sein Werk skeptisch an, als Dave von der Seite an ihn herantrat. Instinktiv spannte Slevin sich.

„Ich dachte, du bist ein Vampir, kein Heiler", sagte Dave sarkastisch.

„Bin ich auch. Aber ich war wohl zu lange mit Hexen zusammen", sprach er seine Gedanken unüberlegt laut aus.

„Außerdem braucht ihr wohl beides", fügte er dann schnell hinzu um von den ersten Worten abzulenken.

Umsonst.

„Hexen?", fragte sein Gegenüber sofort. „Du warst mit Hexen zusammen?"

Slevin konnte diesen seltsamen Unterton nicht deuten. Denn immerhin hatte ein Vampir mit grünen Dämonenaugen nicht gerade Ehrfurcht oder Angst bei diesem ausgelöst. Aber es schien ihm, als könne er Schrecken in den Augen des Mannes neben ihm lesen.

„Ja, ähm, ist eine lange Geschichte", sagte Slevin deshalb ausweichend.

Dave und der Mann am Boden tauschten abermals einen vielsagenden Blick, von dem Slevin nicht genau sagen konnte, was er bedeutete.

Einen Moment später rettete sich der Verletzte in ein verlegenes Lächeln und sah ihn an.

„Diese Geschichte kannst du uns ja heute Abend am Lagerfeuer erzählen. Ich heiße übrigens Richard."

Slevin nickte nur und sah in die Ferne, bis er Richards immer noch auffordernden Blick zu ihm gewahr wurde.

„Möchtest du uns nicht auch langsam deinen Namen verraten? Oder sollen wir dich weiterhin das Ding nennen?"

„Das Ding", wiederholte Slevin genervt. „Nein, danke. Ich heiße Slevin. Slevin Kurreno."

„Slevin Kurreno", murmelte Dave vor sich hin. „Kommst wohl nicht von hier, hä?"

„Wenn ich genauer wüsste, wo 'hier' eigentlich ist, könnte ich dir diese Frage beantworten", gab Slevin zu.

Beide Männer sahen ihn fragend an.

Dave war es, der sich zuerst wieder gefangen hatte.

„Bist du vom Himmel gefallen oder wie darf ich mir das vorstellen?"

„Wohl eher aus der Hölle gekrochen", dachte Slevin in sich hinein.

„So ähnlich", gab er dann aber ausweichend zurück.

Die Augen der zwei Männer weiteten sich.

„Na, ich nehme nicht an, dass du her geflogen bist, oder?", hakte Richard misstrauisch nach.

Slevin erfreute sich noch kurz an den Gesichtsausdrücken der zwei Männer, bevor er das Missverständnis lieber schnell wieder auflöste.

„Nein, bin ich nicht", gab er schulterzuckend zu.

Die Männer vor ihm trauten ihm wohl so Einiges zu. Und die Tatsache, dass ER es nicht konnte, andere mächtigere Vampire so etwas Ähnliches sehr wohl bewerkstelligen konnten, ließ er dabei lieber unter den Tisch fallen.

„Na dann werden wir uns alle eben wieder auf unsere Pferde schwingen müssen", unterbrach Lincoln, der ihr Gespräch wohl mitverfolgt hatte. „Wir sollten noch ein Stück weiter, bevor wir ein Lager errichten und ihr schlafen könnt."

Damit gab er seinen Männern und auch Slevin mit einem ernsten Blick den Befehl aufzusitzen.

Sie ritten fast den ganzen Tag durch. Erst als dieser sich langsam dem Ende neigte, suchten sie sich einen sicheren Platz, um zu rasten. Inzwischen hatte es angefangen zu regnen. Slevin half Feuerholz zu suchen und als er wieder zu dem Lager kam, hatte einer der Räuber bereits ein kleines Feuer entzündet, an das sie den Verletzten brachten. Slevin ging zu ihm und verband die Wunde neu. Wie erhofft, blutete diese nicht mehr und begann sogar schon etwas zu heilen. Nach und nach versammelten sich alle Räuber um das Feuer. Auch Slevin setzte sich in die Runde und betrachtete das Geschehen um sich herum.

Die Räuber aßen, tranken und lachten. Slevin saß inmitten der Räuber, auch wenn einige ihm immer wieder begutachtende Blicke zuwarfen. Auch sie mussten sich wohl erst einmal an ihn gewöhnen. Aber es gab keine Feindseligkeiten ihm gegenüber, dachte Slevin sich gerade, als ihn der Mann neben ihm anstupste.

„Willst du auch?"

Mit diesen Worten hielt der Mann, der sich mittlerweile als Derwin vorgestellt hatte, ihm ein Stück Fleisch unter die Nase. Slevin nahm es dankbar an.

„Damit wäre zumindest schon einmal geklärt, dass du isst, und nicht das Blut von Menschen aussaugst. Tust du doch nicht, oder?"

So wie es aussah, hatte der Mann neben ihm nur auf eine Gelegenheit gewartet, ihm diese Frage zu stellen. Slevin überlegte kurz. Er wollte auf keinen Fall, dass die Männer hier, Angst vor ihm hatten. Allerdings wollte er sie auch nicht anlügen. Also antwortete er ausweichend.

„Wir brauchen genauso Essen und Trinken wie ihr, um zu leben."

Derwin sah ihn durchdringend an. Er ahnte wohl, dass dies nur die halbe Wahrheit war.

Vampire konnten das Blut von Menschen trinken. Sie brauchten es aber nicht, um sich zu ernähren. Vielmehr diente es dazu, ihre Macht zu vergrößern. Und das hatte er im Moment nicht vor.

'Und warum nicht, wenn ich fragen darf?', ließ sich Slevins innere Stimme auch mal wieder hören.

Der Dämon war stiller geworden, seitdem er bei den Räubern war.

'Weil ich das nicht möchte', gab Slevin schroff zurück.

'Es könnte aber nicht schaden. Du weißt, wie sprunghaft die Menschen sein können. Heute noch Freund, morgen Feind. Wir sollten ihnen zuvor kommen und...'

Slevin schüttelte leicht den Kopf, um die Stimme des Dämons zu vertreiben. Er wusste bereits, was er ihm sagen wollte. Und er hatte nicht vor, sich wieder einmal mit ihm herumzustreiten. Derwin war sein Verhalten wohl nicht aufgefallen. Denn er sprach nun mit etwas heiteren Worten weiter zu ihm.

„Ich werde morgen früh vorausreiten, in die nächste Stadt und dort bereits ein Plätzchen für uns in einem Gasthof reservieren. Denn das wird auch dringend Zeit, wenn du mich fragst. Immer auf diesem harten Waldboden schlafen und den ganzen Tag reiten. Das ist nichts für einen Mann wie mich", erzählte Derwin feixend und stieß ihn abermals leicht mit dem Ellenbogen an.

„In der Stadt soll es auch einige Schönheiten geben. Frauen in jedem Alter und in jeder Form und Größe. Soll ich dir da ebenfalls eine reservieren?"

Slevin hingegen blickte ihn nur verständnislos an. Er hatte ja mit Vielem gerechnet, aber damit nicht. Trotzdem versuchte er einen freundlichen Gesichtsausdruck zustande zu bekommen, was ihm wohl gründlich misslang. Der Dämon bekam gerade wieder einmal einen Lachanfall und Slevin musste sich zusammenreißen, um ihn nicht anzuschreien.

„Du stehst doch auf Frauen?", hakte Derwin nun nochmals nach. „Oder seid ihr Vampire an solch schönen Gelüsten etwa nicht interessiert?"

„Doch sind wir", gab Slevin nun zaghaft von sich, als er seine Sprache wieder gefunden hatte. Während der Dämon leise den Namen Dragana vor sich her summte.

„Du wirst ihnen doch nichts tun, oder?", fragte Derwin dann wieder wie aus dem nichts heraus.

Slevin sah ihn fragend an. Er konnte den Gedankensprüngen dieses Mannes nicht ganz folgen.

„Ich meine, du wirst sie doch nicht beißen und ihr Blut trinken, oder?", hakte Derwin wieder nach, als er das irritierte Gesicht des Vampirs sah.

„Ich habe nicht vor, irgendjemanden zu beißen. Weder hier noch in der Stadt. Egal ob Mann oder Frau", entgegnete Slevin ernst.

Derwin schien gehört zu haben, was er wollte. Er klopfte dem Vampir erleichtert auf die Schulter und überreichte ihm einen Krug Met. Slevin nahm einen großen Schluck.

Nach und nach legten sich die Räuber und auch Slevin in ihre Decken und versuchten zu schlafen. Der Himmel war wolkenverhangen und es fing abermals zu regnen an. Noch waren sie in ihrem Lager unter einem Felsen vor Regen geschützt. Das sollten sie alle ausnutzen, um zu schlafen.

Doch schon nach etwa einer Stunde schreckte Slevin von einem Alptraum geplagt wieder hoch. Er legte nochmals Holz in das Feuer und wartete, bis auch die Räuber langsam wieder erwachten.

Einige Zeit später stiegen sie wieder auf ihre Pferde und ritten los.

Zwei Tage lang waren sie fast nur geritten. Und seit zwei Tagen schüttete es wie aus Eimern. Ihre Sachen waren trotz des Schutzes des Waldes komplett durchnässt gewesen, schon bevor sie diesen verlassen hatten. Slevin wusste nur, dass sie in eine Stadt ritten und solange es sie weg von der Burg des Dämons führte, war es für ihn in Ordnung. Alles andere würde sich beizeiten finden. Als sie an diesem Abend ihr Lager aufschlugen, ließ Slevin sich müde ins Gras sinken. Der Wald und seine Bäume waren ihm inzwischen so vertraut gewesen, es fühlte sich seltsam an, auf einer Wiese zu sitzen und um sich herum so viel freies Land zu sehen. Für einen kurzen Moment erlaubte er sich die Augen zu schließen. Nur ganz kurz. Dann zwang er seine Lider, sich wieder zu öffnen.

Er war müde. So unendlich müde. Aber er konnte nicht schlafen. In den ersten zwei Nächten hatte er es sogar wieder versucht. Schon seitdem er geflohen war, plagten ihn diese Alpträume. Und seitdem er bei den Räubern war, wurden diese Alpträume immer schlimmer. Es war immer das Gleiche. Erst sah er Dragana. Sah ihr hübsches Gesicht, ihre leuchtenden Augen. Doch noch bevor er sie berühren konnte, verschwand sie. Und statt ihrem freundlichen Gesicht sah er nun in das boshafte Antlitz Thoruns. Der Hexer der ihn so lange gefangen gehalten und gefoltert hatte. Diese Träume waren so real, er konnte seine eigenen Schreie hören, wie sie in den Kerkermauern widerhallten. Und genauso konnte er die Schmerzen, die Thorun ihm zugefügt hatte, wieder spüren.

In der zweiten Nacht war er hoch geschreckt und hatte mit dem Messer wild um sich gestochen. Danach hatte er nicht mehr versucht zu schlafen. Er wollte nicht, dass die Männer ihn für wahnsinnig hielten. Aber er musste dafür langsam eine Lösung finden. Auch er konnte nicht ewig wach bleiben.

Er blickte auf, als Lincoln zu ihm trat und sich neben ihm nieder ließ. Die anderen Räuber schliefen bereits und Lincoln hatte wohl gerade Wache.

„Du schläfst nicht", stellte Lincoln kurzerhand fest. „Brauchen Vampire denn keinen Schlaf?"

Slevin sah seinen Gesprächspartner müde an.

„Doch, auch Vampire brauchen Schlaf. Aber wir kommen weit länger ohne aus, als ihr Menschen."

„Das heißt also dann, du willst schlafen, tust es aber nicht." Und nach einer kleinen Pause fügte er hinzu. „Misstraust du uns so sehr?"

Lincoln war ein sehr aufmerksamer Mensch. Ihm war wohl nicht entgangen, wie verblüfft er gewesen war, als sie ihn vor den Soldaten gerettet hatten. Vielleicht war dies ja auch wirklich sein Problem. Das letzte Mal als er jemanden vertraut hatte, hatte ihn das in den Kerker des Hexers gebracht. Allerdings hatte er nicht vor, dem Räuber davon zu erzählen, also antwortete er mit einem schiefen Grinsen:

„Nein, ich vertraue euch nicht. Zum Schluss wache ich auf und meine ganzen Kostbarkeiten sind weg."

Lincoln sah zu Slevin, dann um ihn herum, als suche er etwas.

„Ja, da hast du Recht, wer von uns würde nicht sofort gierig dein altes Schwert an sich reißen, wenn du auch nur ein Auge zu machst. Oder von welchen Kostbarkeiten hast du geredet?"

Slevin musste unweigerlich wieder lächeln. Antwortete aber nicht.

„Na gut, da wir beide anscheinend nicht schlafen können, können wir uns genauso gut unterhalten, nicht wahr?", sprach

Lincoln weiter, als er spürte, er würde keine direkte Antwort bekommen.

„Können wir", stimmte Slevin ein. „Schönes Wetter haben wir heute."

Lincoln sah nach oben. Es regnete immer noch und auch das Feuer wollte nicht recht brennen.

Er schlug fröstelnd seine Arme um die Beine.

„Ja, wirklich toll. Also, wenn man ein Fisch ist."

Slevin schüttelte belustigt den Kopf. Irgendwie schaffte es dieser Räuber, ihn zum Schmunzeln zu bringen, so als wären sie alte Freunde. Dann wurde er wieder ernst.

„Was willst du wissen, Lincoln?", fragte er gerade heraus.

„Du fackelst nicht lange, oder? Aber, wenn du schon so fragst. Wie ist das mit euch Vampiren?"

„Mit euch Vampiren? Wie viele kennst du denn?", fragte er zurück.

„Nur dich. Und ich werde einfach nicht schlau aus dir."

Gut so, dachte sich Slevin, dann ging es wenigstens nicht nur ihm selbst so. Eigentlich war er zu müde um zu reden. Vor allem darüber.

Also redete Lincoln weiter.

„Um ehrlich zu sein, habe ich mir einen Vampir etwas anders vorgestellt", fing Lincoln an.

„Und jetzt bist du enttäuschst oder wie?", fragte Slevin gespielt verärgert nach.

Er wollte es dem Räuber nicht zu leicht machen. Auch, wenn er eigentlich keinen Grund dazu hatte. Der Räuberhauptmann und seine Männer hatten sich an die Vereinbarung gehalten. Und sogar dieser Dave fing wohl langsam an, sich an ihn zu gewöhnen. Also lächelte er ihn milde an, als dieser ihn nun verlegen ansah.

„Nein, nicht enttäuscht. Aber …", der Räuber suchte sichtlich nach den richtigen Worten: „…aber wie kann es sein, dass alle von gierigen und bösartigen Monstern berichten, wenn von Vampiren die Rede ist. Wilde Kreaturen mit Klauen und Beißzähnen. Und dass diese Kreaturen Menschen mit ihren Zähnen und Krallen zerfleischen und sich an ihrem Blut laben?!"

„Weil dies durchaus so ist", entgegnete Slevin. Allerdings nur in Gedanken.

Laut sagte er: „Wir können so kämpfen, müssen es aber nicht. Ich persönlich bevorzuge, wenn möglich, den Kampf mit dem Schwert."

Und das war wenigstens nahe an der Wahrheit. Er hatte quasi sein Leben lang gegen den Vampir in seinem Inneren gekämpft, um nicht zu so einem Monster zu werden. Denn dies geschah mit den meisten, die sich zu oft ihrer Macht bedienten. Der Vampir in ihnen übernahm die Oberhand und dessen einzige Priorität war es zu töten, zu zerfleischen. Aber ab und zu ließ es sich eben auch bei ihm nicht vermeiden, so zu kämpfen.

„Was hat es dann mit den Geschichten auf sich, dass Vampire Menschen beißen? Ist da überhaupt nichts dran?", erkundigte sich Lincoln weiter.

„Unser Biss ist tödlich", gab Slevin zu. „Unsere eigenen Wunden heilen sehr schnell. Die Wunden, die wir zufügen, sind dagegen verheerend."

Nun spiegelte sich doch Erschrecken in den Augen des Räubers. Deswegen sprach Slevin schnell weiter.

„Ich habe nicht vor, jemanden zu beißen", beteuerte er nun abermals.

Lincoln sah dem Vampir lange in die Augen. Immer wenn er in diese seltsamen grünen Augen sah, hatte er das Gefühl, irgendetwas verstecke sich darin. Doch sobald er das Gefühl hatte es zu fassen zu bekommen, war es auch schon wieder verschwunden.

„In Ordnung", nickte der Räuber nun zustimmend.

„Ich glaube dir. Außerdem denke ich nicht, dass du uns befreit hast, um uns hinterher zu töten."

Und nach einer kleinen Pause fügte der Räuber noch hinzu.

„Danke nochmal, dass du Richard versorgst. Ohne deine guten Kenntnisse mit Kräutern ginge es ihm wohl bei Weitem nicht so gut."

Slevin machte eine abwiegelnde Geste mit der Hand.

„Oh, ich kenne welche, die würden meine Heilkünste, als sehr stümperhaft bezeichnen", fügte er lächelnd hinzu.

„Hexen zum Beispiel?", hakte Lincoln ernst nach.

Augenblicklich gefror Slevins Lächeln.

„Hexen zu Beispiel", stimmte er zu.

Lincoln war sein plötzlicher Stimmungsumschwung nicht entgangen.

„Kein gutes Thema?"

„Nein, kein gutes Thema", bestätigte er wieder.

„Warum nicht?"

„Nein, Räuber, so einfach wird das nicht. Ihr wisst genug von mir und ich noch so gut wie überhaupt nichts von euch."

„Na gut. Dann frage du mich etwas", forderte Lincoln

„Was macht ihr hier?"

Diese Frage hatte Slevin schon von Anfang an beschäftigt. Auch er hatte sich Räuber etwas anders vorgestellt. Beziehungsweise, die Räuber, die er bis jetzt kennen gelernt hatte, waren definitiv anders gewesen.

„Seid ihr überhaupt Räuber?", fügte er noch erklärend hinzu.

„Sehen wir denn aus, wie welche?"

Slevin ließ seinen Blick durch das Lager schweifen und nickte.

„Ja, das tut ihr!"

Lincoln seufzte.

„Na gut, vielleicht machen wir wirklich den Anschein. Das sind wir aber nicht!"

„Und die Soldaten? Warum haben sie euch dann gefangen genommen und wollten euch in die Stadt bringen?"

„Wir sind Mitglieder der Revolution oder zumindest der Rest davon."

Nun war Slevin tatsächlich überrascht und sah sein Gegenüber fragend an.

Doch Lincoln sagte erst einmal nichts. Dies war nun für ihn ein Thema, über das er nicht gerade gerne sprach. Aber er hatte es dem Vampir angeboten, nun sollte er ihm auch Rede und Antwort stehen.

„Ich war der Sohn eines Adeligen. Wir lebten auf einer Burg, mit vielen Untergebenen. Ich war ein Draufgänger und wollte mich beweisen. Also kam es mir quasi gerade recht, als dieser miese Bastard Thorun sich nun auch unseres Landes bemächtigen wollte", fing Lincoln an zu erzählen.

Slevin saß auf einmal stocksteif da, verlor jegliche Farbe im Gesicht.

„Thorun? Der Hexer Thorun?", hakte er mit eiserner Miene nach.

„Ja, der Hexer und herrschende König Thorun. Du hast von ihm gehört?"

„Ähm, ja, kann man so sagen", wiegelte Slevin schnell ab. Er war noch nicht bereit, mehr darüber preis zu geben. Also ließ er den Räuber erst einmal weiter erzählen.

„Also schloss ich mich, kaum als ich alt genug war ein Schwert zu führen, den Aufständischen an. Mein Vater war alles andere als begeistert. Er hat in der allerersten Schlacht gegen Thorun gekämpft. Damals, noch bevor er das ganze Land unterjocht hat."

Wieder legte der Räuber eine kleine Pause ein.

„Mein Vater hat nicht viel davon erzählt, aber es muss ein Massaker gewesen sein. Auf jeden Fall war es das erste Mal, dass dieser Dämon aufgetaucht ist und für ihn gekämpft hat. Man kann sich nicht vorstellen, wie das gewesen sein muss!" Slevin saß da, den Blick in die Ferne gerichtet. Er musste sich gar nicht vorstellen, wie diese Schlacht gewesen sein musste. Schließlich hatte ER sie angeführt. Und selbst ihn ließ die Erinnerung daran noch immer das Blut in den Adern gefrieren. Nachdem seine Freunde, Dragana und Diamant, ihn verraten hatten, hatte er sich schließlich alleine aus Thoruns Kerker befreien können.

Er hatte beobachtet, wie die Hexengeschwister aufgebrochen waren, um ihn zu suchen. Doch er hatte nicht vorgehabt, sich von ihnen finden zu lassen. Zu tief waren der Schmerz und die Enttäuschung über ihren Verrat.

Stattdessen hatte er mehr als vierhundert Mann versammelt. Eine ganze Armee um Thorun anzugreifen, seinen Bruder zu befreien und diesen Bastard zu töten. Hauptsächlich Söldner waren in Slevins Heer gewesen, aber auch Männer aus der Umgebung, die die Gefahr in Thorun genauso erkannt hatten, wie er. Tatsächlich hatten sie es weit geschafft. Viele der Soldaten des Hexers waren gefallen, das Tor zur Burg lag zerborsten am Boden. Der Sieg war zum Greifen nahe gewesen.

Zumindest so lange, bis der Dämon aufgetaucht war.

Noch immer schmeckte er den üblen Geschmack des Dämons auf seiner Zunge, als er daran dachte, wie er gegen ihn gekämpft hatte. Wie er verzweifelt seine Zähne in dieses Monster geschlagen hatte.

'Denkst du etwa, dein Blut hat nach köstlichem Wein geschmeckt?', warf der Dämon fast schon beleidigt ein.

'Ich hätte dich beinahe besiegt', antwortete der Vampir, ohne auf dessen eigentliche Frage einzugehen.

Der Dämon antwortete mit einem unverständlichen Gebrumme. Aber er konnte nicht abstreiten, dass Slevin die

Wahrheit sprach. Der Vampir hätte ihn wirklich damals in dieser Schlacht besiegt, wäre Thorun ihm nicht zur Hilfe gekommen und hätte dem Vampir, wie ein Feigling, von hinten sein Schwert ins Herz gestoßen.

Aber beide wussten, der Dämon war inzwischen stärker geworden. Sehr viel stärker sogar.

Lincolns Worte, rissen ihn aus seinen Gedanken, als der Räuber weiter sprach.

„Nach dieser Schlacht hat sich niemand mehr getraut, sich gegen Thorun zu stellen. Und so war es mit der Hilfe des Dämons an seiner Seite, für ihn ein leichtes sich einfach zu nehmen, was er wollte. Mein Vater war nach dieser Schlacht ein gebrochener Mann und hat alles getan, was die Hexer, die unsere Burg übernahmen, von ihm verlangten. Natürlich wollte er mit allen Mitteln versuchen, seinen einzigen Sohn davon abzuhalten, dem gleichen Schicksal zu erliegen. Aber ich war jung und hatte keine Ahnung."

Lincoln entkam ein trauriges Lachen, als er weiter erzählte.

„Ich habe meinen Vater einen Feigling genannt. Und noch schlimmeres. Ich war so sehr enttäuscht von ihm. Und er wohl auch von mir. Denn anstatt meinem Vater zu helfen und die Ländereien, trotz der neuen Burgherren zu pflegen und die Menschen dort zu beschützen, schloss ich mich dem Widerstand an. Eine offene Schlacht ist für uns natürlich unmöglich und so bekämpfen und überfallen wir eben die Soldaten, die durch das Land ziehen und die Abgaben eintrieben. Aber auch dabei haben wir viele verloren."

Wieder machte Lincoln eine Pause, bevor er weiter sprach. Er tat es wohl nicht gerne und Slevin fragte sich, warum er es überhaupt tat.

„Inzwischen erhielt ich die Nachricht, dass mein Vater von den Hexern des Königs hingerichtet wurde. Ich habe offensichtlich an der falschen Front gekämpft. Ich hätte bei ihm sein müssen. War es aber nicht."

Slevin sah sein Gegenüber lange und nachdenklich an. Nun wusste er wenigstens, was nach dieser Schlacht passiert war. Aber auch, dass es trotzdem noch Menschen gab, die sich gegen Thorun stellten.

„So Vampir, nun bist du dran", forderte der Räuber, der keiner war, Slevin auf, als dieser sich mehrere Minuten nicht gerührt hatte.

Er musste sich erst einmal kurz sammeln, bevor auch er zu erzählen begann.

„Auch die Kurzfassung, nehme ich an?"

Slevin wand sich etwas. Aber nun, da Lincoln so viel von sich preisgeben hatte, musste wohl auch er in den sauren Apfel beißen.

„Ja bitte, die Kurzfassung, meine Wache ist in vier Stunden vorbei und dann würde ich gerne schlafen gehen", antwortete Lincoln und grinste ihn wieder etwas an.

„Na gut", begann nun auch Slevin.

Obwohl er nicht genau wusste, wo er anfangen sollte. Nein, er wusste ganz genau, wo er anfangen sollte. An dem Tag, als seine verzweifelte Suche begonnen hatte.

„Es ist schon eine halbe Ewigkeit her. Auch ich war noch jung. Meine Mutter, mein Bruder und ich lebten in einer kleinen Stadt. Sie hat schwer geschuftet, um uns zwei Kinder alleine durchzubringen. Meinen Vater habe ich nie kennen gelernt.

Ich sollte wieder einmal auf meinen kleinen Bruder aufpassen, als meine Mutter nicht da war. Aber ich hatte schon damals das zweifelhafte Talent, mich in Schwierigkeiten zu bringen. Und so war es auch an diesem Tag. Ich hätte besser auf meinen Bruder achtgeben sollen, aber ich habe es nicht getan."

Slevin starrte auf den Boden, so als schäme er sich heute noch für seine Dummheit.

„Na ja, auf einmal war mein Bruder weg! Ich habe überall nach ihm gesucht. Aber keine Spur von Yascha. Nirgends! Erst ein paar Stunden später habe ich erfahren, dass er wohl Menschenhändlern in die Hände gelaufen ist und von ihnen mitgenommen wurde. Er war noch so jung, zehn vielleicht. Ich habe ihn und diese Sklavenhändler natürlich sofort verfolgt. Ich habe nicht einmal meiner Mutter Bescheid gesagt."

Aus Slevins Kehle drang ein leises und schmerzhaftes Lachen.

„Sie verflucht mich wahrscheinlich heute noch dafür."

Lincoln sah ihn fragend an.

„Du hast sie nicht wieder gesehen?"

„Nein. Ich habe es nicht gewagt, ihr ohne meinen Bruder unter die Augen zu treten. Bis heute nicht."

„Dann hast du ihn nicht gefunden?"

In Lincolns Worten schwang echtes Mitgefühl.

„Doch, ich habe ihn gefunden, das erste Mal sogar kurz danach. Aber was denkst du, was Menschenhändler mit einem halbstarken Jungen machen, der seinen Bruder zurückverlangt und keine Ahnung davon hat, was er ist und zu was er fähig ist."

Sofort schossen bei ihm auch diese Erinnerungen wieder hoch. Erinnerungen daran, als er das erste Mal gestorben war. Die Bilder waren in seinem Kopf eingebrannt, als wäre es gestern gewesen. Und er spürte noch immer den Zorn der Machtlosigkeit, die er dabei empfunden hatte.

Jetzt klang der Laut, den der Vampir ausstieß mehr als nur gequält und Lincoln traute sich nicht zu fragen. Doch der Vampir sprach von sich aus weiter. Vielleicht musste es auch einfach aus ihm heraus.

„Sie haben mich, wie einen räudigen Hund totgeschlagen und dabei gelacht. Als ich wider Erwartens wieder aufgewacht bin, waren sie fort. Aber ich werde nicht aufhören ihn zu suchen." Wieder machte Slevin eine kleine Pause. Angestrengt versuchte er sich abermals an das Gesicht seines Bruders zu erinnern. Wieder gelang es ihm nicht.

„Ich habe mir damals geschworen, dass ich nie wieder zu schwach sein werde, um ihn zu retten. Und, dass ich ihn finden werde. Dumme Schwüre eines noch dümmeren Jungen."

Wieder brach Slevin seine Erzählung ab. Zu sehr schmerzten die Erinnerungen.

„Wann....wann war das? Vielleicht können wir dir helfen?", vernahm er nun die Stimme des Räubers.

Slevin schüttelte traurig den Kopf.

„Das war vor etwa 120 Jahren. Plus-minus ein paar Jahrzehnte. Also wenn ihr damals etwas gesehen habt, was mir weiter hilft ..."

Lincoln sah ihn entgeistert an.

„Du lebst schon seit über hundert Jahren?"

„Leben würde ich das nicht nennen. Aber ja, ich bin über hundert Jahre alt."

„Und du wächst einfach wieder auf, wenn man dich tötet? Ich meine, egal, wie man dich tötet?"

Diese Frage ging Slevin nun etwas zu weit. Zwar wäre es tatsächlich sinnvoll, wenn die Leute die mit ihm zusammen waren, wussten, wann er wieder erwachte und wann nicht. Aber bei Gott, so viel Vertrauen brachte er einfach nicht mehr zustande. Denn dieses Wissen war ebenso eine Waffe gegen ihn.

„Du willst es mir nicht sagen, oder?"

Slevin schüttelte bestimmt den Kopf, erklärte sich aber nicht.

„Na gut. Suchst du dann immer noch nach deinem Bruder? Ich meine, ist er denn auch ein Vampir? Aber das muss er sein, sonst wäre er doch bereits gestorben, oder?"

Wieder sah Slevin in die Ferne, als stünde irgendwo weit weg die Antwort.

„Ja, ist er. Aber ich habe keine Ahnung, wie lange schon oder wie es bei ihm passiert ist...."

„Und wie wird man ein Vampir?"

„Indem man stirbt."

Lincoln sah ihn fassungslos an.

„Sehr witzig!"

„Nein, es ist so. Man kann es ein Leben lang in sich tragen und es vielleicht gar nicht merken. Man weiß es erst, wenn man stirbt. Beziehungsweise, wenn man getötet wird und dann wieder erwacht. Außer man hat das Glück, im Alter eines natürlichen Todes zu sterben, dann nicht."

Dies war zumindest das, was er darüber herausgefunden hatte. Der Räuber glaubte ihm sichtlich immer noch nicht.

„Das heißt, ich könnte ebenfalls ein Vampir sein, ich weiß es nur noch nicht?"

„So sieht es aus. Aber wenn du unbedingt willst, können wir es gerne testen."

Und nun wenigstens wieder mit einem leichten Grinsen hob Slevin sein Schwert.

„Ähm, danke, aber ich denke, ich werde die Ungewissheit noch etwas ertragen können", wiegelte Lincoln ab.

„Tu das."

„Und jetzt? Suchst du weiter nach ihm?"

Slevin nickte.

„Ich weiß, wo er ist. Doch ich komme nicht an den Mann heran, der ihn gefangen hält!"

Nach einer längeren Pause sah Slevin sein Gegenüber durchdringend an und fügte hinzu.

„Sieht so aus, als hätten wir einen gemeinsamen Feind."
Lincoln legte den Kopf schief, so als könne er den Worten des
Vampirs nicht wirklich folgen.
„Thorun? Thorun hat deinen Bruder?", fragte der Räuber
schockiert nach. „Dann ist eine Befreiung oder Rache
aussichtslos!"
Slevins Augen blitzten auf, das grün funkelte giftig aus seinen
Augen heraus.
„Nicht für mich! Ich war zweimal so kurz davor diesen
Bastard zu töten und ich werde nicht eher ruhen, bis ich
Yascha gefunden oder ihn gerächt habe!"
Doch eines musste er sich eingestehen. Alleine würde er es
nicht schaffen. Er brauchte Männer, wenn er Thorun abermals
angreifen wollte. Weitaus mehr, als diese Bande hier. Aber es
wäre schon mal ein Anfang.
„Ich weiß noch nicht genug davon, was in dieser Welt
inzwischen vor sich geht. Aber ich werde Thorun
bekommen!", erklärte Slevin mit fester Stimme.
„Wieso, wo warst du? Warst du mit diesen Hexen unterwegs,
von denen du geredet hast?"
Wieder einmal sprach Lincoln ihn auf dieses Thema an. Doch
Slevin war immer noch nicht gewillt, darauf zu antworten.
Also sagte er ausweichend.
„Nein, beziehungsweise ja. Ich war mit zwei Hexen
unterwegs, lange Jahre und sie waren die Ersten, denen ich
blind vertraut habe."
Slevin rettete sich in ein trauriges Lächeln, bevor er weiter
sprach.
„Ich war damals nicht so wie heute, musst du wissen und
so....so trennten sich unsere Wege."
Er konnte und wollte dem Räuber nicht mehr über Dragana
und Diamant erzählen. Vor allem nicht in der jetzigen
Situation, in der sie sich befanden.

„Ich habe dann ohne die Beiden in einer großen Schlacht gegen Thorun und seinen Dämon gekämpft und verloren", fügte Slevin mit einem kleinen Augenzwinkern hinzu, auch um von dem Thema Hexen abzulenken.

„Nach langer Zeit konnte ich fliehen. Und hier bin ich. Nicht sehr spektakulär."

„Nein, natürlich nicht!"

Lincolns Augen weiteten sich.

„DU hast in der gleichen Schlacht wie mein Vater gekämpft?!"

„Und verloren!", bestätigte Slevin.

Lincoln sah ihn immer noch etwas ungläubig an. Doch auch in seinem Kopf machte sich langsam aber sicher eine Hoffnung breit. Wenn sie in dem Vampir einen Verbündeten gefunden hatten, könnte der Widerstand wieder aufflammen und mit solcher Hilfe vielleicht sogar zum Erfolg führen.

Trotzdem hakte er nochmals nach.

„Deswegen, also das rote Tuch bei Hexen?"

Slevin nickte gedankenversunken und Lincoln sah ihn nachdenklich an.

Dieser Mann war mehr als nur eine Chance für ihn und seine Leute. Aber, dass dieser ein Vampir war, hieß nicht, dass er tatsächlich ein gefühlloses Ding war.

„Gut, dann versuche etwas zu schlafen", sagte Lincoln nun fast schon fürsorglich zu seinem Gegenüber.

Der Vampir nickte nur müde und ließ sich in seine durchgeweichte Decke sinken. Tatsächlich fand er in dieser Nacht, wenigstens etwas Schlaf, bevor ihn seine Alpträume wieder kurz vor Sonnenaufgang weckten.

Clementis und Gustavo

Wie angekündigt sah Slevin bereits einige Stunden, nachdem sie wieder aufgebrochen waren, eine Stadt in etwas Entfernung. Es war die erste richtige Stadt, die Slevin nun zu Gesicht bekommen würde. Was würden die Menschen dort tun, wenn sie ihn sahen? Er trug immer noch den Mantel, den er in dem Dorf bekommen hatte. Noch bevor sie ganz bei der Stadt waren, zog er sich die Kapuze über den Kopf und weit ins Gesicht, um seine Dämonenaugen weitestgehend zu verdecken. Lincoln, der wie immer aufmerksam war, lenkte sein Pferd neben das seine.

„Wir werden uns in einem Gasthof niederlassen. Es heißt ‚zum roten Pferd' und liegt etwas außerhalb der Stadt. Außerdem werden wir die einzigen Gäste sein. Lenker hat bereits dafür gesorgt."

Slevin nickte dankbar für diese Information. Warum sie dort die einzigen waren und was Lincoln mit seiner Bande dort vorhatte, konnte er sie auch noch fragen, wenn sie da waren. Im Moment reichte ihm die Aussicht auf ein Dach über dem Kopf und ein warmes Essen. Er war immer noch nass und fror erbärmlich. Hoffentlich hatten sie dort bereits ein Feuer gemacht, damit sie sich aufwärmen konnten.

Keine halbe Stunde später, traten sie auch schon in besagten Gasthof ein. Der Wirt begrüßte sie freundlich und wies einen jüngeren Mann sofort an, ihre Pferde in einen Stall zu bringen und diese zu versorgen. Und tatsächlich befand sich sonst niemand mehr in dem Gasthof. Die Männer teilten sich auf. Ein paar gingen sofort an den Tresen und bestellten etwas zu trinken und zu essen. Andere ließen sich erst einmal vor dem Feuer des Kamins nieder, welches dort tatsächlich schon auf sie wartete. Slevin suchte sich eine Bank im hinteren Teil des Raumes und sah sich erst einmal aufmerksam um. Der Wirt huschte hektisch zwischen den Räubern hin und her. Er verteilte Decken und pries seinen hausgemachten Eintopf an.

„Es tut mir leid", wandte der Wirt des „roten Pferdes" sich nun an Lincoln.

„Ich habe euch etwas später erwartet. Aber meine Frau ist mit Sicherheit schon auf dem Weg hierher. Und es gibt noch Eintopf von gestern. Wenn ihr irgendetwas braucht, sagt es mir. Und natürlich lasse ich auch gleich nach ein paar Damen schicken, die euren Aufenthalt hier versüßen."

Lincoln sah den Mann freundlich an.

„Macht euch keine Umstände. Wir sind froh, nicht mehr draußen im Regen zu sein."

Langsam versammelten sich alle wieder vor dem Feuer und wärmten sich auf. Slevin lauschte den Gesprächen der Räuber interessiert. Doch weder Lincoln noch einer seiner Leute ließ einen Ton darüber heraus, was sie hier vorhatten. Als er gerade zu Lincoln gehen wollte, um ihn zu fragen, stand dieser abrupt auf und verkündete, er würde sich mit einem alten Freund in der Stadt treffen und alle, und damit meinte er insbesondere den Vampir, sollten hierbleiben und auf ihn warten.

Nun gut, dann eben, wenn der Räuberhauptmann wieder zurück war. Obwohl es ihm langsam verdächtig vorkam, dass niemand darüber reden wollte.

Später als erhofft ging Lincoln schnellen Schrittes zurück in die Gaststätte, in der er seine Männer zurückgelassen hatte. Er musste zugeben, er hatte sich Sorgen gemacht, als er weg war. Was, wenn der Vampir einfach in die Stadt gegangen war?

Wie würden die Menschen dort auf ihn reagieren? Und wie
der Vampir? Etwas energischer als geplant, schlug er die Tür
zu der Gaststätte auf. Einige seiner Männer sahen in seine
Richtung. Nicht so der Vampir. Dieser war nirgends zu sehen.
Schnellen Schrittes ging Lincoln zu Lenker. Der hatte sich an
die Bar gelehnt und genoss sichtlich nicht sein erstes Bier.
„Wo ist er?", fragte er ihn so beiläufig, wie es ging.
„Wer?"
Lenker wusste wohl wirklich nicht, von wem er sprach. Er
hatte ein riesen großes Fragezeichen in den Augen stehen.
„Na, der Vampir! Gab es Ärger?"
Lincolns Gegenüber grinste über beide Backen, was diesen
nun fast schon zornig werden ließ. Augenblicke später bekam
er doch noch eine Antwort.
„Der schläft dort drüben."
„WAS!?" Lincoln glaubte seinem eigenen Mann kein Wort.
„Wenn ich es dir doch sage. Der pennt dort hinten. Schau
selbst."
Und dabei zeigte Lenker auf eine Bank in der Ecke des
Gasthofes.
Lincoln ging darauf zu und tatsächlich sah er dort eine Gestalt
auf besagter Bank liegen. Langsam und leise näherte er sich.
Obwohl es hier drinnen alles andere als still war. Lincoln kam
sich deshalb etwas dämlich vor, also lief er normal weiter und
ließ sich vor der Bank in die Hocke sinken, dort wo er den
Kopf vermutete. Denn der Mann, der dort tatsächlich zu
schlafen schien, war komplett in seinen Mantel, welchen er
weit ins Gesicht gezogen hatte, gehüllt. Außerdem hatte er
sich in eine Decke gewickelt. Doch als er nun ganz nah war,
konnte er die bekannten Gesichtszüge des Vampirs erkennen.
Und so wie es aussah, schlief er tatsächlich. Kurz überlegte er,
ob er ihn weiterschlafen lassen sollte, doch noch bevor er eine

Entscheidung treffen konnte, bewegte sich der Vampir von selbst und sah ihn wirklich etwas verschlafen an.

„Du hast ja Nerven", sagte Lincoln kopfschüttelnd zu ihm. „Du schläfst nächtelang nicht bei uns und nun legst du dich hier hin und hältst ein Nickerchen."

Der Vampir blinzelte müde zu ihm herauf. Doch er musste eingestehen, auch er selbst war etwas erstaunt darüber. Denn weder die Geräusche hier noch ein Alptraum hatten ihn geweckt. Vielleicht bestand ja doch noch Hoffnung für ihn.

„Was ist los, Räuber, hattest du Angst, dass ich losgehe und deinen Job hier erledige? Was mich zu der Frage bringt, warum wir hier sind", ergriff Slevin die Gelegenheit sofort am Schopf.

„Wollt ihr jemanden ausrauben? Den Grafen vielleicht?" Eigentlich sollte dies mehr ein Scherz sein, doch irgendwie sah Lincoln bei seinen Worten ertappt aus.

„Ich bin kein Räuber, das weißt du", entgegnete dieser nun schroffer als geplant.

„Ist ja schon gut. Was ist überhaupt los? Warum hast du mich geweckt?"

Lincoln wollte gerade einwerfen, dass nicht er ihn geweckt hatte, sondern er von selbst aufgewacht war. Ließ es dann aber. Es gab Wichtigeres.

„Ich brauche dich kurz. Kommst du mit?"

Slevin richtete sich etwas umständlich auf und nickte Lincoln dann zu, obwohl er nicht die blasseste Ahnung hatte, was dieser von ihm wollte.

Doch auch Lincoln erhob sich nun seinerseits und ging sofort Richtung Ausgang. Kurz vertrieb Slevin noch die Müdigkeit aus seinen Gliedern und folgte Lincoln langsam aus dem Gasthof. Was wollte der Räuberhauptmann von ihm?

Sie gingen weiter, jedoch nicht wie erwartet, in die Stadt, sondern weiter am Stadtrand entlang. Slevin sah nun die Burg der Stadt genauer. Sie war gut befestigt, dies erkannte er sofort. Eine dicke und beeindruckend hohe Mauer schirmte die Burg von der Stadt ab. Die Steine waren gut verarbeitet. Ein Hochklettern wäre kaum möglich und selbst mit Hilfsmitteln würde es bei dieser Höhe schwierig werden. Außerdem vermutete Slevin bei einer Schutzmauer dieser Größe einen Wehrgang, von dem aus eventuelle Angreifer abgeschossen werden konnten. Slevin hoffte inständig, Lincoln hatte tatsächlich nicht vor, die Burg zu überfallen.

Unauffällig sah Slevin sich weiter in Richtung Stadt um. Er schätzte die ungefähre Zahl der Häuser auf etwa dreißig. Nahe der Burg lag ein größerer See, einige Meter von den ersten Häusern entfernt. An diesem blieb Lincoln stehen.

Slevin blickte ihn etwas irritiert an.

„Willst du mit mir baden gehen? Tut mir leid mein Freund, aber ich denke, ich warte lieber auf den Sommer."

Lincoln sah ihn herausfordernd an.

„Können Vampire denn überhaupt schwimmen? Oder lauft ihr einfach am Grund des Wassers entlang?"

„Sehr witzig. Wir schwimmen."

„Und wie lange könnt ihr die Luft anhalten?"

Slevin sah sein Gegenüber misstrauisch an. Was sollte das hier werden? Deshalb antwortete er auch nicht direkt.

„Ich habe nicht alle Vampire gefragt, wie lange sie die Luft anhalten können, weißt du."

Wieder einmal verdrehte Lincoln die Augen.

„In Ordnung. Wie lange kannst du die Luft anhalten?"

„Warum?", entgegnete nun Slevin argwöhnisch.

„Weil ich deine Hilfe brauche. Und ich wissen muss, ob du das schaffen kannst. Ich brauche hier die Hilfe eines Vampires. Für einen von uns ist es einfach nicht machbar."

„Was ist nicht machbar?"

Auf diese Frage hatte Lincoln anscheinend nur gewartet. Wortlos zog er sich die meisten seiner Kleider und auch die Schuhe aus. Dann ging er in den See.

Slevin blickte ihm nach.

„Das ist jetzt nicht dein Ernst!"

„Was ist los Vampir? Komm mit."

„Ich denke ja überhaupt nicht daran."

Mit vor der Brust verschränkten Armen blieb Slevin stehen. Seit Tagen war er das erste Mal wieder trocken und nun sollte er in diesen See springen?

„Jetzt komm schon. Ich muss dir etwas zeigen", forderte Lincoln wieder.

Slevin fluchte ein paarmal in sich hinein, zog sich aber dann seinerseits bis auf seine Unterkleider aus und folgte dem Räuber. Immerhin ging dieser nicht komplett ins Wasser, sondern lief ein Stück am Ufer entlang. Was sollte es hier geben, was sie nicht auch von draußen sehen konnten.

Plötzlich blieb Lincoln an einer Stelle stehen, an der Slevin allerdings nichts Interessantes erkennen konnte. Dann atmete Lincoln einmal tief ein und tauchte unter.

Na hervorragend, dachte sich Slevin und wartete, bis Lincoln wieder aufgetaucht war.

Dieser kam nach etwa einer halben Minute wieder prustend aus dem Wasser.

Slevin sah ihn schadenfroh an.

„Kalt?"

„Sehr sogar. Tauchst du jetzt mit, oder muss ich dir doch noch ein Bild malen?"

Slevin hatte so etwas befürchtet. Missmutig nickte er und holte genauso wie Lincoln tief Luft. Die ersten Sekunden, in denen er untertauchte zog sich sein Körper automatisch vor Kälte zusammen. Nur langsam gewöhnte er sich an die erneute Kälte. Also tauchte er schnell zu Lincoln, der sich bereits an etwas Rundem festhielt. Die Sicht unter Wasser war nicht gerade gut. Slevin schaute dieses runde Etwas genauer an. Okay, ein Rohr. Es hatte in etwa eine Armlänge als Durchmesser. Wahrscheinlich ein Abflussrohr oder Ähnliches. Die Burg stand hier. Vielleicht ließen die edlen Herren hier die Hinterlassenschaften ihrer Notdurft entsorgen. Und sie schwammen da gerade hindurch. Ganz toll! Als der Räuber keine weiteren Anstalten machte, ihm noch mehr zu zeigen, tauchten beide wieder auf. Die kalte Luft ließ ihn frösteln und Slevin sah den Räuber zornig an.

„Ich hätte wirklich auf ein gemaltes Bild von dir bestehen sollen. Das ist ein Rohr. Stell dir vor, so etwas habe ich schon mal gesehen."

Lincoln lächelte ihn wissend an.

„Ich weiß. Du musst mir sagen, ob du da hindurchkriechen kannst."

„Was?", fragte ihn der Vampir ehrlich erschrocken.

„Ich sagte doch, ich brauche die Hilfe eines Vampirs."

Slevin neigte leicht den Kopf und zwickte die Augen zusammen, als er antwortete.

„Du brauchst keinen Vampir. Du brauchst einen Fisch, mein Freund."

„Aber Fische können auf der anderen Seite nicht wieder aus dem Wasser steigen und uns von innen das Tor zur Burg öffnen", gab Lincoln zu bedenken.

Darauf lief es also hinaus. Lincoln wollte also doch in die Burg. Das hatten sie sich ja fein ausgedacht.

„Ein Vampir, der in diesem Rohr stecken bleibt und ersäuft, kann das aber auch nicht!"

Und diese Worte waren sein voller Ernst. Außerdem wusste er nicht einmal, wie weit dieses Rohr ging. Und was an dessen Ende war. Wenn er Pech hatte, ein Gitter.

„Du wirst nicht stecken bleiben. Es wird nach ein paar Metern breiter."

„Klar. Und das weißt du woher, wenn ich fragen darf?"

„Weil ich durch dieses Rohr schon öfter in die Burg gelangt bin. Deshalb."

Slevin glaubte ihm sichtlich kein Wort.

„Na, dann tu dir keinen Zwang an. Viel Spaß, ich gehe mich anziehen."

Mit diesen Worten drehte sich Slevin um und ging wieder ans Ufer.

Lincoln hatte gewusst, es würde nicht einfach werden Slevin von seinem Vorhaben zu überzeugen. Doch mit kompletter Ablehnung hatte er nicht jetzt schon gerechnet. Aber vielleicht war das letzte Wort ja noch nicht gesprochen. Also folgte er ihm. Erst als sich beide wieder angezogen hatten, fing Lincoln erneut an.

„Ich bin als Junge schon durch dieses Rohr gekrochen. Es geht. Aber da stand das Wasser des Sees noch nicht so hoch. Ich habe nicht damit gerechnet, dass es komplett unter Wasser ist."

„Ah ja. Und was ist, wenn du auch nicht damit gerechnet hast, dass dort inzwischen ein Gitter am Ende angebracht wurde?"

„In der Burg ist das Rohr so gut wie nicht zu sehen. Unmöglich, dass es jemand bemerkt und verschlossen hat. Vor allem jetzt da es unter Wasser ist."

Slevin sah ihn nicht gerade überzeugt an.

Deshalb fügte Lincoln noch seufzend hinzu:

„Und es ist die einzige Möglichkeit, dort unbemerkt hineinzukommen."

„Dann suchen wir eben eine andere Burg, um sie auszurauben", schlug Slevin achselzuckend vor.

Lincoln sah ihn auf eine schwer einzuschätzende Weise an, bevor er weitersprach.

„Wir wollen die Burg nicht ausrauben, Slevin. Ich habe dir schon einmal gesagt, wir sind keine Räuber!"

„Was wollt ihr dann dort?"

Lincoln saß mit angewinkelten Beinen im Gras. Er ließ seinen Kopf auf seine Knie sinken, als er antwortete. Es war ihm sichtlich unangenehm.

„Wir werden dort zwei Hexen töten."

Slevin sah ihn an und nickte dann ein paar Mal.

„Aha. Natürlich, warum auch nicht? Nachdem sie euch beinahe geschnappt hätten, geht ihr einfach in die nächstbeste Burg und ermordet dort ein paar Hexen! Tolle Idee!"

„Auch wenn ich das am liebsten tun würde, um uns von dieser Plage zu befreien, es ist nicht die nächstbeste Burg. Es ist MEINE Burg!"

Lincolns Miene versteinerte sich bei diesen Worten.

„Deine Burg?", hakte Slevin nach.

„Ja, ich bin hier aufgewachsen. Mein Vater ist nach der Übernahme durch die Hexer trotzdem hiergeblieben und hat den Menschen geholfen, wo es ging. Jetzt haben sie ihn umgebracht! Ich kann nicht anders, Slevin! Auch wenn es das Letzte ist, was ich tue!"

„Das verstehe ich", stimmmte Slevin dem Gesagten zu und das war sein Ernst.

Auch er hätte das Bedürfnis seinen Vater zu rächen, wenn er ihn denn je kennengelernt hätte. Aber sollte er sich jetzt wirklich mit zwei Hexern anlegen? Was, wenn sie scheiterten? Was, wenn ihn dieses Vorhaben direkt wieder zurück in Thoruns Kerker bringen würde?

„Und wie geht es dann weiter, wenn wir überhaupt hineinkommen sollten?", wollte er von Lincoln wissen. „Dort sind doch sicherlich Wachen und Soldaten. Wisst ihr wie viele? Und was ist danach? Was passiert, wenn Thorun davon erfährt?"

„Ich werde dir jemanden vorstellen und dann können wir das alles bereden", erklärte Lincoln knapp und stand ohne weitere Worte auf.

Slevin murrte kurz in sich hinein, zuckte resignierend mit den Schultern und folgte ihm dann.

Wenigstens lief Lincoln von dem See weg und in die Stadt. Immer noch klebten die Klamotten an seiner nassen Haut und er hatte weiß Gott keine Lust mehr nochmals nass zu werden. Aber immerhin regnete es jetzt nicht mehr.

Bereits nach wenigen Metern, die sie durch die Stadt liefen, fiel Slevin eines auf. Die Stadt war zwar relativ groß. Doch auch diese Stadt, genauso wie die Dörfer in diesem Land, war nicht so, wie man es eigentlich erwartete.

Es gab hier keinen Markt oder kleine Geschäfte, in dem die Kaufleute ihre Waren darboten. Auch keine arbeitenden Bewohner, die geschäftig hin und her liefen.

Diese Stadt war, wo er auch hinsah, ein Elendsviertel.

Die meisten Leute hatten nur noch Lumpen, anstelle von richtiger Kleidung am Körper. Manche saßen teilnahmslos auf dem Boden und starrten vor sich hin. Aber den Menschen hier musste es schon einmal besser gegangen sein.

Vor den Hexern, dachte Slevin grimmig in sich hinein.

Viele der Häuser waren aus Stein gebaut. Manche waren vor Jahren wohl sogar verputzt worden. An manchen Stellen konnte man den inzwischen brüchig gewordenen und größtenteils abgefallenen Putz noch sehen.

„Ist das hier das Werk der Hexer?", fragte der Vampir leise.

Lincoln nickte düster.

Slevin sah erschüttert zu Boden. Hatte es Thorun, dieser Bastard, tatsächlich geschafft hier ein Hexenreich zu errichten. Als er ihn angegriffen hatte, war er noch ein gewöhnlicher Hexer gewesen, der es mit viel List zum Grafen geschafft hatte. Ansonsten wurden Hexen eher verfolgt und verbrannt, als dass sie Städte und Burgen führten.

Lincoln deutete ihm weiterzugehen, doch das Bild blieb auch weiter in der Stadt das gleiche – Elend, wohin man auch schaute.

Als sie von Weitem eine Gruppe Menschen auf sich zukommen sahen, drängte Lincoln ihn in eine kleine Gasse. Und was Slevin nun sah, machte ihn zusätzlich sprachlos. Die Leute, die nun an ihnen vorbeiliefen, schienen wie aus einer anderen Welt. Sie trugen kostbare und aufwendige Kleider. Die Damen trugen verzierte Hüte, Halsketten und Ringe. Langsam und anmutig schritten sie durch die Straßen und unterhielten sich fröhlich, als ginge sie ihre Umgebung nichts an. Um diese Gruppe herum rang eine Traube Menschen der wohl niederen Bevölkerung. Ein anderes Wort fiel Slevin bei dem Anblick nicht ein. Mit gesenkten Köpfen wuselten sie, nur in Fetzen gekleidet und mit eingefallenen Gesichtern, um die Herrschaften herum und bettelten diese an. Und tatsächlich war ab und an einer von diesen so gütig und ließ einen angebissenen Apfel oder ein Stück Brot auf den Boden fallen. Die armen Anwohner schmissen sich gierig auf das weggeworfene Essen.

Slevin sah Lincoln fragend an. Doch dieser deutete ihm nur still weiterzulaufen, als der Tumult vorbei war.

Sie kamen am gegenüberliegenden Stadtrand an und Slevin drehte sich abermals zu Lincoln. Dieser lief mit ihm noch ein gutes Stück weiter hinaus, bevor er auf seine fragenden Blicke einging.

„Die Hexer haben ihren eigenen kleinen Hofstaat mitgebracht, ihre persönlichen Diener sozusagen. Menschen, die sie wie ihre Götter behandeln. Und die ansässigen Stadtbewohner halten sie fast wie Sklaven. Sie müssen für sie arbeiten und alles abgeben, was sie auf ihren Feldern erwirtschaften.

Außerdem sind da noch die Steuern, die der König erhebt. Es bleibt ihnen kaum genügend, um zu überleben."

Slevin verstand sein Gegenüber nach dem, was er gesehen hatte, noch mehr.

Trotzdem riet Slevins Vernunft dringend davon ab, den Räubern hier zu helfen. Stattdessen sollten sie eine Armee aufbauen und Thorun direkt angreifen, solange er vielleicht noch den Vorteil der Überraschung auf seiner Seite hatte.

„Liegt es an den Hexen, von denen du mir erzählt hast?", wollte Lincoln wissen, der Slevins Schweigen wohl in diese Richtung interpretiert hatte. „Ich denke nicht, dass es diese sind und …"

„Nein, daran liegt es nicht", unterbrach der Vampir ihn. Obwohl ihm dieser Gedanke auch bereits gekommen war. Doch Dragana und Diamant, so sehr enttäuscht er auch von ihnen war, würden so etwas nie zulassen. Oder?

Noch bevor Slevin weiterreden konnte, sahen sie, wie eine Frau aus der Stadt gerannt kam. Ihr folgten drei Soldaten. Diese hatten die Frau schnell eingeholt. Sie schrie, als einer der Soldaten sie grob an den Haaren packte und daran wieder in die Stadt schleifen wollte. Mit einem erneuten Schrei, riss sich die Frau los und lief auf Slevin und Lincoln zu. Auch sie trug nur noch ein abgewetztes Stück Stoff am Leib und ihr Gesicht war vor lauter Schmutz kaum noch zu sehen. Sie packte Lincoln hilfesuchend am Arm und flehte ihn an.

„Bitte! Bitte helft mir! Bitte!"

Slevin und Lincoln sahen auf. Und schon kamen die drei Soldaten ebenfalls auf sie zugerannt.

„Haltet die Frau fest und übergebt sie uns", richtete einer der Soldaten das Wort an die beiden.

Slevin sah die Frau durchdringend an. Sofort verschleierten sich ihre Züge und formten sich in ein wohl bekanntes Gesicht.

‚Höre sofort damit auf, Vampir. Damit hast du uns schon mal in die Scheiße geritten‘, schrie ihn sofort seine innere Stimme an.

Slevin schüttelte sich etwas, das bekannte Gesicht verschwand und wurde wieder zu den Gesichtszügen einer fremden und eingeschüchterten Frau. Aber egal, ob er sie nun für Dragana hielt oder nicht, sofort stellte Slevin sich zwischen die Frau und den Soldaten.

„Was hat sie getan, dass ihr sie verfolgt?", wollte er von den Soldaten wissen, als auch diese bei ihnen angekommen waren.

„Sie hat gestohlen. Dafür wird sie bestraft und nun geht zur Seite."

Slevin hielt den Blick gesenkt. Er sollte nicht gleich in den ersten Minuten, die er hier war, für Aufsehen sorgen.

Einen Moment lang blickten die Soldaten ihn und Lincoln abschätzend an, als hinter ihnen Rufe laut wurden. Eine weitere Gestalt kam aus der Stadt gelaufen.

Kein weiterer Soldat, so viel konnte Slevin sofort erkennen. Die Soldaten drehten sich um und grüßten den Mann, als er bei ihnen angekommen war.

„Was ist hier los?", wollte dieser nun wissen.

Es war ein Mann mittleren Alters und mit ziemlicher Wahrscheinlichkeit einer im Gefolge der Hexer, denn er trug ein kostbares Gewand und war mehr als wohlgenährt.

„Die Frau hier hat gestohlen", erklärte einer der Soldaten nochmals und deutete auf ein paar Essensreste, welche die Frau in den Händen trug.

„Meine Kinder und ich haben Hunger! Ihr lasst uns verhungern. Es ist unser Essen! Wir arbeiten dafür", versuchte die Frau sich zu verteidigen.

Aber niemand nahm von ihren Worten Notiz.

Der Mann, der augenscheinlich ein Diener der Hexer war, wollte sofort zu der Frau gehen, doch Slevin ließ ihn nicht an sie heran und vertrat ihm steinern den Weg.

Sein Gegenüber sah ihn zornig an und sagte: „Geht zur Seite! Ich werde mich um sie kümmern!"

Slevin konnte nicht anders. Feindselig sah er diesem feinen Herrn direkt in die Augen. Dieser japste erschrocken nach Luft.

Da schritt auch schon Lincoln ein, doch anders als Slevin dies erwartet hatte. Denn er stellte sich zwar neben Slevin, sagte dann aber eindringlich zu ihm.

„Gehe zur Seite und lasse die Leute hier ihre Arbeit machen."

Slevin sah Lincoln mit böse funkelnden Augen an, die den Räuber abermals daran erinnerten, wer oder besser gesagt was neben ihm stand.

Fast schon bittend sah Lincoln den Vampir an, richtete aber seine weiteren Worte an die Soldaten, die mit Sicherheit nicht mehr lange darauf warten würden, dass sie die Frau freiwillig an sie übergaben.

„Tut mir leid. Mein Freund ist fremd hier. Er wird keine Probleme machen."

Mit diesen Worten versuchte er Slevin von der Frau wegzuziehen, jedoch ohne Erfolg. Der Vampir bewegte sich keinen Millimeter.

„Oh doch, das wird er", antwortete Slevin stattdessen laut und legte dabei seine Hand drohend auf den Griff seines Schwertes.

Noch bevor jemand anderes etwas erwidern oder tun konnte, stellte sich Lincoln nun direkt vor Slevin, sah ihm fest in die Augen und flüsterte ihm zu.

„Slevin, bitte, vertraue mir!"

Slevin war hin und her gerissen. Er konnte diese Frau nicht einfach so den Soldaten überlassen. Seine Hand verkrampfte sich um den Griff seines Schwertes, als Lincoln ihm zuflüsterte: „Ihr wird nichts geschehen! Ich werde dir später alles erklären. Bitte Slevin!"

Lincolns Worte waren so eindringlich, dass Slevin sein Schwert losließ und tatsächlich einen Schritt zur Seite ging. Sofort war der Hexendiener bei der Frau, hob sie grob am Arm und zerrte sie in die Höhe. Mit lauter und befehlender Stimme sprach er zu den Soldaten.

„Ist in Ordnung. Die zwei werden sich nicht einmischen. Ihr könnt wieder zurückgehen."

„Aber die Frau? Sollen wir sie nicht in den Kerker werfen?", fragte einer der Soldaten und blickte Slevin dabei feindselig an.

„Oh doch. Die gehört in den Kerker", erwiderte der Adlige und strich der Frau dabei anzüglich über die Wange.

Diese drehte angewidert den Kopf zur Seite.

„Aber ich möchte vorher noch ein bisschen meinen Spaß mit ihr haben, wenn ihr versteht."

Sofort spannte Slevin sich wieder und alleine der Griff und der flehende Blick seines Freundes bewirkten, dass er sich nicht sofort auf diesen Bastard hier stürzte.

Und die Tatsache, dass es tatsächlich klüger war, darauf zu warten, bis die Soldaten weg waren und er diesen Widerling unbemerkt zur Strecke bringen konnte.

Vielleicht hatte Lincoln ja genauso gedacht. Denn tatsächlich nickten die Soldaten nur grinsend, drehten sich dann aber um und gingen wieder in Richtung Stadt. Bis die Soldaten außer Sichtweite waren, rührte sich niemand. Doch als sie um die Ecke verschwunden waren, zog Slevin sofort sein Schwert und hielt es dem erschrockenen Mann an den Hals. Zu Slevins Verwunderung war es die Frau, die sich nun zwischen ihn und seinen Feind drängte.

„Nicht!"

Und nach kurzem Zögern, fügte sie leise hinzu.

„Danke! Danke dir! Aber er ist auf unserer Seite. Tue ihm bitte nichts!"

„Das sah aber gerade noch ganz anders aus", erwiderte Slevin irritiert.

Doch auch Lincoln nickte und stimmte der Frau zu.

„Darf ich dir vorstellen, Slevin. Der Mann mit deinem Schwert am Hals ist mein alter Freund Van Guten, den ich dir vorstellen wollte. Er ist ein Diener der Hexen, aber wie schon gesagt, auf unserer Seite. Er wird uns helfen."

Immer noch zweifelnd senkte Slevin sein Schwert, schob es aber noch nicht ein. Lincolns sogenannter alter Freund richtete seine Kleidung wieder ordentlich her und streckte Slevin freundlich die Hand entgegen.

„Hallo, wie bereits erwähnt, ich heiße Van Guten. Ich hätte dich auch gerne unter anderen Umständen kennengelernt. Lincoln hat mir bereits erzählt, dass er jemanden besonderen dabei hat, aber diese Augen ..."

Slevin unterbrach ihn forsch.

„Ach, hat er das? Und hat er auch erwähnt, dass ich Männern wie dir, die sich einer Frau aufzwingen möchten, den Kopf von den Schultern schlage?"

„Slevin!", versuchte Lincoln den Vampir etwas einzubremsen.

„Ist ja gut. Ich meine ja nur. Natürlich würde ich einem so guten Freund von dir nichts tun."

Dabei tätschelte Slevin dem Mann den Kopf, jedoch eher so, wie man es bei einem Hund tun würde.

Lincoln verdrehte die Augen.

„Tut mir leid", wandte er sich nun wieder entschuldigend an Van Guten. „Er ist etwas impulsiv, aber ansonsten echt in Ordnung."

Dieser nahm dem Vampir seine Missgunst wohl nicht übel. Oder ihn interessierten andere Sachen einfach viel mehr. Slevins Augen zum Beispiel. Er starrte sie immer weiter an.

Lincoln sah, wie Slevin bereits erneut seine Hand hob, dieses Mal wohl nicht, um Van Gutens Kopf nur zu tätscheln.

„Van Guten", mahnte er nun diesen und kam sich tatsächlich langsam vor, als hätte er es mit Hunden zu tun. Vor allem mit einem kleinen, kläffenden Schoßhund, der nicht verstand, was gleich passieren würde, wenn er sich nicht am Riemen reißen würde.

„Tut mir leid, Lincoln, wirklich", sprach Van Guten tatsächlich ungerührt weiter. „Aber diese Augen sind der Wahnsinn. Was ist er?"

„ER ist langsam angepisst!", mischte sich nun Slevin wieder ein.

Lincoln fuhr sich angestrengt mit der Hand durch die Haare. Das konnte ja noch lustig werden.

Die Frau, die noch immer bei ihnen stand, folgte dem Gespräch mit großem Interesse. Sie sollten erst weiterreden, wenn sie alleine waren, dachte Lincoln. Nicht, dass er der Frau misstraute, aber es war mit Sicherheit nicht hilfreich, wenn ihr Mordplan und die Anwesenheit eines Vampirs hier die Runde machte. Van Guten sah dies wohl genauso und wandte sich an sie.

„Meine Liebe, gehe bitte einen Umweg in die Stadt zurück. Keiner darf dich sehen. Und verstecke dich die nächsten Tage."

Die Frau sah ihre Retter noch einmal dankbar an, nickte dann eifrig und lief davon.

Slevin sah ihr nach.

„Und, hilfst du uns nun?", ergriff Lincoln das Wort, als sie unter sich waren.

Er hatte die Gefühlsregung Slevins richtig gedeutet. Es war einfacher gewesen Nein zu sagen, bevor er so damit konfrontiert worden war.

„Habt ihr wenigstens einen Plan?", wollte der Vampir wissen.

Lincoln nickte eifrig.

„Morgen Abend findet das große Frühlingsfest statt. In der Burg laufen bereits seit Tagen die Vorbereitungen. Die Hexer werden mit ihrem Gefolge wie immer in dem großen Saal feiern. Und die Soldaten lassen es sich im Hof bei einer gegrillten Sau und einigen Fässern Wein gut gehen. Deshalb werden in dieser Nacht auch nur die nötigsten Wachen aufgestellt sein. Wir warten bis zu den Morgenstunden, wenn die Hexer betrunken in ihren Betten liegen und schlafen. Zusätzlich wird Van Guten mit einem Gift, welches er in den Wein der Soldaten schüttet, nachhelfen. So müssen wir nur noch die Wachen ausschalten, gelangen unbemerkt zu den schlafenden Hexern und töten diese schnell und lautlos. Und im Morgengrauen gehört die Burg wieder uns."

Van Guten nickte bei Lincolns Worten eifrig und fügte hinzu.

„Wir werden weiterhin den Anschein wahren und Abgaben bezahlen. Die Soldaten, die diese eintreiben kennen mich und waren noch nie sonderlich erpicht darauf, den beiden Hexern zu begegnen."

„Also, was sagst du?"

Lincoln und Van Guten sahen ihn stolz an. Nur Slevin war nicht wirklich überzeugt und sah Van Guten aber auch Lincoln herausfordernd an.

„Wenn es so einfach ist, warum tut ihr es dann nicht selbst?"

Van Guten sah nervös zu Lincoln und dieser wiederum sah betreten zu Boden.

„Die Soldaten lassen niemand fremden in die Burg und ich …", fing Van Guten zu stammeln an. „… ich kann es nicht. Ich will euch helfen, aber ich bin nun mal … kein Krieger und auch kein Mörder."

Das leuchtete Slevin ein, wenn er den Mann vor sich so betrachtete. So etwas wie Mut und Entschlossenheit suchte man bei diesem wohl vergeblich.

„Aber warum dann Gift für die Soldaten und nicht für die Hexer. Oder könnt ihr das auch nicht?", hakte Slevin argwöhnisch nach.

„Das haben wir bereits versucht. Sogar mit einem sehr starken Gift", gab Van Guten nun nach einiger Zeit des Schweigens zu und sah dabei mit schuldigem Blick zu Lincoln. „Aber sie haben es überlebt. Es scheint so, als wären sie davor gefeit. Sie haben in der Burg einen Raum, den niemand betreten darf. Ich konnte einmal einen Blick hineinwerfen. Dort bewahren sie viele Flüssigkeiten und Tränke auf. Außerdem hat es ein paar sehr gute Männer den Kopf gekostet."

Slevin sah sein Gegenüber misstrauisch an.

„Ein paar gute Männer also, aber nicht euch?"

Van Guten schien sein Misstrauen nicht zu bemerken, oder er ignorierte es einfach.

„Zum Glück hatten sie mich nicht in Verdacht. So konnte ich den Menschen hier weiterhin helfen. Und euch jetzt!"

„Also wollt ihr die Soldaten hinterlistig vergiften und die Hexen im Schlaf meucheln", fuhr er an Lincoln gewandt fort. Das war nicht gerade ehrenwert. Aber hinsichtlich der Lage hatten sie keine andere Möglichkeit, das wusste auch er.

„Wie heißen die Hexer?", wollte Slevin nun wissen, als der Räuber keine Anstalten machte ihm zu antworten. Er hatte in der Gefangenschaft Thoruns einige Hexer, die ihm dienten, zu Gesicht bekommen und er sollte es tunlichst vermeiden, einem von diesen auch nur zu begegnen.

‚Das ist doch bitte nicht dein Ernst?! Du willst mit diesen Trotteln Hexen angreifen?'

‚Ja, genau so sieht es aus. Und wenn Lincolns Plan funktioniert, wird Thorun nichts davon erfahren', gab Slevin kühl zurück.

Außerdem tat er es nicht allein, um zu helfen. Lincoln und seine Männer gehörten dem Widerstand an. Ihm würden die Menschen vertrauen, wenn er zu einem erneuten Kampf rufen würde. Und er brauchte Krieger, wenn er den Hexenkönig angreifen wollte. Viele Krieger!

Wenn er Lincoln jetzt half, würde er mit ihm kämpfen und auch weitere würden sich ihnen anschließen! Vielleicht konnte er abermals mit einer ganzen Armee aufwarten. Also, sehr positiv gesehen, zumindest.

Der Dämon hingegen hüllte sich in Schweigen.

„Clementis und Gustavo", riss ihn die Stimme Van Gutens aus seinen Überlegungen.

Slevin wiederholte die Namen nachdenklich. Nein, von ihnen hatte er noch nie etwas gehört. Wie hoch war denn auch bitte schön die Wahrscheinlichkeit, hier auf bekannte Gesichter zu treffen?

Doch ein paar Fragen hatte er noch.

„Und dann? Was passiert, wenn wir sie getötet haben, Lincoln? Wirst du hierbleiben, oder wirst du dich auch gegen ihren König stellen?"

Dies war eine durchaus wichtige Frage. Wenn der Räuber sich mit seiner Bande hier niederließ, musste er wieder alleine losziehen. Diese Überlegung war sehr berechnend, das wusste er selbst. Aber er konnte es sich einfach nicht leisten, nur aus Menschlichkeit heraus zu handeln, so sehr er den Räuber inzwischen auch schätzte.

Aber Lincoln sah ihm fest in die Augen, als er antwortete.

„Nein! Van Guten wird die Burg übernehmen. Ich kann nicht hierbleiben. Ich würde jeden Tag daran erinnert werden, dass ich meinen Vater im Stich gelassen habe, als er mich brauchte.

Außerdem ist mein Gesicht bekannt. Sollten die Soldaten des Königs mich hier sehen, würden sie sofort Verdacht schöpfen. Und darüber hinaus würde ich nichts lieber tun, als diesem Monster von Hexenkönig beim Sterben zuzusehen!"

Diese Antwort gefiel dem Vampir.

„Na gut. Dann lasst uns ein paar Hexen töten!", stimmte Slevin zu.

Lincolns Augen weiteten sich ungläubig.

„Ehrlich? Wir stehen tief in deiner Schuld, wenn du uns hilfst. Danke."

‚Ja, das tust du, dachte Slevin in sich hinein', sprach es aber nicht aus. Noch nicht.

Da sie sich erst einmal einig waren, verabschiedete sich Van Guten mit dem Versprechen, alles Weitere in die Wege zu leiten.

Slevin und Lincoln gingen wieder zu dem Gasthof. Auf dem Weg dorthin suchte der Vampir jedoch nochmals das Gespräch mit dem Räuberhauptmann, der keiner war.

„Du traust diesem Van Guten?"

Lincoln sah ihn ernst an.

„Ja, das tue ich. Ich weiß, er hat so seine Eigenarten, aber ich kenne ihn schon sehr lange. Wir können ihm vertrauen."

„So sehr, dass du dein Leben in seine Hände legen würdest und ihm außerdem die Burg überlässt?"

„Ja! Außerdem habe ich nicht wirklich eine Alternative."

Lincoln sah bestürzt zu Boden. Es fiel ihm anscheinend doch nicht ganz so einfach, das Erbe seines Vaters diesem Mann anzuvertrauen.

Auch deshalb hakte er noch einmal nach.

„Schon einmal etwas von einem Lakai gehört?"

Lincoln sah ihn ehrlich erschrocken an, als er den Sinn dieser Worte verstand.

„Du denkst, Van Guten ist der Lakai der Hexer? Ich weiß, du magst ihn nicht. Aber das ist wirklich lächerlich!"

Und damit war diese Unterhaltung erst einmal beendet, das spürte Slevin. Außerdem waren sie am Gasthof angekommen. Alles Weitere sollten sie an einem Ort klären, an dem sie unter sich waren.

Schweigend betraten sie den Gasthof, in dem die anderen Männer warteten. Derwin saß zwischen drei hübsch gekleideten Frauen und klaute einer davon gerade unbemerkt die Ringe von den ihn antatschenden Fingern. Und auch die anderen hatten es sich mehr oder weniger gemütlich gemacht. Dave schlief auf der Bank, auf der auch schon Slevin ein Nickerchen gehalten hatte. Zwei weitere ließen sich gerade eine Art Brei schmecken, von dem Slevin nicht sagen konnte, was es sein sollte.

„Wollt ihr auch etwas zu essen?", fragte einer der essenden Männer, als sie auf sie zukamen.

„Es sieht nicht so aus, aber es schmeckt ganz gut. Eintopf nach Art des Hauses!"

Slevin und Lincoln lehnten dankend ab.

„Wir brechen in einer Stunde auf und werden die Nacht draußen verbringen. Also rüstet euch entsprechend aus", befahl Lincoln seinen Männern.

Diese sahen ihn zweifelnd an.

„Jetzt schon wieder? Dachte wir bleiben wenigstens die Nacht über hier. Ich meine, wir waren ja lange genug unterwegs und hier ist es um einiges gemütlicher als draußen", warf Richard kleinlaut ein.

Er konnte humpelnd schon wieder gehen. Aber Slevin war sich sicher, er hatte mehr Schmerzen als er zugeben würde. Lincoln blickte ihn streng an.

„Wir sind nicht zum Vergnügen hier. Eine Stunde."

Richard und auch die anderen Männer nickten und brummten ein wehleidiges „Jawohl Sir."

Lincoln war gereizt und Slevin konnte ihn gut verstehen. Es war ein großes Risiko, welches er und damit auch seine Leute eingingen.

Slevin hatte sich doch noch darauf eingelassen, diesen Eintopf nach Art des Hauses zu versuchen. Und tatsächlich schmeckte dieses breiige Etwas, nicht so schlecht, wie erwartet. Mit seiner Schüssel hatte er sich vor dem Feuer des Kamins gesetzt, um seine immer noch kalten Glieder aufzuwärmen. Lincoln hingegen tigerte die ganze Zeit ruhelos auf und ab, als Derwin ihm einen Platz neben sich und den Frauen anbot.

„Deine Unruhe ist ja kaum auszuhalten. Lass dich doch von diesen Schönheiten etwas zur Ruhe bringen. Obwohl es für einen Mann schwer ist, ruhig zu sitzen, wenn er solch leidenschaftliche Lippen vor sich hat", sagte Derwin fröhlich und küsste eine der Damen, die um ihn wetteiferten

Lincoln lehnte dankend ab und lief weiter Rillen in den Boden. Nach der angegebenen Zeit brachen sie auf. Sie gingen zu Fuß noch über eine Stunde, bis sie in einem nahe liegenden Wald ihr Lager aufbauten. Als alle so weit waren, erhob Lincoln das Wort.

„Nun, ihr wisst ja alle, warum wir hier sind. Morgen Abend geht es los."

„Ja!", unterbrach ihn Dave mit sichtlicher Vorfreude in den Augen. „Wir töten ein paar Hexen! Wurde ja auch mal wieder Zeit. Ich habe das ewige herumräubern langsam satt."

Slevin sah Lincoln mit einem Grinsen an. So viel zum Thema, sie waren keine Räuber. Lincoln, der seine Gedanken wohl gelesen hatte, sah ertappt zu Boden.

Die anderen Männer stimmten Dave derweilen zu. Sie schienen wirklich darauf zu brennen, in diese Burg zu gelangen und die Hexer zu töten.

Lincoln erklärte seinen Männern nochmals den Plan und bekam zustimmendes Nicken. Und selbst auf die warnenden Worte, dass sie kämpfen mussten, falls etwas schiefgehen sollte, schienen die Männer nicht gerade mit Furcht zu reagieren.

Lincoln deutete auf Slevin und dieser ergriff das Wort.

„Okay, wir haben es also im schlechtesten Fall mit zwei Hexern zu tun. Diese können so ziemlich jede Illusion hervorrufen, die ihr euch vorstellen könnt …"

„Die werden mit Sicherheit ihren Rausch ausschlafen, wenn wir kommen. Und wir haben ja nicht vor sie zu wecken!", warf Dave wieder einmal vorlaut ein.

„Das hoffen wir. Trotzdem sollten wir auf einen Kampf mit ihnen vorbereitet sein", entgegnete Slevin schroff. „Also wenn ihr irgendetwas Seltsames in der Burg seht, so wie etwa große Tiere, wie Wölfe oder auch ein Rudel wütender Hunde. Aber auch kleine, wie Schlangen und dergleichen. Alles was keinen Sinn macht, hier zu sein und selbst wenn doch, es ist mit großer Wahrscheinlichkeit nur der Zauber der Hexer. Genauso verhält es sich mit plötzlichem Feuer, Wasser, Sturm und dergleichen. Dann wissen die Hexer von unserem Eindringen!"

„Das wissen wir bereits!", warf einer der Männer wieder ein.

„Denkst du, du bist der Einzige, der schon einmal eine Hexe gesehen hat?!"

„Okay, ihr habt also alle schon einmal gegen Hexen gekämpft und wisst, wie man ihre Zauber bricht?", erkundigte Slevin sich gereizt.

Sie sollten ihm lieber zuhören, anstatt hier die Helden zu markieren.

Dieses Mal war es Derwin, der das Wort ergriff.

„Natürlich. Man rammt diesen Bastarden ein Schwert in den Leib und schon ist der Zauber dahin. So macht man das!"

Die anderen stimmten ihm lautstark zu.

„Ja, ich hoffe auch, es wird so einfach werden. Aber was machst du, wenn wir in der Burg sind und zwischen dir und dem Hexer auf einmal zwei Bären stehen?"

Derwin sah ihn mit zusammengekniffenen Augen an, dann antwortete er, wie Slevin vermutet hatte: „Dann zücke ich mein Schwert und kämpfe mich auch gegen diese Viecher zu den Hexern durch! Richtig Männer?"

Dabei sah sich Derwin Beifall haschend um und bekam von den Männern den Zuspruch, den er erhofft hatte.

„Euer Ernst? So habt ihr bisher gegen Hexen gekämpft? Dann ist es wahrlich ein Wunder, dass ihr noch am Leben seid!"

Diese Worte stießen den umstehenden sichtlich auf. Einige der Männer erhoben sich sogar und sahen ihn giftig an. Doch Lincoln schritt sofort beschwichtigend ein.

„Seid still, Männer. Er hat mit ihnen zusammengelebt. Er weiß mehr über sie, als wir alle. Und jetzt hört ihm zu!"

Nur langsam beruhigten sich die Gemüter und alle setzten sich wieder.

Slevin seufzte.

Er hatte wahrlich sehr lange Zeit mit Hexen verbracht und ihren Zauber mit eigenen Augen gesehen. Und selbst da fiel es ihm anfangs schwer zu realisieren, dass ihre Zauber nur Illusionen waren. Wie sollte er die Männer ohne anschauliche Beispiele darauf vorbereiten? Das konnte noch ein gutes Stück harte Arbeit werden, dachte Slevin mürrisch.

‚Harte Arbeit? Da bringst du eher einem Esel das Fliegen bei!'

Und auch Slevin hatte da so seine Bedenken. Aber er brauchte mindestens einen Mann, der gegen die Zauber quasi Immun war, wenn sie dort waren und kämpfen mussten. Zwei oder drei wären besser. Also führte er seine kleine Aufklärung weiter fort.

147

„Ihr könnt diese Zauber natürlich mit dem Schwert bekämpfen. Obwohl dies genau das ist, was die Hexen wollen. Ihr gebt ihren Illusionen dadurch nur Macht. Und während ihr gegen falsche Bären oder was auch immer kämpft, stechen sie euch ein Schwert in den Rücken!"

Meinte Slevin das nur, oder bekam er nun wenigstens zustimmendes Nicken. Ziemlich genau so, mussten die bisherigen Kämpfe mit Hexen für die Männer gelaufen sein.

„Okay", sprach er nun weiter.

„Ihr müsst sie mit eurem Geist besiegen. Ihr müsst wissen, dass es nicht echt ist. Wenn euer Wille, euer Geist stärker ist, als der der Hexer, werden sich ihre Zauber wortwörtlich in Luft auflösen! Ihr wisst das jetzt. Nutzt dieses Wissen!"

,Oder versucht es wenigstens', fügte er in Gedanken hinzu, als er merkte, dass seine Worte nicht wirklich eine Wirkung bei den Männern hinterließen.

„Wie soll das gehen? Ich meine, es ist ziemlich schwer sich einzureden, dass es den Blitz, der einen gerade erschlägt, überhaupt nicht gibt!", gab nun Dave zum Besten.

Er hatte sich ein großes gebratenes Stück Fleisch mitgenommen und wohl mittlerweile tatsächlich den Appetit verloren. Dies kam bei Dave nun wirklich nicht oft vor.

Lincoln sah Slevin flehend an. Dieser stieß abermals ein leises Seufzen aus.

„Wir können es schaffen. Ich werde versuchen die Hexer so weit zu bekämpfen und abzulenken, dass sie ihre Konzentration verlieren und keine Zauber wirken können. Oder ich werde diese gegebenenfalls brechen. Dann könnt ihr sie ebenfalls angreifen. Ich werde euch brauchen, falls etwas schiefgeht und wir ihnen gegenüberstehen!"

„Es sind aber zwei Hexer", unterbrach ihn Lenker nun wieder. „Kannst du zwei Hexer gleichzeitig ablenken? Zwei Zauber gleichzeitig brechen? Ich meine, du bist schnell, ich weiß, aber so schnell?"

„Das ist richtig, Lenker."

Immerhin dachten die Räuber mit, das war schon mal ein Anfang.

„Und genau deshalb brauche ich dich, Lincoln!"

Lincoln straffte sich sofort und kam zu ihm.

„Ich werde dir alles über Hexen und ihre Zauber sagen, was ich weiß. Du musst den zweiten Hexer übernehmen. Mit dir steht und fällt die Aktion!"

Slevin sah dem Hauptmann an, welche Bürde er ihm damit auferlegte. Aber es war eben auch dessen fester Wille, diesen Hexer zur Strecke zu bringen, der ihn in diese Situation brachte.

Die anderen Räuber hatten inzwischen ein Feuer entzündet. Nur Lincoln und Slevin saßen abseits.

„Okay Slevin, erzähle es mir", begann Lincoln mit fester Stimme. „Sag mir alles, was ich wissen muss!"

Und das tat Slevin auch, und zwar in allen Kleinigkeiten und so anschaulich, wie es ging. Er traute dem Räuberhauptmann so einiges zu. Vielleicht konnte er es schaffen.

Zum Schluss sah Slevin in die Runde der Räuber. Auch Van Guten hatte sich in dieser Nacht zu ihnen gesellt. Er war blass und starrte vor sich hin. Seine Augen waren dafür gerötet, als hätte er nächtelang nicht geschlafen. Dieser Mann bereitete Slevin Sorgen.

„Du machst dir immer noch Gedanken wegen Van Guten?", deutete Lincoln die nachdenklichen Blicke Slevins zu seinem alten Freund richtig.

Slevin nickte.

„Ich meine es ernst, wenn er ein Lakai der Hexer ist, dann sind wir morgen Nacht alle tot, das ist dir klar?!"

‚Oder, ich wieder in Thoruns Kerker', fügte er in Gedanken hinzu.

Lincoln aber sah ihn überzeugt an.

„Ich kenne ihn schon seit Kindheitstagen. Er hätte sich verändert, wenn es so wäre, oder nicht?"

Da musste der Vampir ihm zustimmen, auch wenn er deswegen noch lange nicht überzeugt war.

Wenn Hexen jemanden zum Lakai machten, konnten sie ihn lenken, fast wie eine Marionette. Sie konnten die Bewegungen dessen Körper steuern und auch über die Worte des Lakaien befehlen. Aber dann würde Van Guten die Worte der Hexer benutzen, wenn sie ihm auftrugen etwas zu sagen, was er eigentlich nicht wollte. Daran konnte man, wenn man die Person genug kannte, herausfinden, ob er ein Lakai war oder nicht. Doch wenn ein Hexer seinem Lakai viel Freiraum ließ, war es schier unmöglich dieses zu erkennen. Außer an dem Hexenzeichen, welches sie auf der Haut des Lakaien bei diesem Ritual hinterließen. Doch Van Guten würde sich wohl kaum für sie ausziehen, Lakai oder nicht.

„Wir sollten ihn trotzdem überprüfen, wenn du mich fragst."

„Er ist kein Lakai, vertraue mir!"

„Na gut, ist ja schließlich dein Leben und dass deiner Männer, welches du aufs Spiel setzt. Ich komme da schon irgendwie wieder heraus."

Zumindest hatte Slevin sich das fest vorgenommen, sollten sie scheitern. Er hatte oft gegen Hexen gekämpft. Teilweise aus Spaß, als sie seine Freunde waren, teils um zu überleben, wenn er ihnen als Feind gegenübergestanden war. Früher hätte er es mit zwei Hexern aufgenommen. Aber nun? Er war lange nicht mehr so stark wie früher.

Lincoln nickte und riss ihn damit aus seinen Gedanken.

„Wie wird man eigentlich ein Lakai? Und wie kann man sich dagegen wehren?"

„Es ist kein einfacher Zauber, sondern ein Ritual, für das sie viel Kraft brauchen", erklärte Slevin. „Du musst ihr Blut trinken, damit es funktioniert."

„Also hindere sie daran!", fügte er nach einer kleinen Pause und mit einem leichten Grinsen hinzu.

Aber Lincoln sah nur wenig beruhigt aus.

„Und wie, bitte schön? Ich meine, man muss ihr Blut ja nicht freiwillig trinken, es reicht wenn sie es einem einflößen, oder?", fragte er weiter.

Slevin zuckte mit den Schultern.

„Beiße sie und höre nie auf zu kämpfen!"

Thorun hatte mehr als einen Hexer zu ihm in den Kerker geschickt, um ihn in den Bann zu zwingen und ihn so zum Lakai zu machen. Keinem von ihnen war es gelungen. Was nicht alleine daran lag, dass er tatsächlich alle gebissen hatte, als sie versuchten ihm ihr Blut einzuflößen. Es war ein Kampf, der im Inneren ausgefochten wurde. Kein Geist eines Menschen wäre stark genug, um einen Hexer zu bekämpfen, der in ihn eindringen wollte. Bei einem Vampir sah das Ganze schon anders aus.

Lincoln sah ihn zweifelnd an.

„Ich bin kein Vampir, falls du das vergessen hast", gab er zu bedenken.

„Ich weiß, du wirst den Hexer damit sehr wahrscheinlich nicht töten, aber vielleicht wirst du ihn damit genug verwirren, um ihn anderweitig davon abzubringen. Das ist der einzige Weg. Also ich würde es zumindest versuchen, wenn ich du wäre."

Lincoln hüllte sich in nachdenkliches Schweigen, welches sich auch auf Slevin und die anderen Männer am Feuer ausbreitete. Jeder hing seinen eigenen Gedanken und Sorgen nach. Auch wenn er kein Feigling war, konnte Slevin nur hoffen, der Plan würde aufgehen und sie mussten nicht gegen die Hexer kämpfen.

151

Die Nacht und auch den nächsten Tag über blieben sie im Wald. Am Abend tranken sie sich noch mal etwas Mut an, mit einem besonders köstlichen Wein, den Van Guten ihnen noch aus der Burg besorgt hatte.

Richard, der verletzt war und immer noch etwas Schmerzen hatte, wurde, bevor sie aufbrachen, nicht ganz freiwillig zum Gasthof geleitet. Dort würde er bleiben und ausharren, bis sie wieder zurück wären, oder auch nicht. Aber er wäre ihnen in diesem Zustand keine Hilfe, das musste auch er einsehen.

Im sicheren Abstand zur Burg warteten sie, bis die Gesänge und das Gegröle der Betrunkenen aufhörten. Van Guten war vor etwa zwei Stunden in die Burg zurückgegangen. Seitdem hatten sie nichts von ihm gehört und auch kein Zeichen erhalten. Also schien alles nach Plan zu verlaufen.

Die Räuber waren bis an die Zähne bewaffnet und wild darauf, endlich zu den Hexern zu gelangen.

Slevin hatte den ganzen Tag lang die Burg beobachtet. Leider hatte auch er keine andere Möglichkeit gefunden, unbemerkt in die Burg zu gelangen, außer sich durch das Rohr zu quetschen.

Die Hexer waren vorsichtig. Oder sie ahnten schon etwas von der Gefahr. Slevin hoffte inständig, dass es nicht so war.

Also stand er kurz darauf wieder in diesem See. Nochmal warf er Lincoln einen fragenden Blick zu, bekam aber nur ein zuversichtliches Nicken.

Na dann!

Er tauchte ab. Unter Wasser überprüfte er nochmals den Halt des Seiles, welches er um seine Hüfte gebunden hatte und an dem die Räuber ihn im Notfall wieder aus dem Rohr ziehen würden.

Nur, dass er dann wahrscheinlich schon längst ertrunken wäre. Einen kurzen Moment musste Slevin den Impuls, nochmals tief ein und auszuatmen unterdrücken. Hier, unter Wasser würde ihn das wohl nicht sonderlich entspannen. Und er sollte sich jetzt langsam beeilen. Er würde die Luft in seinen Lungen brauchen. Also hielt er sich am Rand des Rohres fest und krabbelte hinein. Schwimmen war dort überhaupt nicht möglich.

Er kroch weiter durch das Rohr. Slevin hatte nie Platzangst gehabt, aber das hier war auch für ihn etwas zu einengend. Unter Wasser hier entlangzukriechen und zu hoffen, es würde schon irgendwann einmal ein Ende nehmen – vorzugsweise, bevor ihm die Luft ausging oder er stecken blieb.

Seine innere Stimme fing sofort wieder an sich einmischen zu wollen. Doch noch bevor sie auch nur ein Wort sagen konnte, pflaumte Slevin sie an.

‚Kein Wort! Wenn du auch nur ein Wort sagst, drehe ich dir den Hals um!‘

Slevin wusste selbst, wie wenig diese Drohung fruchten würde. Vor allem bei einem Dämon, der ohne festen Körper in seinem Inneren festsaß. Aber er war gerade kurz vor einer Panik und der Dämon war ja nun nicht gerade dafür bekannt, beruhigend auf ihn einzureden. Und er sollte Recht behalten.

‚Du wirst hier einfach stecken bleiben. Die Luft wird dir ausgehen. Ganz langsam. Irgendwann wirst du aus Verzweiflung das Wasser atmen. Es wird sich anfühlen, als wenn glühendes Eisen deine Lungen füllen würden. Und dann wirst du ganz langsam sterben. Und weißt du, was das Beste dabei ist?‘

‚Nein verdammt, das weiß ich nicht!‘

Und er wollte es auch nicht wissen. Trotz des kalten Wassers war ihm heiß. Sollte dieses Rohr nicht eigentlich langsam breiter werden, so wie es Lincoln gesagt hatte?

‚Ach, sagte dein neuer Freund das? Nun, so wie es aussieht, hat er da gelogen. Aber wobei hat er dann vielleicht noch gelogen? Dass sie dich wieder herausziehen würden, wenn du

es nicht schaffen solltest? Oje, Vampir, dann wirst du hier
nicht nur einmal jämmerlich ersaufen. Du wirst wieder
aufwachen, nur um dann wieder zu ertrinken. Und wieder.
Und wieder. Und ...'

‚Halte ... deine ...Klappe!', schrie Slevin zurück und verlor
dabei einige wertvolle Luftblasen, die nun vor ihm durch das
Wasser trieben.

Er hatte wirklich schon genug damit zu tun, hier nicht einfach
den Kopf zu verlieren und mit ruhigen Bewegungen
weiterzumachen.

Jetzt, nach der kleinen Ansprache des Dämons, hatte er das
Gefühl zu kollabieren. Dennoch kroch er verbissen weiter. Es
war so eng hier, er konnte nicht einmal seine Beine anziehen.
Also musste er sich, rein mit der Kraft seiner Arme, nach
vorne ziehen. Und das war sehr kräftezehrend. Doch endlich
wurde das Rohr wie versprochen breiter. Slevin hätte beinahe
vor Erleichterung schwer eingeatmet. Nun konnte er mit
kräftigen Schwimmzügen durch den Tunnel schwimmen.
Auch wenn noch kein Ende in Sicht war.

‚Noch kannst du umdrehen. Jetzt ist genug Platz. Krieche
zurück und drehe diesem Räuber den Hals um!'

‚Für was?', fragte Slevin. ‚Dafür, dass er die Wahrheit gesagt
hat?'

‚Noch bist du hier nicht raus! Wenn du mich fragst, ist das die
perfekte Falle, um dich zu fangen. Thorun wird sich freuen!'

‚Wie meinst du das? Ich dachte, Thorun weiß noch nichts von
meiner Flucht.'

‚Bisher eher nicht. Aber du musstest in deiner Naivität ja
irgendwelchen dahergelaufenen Räubern von Thorun erzählen
und deine sogenannten Freunde haben sich ja jetzt genug Zeit
verschafft.'

Noch immer konnte Slevin die Worte des Dämons nicht ganz verstehen, oder er wollte es nicht. Dieser war jedoch so freundlich es ihm weiter zu erklären.

‚Dieser Lincoln möchte seine Burg zurück und seinen Vater rächen. Er weiß genau, wie wenig Chancen ihr habt! Die Hexer wissen längst, dass ihr kommt. Aber wenn er dich an Thorun ausliefert, wird er bekommen, was er sich so ersehnt!'

Slevin brach der Schweiß auf der Stirn aus und er hatte das Gefühl die Orientierung zu verlieren. Und das in einem scheiß Rohr!

Was, wenn der Dämon Recht hatte?

Noch bevor er weiterdenken konnte oder seine innere Stimme wieder auf ihn einredete, sah er etwas vor sich schimmern.

Es wurde heller!

Und das konnte nur bedeuten, dass der Tunnel endlich ein Ende nahm. Slevin schwamm schneller. Viel Luft hatte er tatsächlich nicht mehr in seinen Lungen. Er war sich nicht sicher, ob er einen Rückweg, ohne Luft zu holen, schaffen würde.

Aber was, wenn dies wirklich eine Falle war und er genau in ein paar Sekunden dort hineintappen würde? Das Rohr endete und er hatte viel Platz. Über sich sah er leicht rötliche Helligkeit.

Kein Gitter!

Vorsichtig tauchte Slevin auf, darauf gefasst Thoruns böse grinsendes Gesicht über sich zu sehen.

Wie von Lincoln beschrieben, befand er sich in einer Art Grube. Sofort sah er sich hastig um und sendete auch seine Sinne aus.

Nichts! Nichts und niemand war hier. Es war keine Falle! Der Dämon hatte ihn nur wieder halb um den Verstand gebracht. Und sofort hörte er auch wieder dieses fiese und höhnische Lachen in sich. Er versuchte es auszublenden und sah sich genauer um. Die Grube befand sich nach Lincolns Beschreibung am Ende eines Ganges, der mit den Kerkern verbunden war. Was er ihm nicht beschrieben hatte, war der Geruch, der Slevin nun, als er gierig ein- und ausatmete, fast wieder den Atem raubte. Es stank! Und zwar erbärmlich. Es roch nach Fäkalien und vergammeltem Essen. Aber das war nicht alles. In der Luft lag auch noch etwas anderes. Etwas, dass er mehr mit seinen vampirischen Sinnen wahrnahm. Da waren Angst und Verzweiflung, Blut und Schmerz.

‚Ach du lieber Himmel, riecht das gut!‘, entfuhr es dem Dämon.

Doch Slevin war fast dabei, lieber wieder unterzutauchen. Angewidert zog er sich trotzdem langsam aus dem Wasser. Um ihn herum lagen grobe Mauern. An ihnen wuchsen bereits Moos und Algen. Das Rohr war wohl schon seit einiger Zeit unter Wasser. Es war dunkel hier, denn nur ein entfernter Feuerschein erhellte dieses Wasserloch. Doch dank seiner guten Augen als Vampir, konnte er dennoch genügend erkennen. Auch wenn Lincoln meinte, hier wären keine Wachen zu erwarten, sollte er lieber vorsichtig sein. Er band das Seil von seinem Körper los und zog dreimal kräftig daran. Das war das vereinbarte Signal, dass er angekommen war. Langsam ging er weiter. Der Gestank wurde noch schlimmer und er wusste, er war auf dem richtigen Weg. Er musste an den Kerkern vorbei. Die Treppe hinauf. Zweite Tür links. Dann sollte er eigentlich vor dem hinteren Tor stehen. Also schlich er langsam weiter. Die Räuber würden ebenfalls etwas Zeit brauchen, bis sie von dem See heraus und an dem Tor waren. Slevin blickte um eine Ecke und sah die erste Wache des Kerkers. Sie saß auf einem Hocker und hatte es anscheinend tatsächlich geschafft, in dieser sitzenden Position einzuschlafen. Denn der Mann schnarchte lauthals. Slevin sah zu den gegenüberliegenden Kerkerzellen. Die einzelnen Zellen

156

waren nicht gerade groß, trotzdem mussten sich darin wohl jeweils mindestens zwanzig oder mehr Gefangene befinden. Dann beeilte er sich. Er musste die Wache erreichen und unschädlich machen, bevor die Gefangenen ihn sahen und seine Anwesenheit vielleicht noch verrieten.

Also sprang er lautlos um die Ecke. Er hatte nur ein Messer mitnehmen können. Sein Schwert hätte nicht mit durch das Rohr gepasst. Mit einem Ruck schnitt er dem schlafenden Mann die Kehle durch. Er hätte es gerne vermieden ihn zu töten. Aber sie konnten heute Nacht kein Risiko eingehen. Und noch während er den Toten langsam zu Boden sinken ließ, hatten die ersten Gefangenen ihn bemerkt. Slevin legte den Zeigefinger auf den Mund und sprach ein leises „Ssschhh".

Doch wie erwartet, hörten die Gefangenen nicht auf ihn. Sie waren außer sich. Diejenigen, die noch ansprechbar waren, streckten ihm bittend die Hände entgegen. Widerwillig sah er zu ihnen. Zu leicht kamen dabei die Erinnerungen in ihm wieder hoch, wenn er die von Dreck verkrusteten Gesichter sah. Die, die noch Hoffnung hatten, streckten ihre dünnen Arme durch die Gitter. Aber viele hatten diese wohl schon längst aufgegeben. Teilnahmslos saßen sie in den Ecken, die Beine eng an sich gezogen. Manche von ihnen wiegten sich, wie in einem lautlosen Rhythmus, vor und zurück. Slevin unterließ seine Beruhigungsversuche. Sie würden nichts bringen. Die Leute hier, würden alles und jeden anflehen, nur um hier herauszukommen.

„Bitte, bitte …helft uns! Wir sterben!", hörte er sie mit rauen und krächzenden Stimmen rufen.

Langsam ging er den Gang entlang, von einer Zelle zur nächsten. Und das Grauen, welches er darin sah, wurde immer größer. Hier drinnen waren nicht nur Männer gefangen. Er sah auch etliche Frauen. Und selbst Kinder saßen halb verhungert und verdreckt auf dem kahlen Boden. Mit großen, leeren Augen starrten sie ihn an. Viele von ihnen rührten sich auch gar nicht mehr. Slevin hatte schon viele Kerker und Gefängnisse gesehen. Und nicht immer nur von dieser Seite der Gitterstäbe aus. Wie Blitze durchfuhren ihn die Erinnerungen an seine eigene Gefangenschaft, die Schmerzen und die Verzweiflung, die einen nach einiger Zeit dahinrafften. Mit gesenktem Kopf ging er weiter. Er konnte die Gefangenen nicht befreien. Er musste Lincoln und seine Leute hier hereinlassen. Sie hatten einen Auftrag zu erfüllen. Außerdem, wie sollte er die über hundert armseligen Wesen hier lebend herausbringen? Ihr Vorhaben hing daran, unbemerkt zu den Hexern zu gelangen. Allerdings hatte er immer noch Zweifel daran, dass Van Gutens Plan so einfach aufgehen würde. Unter dem Betteln und Flehen der Gefangenen lief er weiter. Er fand die beschriebene Treppe und lief sie eilig hinauf. Er musste hier heraus!

Wie angewiesen klopfte er zweimal kräftig an die von außen verriegelte Tür.

Auf der anderen Seite erklang eine Stimme und er hörte, wie der Riegel zurückgezogen wurde.

„Musst du schon wieder pissen?", fragte die Wache arglos, als sie die Tür öffnete. „Dann piss doch einfach in die Zellen, dann muss ich dich nicht immer …"

Von einem Moment auf den anderen erstarrte der Mann vor Slevin und sah in dessen hasserfülltes Gesicht. Ruckartig schlug Slevin die Tür vollends auf und stach auch dieser Wache sein Messer in den Hals. Angewidert stieß er die tote Wache die Treppe hinunter, schloss die Tür und verriegelte sie wieder.

Er lief durch einen kurzen Gang und fand die Tür, durch die er zu dem Tor gelangen sollte. Er trat ins Freie und lauschte. Alles war still, nur die zwei Männer, welche das hintere Tor bewachten, redeten leise miteinander. Er schlich sich seitlich an und sie bekamen gar nicht mit, wie ihnen geschah, als sie schon am Boden lagen. Slevin hob abermals den Kopf, sah sich um und sendete auch seine Sinne aus. Er konnte den Schimmer des Lagerfeuers im Hof erahnen.

Und er spürte nichts!

Van Guten hatte wohl Wort gehalten und dort hinten im Hof waren bereits alle tot.

‚Oder es ist einfach auch nur niemand da, weil sie in einem Hinterhalt auf euch warten!‘

Das hast du vorhin auch schon gesagt und es ist nichts passiert. Also lass mich in Ruhe und melde dich bitte erst wieder, wenn du etwas Sinnvolles zu sagen hast.

Er klopfte, wie vereinbart, dreimal leise an das Tor. Das Klopfen wurde erwidert. Lincolns Männer waren schon dort. Sofort schob er die zwei Riegel zurück, die das Tor sicherten und ließ Lincoln und die anderen herein. Lincoln gab Slevin sein Schwert und ein paar trockene Kleider. Er zog sich ein Stück zurück, wechselte schnell die Kleidung und schob sein Schwert ein. Sie hatten nicht viel Zeit.

Als er wieder einigermaßen trocken neben Lincoln stand, sah er ihn fragend an.

„Wann kommt die nächste Wache hier entlanggelaufen?"

Dieses Mal war es Lincoln, der Slevin überraschte.

„Du meinst diese hier?", und damit deutete Lincoln auf eine dritte Wache, die bewusstlos und gefesselt am Boden lag. Slevin blickte den Räuber anerkennend an und die Gruppe bewegte sich weiter. Lincoln ging voraus.

Sie gingen den gleichen Weg zurück, den Slevin vorhin genommen hatte. Nur anstatt nochmals die linke Tür zu dem Kerker zu öffnen, lief Lincoln die Treppe zu ihrer rechten hinauf, bis sie an einer weiteren Tür ankamen. Langsam öffnete er sie und spähte hindurch. Doch niemand war hier zu sehen.

Ein paar Gänge und noch eine Treppe weiter kamen sie an eine weitere Tür. Sie war nicht verschlossen und so liefen sie ungehindert weiter. Hier wohnten und schliefen wohl die Hexer mit ihrem Gefolge. Denn anders als der Bereich, den Slevin schon gesehen hatte, waren hier die Türen mit Verzierungen versehen und besaßen keine Riegel. Sie öffneten die Tür und liefen einen langen Gang entlang. Links und rechts waren immer wieder Abzweigungen. Und alle Gänge sahen gleich aus. Van Guten hatte wohl Recht. Ohne sich hier auszukennen, war es, wie in einem Labyrinth zu stehen. Slevin blickte sich um. Wirklich alle Türen sahen gleich aus. So wie es aussah, waren sie erst im Nachhinein mit diesen Verzierungen versehen worden. Außerdem hingen überall teure Gemälde, die so weit Slevin dies beurteilen konnte, die herrschenden Hexer in heldenhaften Posen zeigten. Alleine die Rahmen der Gemälde mussten ein Vermögen gekostet haben. Wie würde es dann erst in den Gemächern aussehen? Doch das würde er noch erfahren.

Irgendwann kamen sie an eine Treppe. Sie war mit rotem Samt überzogen und dieser wurde von dünnen goldenen Stangen an jeder Stufe gehalten.

Und draußen und in dem Kerker verhungerten die Leute reihenweiße. Slevins Hass auf die Hexer hier wuchs mit jeder Sekunde und er hieß ihn willkommen. Er würde den Hass und die Entschlossenheit brauchen, wenn sie doch noch kämpfen mussten. Und wenn nicht, konnte er sich später auch noch wieder beruhigen.

Sie beeilten sich die etwa hundert Stufen hinauf. Besorgt blickte Slevin zurück. Sie hatten etliche Spuren hinterlassen. Mehrere Stein- und Matschbrocken blieben auf dem Samt zurück. Hoffentlich würde hier niemand mehr entlangkommen und sich darüber wundern. Oben angekommen ging das Labyrinth weiter. Sie gingen durch etliche Gänge, bogen links und rechts ab. Wie groß war dieses verdammte Schloss eigentlich? Von außen hatte es nicht so riesig gewirkt. Auf einmal nahm Slevin Schritte wahr. Schnell gab er Lincoln ein Zeichen stehen zu bleiben und schickte seine Sinne aus.

„Hatte Van Guten nicht gesagt, es sind nur noch eine Handvoll Wachen am Leben, wenn wir kommen?", fragte er argwöhnisch den Räuberhauptmann.

Dieser sah ihn irritiert an.

„Ja, wieso?"

„Weil dort vorne weit mehr als zwanzig stehen."

Lincoln blickte ihn verstört an.

„Das kann nicht sein! Er hat mir versichert, alles sei vorbereitet und er gäbe uns ein Signal, wenn etwas schieflaufen würde!"

„Hat er das!?"

Auch Lincoln lauschte nun und erkannte ein paar verdächtige Geräusche.

„Und was nun Hauptmann?", hakte Slevin sichtlich zornig nach.

Dieser zuckte mit den Schultern.

„Zwanzig sagst du? Die könnten wir schaffen, oder nicht?"

„Klar doch. Kleine Aufwärmübung sozusagen. Verdammt Lincoln, das war nicht der Plan. Die Hexer wissen, dass wir kommen! Wir sollten schnellstens hier verschwinden!"

„Nein, das werden wir nicht. Jetzt sind wir schon hier. Wer weiß, wann wir die nächste Möglichkeit bekommen. Wir ziehen das heute Nacht durch!"

Doch noch bevor Slevin etwas erwidern konnte, hörten sie lautes Gebrüll. Und die Stimme, die dort brüllte, war Slevin bereits bekannt. Es war Van Gutens Stimme!

Lincoln wurde bleich. Auch er musste die Stimme erkannt haben. Slevin spannte sich. Wenn Van Guten sie verraten hatte, waren diese Gänge hier wie eine Todesfalle. Und Van Gutens Gebrüll wurde lauter:

„Schnell! Alle Soldaten mit mir! Die Räuber, sie kommen. Wir müssen sie stoppen!"

Alle Männer zuckten bei den Worten, die sie hörten zusammen und Lincolns Augen weiteten sich.

„Alle bereit machen! Er hat uns verraten!", flüsterte nun Slevin den Befehl an Lincolns Männer. Denn ihr Hauptmann rührte sich keinen Millimeter. Der Schock stand ihm ins Gesicht geschrieben.

Alle zogen ihre Schwerter. Warteten auf die Soldaten, die nun jeden Moment auf sie einstürmen würden.

„Sollen wir fliehen?", flüsterte Slevin leise zu Lincoln. Doch dieser verneinte.

„Nein, wir kämpfen. Sollte Van Guten uns tatsächlich verraten haben, hole ich mir seinen Kopf!"

‚Oder er und seine Herren den deinen', dachte Slevin bitter. Alle standen da, die Nerven zum Zerreißen gespannt. Die Schritte der Soldaten wurden immer lauter. Allerdings war durch den Hall in diesen Gängen nicht einzuordnen, ob diese nun mehr vor oder hinter ihnen waren. Die Räuber drehten sich gehetzt um, dann wieder nach vorne. Angst und Entschlossenheit war in ihre Gesichter geschrieben. Slevin schickte seine Sinne aus, um die Richtung, aus der der Angriff auf sie zukommen würde, zu orten. Überrascht zog er die Augenbrauen hoch.

„Was ist?", fragte Lincoln gespannt. „Von wo kommen sie?" Slevin schickte nochmals seine Sinne aus. Obwohl er das Ergebnis bereits wusste, denn seine Sinne hatten ihn noch nie betrogen. Mit angestrengter Miene antwortete er.

„Sie sind an uns vorbeigelaufen."

Und nun war auch langsam zu hören, wie sich die Schritte wieder entfernten.

Die Männer sahen sich verunsichert an.

„Sie greifen uns nicht an? Warum nicht? Wohin gehen sie dann?", nahm Slevin die allgemeine Verunsicherung der Männer auf.

„Der Kerker!", wisperte Slevin so leise, wie es seine Unruhe zuließ! Sie sind zum Kerker. Van Guten hat uns wohl später erwartet. Wenn wir Glück haben, können wir sie überraschen."
Ein allgemeines Aufatmen ging durch ihre Reihen. Und sofort traten die Räuber den Rückweg zum Kerker an. So leise, aber auch so schnell es ging, schlichen sie zurück, die Gänge entlang, dann die Treppe hinunter.

Slevin blieb grübelnd stehen.

„Was ist jetzt wieder?", wollte Lincoln wissen. Auch ihm rollten Schweißperlen über das Gesicht.

„Ist das hier die einzige Treppe, die zu dem Kerker führt?", fragte Slevin.

Dieser nickte, verstand aber augenscheinlich nicht, was diese Frage zu bedeuten hatte.

„Die Spuren", murmelte Slevin immer nachdenklicher.

„Welche Spuren?", fragte nun Lincoln wieder. Er stand sichtlich unter Strom.

„Diese hier."

Slevin deutete auf die kleinen Erdklumpen, die sie beim Hinaufgehen hinterlassen hatten. Lincoln sah ihn immer noch fragend an.

„Wenn Van Guten mit den Soldaten hier hinuntergelaufen ist, um uns zu stoppen, dann hätte er die Matschklumpen hier sehen müssen. Und wenn er nicht ganz dumm ist, musste er wissen, dass wir schon oben sind."

Langsam machte sich auch in Lincolns Gesicht Verständnis breit.

„Du denkst also, er hat die Soldaten absichtlich an uns vorbei und in den Kerker geführt? Nicht um uns zu stoppen, sondern um sie von uns wegzuführen?"

„Könnte sein. Muss aber nicht. Am besten wir sehen nach."

„Das braucht ihr nicht", erklang Van Gutens eindeutig stolze Stimme vor ihnen. „Ich habe die Soldaten in den Kerker gelockt und dort eingesperrt."

Der scharfe Blick des Vampires wischte diesen Stolz förmlich aus dessen Gesicht.

„Und habt ihr auch, in eurer bodenlosen Dummheit und Ignoranz bemerkt, was ihr da gerade getan habt?!"

Van Guten sah ihn verständnislos an.

„Die Tür ist sehr stabil. Sie sollte eine Weile standhalten! Ich denke nicht, dass sie diese mit der steilen Treppe davor aufwuchten können."

„Richtig! Und was denkst du, werden diese tun, wenn sie merken, sie kommen dort nicht mehr heraus? Abwarten und mit den Gefangenen Tee trinken?!"

Doch Slevins Besorgnis drang noch nicht wirklich zu dem Mann vor ihm durch, also sprach er weiter.

„Sie werden ihren Frust und Zorn an den Gefangenen auslassen, sie als Geiseln, oder gar als lebende Schutzschilde benutzen. Ihr habt gerade über hundert Menschen dem Tode ausgeliefert, das habt ihr getan!"

Nun endlich begriff Van Guten und wurde kreidebleich.

„Das … das wollte ich nicht! Wirklich!"

Und wieder war es Lincoln, der einspringen musste, um den Vampir davon abzuhalten, auf Van Guten loszugehen.

„Slevin, wir werden uns etwas einfallen lassen! Aber wir müssen jetzt trotzdem weiter. Wenn wir scheitern, sind die Gefangenen so oder so in ein paar Wochen tot."

Doch ganz konnte Slevin noch nicht von diesem Idioten ablassen.

„Warum sind hier überhaupt noch so viele Soldaten? Und warum hast du uns nicht, wie abgemacht, vorher gewarnt, sondern ahnungslos hereinlaufen lassen?!"

„Ja, ich weiß. Tut mir leid. Ich habe erst zu spät gesehen, dass die Hexer anscheinend mehrere Männer von der Feier abgerufen haben. Als ich es bemerkt habe, wollte ich euch warnen, aber es war zu spät und mir ist nichts anderes eingefallen", verteidigte er sich wieder.

„Ich glaube dir kein Wort", begann Slevin. „Wir werden bereits erwartet, oder?"

Van Guten senkte den Kopf.

„Ja, also das heißt nein …"

Slevin war nahe daran den Mann zu packen und einfach durchzuschütteln. Nur Lincolns flehender Blick hielt ihn davon ab.

„Clementis und Gustavo … sie … sie fliehen!", stotterte Van Guten nun vor sich her.

Die Räuber, genauso wie Lincoln und Slevin, sahen ihn erstaunt an.

„Sie fliehen? Vor uns?", hakte Lincoln ungläubig nach.

„So wie ich mitbekommen habe, ja. Sie haben ihre Sachen gepackt und zwei Pferde wurden für sie vorbereitet."

„Das ist Blödsinn! Und das weißt du auch!", schrie Slevin den Mann vor sich an.

Lincoln hielt ihn an der Schulter zurück.

„Wissen sie von ihm?", fragte Lincoln nun mit fast schon drohender Stimme.

Dieser schüttelte den Kopf und nickte dann, was Slevin schier an den Rand des Wahnsinns trieb.

„Eigentlich können sie es nicht wissen. Aber ich fürchte ja!"

Slevin war von dieser Theorie allerdings keineswegs überzeugt.

„Selbst wenn sie wissen, dass ein Vampir bei euch ist, ergreifen zwei Hexer nicht einfach deswegen die Flucht!"
‚Wegen einem Vampir vielleicht nicht, aber wie sieht es bei einem Vampir aus, der Dämonenaugen hat?'
Slevin zuckte bei diesen Worten unweigerlich zusammen. Aber wie konnte das sein? Hatte ihn jemand erkannt? Wusste Thorun doch von seiner Flucht, hatte die Hexer gewarnt und war vielleicht bereits auf dem Weg hierher? Das würde eine Flucht der herrschenden Hexen zumindest erklären.
So oder so, alles schrie förmlich nach einer Falle!
„Und was sollen wir jetzt tun?", fragte Derwin nach. Dessen Hand, die immer noch das Schwert bereithielt, zitterte leicht. „Sollen wir sie fliehen lassen? Ich meine, dann haben wir ja eigentlich, was wir wollten, oder?"
Lincoln schüttelte gleichzeitig mit Slevin den Kopf.
„Nein, das ist ein Hinterhalt, soviel ist sicher", teilte der Räuberhauptmann Slevins Gedanken.
Auch wenn Lincoln wohl durch andere Wege zu diesem Entschluss gekommen sein musste.
„Na, dann sollten wir langsam nicht nur darüber reden, sondern handeln. Oder denkt ihr, die zwei Hexer lassen sich von euch totquatschen?", kam Daves Stimme von hinten zu ihnen durchgedrungen.
„Ihr habt es gehört, Männer. Es geht weiter!", gab nun Lincoln wieder die Befehle. „Van Guten, wo sind die beiden jetzt?"
„Als ich die Soldaten weggeführt habe, waren sie auf dem Weg in die Schatzkammer", erklärte dieser. „Folgt mir!"
Eifrig lief Van Guten los.
Alle drehten sich mit einem Ruck um und stiegen die Treppe nun wieder hinauf. Auch wenn sich der erste Schreck gelegt hatte, lagen die Nerven der Männer inzwischen blank. Einigen stand bereits der kalte Schweiß im Gesicht und das war nicht wirklich förderlich für ihren bevorstehenden Kampf.

Nach mehreren Gängen und Abzweigungen wurden Van Gutens Schritte langsamer und er bedeutete ihnen leise zu sein.

Lincoln blickte um die Ecke.

Zwei Wachen standen am Ende des Ganges, vor der linken Tür, die in die Schatzkammer führte. Also waren die Hexer noch dort.

Mit Zeichen gab Lincoln die Information an seine Männer weiter. Zwei von ihnen kamen mit Pfeil und Bogen nach vorne und blickten nun ebenfalls verstohlen um die Ecke. Sie brachten sich in Position und schossen gleichzeitig ihre Pfeile ab. Slevin hörte das Schwirren der Pfeile und zwei dumpfe Geräusche, als die Wachen zu Boden fielen. Gefolgt von einem lauten, klirrenden Geräusch, welches Slevin in den Ohren dröhnte. Eine der Wachen hatte wohl ungünstig ihren Speer fallen lassen.

Alle hielten den Atem an und lauschten.

Nur Slevin stand mit einem resignierenden Lächeln da.

„Damit hätten wir dann wohl jetzt alle Zweifel beseitigt, ob sie wissen, dass wir kommen."

Immer mehr in ihm schrie, er sollte sich schleunigst aus dem Staub machen.

Sie gingen ein paar Schritte auf die Schatzkammer zu und Lincoln sah ihn besorgt an.

„Wir sind dank dir so weit gekommen und ich kann verstehen, wenn du jetzt lieber gehen willst. Aber ich und meine Männer werden kämpfen!"

Die Anspannung der Männer war schon fast greifbar und sie drängten nach vorne.

Nur Lincoln blieb reglos vor der Tür stehen und wartete auf Slevins Antwort.

Dieser zuckte mit den Schultern.

„Na ja, da wir schon mal hier sind, kann ich auch Hallo sagen, oder?"

Lincoln sah ihn erleichtert und dankbar an, dann spannte er sich und trat mit dem Schwert in der Hand in den Raum.

Slevin folgte ihm.

Die Schatzkammer der Hexer war groß und verwinkelt. Und damit schwer einsehbar. Einige Fackeln brannten und erhellten den Raum, ließen jedoch mehrere Ecken unbeleuchtet. Sofort schickte Slevin seine Sinne aus. Das Ergebnis überraschte ihn keineswegs. Die zwei Männer, die ihnen in dem Zimmer nun gegenüberstanden, waren nicht die einzigen, die sich hier aufhielten. Kurz stupfte er Lincoln an. Dieser nickte leicht. Der Rest der Truppe trat ebenfalls mit ein und blieb mit staunenden Augen stehen.

Die Hexer hatten zwar zwei Beutel, sichtlich vollgestopft vor sich stehen. Doch auch das, was sie anscheinend hierlassen wollten, war ein Schatz für sich. Überall standen goldene Becher, mit kostbaren Steinen verziert. Genauso wie Ketten und Edelsteine.

Die zwei Hexer sahen sie an.

Überrascht, ja. Allerdings keineswegs ängstlich. Diese Erkenntnis machte Slevin wiederum deutlich, dass hier etwas faul war.

Die Hexer, denen sie gegenüberstanden, fühlten sich hier keineswegs wie die Beute. Und auch Slevin war sich nicht mehr ganz so sicher, wer hier Jäger und wer Gejagter war.

„Wie zum Teufel habt ihr es so schnell hier hereingeschafft?", war die eher streitlustige Begrüßung einer der Hexer.

Die Frage galt Lincoln, jedoch wurde Slevin dabei genauestens gemustert. Dieser hielt sich jedoch bedeckt und lief langsam in dem Raum umher. Sollte sich Lincoln erst einmal mit ihm herumstreiten.

„Nun, Graf Clementis."

Lincoln spuckte diese Worte mehr aus, als dass er sie sagte. „Wärt ihr hier die rechtmäßigen Grafen, wüsstet ihr, wo die Schwachstellen dieser Burg liegen. Aber da ihr den rechtmäßigen Grafen, meinen Vater, ermordet habt und euch hier wie Ungeziefer breitgemacht habt, werdet ihr es wohl niemals erfahren, bevor ihr sterbt."

Slevin blickte sich weiter um, während er hoffte, Lincoln würde keine Dummheiten machen und sich blindlings auf die Hexer stürzen.

„Oh, es werden Menschen sterben. Aber das werden nicht wir sein! Wie konntet ihr nur so dumm sein, zu glauben, ihr könntet uns übertölpeln?", antwortete jetzt der andere Hexer, der dann wohl Gustavo sein musste.

Slevin sah, wie sich Lincoln bei den Worten Gustavos spannte. Doch noch bevor dieser dazu kam zu antworten, betrat Van Guten den Raum. So wie es aussah, war dieser heute Nacht für die Dummheiten zuständig, fluchte Slevin in sich hinein.

„Guten Abend, meine Herren. Ich muss euch da leider enttäuschen. Die Dummen, in diesem Fall wart wohl ihr! Ich habe eure Soldaten, die ihr abgerufen habt, in den Kerker gesperrt. Sie werden euch nicht zur Hilfe kommen!"

Slevin verdrehte die Augen unter seiner Kapuze und auch die Hexer schienen nicht wirklich beeindruckt.

„Van Guten, mein lieber Freund. Dachtest du wirklich, wir wussten nicht von deinen Machenschaften? Denkst du tatsächlich, du hättest auch nur einen Schritt getan, von dem wir nicht wussten?"

Dies bestätigte Slevin abermals, geradewegs in eine Falle zu tappen. Allerdings konnte er diese immer noch nicht erkennen. Denn die vielleicht zwanzig Soldaten, die nun im Kerker saßen und die zehn, die sich hier versteckten, waren wohl eher nicht das Ass im Ärmel der Hexer.

„Und warum flieht ihr dann wie Feiglinge?", wollte Lincoln wissen.

Clementis zuckte mit den Schultern.

„Es ist eure Burg. Ihr könnt sie haben!"

Die Räuber tauschten irritierte Blicke aus, während Lincoln und Slevin sich weiter fieberhaft umsahen.

„Wie viele?", fragte Lincoln an Slevin gewandt, als würden ihn die Worte des Hexers nicht interessieren.

„Zwei im Schrank, zwei hinter den Vorhängen und etwa sechs im Nebenraum", entgegnete dieser achselzuckend.

Als wären Slevins Worte ein geheimes Zeichen gewesen, traten nun, wie vorausgesagt, die Männer aus dem Schrank, den Vorhängen und dem Nebenraum.

„Na gut, ihr habt uns!", erklärte Clementis und hob lasch die Arme, fixierte Slevin dabei aber mit stechenden Blicken.

Auch Lincoln warf dem Vampir einen fragenden Blick zu.

„Lasst uns einfach gehen und die Stadt gehört euch. Das wolltet ihr doch, oder?"

Gustavo nahm bei diesen Worten seinen gefüllten Beutel vom Boden auf.

„Es ist noch genug hier. Ihr könnt alles haben", erklärte auch Clementis, hob ebenfalls den Sack vor sich auf und setzte sich langsam in Bewegung.

Die Hexer wollten in größerem Abstand einen Bogen um ihre Feinde machen und zu der Tür gehen, durch die die Räuber gerade hereingekommen waren.

Sollten sie die Hexer wirklich einfach gehen lassen?

Selbst Slevins Dämon schrie ein warnendes ‚Nein!'

Und auch Slevin war Ausnahmsweise der gleichen Meinung und das nicht nur wegen Thorun. Doch er brauchte nicht lange mit Lincoln darüber diskutieren.

„Vergesst es, ihr Bastarde! Ihr bleibt hier!"

„Wie ihr wollt!"

Noch einmal sahen sich die Feinde in die Augen.

„Vergiss nicht, was ich dir gesagt habe!", erinnerte Slevin seinen Freund. „Es ist alles nicht real."

Lincoln spannte sich. Slevin hatte versucht es ihm zu erklären, hatte ihm Beispiele genannt, die Zauber der Hexer zu brechen. Doch Slevin wusste auch, dass Beispiele nicht im Entferntesten dazu reichten, die Räuber auf das Kommende vorzubereiten. Doch noch, als er den Räuberhauptmann weiter fixierte, hörte er auch schon ein leises Kratzen in den Wänden. Und das Kratzen wurde stetig lauter. Es schien aus allen Winkeln zu kommen. Die Räuber drehten sich nun abermals gehetzt um die eigene Achse. Immer wieder. Doch dieses unheimliche Kratzen schien rund um sie herum zu sein. Zu sehen war jedoch nichts. Noch nicht!

Denn Slevin hatte so eine Ahnung, was nun folgen würde. Und tatsächlich begannen sich winzige, dünne Beine aus den Ritzen der Mauern hervorzuschieben. Erst vereinzelt, dann immer mehr und mehr. Und schon zogen sich die ersten Spinnen aus den Mauerritzen heraus. Überall, wo man hinsah: kleine lange Beine, gefolgt von haarigen kleinen Spinnenkörpern. Erst wurden die Ritzen schwarz, von dem ganzen Getier, welches sich aus ihnen hervorschob. Dann folgten die Steine der Wände. Es sah aus, als käme eine schwarze, sich bewegende Flüssigkeit von den Wänden und lief langsam aber unaufhaltsam an der Wand zu ihnen herab. Die ersten Männer begannen zu schreien und auch Lincoln presste lautstark die Luft zwischen seinen Zähnen hervor.

„Slevin!"

„Alles Einbildung. Eine Illusion der Hexer. Lass dich nicht darauf ein!"

Doch Slevin konnte sehen, wie das Entsetzen die Oberhand in Lincolns Gedanken übernahm.

Die ersten kleinen Tierchen waren nun bei den Räubern angekommen. Diese wichen vor ihnen und somit auch vor dem Fluchtweg der Hexer zurück.

Es mussten tausende dieser kleinen Krabbler sein. Schon standen die ersten Männer Rücken an Rücken, umringt von den Spinnen, die nun auch in ihrer Vielzahl den Boden schwarz färbten. An einen Angriff auf die Hexer war nicht mehr zu denken und diese liefen weiter auf den Ausgang des Zimmers zu. Dort standen nur noch wenige der Räuber und diese waren sichtlich nicht in der Lage die Hexer aufzuhalten. Auch Slevin musste noch warten. Er brauchte Lincoln, um anzugreifen. Dieser schien allerdings ganz und gar nicht bereit dazu. Also musste er dem Räuberhauptmann noch etwas Zeit lassen, um wenigstens zu realisieren, was auf ihn zukam.

Die anderen Räuber traten inzwischen nach den Spinnen, was dem Ganzen eine unfreiwillig lustige Note gab.

Die beiden Hexer lachten höhnisch, während sie langsam aber sicher mit ihren Soldaten dabei waren zu verschwinden.

Wie verrückt stampften die Räuber auf die kleinen Monster ein. Und da, wo sie sie zermalmten, bildeten sich schwarze zähflüssige Pfützen. Die schwarze dickflüssige Masse klebte an den Stiefeln der Männer und zog lange Fäden. Diejenigen, die inzwischen doch wieder nach vorne zu den Hexern laufen wollten, kamen nur im Schneckentempo voran. Denn auch mit allem Trampeln konnten die Männer der Überzahl an Spinnengetier nicht Herr werden. Immer mehr kamen aus den Ritzen der Mauern gekrochen und krabbelten mit einem widerlichen Schaben zu den Angreifern, die sich nun zu verteidigen versuchten. Doch nicht wie erwartet, vor den Schwertern der Soldaten oder gar wilden Bären oder Feuer, sondern vor diesen kleinen, unzähligen Monstern. Die ersten Spinnen hatten es nun geschafft auf die Beine der Männer zu klettern. Wie wild schlugen diese auf ihre Hosen ein, die sich nun auch langsam schwarz zu färben drohten. Denn die Spinnen waren nun zu Abertausenden bei den Räubern.

„Slevin verdammt!", schrie Lincoln, der inzwischen ebenfalls in schwarzer, klebriger Masse stand.

Er stapfte wie wild mit den Beinen, kam aber nicht vorwärts, während Slevin gelassen dastand. Lincoln blickte auf dessen Stiefel. Und was er sah, verschlug ihm abermals die Sprache. Sobald die kleinen Tiere den Vampir berührten, waren sie verschwunden. Nur eine winzig kleine, schwarze Wolke blieb zurück, wo vorher dünne Spinnenbeinchen nach ihm gegriffen hatten.

„Siehst du!", sagte Slevin beruhigend zu ihm.

Lincoln konzentrierte sich. Er blickte auf seine Stiefel und die immer mehr werdenden Spinnen um ihn herum.

Alles Einbildung, sagte er sich immer wieder. Doch irgendwie schien sein Kopf, seinen Augen mehr zu glauben, als seinen Worten. Denn jetzt, da er nicht mehr stampfte, kletterten schon die ersten Spinnen auf ihn und erklommen ihren Weg langsam nach oben.

„Slevin! Es funktioniert nicht!"

„Ich sagte, du sollst es wissen! Nicht hoffen!"

„Na prima, super Hilfe!", fluchte Lincoln weiter.

Van Guten und die Räuber versuchten panisch die Spinnen von sich abzuklopfen. Aber die fiesen kleinen Biester waren nicht so einfach zu entfernen. Außerdem kamen immer neue hinzu. Wenn sie es schafften, zehn von ihnen wild fuchtelnd von sich herunterzuschleudern, liefen schon wieder zwanzig neue an ihren Beinen hoch.

„Slevin!", schrie Lincoln nun abermals und sah zu den Hexern, die fast schon verschwunden waren.

Slevin spannte sich frustriert.

„Lincoln, ich brauche dich!", gab der Vampir ernüchternd zurück. „Entweder du schaffst das jetzt oder die hauen ab!"

Lincoln biss sich auf die Lippen. Slevin hatte recht. Wie sollten sie es schaffen, die Hexen zu töten, wenn er hier wie verrückt gegen Spinnen kämpfte. Also nahm er all seine Sinne zusammen. Er sah die Spinnen, die sich inzwischen überall auf seiner Hose befanden, an. Er atmete tief ein und aus, entspannte sich, so gut es ging.

Doch es änderte sich überhaupt nichts. Immer weiter krochen die Tiere an ihm empor. Aber er konnte und würde nicht aufgeben. Alles nur Illusion, redete er immer wieder auf sich selbst ein.

Wieder sah er zu Slevin. Immer noch lösten sich die Tierchen bei ihm einfach in Luft auf.

Siehst du, sie sind nicht echt, versuchte er sich wieder selbst zu überzeugen. Aber es wollte einfach nicht klappen.

Dann musste es eben so gehen!

„Slevin. Wir greifen jetzt an!", schrie er ihm wieder durch das Geschrei seiner eigenen Männer zu.

Slevin zuckte mit den Schultern.

„In Ordnung, wie du willst. Aber ich warne dich. Es wird nicht einfacher werden."

Lincoln nickte. Sie mussten es einfach versuchen. Also kämpfte er sich verbissen nach vorne.

Tatsächlich schafften sie es, die Hexer zu erreichen, bevor diese aus dem Raum verschwinden konnten.

Lincoln sprang, die Spinnen auf ihm so gut es ging ignorierend, auf die Soldaten zu. Und auch Slevin kämpfte sich zu Clementis durch, der vermutlich für die kleine Spinnenplage verantwortlich war.

Doch wie erwartet, würden diese es ihnen nicht so einfach machen.

Kaum war er näher an seinem eigentlichen Feind heran, stiegen auch schon meterhohe Flammen aus dem Boden empor. Diese Flammenwand stand keinen Meter vor den beiden Hexern und schützte diese und ihre verbleibenden Soldaten. Drei von ihnen lagen bereits tot am Boden.

Lincoln keuchte abermals auf, als er an Slevins Seite ankam. Doch er sah, wie Slevin einfach durch das Feuer hindurchschritt, so als wäre dort nichts. Er sollte es ihm gleich tun. Andererseits, war Slevin ein Vampir. Vielleicht machte ihm Feuer auch einfach nichts aus? Wieder fluchte Lincoln in sich hinein, hielt den Atem an und sprang durch die Flammen hindurch.

Und verdammt nochmal, war das heiß!

Lincoln versuchte sich immer wieder zu sagen, dass es nicht echt war. Doch nun stand er Gustavo und zwei seiner Soldaten gegenüber. Und die waren mit Sicherheit echt. Entschlossen hob er sein Schwert.

Slevin hingegen hatte mit der netten Feuerwand weniger zu kämpfen. Wenn man die Zauber der Hexer erst einmal durchschaut hatte und kannte, konnten einen diese kleinen Tricks nicht mehr beeindrucken. Aber er sollte seinen Gegner trotzdem nicht unterschätzen. Er hatte mit Sicherheit noch einiges mehr zu bieten. Und das würde er noch herausfinden. Noch während Slevin durch das imaginäre Feuer sprang, hob er sein Schwert und hieb sofort nach Clementis.

Dieser schien wenigstens überrascht. Er konnte den Hieb aber im letzten Moment mit seinem Schwert abfangen. Sofort drang Slevin weiter auf den Hexer und dessen verbliebene Soldaten ein. Er ließ Stiche und Hiebe nur so auf seine Gegner niederprasseln. Einen der Soldaten hatte er mit einem Stich in den Bauch außer Gefecht gesetzt. Einen zweiten konnte er am Bein verletzen und ihn so in die Knie zwingen, während er sich weiterhin gegen die Angriffe der anderen Soldaten und des Hexers erwehrte.

Tatsächlich konnte Clementis mit dem wild um sich stechenden und ihn dabei immer wieder attackierenden

Vampir seine Konzentration nicht mehr aufrechterhalten. Mit einem kurzen Blick nach hinten, nahm Slevin wahr, wie keine neuen Spinnen mehr aus den Mauern hervordrangen. Und auch die noch anwesenden Tierchen wurden langsamer und bewegten sich lange nicht mehr so gezielt, wie am Anfang. Die ersten ihrer Männer konnten sich wieder einigermaßen von den Spinnen befreien.

Sehr gut, dachte Slevin bereits leicht triumphierend in sich hinein. Wenn nun Lincoln den anderen Hexer auch halbwegs im Griff hatte, bis seine Männer hier waren, würde das hier doch noch ein Kinderspiel werden.

Slevin drang nun, nachdem er alle Soldaten erledigt hatte, auf den Hexer ein. Dieser parierte seinen ersten Hieb, doch schon der zweite verletzte den Hexer am Arm.

Wütend und schreiend stach dieser nach ihm. Slevin duckte sich und versuchte seinerseits nach den Beinen des Hexers zu treten. Dieser wich im letzten Moment zurück und hieb mit dem Schwert nach seinem Kopf, als er sich wieder aufrichtete. Während Slevin nach hinten auswich, sah er sich nach Lincoln um.

Tatsächlich hielt sein Räuberfreund sich wacker. Auch er hatte die Soldaten erledigen können. Allerdings stand Lincoln nun in einer grauen Wolke, als umgäbe ihn ein kleiner grauer Wirbelwind. Obwohl diese grauen Wirbelschlieren dazu gedacht waren, ihm die Luft zum Atmen zu rauben, kämpfte er leicht hustend, aber verbissen weiter. Er hatte es tatsächlich geschafft, die Realität, welche ihm der Hexer aufzwingen wollte, nicht anzuerkennen.

Und auch immer mehr ihrer Männer, stapften durch die weniger werdenden Spinnen, als könnten diese ihnen nichts mehr anhaben. Die Männer eilten zu ihrem Hauptmann. Gustavo würde dieser Übermacht trotz seiner Hexerei nicht mehr lange standhalten können.

Trotzdem breitete sich auf den Zügen des Hexers in diesem Augenblick ein siegessicheres Lächeln aus.

Slevin hielt den Atem an, während er wieder einen Ausfallschritt nach hinten machte und die Klinge des Hexers seinen Hals nur um Millimeter verfehlte. Er sollte sich lieber auf den Gegner vor ihm konzentrieren!

Aber irgendetwas hatten sie übersehen. Oder war der Hexer einfach nur wahnsinnig und lächelte seinem eigenen Tod entgegen?

Als Slevin nun wieder auf den Hexer vor ihm eindrang und diesen weiter in die Enge trieb, wusste er, sie tappten geradewegs in eine Falle. Auch er hatte ein siegessicheres Lächeln auf seinen Lippen, welches er nicht länger verbergen konnte oder wollte.

Irgendetwas stimmte hier nicht! Aber was?

Verzweifelt blickte Slevin sich immer wieder um, während er den Schwerthieben seines Gegners nun mehr auswich, als diesen anzugreifen. Er ließ seinen Blick durch Lincolns Männer schweifen.

Die Anstrengung war den Räubern ins Gesicht geschrieben. Ihre Gesichter und Oberkörper waren nass geschwitzt, trotzdem kämpften sie weiter, auch wenn einige mittlerweile bereits alle Kraft aufwenden mussten, um ihr Schwert zu halten.

Hustend sah Slevin zu Van Guten, der sich in eine Ecke verkrochen hatte. Diesem klebte Blut am Mund, obwohl er mit Sicherheit nicht gekämpft hatte. Und auch als Slevin sich zwischen einem weiteren Hieb mit dem Ärmel über den Mund strich, klebte Blut daran.

Er verfluchte sich selbst in Gedanken, wie er nur so blind hatte sein können, es nicht zu bemerken!

Lincolns Männer waren die letzten Tage unter großer Anspannung gestanden, natürlich. Schließlich wusste keiner von ihnen, ob sie diese Nacht überleben würden. Aber das erklärte noch lange nicht die roten, fast schon blutunterlaufenen Augen, die blassen Gesichter und das Husten der Männer. Die Symptome wurden unter der Anstrengung des Kampfes noch schlimmer.

Van Guten, der immer noch in seiner Ecke saß, röchelte nur noch vor sich hin. Und auch er selbst merkte jetzt, da er darauf aufmerksam geworden war, wie er ebenfalls schlecht Luft bekam.

Wutentbrannt und zornig auf sich selbst, sah er den Hexer vor sich an.

„Was habt ihr getan?"

Dieser sah ihn triumphierend an, antwortete aber nicht.

Der Kampf gegen die Hexer kam langsam zum Erliegen und auch diese attackierten ihre Angreifer nicht weiter.

Das war auch nicht mehr nötig.

Die meisten von ihnen konnten sich kaum mehr auf den Beinen halten, geschweige denn kämpfen. Nur noch Slevin stand zwischen den Hexern und ihrem Fluchtweg.

Seine Gedanken rasten. Van Guten hatte von einem Zimmer berichtet, indem die Hexer Fläschchen und Tränke aufbewahrten.

Allerdings war er als Vampir gegen die meisten Gifte und auch Krankheitserreger immun. Es gab nur Weniges, was ihm etwas anhaben konnte.

Blankes Entsetzen zog sich auf seine Züge, als ihm das Ergebnis seiner Gedankengänge bewusst wurde.

Er kannte nur eine Krankheit, an der sogar Vampire starben und die solche Symptome hervorrief.

Wie erstarrt sah er zu den zwei Hexern.

So wie es aussah, hatten sie ihnen im wahrsten Sinne des Wortes die Pest an den Hals gewünscht, beziehungsweise Van Guten eingeflößt, damit dieser sie ansteckte.

178

Schon damals, als der schwarze Tod in der Bevölkerung gewütet hatte, hatten sich ein paar wahnsinnige Hexer das ansteckende Sekret in Fläschchen abgefüllt.

Slevin hatte einmal mit ansehen müssen, wie so ein kleines Fläschchen innerhalb von zwei Tagen ein ganzes Heer dahingerafft hatte. Doch so weit Slevin wusste, gab es diese Todestränke nicht mehr. Selbst unter Hexen waren sie verboten worden. Sie waren zu gefährlich, vor allem in den falschen Händen. Und dies waren definitiv die falschen Hände.

Sie hatten sich bereits alle angesteckt, so viel war sicher. Auch er selbst. Er würde an dieser Krankheit genauso sterben, wie alle anderen, allerdings würde er als einziger wieder erwachen, was ihn abermals zu den Hexern brachte. Auch sie waren vor der Krankheit nicht gefeit. Doch diese waren bereits dabei den Raum zu verlassen.

Sie würden fliehen und irgendwo in sicherer Entfernung mit einem Heiltrunk einfach abwarten, bis sie alle, vielleicht sogar die halbe Stadt tot waren.

Danach konnten sie wieder kommen und niemand der Überlebenden würde es noch einmal wagen, sich gegen sie zu stellen.

Schnell lief er zu Lincoln.

„Was ist das hier?", schrie dieser ihn an, als er bei ihm war. „Ich dachte, es ist alles nur Illusion, alles nicht echt?"

Slevin blickte zu Boden.

„Das hier konnte ich wirklich nicht ahnen! Wir müssen die Hexer überwältigen. Sie müssen ein Heilmittel haben! Das Risiko, dass sie sich selbst anstecken, ist zu groß. So wahnsinnig können selbst sie nicht sein!"

Lincoln fixierte den Vampir abermals. Auch er hatte die Symptome erkannt.

„Ein Heilmittel gegen die Pest? Das gibt es nicht!"

Slevin wagte es nicht den Kopf zu heben und den Räuber direkt anzusehen. Es würde Lincoln nicht gefallen, was er jetzt sagen würde.

„Doch, das gibt es. Und das gab es schon immer. Aber es wurde von den Hexern nur an ausgewählte Personen verkauft und das zu einem sehr hohen Preis. Ich dachte, dass es den Todestrank, der die Pest auslöst, genauso wie das Heilmittel eigentlich nicht mehr gibt!"

Lincoln sah ihn aus blutunterlaufenen Augen.

„Wir werden alle sterben, oder?!"

„Was ist los, Räuber? Willst du etwa schon aufgeben?"

Lincoln straffte die Schultern, soweit es ihm unter den Schmerzen, die die Krankheit mit sich brachte, möglich war.

„Wir müssen die Hexer überwältigen und das Heilmittel finden!", beschloss Slevin.

Clementis und Gustavo hatten sich mittlerweile mit gebührendem Abstand zu den Kranken fast zur Tür durchgeschlichen.

„Klar, zu viert, wird ein Kinderspiel!", entgegnete der Räuberhauptmann und sah sich um.

Drei seiner Männer lagen bereits regungslos am Boden. Der Rest sah nicht gerade gut aus. Und fast allen lief inzwischen Blut aus der Nase oder aus dem Mund. Trotzdem würden sie es versuchen.

„Haltet sie auf!", schrie Lincoln seinen Männern zu und tatsächlich richteten sich noch einmal alle, die auch nur halbwegs stehen konnten, auf und erhoben die Schwerter.

Allerdings war ihnen bereits jemand zuvorgekommen.

Van Guten hatte sich aus seiner Ecke über den Boden zu Clementis und Gustavo geschleift und kniete nun im Türrahmen vor ihnen.

Elender Feigling, sah Slevin sich in seiner Menschenkenntnis bestätigt.

Die Hexer sahen dies wohl genauso, angewidert sah Clementis zu ihm, als Van Guten anfing sich an seinem Hosenbein hochziehen zu wollen. Aber bevor der Hexer ihn mit einem Stoß von sich wegtreten konnte, flehte dieser:

„Herr, bitte, bitte hört mich an!"

„Was willst du? Um dein Leben flehen? Das kannst du dir sparen!"

„Nein, Herr", brachte Van Guten krächzend hervor. „Ich muss euch etwas sagen. Etwas Wichtiges. Der Vampir …er …", atemringend brach Van Guten ab.

Die Neugier der Hexer war geweckt.

„Was? Was ist mit dem Vampir, sag schon!"

Clementis fixierte abermals Slevin, dessen grün schimmernde Augen ebenfalls bereits stark gerötet waren.

Wieder versuchte der Mann zu Clementis' Füßen sich hochzustemmen. Dieses Mal ließ der Hexer es zu.

Slevin ließ derweil alle bösen Flüche, die ihm einfielen, auf diesen Heuchler herabregnen. Dennoch wusste er nicht, was Van Guten den Hexern sagen wollte. Wusste er doch mehr, als ihm lieb war? Wollte er sich doch noch sein Leben mit Informationen über ihn erkaufen? Doch dieser Heuchler würde schon noch merken, was er davon haben würde.

In diesem Moment hatte sich Van Guten zumindest so weit an dem Hexer hochgezogen, dass dieser seine krächzenden Worte verstehen konnte. Wieder fing er an.

„Der Vampir …" und brach dann ab.

„Was ist mit ihm! Sag schon, oder verrecke endlich!"

„Er … er wird euch Bastarde töten!", spie Van Guten nun hervor.

Und dabei spuckte er dem Hexer seinen mit Krankheit und Blut durchtränkten Speichel ins Gesicht.

Wie von der Tarantel gestochen stieß Clementis den Kranken von sich weg und wischte sich so schnell er konnte, dessen

Blut vom Gesicht. Doch das würde ihm nichts mehr bringen. Die Lungenpest war hochgradig ansteckend. Selbst kleinste Tröpfchen des Speichels reichten aus, um sich zu infizieren. „Du mieses Stück Scheiße!", fuhr der Hexer, den nun wieder am Boden liegenden und röchelnden Mann an. „Ich werde dich …"

Weiter kam Clementis nicht. Angestachelt von der Courage Van Gutens, der sich immer noch verbissen an Clementis Hosenbein festhielt, stürmten die Räuber auf die Hexer ein. Slevin griff Gustavo an, der seiner Meinung nach, der stärkere der beiden war.

Doch sein Gegner erwartete ihn schon und parierte Slevins erste Schwerthiebe mit Leichtigkeit. Slevin setzte nach. Doch dieser Hexer war wirklich um Längen besser im Schwertkampf als sein Gefährte. Immer noch mit einem teuflischen Grinsen im Gesicht wehrte er jeden Angriff von Slevin ab. Dann verkeilten sich die beiden Schwerter ineinander. Das war Slevins Chance. Er war stärker als der Hexer. Unbarmherzig drückte er die Klingen beider Schwerter immer weiter an den Leib des Hexers. Dieser stöhnte, sein Lächeln war gewichen, machte aber einem anderen Ausdruck Platz.

Entschlossenheit.

Aber die hatte Slevin auch. Der Hexer fixierte Slevins Schwert mit seinem Blick. Sofort begann sich auf Slevins Schwert ein rotes Glühen auszubreiten, so als wäre das Schwert lange über heißes Feuer gehalten worden. Nun verzogen sich Slevins Lippen zu einem verächtlichen Grinsen.

„Denkst du, mit diesen Taschenspielertricks kommst du bei mir weiter?", fragte er ihn, auch um die Konzentration des Hexers zu stören.

Dieser blickte immer noch auf Slevins Schwert, welches sich seiner Brust unaufhaltsam näherte. Nun glühte auch der Griff des Schwertes in hellem Rot. Und ganz langsam aber schleichend, breitete sich schmerzvolle Hitze in Slevins Händen aus. Slevin hielt dagegen. Doch der Hexer war mächtig und seine Suggestion machte langsam aber sicher auch vor Slevin nicht mehr Halt. Trotz des Wissens der Illusion begannen seine Hände zu verbrennen und er musste all seine Kraft aufbieten, die er hatte, um das Schwert nicht einfach loszulassen. Mit eisernem Willen drückte Slevin weiter. Und tatsächlich hatte seine Klinge nun den Stoff des Hemdes und die Haut darunter durchdrungen. Der Hexer fixierte weiter das Schwert, obwohl ihm der Schmerz ins Gesicht geschrieben war. Doch auch Slevin war am Rande seiner Kräfte angekommen. Die Krankheit wütete in seinem Inneren, während die Haut sich langsam von seinen Händen schälte.

,Ich kann dir helfen', wisperte nun seine innere Stimme leise aber eindringlich. *,Du musst es nur zulassen! Senke deine Barrieren und ich hole sie mir. Kein Kampf mehr. Keine Schmerzen. Du gewinnst, sie verlieren.'*

,Nein! Nein, noch nicht.'

Noch hatte er eine Chance zu gewinnen.

Und während dieses Gedankens änderte Slevin unversehens seine Taktik. Er ließ sein Schwert los. Klirrend fiel es zu Boden. Der Hexer hatte damit nicht mehr gerechnet und wurde von der Kraft, mit der er gerade noch gegen Slevins Schwert gedrückt hatte, nach vorne geworfen. Blitzschnell zog Slevin sein Messer aus dem Gürtel und nutzte diesen Schwung. Er brauchte nicht mehr viel tun. Er stieß das Messer dem ihm entgegenfallenden Hexer in die Brust. Dieser riss entgeistert die Augen auf, bevor sich die schmerzhafte Erkenntnis darin niederließ: Er würde sterben. Die Klinge hatte sein Herz durchbohrt. Kraftlos hingen die Hände des Hexers noch einige Sekunden an ihm, dann sank er lautlos zu Boden.

Aber auch Slevin musste nach diesem Kampf erst einmal wieder kurz durchatmen. Ein leichtes Knurren kam ihm über die Lippen, als er seine verbrannten Hände öffnete und schloss. Es würde nur ein paar schmerzhafte Atemzüge dauern, bis sie verheilt waren, trotzdem war Slevin die Macht dieser Hexer schmerzvoll vor Augen geführt worden.

Hektisch drehte er sich. Was war mit Clementis? Hatten die Räuber ihn ebenfalls erledigt? Doch von dem zweiten Hexer fehlte jede Spur und Lincoln lag mit seinen Männern bewusstlos und verletzt am Boden.

„Wo ist er?!", schrie er ihnen zu.

Die meisten reagierten schon nicht mehr, sie lagen nur noch nach Luft röchelnd da. Nur Lincoln hob mühsam den Kopf. Und er sah furchtbar aus. Sein Gesicht war von Schmerz und Krankheit gezeichnet, die Augen und Lippen rot und von Pusteln übersät. Trotzdem versuchte er sich langsam noch einmal aufzuraffen.

„Er … er ist geflohen." Ein Hustenanfall unterbrach seinen Freund. „Es tut mir leid! Wir konnten ihn nicht aufhalten."

„Schon gut. Schon gut", versuchte er den Räuber zu beruhigen, obwohl er selbst der Verzweiflung nahe war.

Mit fahrigen Fingern durchsuchte er den toten Gustavo. Er kramte in allen Taschen, im Hosenbund, überall! Doch er fand nichts. Kein Fläschchen oder irgendetwas, in dem sich das Heilmittel vermuten ließ.

Clementis musste es haben! Und der war damit abgehauen. Er musste ihn finden!

Wieder wandte er sich an Lincoln, der sich bereits zu Boden hatte sinken lassen.

„Wo ist er hin!?"

Lincoln sah ihn nur verbittert an und schüttelte den Kopf. Slevin stand auf und eilte in den Gang, aber ohne jegliche Ahnung, wo er suchen sollte, hatte er keine Chance.

Und wieder einmal war es Van Guten, der sich bis zum Gang geschleift hatte und ihm weiterhalf. Er sollte seine Meinung über ihn nochmals überdenken, sollten sie diese Nacht überleben.

„Die Kammer!", krächzte Van Guten wie von Sinnen, als er bei ihm war. „Von der Kammer geht ein Geheimgang nach draußen!" Dabei zeigte er mit letzter Kraft in ein kleines Zimmer.

Schneller als Van Guten diesen Satz zu Ende bringen konnte, rannte Slevin dort hinein. Sofort sah er den kleinen Spalt, der sich zwischen Wand und Regal auftat. Clementis hatte wohl in seiner Hektik zu verschwinden, das Regal nicht mehr ganz zurückgeschoben.

Erst suchte Slevin nach einem Hebel oder irgendeinem Mechanismus, der den Spalt wieder vollkommen öffnete, fand aber nichts. Dann drückte er das Regal einfach mit purer Gewalt von der Wand weg. Und dahinter tat sich, wie erwartet, ein Gang auf. Sofort rannte Slevin diesen Gang entlang. Er nahm wahr, dass ihm jemand folgte. Lincoln hatte sich wieder aufgerafft und wollte ihn wohl unterstützen. Aber er konnte nicht mit ihm Schritt halten und es zählte jede Sekunde. Slevin rannte eine halbe Ewigkeit durch diesen verfluchten Gang, bis dieser endlich ein Ende fand. Doch er war fast schon zu spät.

Der Hexer saß bereits auf einem von zwei Pferden. Das andere hielt er an den Zügeln. Und mit einem erneuten Schrecken nahm Slevin wahr, dass sie sich bereits außerhalb der Stadt befanden. Wenn Clementis mit den Pferden davonreiten würde, konnte er ihn nicht mehr einholen. Es würde zu lange dauern, um zurück in die Burg zu gelangen und dort ein Pferd aus dem Stall zu holen, um ihn zu verfolgen.

Der Hexer musste wohl der gleichen Meinung sein. Noch einmal wandte er, mit gebührendem Abstand, die Pferde und drehte sich zu ihm.

Slevin trat langsam einen Schritt auf ihn zu, doch sofort sah Clementis ihn böse an.

„Du hast meinen Gefährten getötet. Das wirst du noch bereuen!", zischte er ihm entgegen.

„Warte!", entgegnete Slevin eindringlich. „Du willst mich?! Dann komme und hole mich!" Dabei ließ Slevin sein Schwert fallen und breitete die Arme aus. „Ich bin hier! Räche deinen Gefährten!"

„Du Narr!" spie ihm der Hexer entgegen. „Dachtest du wirklich, ich falle auf diesen dämlichen Trick herein?"

Slevin zuckte mit den Schultern. Natürlich ging der Hexer nicht auf seine Provokation ein. Aber es war einen Versuch wert gewesen, vor allem um Zeit zu gewinnen. Er musste ihn irgendwie aufhalten, koste es, was es wolle!

„Dann willst du wie eine feige Sau fliehen und deinen toten Gefährten hier lassen? Eure Diener werden ebenfalls alle sterben, wenn sie kein Heilmittel haben!"

Doch Clementis zuckte nur ungerührt mit den Schultern.

„Was geht mich dieses Pack an! Und für meinen Gefährten werde ich wiederkommen. Allerdings erst, wenn du elendig an der Pest krepiert bist! Wie lange brauchst du, um nach einer Krankheit wie dieser wieder zu erwachen? Ich werde da sein und dir den Kopf von den Schultern schlagen. Oder vielleicht berichte ich auch unserem König von dir, Slevin Kurreno."

Slevin verschlug es den Atem. Seine Lunge, die sich immer noch gegen die Auswirkungen des schwarzen Todes wehrte, kollabierte fast.

„Das bist du doch, oder? Der Vampir der sich gegen ihn aufgelehnt hat, fast seinen Dämon besiegt und dafür eigentlich in seinem Kerker verrotten sollte."

186

Für ein paar Sekunden hörte Slevins Herz einfach auf zu schlagen und seine Beine waren nahe daran ihm einfach den Dienst zu versagen. Er sah den Hexer durch rot geschwollene Augen an.

Der Hexer brach in schallendes Gelächter aus, während Slevin nun tatsächlich in die Knie brach.

Er hatte keine Möglichkeit mehr den Hexer aufzuhalten und dieser würde seine Drohung wahr machen, so viel stand fest. Alles drehte sich um ihn, als der Hexer nun wieder sein Pferd wendete und dem Tier die Sporen gab.

Es war vorbei! Er hatte den Hochmut besessen, sich in seiner Lage mit Hexern anzulegen, um sich Verbündete zu schaffen. Und nun würde ihn dieser Hochmut alles kosten.

Tiefe Verzweiflung stieg in ihm hoch. Zum ersten Mal, seitdem er diese Stimme in seinem Inneren vernommen hatte, bettelte Slevin den Dämon an.

‚Hol' ihn dir! Bitte!'

‚Ach, wie jetzt? Auf einmal redest du wieder mit mir?'

‚Ja verdammt. Hol' ihn dir. Ich flehe dich an!', schrie Slevin in sich hinein.

Er war verzweifelt und er wusste nicht, ob der Dämon ihm helfen würde. Aber es war seine einzige Chance!

Clementis war bereits dabei, im vollen Galopp davonzureiten.

‚Wie du willst!', erwiderte der Dämon finster. *‚Lass es zu und er ist so gut wie tot.'*

Slevin atmete tief ein.

Er konzentrierte sich und ließ die Mauern und Barrieren in seinem Inneren, die er um den Dämon herum errichtet hatte, fallen. Dieser stieß einen befreiten Schrei aus. Slevin konnte seine Macht und Gier, jetzt da sie nicht mehr gehalten wurde, so intensiv spüren, dass ihm abermals die Luft wegblieb. Er hatte das Gefühl, von innen zerrissen zu werden. Doch dessen Ziel war nicht er.

Grüne, gierige Hände tasteten sich nach außen. Sie fanden Clementis und stießen in den Mann hinein. Dessen Augen weiteten sich vor Schrecken, als diese unwirklichen Hände sein Innerstes, sein Lebenslicht, fanden und mit einem Ruck aus seinem Leib herausrissen. Und mit einem Mal war dieses Lebenslicht, der Geist des Hexers, in Slevin. Er konnte ihn spüren, jede Faser von dessen Sein, jedes Gefühl, jede Emotion.

In diesem Augenblick gruben sich bereits die Klauen des Dämons in dessen Geist. Grüne Zähne rissen unnachgiebig daran und verzehrten das letzte Bisschen, was von diesem Mann noch übrig geblieben war. Ein langes, schrecklich leidendes Schreien hallte in Slevin nach.

Inzwischen war er völlig zusammengebrochen und atmete schwer. Trotzdem sah er nach vorne. Der leblose Körper des Grafen war in sich zusammengesackt. Leise glitt er von dem Pferd und fiel mit einem dumpfen Laut auf den Boden.

Alles war still, nur in Slevin wütete ein Sturm, der nicht versiegen wollte.

„Slevin?", fragte Lincoln, der nun langsam hinter ihn getreten war.

Doch der Vampir hörte ihn gar nicht.

„Slevin? Alles in Ordnung? Hast du das getan?"

Doch wieder bekam der Räuberhauptmann keine Antwort. Lincoln wollte die Hand heben, um den Vampir zu berühren und ihn vielleicht so aus seiner Starre zu lösen. Andererseits hatte er mitbekommen, was gerade passiert war. Etwas Böses hatte aus seinem Freund herausgegriffen und sich Clementis geholt. Lincoln konnte es nicht besser beschreiben. Noch immer ließ ihn alleine der Gedanke daran, die Nackenhaare zu Berge stehen. Und noch immer war Slevin von diesem mächtigen Bösen umhüllt.

Plötzlich bewegte Slevin sich, stand auf und sah ihn mit einem undefinierbaren Blick an.

Lincoln erschrak, als er dessen Blick und Augen sah. An dieses schimmernde Grün, welches so aussah, als würde es sich ständig bewegen, hatte er sich inzwischen gewöhnt. Doch was er nun in den Augen des Vampirs las, war reine Mordlust. Und sein Blick flackerte, so als würde er ihn nicht erkennen.

„Slevin, bitte, du machst mir Angst!"

Kurz formte sich ein gieriges Lächeln auf den Zügen des Vampirs, verlor dann aber an Halt und machte einem schmerzhaften Ausdruck Platz.

„Geh!", sagte Slevin mit zitternder Stimme.

„Was? Aber … was ist passiert?"

„Gehe zu Clementis' Leiche, er hat das Gegenmittel!"

Slevins Stimme klang brüchig und Lincoln war sich sicher, es kam nicht von den Auswirkungen der Krankheit. Deshalb nickte er nur. Er war fast schon froh aus der Nähe des Vampirs zu kommen. Doch als er bei dem toten Hexer ankam, um ihn zu durchsuchen, wurde er erneut bis ins Mark erschüttert. Er hatte bereits einige Leichen gesehen, zum Teil auch grausam zugerichtete, aber noch niemals so etwas. Augen und Mund des Hexers waren weit geöffnet, seine Haut eingefallen, fast wie Pergamentpapier und sein ganzer Körper schien verkrampft, so als würde er selbst noch im Tod vor Schrecken und Angst zusammenzucken.

Lincoln hustete und über seine Lippen quoll Blut, was ihn wieder an seine eigentliche Aufgabe erinnerte. Mit spitzen Fingern durchsuchte er den Hexer. Er hatte das Gefühl, diesem erbarmungswürdigen toten Wesen vor ihm lieber nicht zu nahe zu kommen.

Aber was dachte er da? Vor ihm lag einer der Hexer, der seinen Vater ermordet hatte! Trotzdem konnte er, in diesem Moment, nichts anderes als Mitleid mit diesem leblosen

Geschöpf empfinden. Schnell fand er eine kleine Flasche mit weißlichem Inhalt. Er nahm es hastig an sich, trank einen kleinen Schluck und ging zurück an die Stelle, an der er Slevin zurückgelassen hatte.

Der Vampir war nicht mehr da.

Er musste wohl schon zu den Männern zurückgegangen sein, um ihnen vom Tod des Hexers zu berichten. Oder?

So schnell es in seinem Zustand ging, eilte er den geheimen Gang zurück.

Soweit er das in seiner Hektik beurteilen konnte, lebten alle noch. Also beeilte er sich, ihnen das Heilmittel einzuflößen. Er wusste nicht, wie viel sie von diesem brauchten, trotzdem setzte er es sehr sparsam ein. Was, wenn noch andere infiziert worden waren? Doch so wie es aussah, schien die Menge, die er sich und seinen Leuten verabreichte zu stimmen. Er selbst merkte, wie es ihm mit jeder Minute besser ging. Und nach einiger Zeit fühlte er sich in der Lage aufzustehen und sich genauer umzusehen.

Slevin war nicht hier! Und ob er es wollte oder nicht, er musste nach dem Vampir suchen. Kurz fragte er Lenker und Van Guten nach ihm und schon ihre entsetzten Blicke machten klar, sie hatten ihn gesehen.

„Er ist kurz ins Zimmer gekommen und hat wirres Zeug geredet. Und … irgendetwas war bei ihm! Halte mich bitte nicht für verrückt …", erklärte Lenker ihm mit gebrochener Stimme.

„Das tue ich nicht", versicherte ihm Lincoln schnell. „Auch ich habe es gesehen."

Lenker nickte.

„Es war etwas Grausames, das bei ihm war, Lincoln!"

Wieder brach einem seiner besten und furchtlosesten Männer die Stimme ab.

„Ich weiß, Lenker. Ich habe es auch gesehen. Trotzdem muss ich nach ihm suchen!"

Lincoln spürte, wie es seinem Freund widerstrebte, ihm die kommende Information zu geben. Aber er wusste auch, Lincoln würde so oder so auf die Suche gehen.

„Ich glaube, er ist zum Kerker."

Der Kerker! Verdammt!

Lincoln hatte die Soldaten, die Van Guten dort eingesperrt hatte, schon fast vergessen. Der Vampir anscheinend nicht.

Sofort sprang Lincoln auf und rannte. Er rannte durch die Gänge, die Treppen hinab und weiter, bis er an der schweren Tür, die zum Kerker führte, atemlos stehen blieb. Die Tür war offen!

Lincoln wollte gerade durch die offene Tür eilen, als ihn etwas zurückhielt. Es war die Erinnerung an das, was er gesehen und gespürt hatte, als er Slevin das letzte Mal gesehen hatte. Wollte er dort wirklich hinunter?

Oder sollte er einfach diese Tür und somit das Grauen dort unten verschließen?

Nein, er musste dort hin. Er hatte diesen Kampf gewollt, nun konnte er nicht einfach kneifen.

Doch das, was dort unten stattfand, war kein Kampf. Es war ein Gemetzel.

Der Vampir hieb und stach sich nicht einfach nur durch seine Gegner, so wie Lincoln es erwartet, vielleicht sogar gehofft hatte.

Mindestens fünf von ihnen lagen bereits mit zerfetzten Kehlen am Boden, bevor Lincoln die unterste Stufe der Treppe erreicht hatte.

Von einem sechsten Soldaten ließ Slevin gerade ab, als Lincoln weiter in den Kerker trat. Der Mann glitt tot zu Boden und dort, wo eigentlich dessen Hals und Brust sein sollte, klaffte ein riesiges, rotes Loch aus dem immer noch Blut hervorquoll.

Die Soldaten, zwar immer noch in der Überzahl, hatten diesem wütenden Monster, das unter sie fuhr wie der Tod persönlich, jedoch nichts entgegenzusetzen.

Der Vampir schritt einfach durch die Männer hindurch wie ein Todesengel. Mit einer Schnelligkeit, die auch Lincoln immer wieder überraschte, riss der Vampir mit bloßen Händen, Haut und Fleisch aus den Leibern seiner Gegner heraus.

Lincoln musste mit Entsetzen mitansehen, wie der Vampir seine Gegner nicht einfach tötete. Er labte sich regelrecht an ihrem Schmerz. Er verbiss sich in seine Opfer und grub seine Zähne immer wieder in sie hinein.

Lincoln wand seinen Blick ab. Er konnte nicht weiter zusehen, was sein Freund hier tat.

Als auch der letzte Soldat in einer Blutlache lag, begab sich Slevin zu den Zellen. Langsam und mit sich immer wieder schließenden und öffnenden, blutigen Händen öffnete er die Zellentüren. Die Gefangenen drängten sich ängstlich in die Ecken. Sie hatten wohl die naheliegende Befürchtung, dieser Wahnsinnige mit den grausamen, grünen Augen würde nun mit ihnen weitermachen.

Und auch Lincoln hielt den Atem an. Wenn Slevin nun anfangen würde, die Gefangenen zu töten. Was sollte er tun? Aufhalten könnte er ihn wohl kaum. Doch der Vampir fiel nicht über die furchtsam zu ihm blickenden Menschen her.

„Kommt raus! Ihr seid frei!", befahl Slevin ihnen mit rauer Stimme.

Keiner der Gefangenen rührte sich.

„Raus mit euch! Oder soll ich euch holen?", zischte der Vampir sie daraufhin an.

Inzwischen hatten sich auch diejenigen erhoben, die vorher noch in ihrem Leid vor sich hinvegetiert hatten. Langsam und geduckt traten sie wie befohlen aus ihren Zellen.

„Keine Angst. Ihr seid frei! Kommt raus", forderte nun auch Lincoln die Gefangenen auf und hoffte, dies war auch wirklich der Grund, warum Slevin die Leute aus den Zellen holte. Immerhin erhoben sich nun alle, Männer, Frauen und Kinder. Zitternd traten sie aus ihren Gefängnissen.

Und der Vampir machte tatsächlich keinerlei Anstalten, diese anzugreifen, sondern ging voraus, die Treppe hinauf.

Lincoln tat es ihm gleich. Lief dann aber an Slevin vorbei und so schnell er konnte, rannte er weiter zu der Tür, die zum Hof und dem vorderen Tor der Burgmauer führte. Er stieß das große zweiflüglige Tor auf, welches die Gefangenen noch von ihrer Freiheit trennte.

Zwei Wachen hatten sich ihm in den Weg gestellt. Doch auch Lincoln hatte mit ihnen kurzen Prozess gemacht. Er wollte nicht, dass Slevin sie sich schnappte.

Als er nun zurücksah und auf Slevin und die befreiten Leute wartete, tat sich ein bizarres Bild vor ihm auf.

Er sah die Burg mit der etwa zehnstufigen Treppe, die nach unten führte. Und dort heraus, wie aus einem Höllenschlund, trat jetzt der Vampir. Die Augen des Vampirs glühten immer noch. Viel heller als sie es sonst taten. Von dem Rest seines Gesichtes war kaum etwas zu erkennen. Es schimmerte rot, von dem Blut seiner Opfer. Der komplette Körper, mitsamt des Hemdes und der Hose, schimmerte in diesem dunklen, nassen Rot. Langsam lief Slevin, immer noch sein Messer in der Hand haltend und die Finger der anderen Hand zur Klaue geformt, die Treppe der Burg hinunter. Irgendwie sah es aus, als wäre die Luft um den Vampir dunkler, als umwöbe ihn etwas, das für das menschliche Auge nicht wirklich greifbar war. Und hinter dieser Gestalt aus Blut folgten ihm, wie eine stumme Armee, die halb toten Gefangenen. Es war eine Masse aus grauen Leibern und Gesichtern, die langsam und ungelenk ihrem Befreier folgten. Nur ihre Augen starrten in die vor ihnen liegende Freiheit.

Draußen war der Tumult den Bewohnern der Stadt nicht verborgen geblieben. Sie hatten sich ängstlich und doch hoffend vor dem Tor versammelt. Auch in ihren Augen spiegelte sich Ungläubigkeit, als sie Slevin sahen, der ihre so lange vermissten Angehörigen aus der Burg führte. Der Vampir ging an den Menschen, die dort draußen warteten vorbei, als sehe er sie überhaupt nicht. Die befreiten Gefangenen hingegen schmissen sich in die Arme ihrer Angehörigen. Frauen umarmten weinend und lachend ihre Kinder. Die Menschen lagen sich schluchzend in den Armen. Sofort wurde Wasser und Essen herbeigeschafft. Lincoln sah dem rührenden Schauspiel noch kurze Zeit zu, bevor er sich wieder zu Slevin umdrehte.

Doch der Vampir war wieder verschwunden!

„Slevin!", schrie Lincoln immer wieder und lief in alle Richtungen, in der er den Vampir vermutete. Doch keine Spur von ihm.

„Slevin!", schrie nun Lincoln wieder entsetzt.

„Lincoln. Was machst du da?", wollte Derwin wissen, der plötzlich neben ihm stand.

Auch die restlichen Räuber waren inzwischen aus der Burg gekommen und alle sahen ihn fragend an.

„Wo ist Slevin? Habt ihr zwei die Soldaten im Kerker alleine umgebracht?", fragte ein irritierter Lenker.

„Er ist … Nein, er hat sie alle. Ich …"

Mehr brachte Lincoln im Moment nicht heraus. Und seine Männer sahen wohl, wie verstört er war und fragten nicht weiter.

Der Räuberhauptmann ließ sich am Ufer des Sees auf den Boden sinken. Er musste die Geschehnisse dieser Nacht erst einmal verarbeiten. Also blendete er alles um sich herum aus, während die Menschen auf den Straßen tanzten und lachten. Innerhalb kürzester Zeit wurden die Vorratskammern der Burg geplündert. Endlich hatten die Menschen wieder Essen vor sich und nicht vergammelte Reste.

Den ganzen Morgen über hatten die Leute gefeiert. Auf den Straßen wurden Tische aufgebaut. Essen, Früchte, Fleisch, einfach alles, was zu finden war, wurde dort bereitgestellt. Als es Nachmittag war, fingen ein paar Männer an auf ihren Instrumenten zu spielen und die Leute tanzten und feierten bis es Abend wurde.

Lincoln saß derweilen immer noch am See. Er hatte Van Guten und seine Männer angewiesen, die Diener der Hexer erst einmal in der Burg zu lassen, bis sie wussten, wer krank war und wer nicht. Aber sie hatten genug von dem Heilmittel, um die Verbreitung der Krankheit zu verhindern und er konnte sich auf seine Leute verlassen.

Van Guten, Lenker und auch Derwin waren immer wieder zu ihm ans Ufer des Sees gekommen. Sie hatten ihm Essen und Wasser gebracht und hatten versucht mit ihm zu reden oder zumindest zu überreden, dass er seinen einsamen Platz am See aufgab. Doch Lincoln hatte sich den ganzen Tag nicht vom Fleck gerührt. Selbst als die Nacht anbrach, war er sitzen geblieben, während die Bewohner der Stadt nun langsam ruhiger wurden und sich in ihre Häuser zurückzogen. Lenker hatte Lincoln eine Decke gebracht. Er ahnte wohl, dieser würde auch die Nacht hier verbringen.

Am nächsten Tag weckte Lenker ihn. Er musste wohl eingeschlafen sein. Sofort sah er seinen Mann fragend an. Dieser schüttelte nur den Kopf.

„Er ist nicht wieder gekommen", sagte er leise. „Wir haben alle behandelt, die Anzeichen der Pest gezeigt haben, aber trotzdem gibt es noch einiges zu tun. Wir müssen die Leichen wegschaffen."

Mit Schaudern dachte Lincoln an Clementis, dessen Leiche immer noch hinter der Burg lag. Aber Lenker hatte Recht. Natürlich mussten sie sich um die Toten kümmern, auch wenn er nichts lieber getan hätte, als die beiden Hexer und auch die toten Soldaten im Kerker einfach zu vergessen und verrotten zu lassen.

Lincoln stand auf. Es lag noch viel Arbeit vor ihnen. Also ging er mit seinen Männern, die allesamt schon auf ihn warteten in die Burg. Und es war sehr viel und sehr unangenehme Arbeit, die dort auf sie wartete. Sie schleiften alle Leichen und andere Überreste hinter die Burg. Dort war bereits Holz zusammengetragen worden. Sie würden die Leichen verbrennen. Außerdem mussten sie den Kerker von dem ganzen Blut reinigen. Nichts sollte hier noch an die gestrige Nacht erinnern.

Und Van Guten stellte sich im Umgang mit den Bewohnern der Stadt als sehr gewieft heraus. Ohne ihnen die tatsächliche Krankheit, die Pest, zu offenbaren, wies er alle an, sofort zu ihm zu kommen, wenn sie sich krank fühlen würden. Und auch mit den Dienern der Hexer hatte er eine Abmachung geschlossen. Sie konnten hierbleiben. In einer Stadt, in der sie nicht um die Gunst eines Hexers ringen mussten, um leben zu können. In einer freien Stadt, in der alle Menschen gleich waren. Natürlich würden sie diese erst einige Zeit lang unter Beobachtung halten, aber auch Lincoln war sich sicher, es würde funktionieren. Die meisten der Leute, die sich in den Dienst der Hexen stellten, hatten dies hauptsächlich für ihre Familien getan.

Derwin riss Lincoln aus seinen Gedanken, als er ihn rief.

„Kommst du mal bitte?"

Lincoln ging in die Richtung aus der er Derwins Stimme vernommen hatte und fand ihn einige Meter weiter im hohen Gras, indem immer noch der Leichnam von Clementis lag.

Lincoln verschlug es die Sprache, als er ihn sah. Dessen Augen waren immer noch geöffnet und blickten erschrocken und ungläubig nach vorne. Die Gliedmaßen waren angezogen und sahen unnatürlich verkrampft aus.

Inzwischen war auch Van Guten zu ihnen getreten.

„Heilige Scheiße!", entfuhr es ihm, als auch er die Leiche sah.

„Das kannst du laut sagen", pflichtete Lincoln ihm bei. „Wir müssen ihn auf den Scheiterhaufen schaffen. Los packt mit an."

„Was? Ich fasse den nicht an und ihr solltet es auch nicht tun", erklärte Van Guten angsterfüllt.

„Vielleicht sollten wir hier ein großes Loch graben. Dann müssen wir ihn nur noch hineinstoßen.", schlug Derwin vor.

Van Guten schlug die Hände über dem Kopf zusammen und sah Lincoln hilfesuchend an.

„Ich kann hier nicht weiterleben, wenn ich weiß, dass dieses tote Etwas hier in einem Loch liegt."

Lincoln schnaubte unwirsch.

„Na gut, holt Tücher. Lange Tücher! Wir wickeln ihn ein und ziehen ihn zu dem Scheiterhaufen.", befahl er nun.

Van Guten lief sofort los.

Irgendwann hatten sie es geschafft, den Leichnam, ohne ihn großartig berühren zu müssen, zu dem Holz zu schleifen. Derwin hatte sofort das Feuer entzündet und nun standen sie um die verbrennenden Überreste dieser grauenvollen Nacht, als Dave aus der Burg zu ihnen gerannt kam. Und wenn Dave rannte, dann war es wichtig.

„Lincoln!", presste er atemlos hervor, als er bei ihnen ankam.

„Es sind Männer gekommen!", erklärte Dave nun weiter, als er wieder einigermaßen zu Atem gekommen war.

Sofort zog Lincoln sein Schwert.

„Wo? Wie viele?"

„Nein, nein, nicht solche Männer", klärte Dave sofort das Missverständnis auf und sein Hauptmann sah ihn fragend an. Doch Dave war anscheinend wirklich den ganzen Weg zu ihm gerannt und brauchte sichtlich eine Pause.

„Männer aus den umliegenden Dörfern. Sie …", wieder holte Dave tief Luft, bevor er weitersprach und sein Hauptmann bedachte ihn mit einem ungeduldigen Blick. „Sie wollen sich uns anschließen, Lincoln. Aber geh und sieh selbst."

Das tat der Räuberhauptmann auch. Und als er aus dem Tor der Burg trat, nicht ohne dass ihm abermals ein kalter Schauer über den Rücken lief, sah er tatsächlich sechs Männer, die dort auf ihn warteten. Er begrüßte sie mit einem kurzen Nicken und einer der Männer trat hervor.

„Seid ihr Lincoln? Der Mann, der zwei Hexer getötet hat?"

„Ja … nein. Ich bin Lincoln. Aber lasst uns ein Stück von hier weggehen."

Mit diesen Worten nahm er den Mann kurzerhand am Arm und zog ihn mit sich aus der Burg. Lenker begleitete sie, hielt jedoch etwas Abstand.

„Was wollt ihr hier?", fragte Lincoln unumwunden, als sie nun an dem See, außerhalb der Burg, angekommen waren.

„Wir wollen mit euch kämpfen!", versicherte der Mann vor ihm eifrig.

„Dann seid ihr zu spät. Der Kampf ist vorbei!"

„Das weiß ich, Herr. Aber …"

„Nenne mich nicht Herr!", unterbrach Lincoln ihn schroff.

„Oh, natürlich. Alte Angewohnheit. Tut mir leid! Ich bin übrigens Dirin aus der Stadt Salert."

„Hallo Dirin. Aber wie gesagt, der Kampf ist bereits vorbei. Geht nach Hause!"

Der Angesprochene sah ihn zutiefst enttäuscht an und wollte gerade etwas erwidern, als nun doch Lenker in das Gespräch eingriff.

„Lincoln."

„Was ist?", fuhr er seinen Mann an.

„Warum schickst du sie fort?"

„Weil der Kampf vorüber ist."

„Dieser vielleicht. Aber es gibt noch mehr Städte, Burgen und Dörfer, in denen es den Bewohnern genauso geht", sprach Lenker nun eindringlich auf seinen Hauptmann ein.

„Du warst dabei, Lenker! Wir wären um ein Haar alle gestorben!"

Wenn nicht Slevin zu einem Monster mutiert wäre und uns damit gerettet hätte, fügte er in Gedanken hinzu. Doch sein Freund sah ihm diese Gedanken wohl nur zu gut an.

„Ich weiß! Aber wir haben auch gesehen, die Zauber der Hexer sind brechbar! Du hast gegen Gustavo gekämpft und seine Zauber konnten dir nichts anhaben."

„Das waren Spinnen und kleine Wirbelstürme, Lenker. Gegen die richtigen Zauber und Tränke der Hexer waren wir machtlos. Das weißt du selbst!"

„Und deswegen willst du ihnen die Hoffnung nehmen?" Lenker deutete auf den Mann, zu ihrer Seite und den anderen, die gekommen waren, um sich ihnen anzuschließen.

Lincoln ballte die Fäuste.

„Ich will, dass sie am Leben bleiben und sie nicht in einen aussichtslosen Kampf führen, bei dem sie sterben werden!"

„Am Leben?! In Ordnung, Lincoln. Und wie lange? Bis sie elendig verhungern? Diesen Winter oder den nächsten?"

Sein Freund sah ihn eindringlich an.

„Wir haben jetzt eine wirkliche Chance etwas zu ändern!
Außerdem: Was willst du sonst tun? Sollen wir wieder durch
die Wildnis streifen und ab und zu ein paar Abgesandte des
Königs ausrauben, bis sie uns irgendwann erwischen und
hängen?"

Der Räuberhauptmann wusste, sein Freund hatte Recht.
Trotzdem brauchte er noch einige Momente, in denen er
zurück zur Burg starrte und in Gedanken Slevin wieder
blutgetränkt durch das Tor gehen sah. Dann verscheuchte er
diesen Gedanken wieder und nickte.

„Okay, ihr könnt bleiben. Aber ihr hört auf meine Befehle und
zwar absolut, ist das klar?!"

Dirin nickte eifrig und Lincoln gab sich erst einmal damit
zufrieden. Er hatte nicht vor allzu bald wieder zu einem
Kampf aufzurufen.

Lenker und der Mann neben ihm atmeten erleichtert auf und
gingen zurück zu den anderen. Lenker und Derwin würden die
Männer einweisen und erst einmal hier unterbringen. Alles
Weitere würden sie sehen.

Zwei Tage später fehlte von Slevin immer noch jede Spur.
Am Abend, als sie wieder alle in der Stube der Burg saßen,
trat Derwin zu seinem Hauptmann. Lincoln nickte ihm kurz
zu, als er sich neben ihn an den Kamin setzte, starrte dann aber
wieder in die Flammen des Feuers.

„Die Männer erwarten deine Befehle, Lincoln. Wir sollten
langsam aufbrechen."

Durch Lincoln ging ein kurzer Ruck, so als hätten ihn Derwins
Worte aus einer Starre gerissen.

„Ja. Ja, wir werden aufbrechen. In zwei Tagen."

„In zwei Tagen", murmelte Derwin. „Warten wir so lange,
weil du hoffst, er kehrt bis dahin zurück, oder weil du Angst
davor hast?"

Lincoln sah seinen Mann überrascht an.

„Ist das so offensichtlich?", antwortete er und ließ dessen Frage jedoch absichtlich offen.

Derwin sah ihn betroffen an, ging aber auch seinerseits nicht weiter darauf ein, als er weitersprach.

„In Ordnung. Aber dennoch müssen wir langsam los. Wir erweisen Van Guten keinen Freundschaftsdienst, wenn wir zu lange hierbleiben."

Das wusste auch ihr Hauptmann. Solange sie hier waren, würde in der Stadt keine Ruhe einkehren und sie sollten tunlichst vermeiden, zu viel Aufmerksamkeit auf diese zu ziehen. Zwei weitere Männer waren gekommen, um sich ihnen anzuschließen. Weitere würden folgen und dies war gefährlich für die Stadt.

Lincoln sah sein Gegenüber scharf an.

„Und deswegen werden wir in zwei Tagen aufbrechen. Verstanden."

„Jawohl, Sir."

Lincolns Worte waren zu schroff gewesen, dass wusste er selbst. Aber seit der Nacht, in der sie gegen die Hexer gekämpft hatten, stand er unter enormer Anspannung. Und das Tag und Nacht. Er wusste nicht genau, warum er so fühlte. Lange grübelte er über die Worte Dewins nach. Hoffte er, dass Slevin wiederkommen würde oder hatte er Angst davor? Beides!

Noch immer schlich sich manchmal dieses Gefühl des Grauens in ihn hinein, wenn er an Clementis´ Tod dachte und was er danach in der Gegenwart des Vampirs gespürt hatte. Doch der Vampir hatte es für sie getan. Wie er es auch drehte und wendete, solange Slevin nicht wieder auftauchte, wusste er nicht, ob er inzwischen ihr Freund oder ihr Feind war. Wie angekündigt verließen die Räuber und die Männer, die sich ihnen angeschlossen hatten die Stadt bei Tagesanbruch des zweiten Tages. Van Guten war gekommen, um sich von ihnen zu verabschieden.

„Lincoln, mein alter Freund. Ich danke euch nochmals. Und ich verspreche dir, ich werde diese Stadt im Namen deines Vaters weiterführen."

„Ich weiß. Danke dir dafür."

Und als Lincoln sich bereits umdrehen und auf sein Pferd schwingen wollte, räusperte sich Van Guten nochmals eindringlich.

Als Lincoln sich wieder zu ihm herumdrehte, zog der neue Graf der Burg ein Schwert aus seinem Mantel und hielt es dem Räuberhauptmann hin. Es war ein wertvolles Schwert, mit einer filigranen Klinge und eingearbeiteten Edelsteinen am Griff. Lincoln sah seinen Freund überrascht an.

„Es war Clementis Schwert. Er sagte, es sei eines der kostbarsten Schwerter hier im Lande. Du solltest es bekommen."

Lincoln lehnte schaudernd ab.

„Herzlichen Dank, wirklich. Aber du weißt, ich bin kein Mann für solche Dinge."

Außerdem würde er den Teufel tun und das Schwert dieses Mannes führen.

Doch noch bevor Van Guten seinem Freund widersprechen konnte, mischte sich, wie immer vorlaut, Dave in ihr Gespräch ein.

„Also wenn du es nicht willst, ich nehme es! Zur Not können wir es auch einschmelzen oder es zum Äste zerkleinern nutzen."

Van Guten sah den Mann an, als hätte er ihm gerade einen Haufen vor die Füße gekackt und Lincoln musste unweigerlich grinsen.

„Das da, Derwin, ist ein sehr kostbares und von dem Meister in seinem Fach, Gelwirfst, geschmiedetes Schwert. Mit fünf eingearbeiteten Rubinen. Das nimmt man nicht zum Äste zerkleinern!"

Van Guten schnaufte verächtlich, als er bereits dabei war, das gute Stück zurück in seinen Mantel zu stecken.

Doch Lincoln hinderte ihn daran.

„Gib es ihm", befahl er nun schroff.

Van Gutens Augen weiteten sich.

„Ist das dein Ernst?"

„Er wird gut darauf aufpassen! Nicht wahr, Derwin", fügte Lincoln mit einem verschwörerischen Lächeln hinzu.

Am liebsten hätte er dieses Ding am Grund eines sehr tiefen Meeres versenkt.

Dave nickte erfreut und nahm das Schwert sofort an sich.

„Ist auch besser, wenn ich es mitnehme. Du hättest dir damit nur selbst den Arm abgehackt, oder so was", grinste Derwin den inzwischen blass gewordenen Van Guten an.

Lincoln nickte Van Guten nochmals zur Verabschiedung zu, schwang sich auf sein Pferd und ritt ohne weitere Worte und ohne sich nochmals umzusehen los.

Drei Tag waren sie nun unterwegs. An einer Burg waren sie in großem Abstand vorbeigeritten und auch wenn es einigen, vor allem den neuen Männern unter den Nägeln gebrannt hatte, sich auf einen Hexer zu stürzen und eine weitere Burg zu befreien, Lincoln hatte andere Pläne. Doch er konnte sie verstehen. Hoffnung hatte sich breit gemacht und sie gierten danach, ihrem Leben oder wenigstens ihrem Tod einen Sinn zu geben. Aber er, ihr Hauptmann hatte ihr nächstes Ziel bereits bestimmt. Sie würden nach Kintz reisen. Dort wusste er Freunde von sich, Mitglieder des Widerstandes. Und dort würden sie entscheiden, was als Nächstes zu tun war. Also schlugen sie irgendwo weit weg von jeglichen Menschen und Hexen in dieser Nacht ihr Lager auf.

Wieder war es Derwin, der sich zu Lincoln gesellte.

„Du weißt, wir werden verfolgt?", sprach Derwin ihn ohne Umschweife an.

Lincoln nickte.

„Schon seit wir aufgebrochen sind, ich weiß", bestätigte er.

„Und was willst du tun?"

„Wenn ich das wüsste, würde ich hier nicht am Feuer sitzen und Wein trinken."

Und etwas versöhnlicher fügte er hinzu.

„Ich weiß es nicht."

Derwin nickte verständnisvoll.

„Es ist nur so, dass vor allem die neu zu uns gestoßenen Männer langsam unruhig werden. Auch sie spüren es. Außerdem haben sie inzwischen die Geschichten gehört, die die Leute in der Stadt erzählt haben."

Auch Lincoln hatte mitbekommen, wie die Leute von einem Rachegott erzählten, der aus den Wolken gefahren war, um die grausamen Hexer zu holen. Und so ähnlich musste Slevin für die Leute, die ihn gesehen hatten auch ausgesehen haben, als er mit ihren Angehörigen aus der Burg gekommen war.

Lincoln hatte nie etwas auf solche Geschichten gegeben. Vielleicht sollte er diese Einstellung nochmals überdenken.

„Wir müssen es ihnen wenigstens sagen", fuhr Derwin fort, als er merkte, Lincoln würde von sich aus nichts erwidern.

„Nein, das werden wir nicht tun", fuhr Lincoln auf. „Ich werde es klären. Heute Nacht."

Ohne ein weiteres Wort leerte Lincoln seinen fünften Krug Wein an diesem Abend, schmiss ihn achtlos auf den Boden und ging.

Langsam lief er durch den Wald und beobachtete seine Umgebung dabei ganz genau. Wo zum Teufel bist du, dachte er in sich hinein und lief vorsichtig weiter. Immer wieder drehte er sich um, um das Lager nicht vollends aus den Augen zu verlieren. Allerdings war das Feuer inzwischen nur noch ein kleiner, heller Punkt. Er musste ihn finden!

Ein paar Meter weiter vernahm Lincoln plötzlich ein Geräusch. Dem leichten Kratzen nach, hätte es von einem Fuchs oder Dachs stammen können. Aber er wusste, es war kein Tier. Auf jeden Fall kein richtiges. Leise schlich er weiter. Und tatsächlich saß dort, hinter einem Gebüsch eine Kreatur. Anders konnte Lincoln es nicht beschreiben, was er dort sah.

Slevin saß mit gekrümmtem Rücken in der Hocke, sein Blick war auf den Boden gerichtet. Seine Hände waren zu Klauen verformt und schabten langsam aber unaufhörlich über den Boden. Lincoln stockte der Atem. Auf Zehenspitzen bewegte er sich weiter auf dieses Ding, das einmal Slevin gewesen war, zu, als dieses blitzschnell den Kopf in seine Richtung drehte.

„Hau ab!", zischte der Vampir seinen ehemaligen Freund an. Denn Lincoln konnte beim besten Willen nicht mehr sagen, ob Slevin überhaupt noch Freund oder Feind kannte.

Und tatsächlich hatte der Räuber mit seiner Einschätzung nicht ganz Unrecht.

Nachdem er den Dämon für sich hatte töten lassen, konnte er diesen und auch den Vampir noch kurze Zeit mit den fürchterlichen Toden der Soldaten in diesem Kerker besänftigen. Doch spätestens, als er aus dem Pesttod wieder erwacht war, tobte in ihm ein Kampf.

Ein Kampf um die Vorherrschaft seines Körpers. Stark und gierig war der Dämon über ihn gekommen. Und dieser war nicht der Einzige gewesen, der die Gelegenheit wahrgenommen hatte.

Wie oft hatte er, in den langen Jahren, die er lebte, die Stärke und die Kraft des Vampirs in sich genutzt, um ihn dann wieder in das gleiche innere Gefängnis zurückzuzerren, indem auch der Dämon nun saß? Zu oft! Jetzt witterte auch dieser seine

Chance, endlich die Kontrolle an sich zu reißen und ihn vollends zu einem Vampir zu machen, der nichts Menschliches mehr an sich hatte.

Lange hatten sie gegeneinander gekämpft, sich zerfleischt. Und immer noch waren sie alle drei hier, in diesem einen Körper gefangen.

Zum Großteil hatten der Vampir und der Dämon seine Handlungen bestimmt. Nur teilweise hatte er es geschafft etwas die Oberhand zu gewinnen. Deswegen war er aus der Stadt geflohen. Menschen in seiner Umgebung waren dem Tode geweiht.

Im Moment herrschte so etwas wie Waffenruhe.

Keiner von ihnen hatte auch nur noch einen Funken Kraft, um zu kämpfen. Sie konnten einander hier drinnen nicht töten, ihre Geister waren in etwa gleich stark und keiner von ihnen wollte aufgeben. Was inzwischen dazu geführt hatte, dass Slevin, wie ein wildes Tier hauptsächlich auf Instinkte hörte. Einfach, um zu überleben und weiterzumachen. Und er hatte Lincoln mit seiner Truppe folgen können. Auch wenn er tief in sich wusste, wie gefährlich sein Handeln für die Männer war. Denn würde der Dämon oder der Vampir gewinnen, wären sie alle nur noch Futter für diese Kreatur. Trotzdem konnte er nicht anders. Die bekannten Geräusche und Stimmen zogen ihn magisch an. Und so war er ihnen Tag für Tag gefolgt. Bis jetzt. Bis Lincoln vor ihm stand.

Slevin brauchte seine ganze Kraft, um seine Lippen zu bewegen und einen mehr oder weniger menschlichen Laut hervorzubringen.

Er brachte es gerade mal zu einem gefauchten „Verschwinde!" Aber er musste seinen Freund warnen. Er konnte nicht dafür garantieren, dass er ihm nichts antun würde.

Doch der Räuber hatte gänzlich anders reagiert, als er gedacht hatte. Anstatt bei seinem Anblick zu gehen oder gar fluchtartig das Weite zu suchen, kam Lincoln langsam näher. Er ließ sich vor dem Vampir in die Hocke sinken und starrte ihn so lange an, bis Slevin seinen Blick erwiderte.

Denn Lincoln hatte in den letzten Tagen Zeit gehabt, um nachzudenken. Und er war zu einem Entschluss gekommen. Das, was in dieser Nacht geschehen war, verfolgte ihn zwar immer noch bis in seine Träume. Es war etwas abgrundtief Böses gewesen, was er gespürt hatte. Aber es war NICHT Slevin gewesen. Dessen war er sich inzwischen sicher. Es war in ihm, dieses abgrundtief Böse, aber es war nicht das Wesen des Mannes, den er kennengelernt hatte. Und er selbst war es schließlich gewesen, der Slevin durch seine Rachegelüste zu diesem Kampf getrieben hatte. Wegen ihm war er dazu gezwungen gewesen, wie ein Monster zu töten. Er würde ihn nicht so einfach aufgeben.

Also sah er in diese grünen, wilden Augen und wartete auf ein Zeichen darin. Ein Zeichen, dass dieser Mann noch da und ansprechbar war. Doch nichts tat sich. Also begann der Räuber zu reden.

„Slevin! Ich weiß du kannst mich verstehen. Also höre einfach zu. – Du hast mir von deinem Bruder erzählt. Yascha, nicht wahr?"

Und wirklich bekam er ein leichtes Kopfnicken, als der Vampir den Namen seines Bruders hörte.

Das war schon mal ein Anfang.

„Gut. Du hast mir erzählt, du suchst ihn, weil er deine Hilfe braucht. Wir werden dir helfen, ihn zu befreien, Slevin. Aber wir brauchen dich dafür!"

Langsam, ganz langsam, schlichen sich wieder leicht menschliche Züge in das Gesicht seines Gegenübers.

„Du hast uns geholfen. Meine Burg ist frei! Ich weiß nicht, ob du es gesehen hast, aber die Menschen feierten den ganzen Tag und die ganze Nacht. Sie lagen sich in den Armen, weinten und lachten. Das hast du ermöglicht! Slevin, du bist kein Monster! Das weiß ich!"

Slevin hätte es nicht für möglich gehalten, aber mit den Worten Lincolns taten sich immer mehr Erinnerungen auf. Und mit diesen Erinnerungen Gefühle. Starke Gefühle! Und mit diesen und dem festen Willen weiterzumachen, drängte er seine Gegner Stück für Stück wieder hinter seine geistigen Mauern zurück.

Lincoln redete eine ganze Zeit lang einfach weiter. Er erzählte Slevin noch einmal von der Nacht, in der er ihn kennengelernt hatte. Wie er zu ihm in den Stall gekommen war und er mit ihm um seine Freiheit gefeilscht hatte. Er erzählte von der ersten Begegnung mit Dave und wie er ihnen mit viel Charme den Plan zur Flucht mit den Pferden nähergebracht hatte. Wie er Richard verarztet hatte und auch wie sie in dieser einen verregneten Nacht zusammengesessen und miteinander geredet hatten.

Der Vampir hatte langsam aufgehört, mit den Fingern über den Boden zu schaben und hatte sich irgendwann sogar in eine menschlichere Position gesetzt. Aber es dauerte noch die ganze Nacht, bis er zu reden anfing und Lincoln sich sicher war, dass er es geschafft hatte.

Als die Sonne langsam die Nacht besiegt hatte und es immer heller wurde, sah Slevin den Räuber lange an.

„Danke! Du hast mich nicht aufgegeben!"

Ohne Lincolns Hilfe hätte er es nicht geschafft, zurück in diese Welt zu finden und die beiden Ungeheuer in sich zurückzuverbannen.

Lincoln erwiderte seinen Dank mit einem erleichterten Lächeln und gemeinsam standen sie auf und gingen zu dem Lager zurück.

Als sie dieses erreichten, waren die Räuber bereits wach. Dave stand auf und ging ihnen ein Stück entgegen. Dabei musterte er Slevin mit undeutbarem Blick. Er begrüßte seinen Anführer mit Handschlag, bevor er sagte:

„Gut dich wiederzusehen. Wir hatten bereits Sorge um dich." Dann fügte er zu Slevin schielend hinzu.

„Und das Ding hast du auch wieder mitgebracht."

Slevin stand regungslos da, als Dave nun auf ihn zukam.

„Hey, Vampir!", waren dessen erste Worte an ihn.

„Du hast uns verdammt nochmal unsere Haut gerettet. Ohne dich wären wir alle nicht mehr hier!"

Slevin sah den Mann vor sich lange an, doch er konnte keinerlei Sarkasmus in seinen Augen erkennen. Sondern ehrliche Dankbarkeit spiegelte sich dort wider.

Also nickte Slevin ihm zu und ließ sich neben dem erloschenen Feuer zu den anderen auf den Boden sinken. Er nahm auch die neuen Gesichter in der Runde wahr. Er ließ es für den Moment auf sich beruhen, dass diese ihn zwar musterten, aber nicht wagten, das Wort zu erheben.

Obwohl es langsam Mittag wurde und sie noch einen weiten Weg vor sich hatten, brachen die Räuber nicht auf. Sie saßen zusammen, tranken, lachten und erzählten sich gegenseitig die Geschichte der letzten Tage. Schon jetzt hatten sie die Geschehnisse in der Burg zu einer wahren Heldensaga ausgebaut. Slevin nahm einen großen Schluck aus seinem Krug, atmete tief ein und sah sich um. Er war angekommen, stellte er fest. Diese Männer waren für ihn nicht mehr irgendwelche Räuber. Sie waren zu Freunden geworden. Vor allem Lincoln, der ihn unter der Gefahr seines eigenen Lebens wieder zurückgeholt hatte.

Erst am späten Nachmittag packten sie ihre Sachen und ritten los.

Slevin blickte ein letztes Mal zurück. In der Ferne sah er die Umrisse von Lincolns Burg und er meinte das Wasser des Sees neben dieser blinken zu sehen. Ein kurzes, aber auch stolzes Lächeln zog sich über seine Lippen. Sie hatten es geschafft, gemeinsam. Und gemeinsam würden sie auch Thorun bezwingen!

Sie waren inzwischen einen Tag geritten. Am nächsten Morgen standen sie am Waldrand und sahen auf das freie Feld vor ihnen. Etwas weiter vorne lag abermals eine Burg, direkt am Fuße eines Berges. Sicherer wäre es, wenn sie im Wald blieben und einen großen Bogen um die Burg machen würden. Aber das würde Zeit kosten und sie wollten vorankommen. Außerdem zog Slevin etwas dorthin, doch er konnte nicht sagen, was oder warum.

Also ritten sie hinunter und durch das hohe Gras. Es würde sich schon nicht eine Armee an königlichen Soldaten in dem hohen Gras verbergen und sie jeden Moment angreifen, oder? Auf einmal stellten sich Slevins Haare im Nacken auf und er blickte hektisch um sich. Was war nur los mit ihm?

Als er sich wieder in der Gewalt hatte, ritt er weiter. Er wollte nicht, dass Lincoln seine Verwirrung bemerkte und sich Sorgen machte.

Wieder überkam Slevin dieses Gefühl. Alarmiert ließ er seinen Blick über das Gras streichen. Doch nichts, was er sah, gab ihm einen Grund zur Beunruhigung. Und auch seine Sinne nahmen hier keine Gegner wahr. Trotzdem lenkte er sein Pferd, fast wie ferngesteuert zu einem bestimmten Punkt einige Meter neben ihm. Slevin gab seinem inneren Drängen nach, stieg ab und sah nach.

Da erkannte er eine kleinere Gestalt, die bewusstlos am Boden lag.

Es war eine Frau, die dort lag. Sofort nahm er die braunen Haare wahr, die über dem Gesicht der Frau lagen.

So wie Draganas Haare!

Und durch diese Haare sah er ein hübsches Gesicht, an dem etwas Erde und Gras klebte.

So wie Draganas Gesicht!

Slevin schüttelte sich. Er hatte sich nun schon zu oft getäuscht. Tief in seinem Inneren wusste er wohl bereits, er würde sie sehr wahrscheinlich nie wieder sehen. Er wollte es sich nur noch nicht eingestehen. Dennoch musste er einfach sichergehen und sie genauer betrachten. Slevins Hände zitterten, als er sich auf die Knie sinken ließ und der Frau behutsam die Haare aus dem Gesicht strich. Jetzt konnte er ihr Gesicht richtig sehen.

Er blickte zum Himmel und sein Blick verschleierte sich zusehends. Dann sah er nochmals hin.

Dragana! Es war kein Hirngespinst.

Sie ist es tatsächlich, schossen seine Gedanken wie heiße Blitze durch seinen Kopf.

‚Oder besser gesagt, sie WAR es. Sieht mausetot aus, die Kleine.‘

Slevin knurrte.

Inzwischen war Lincoln an seine Seite getreten und sah auf Slevin herab.

„Alles ok?“

Doch der Vampir schien ihn nicht zu hören. Geschweige denn, dass er antwortete. Slevins Hände tasteten vorsichtig über Draganas Körper. Er spürte warmes, klebriges Blut, wo auch immer er hinfasste. Slevin nahm all seinen Mut zusammen und tastete mit seinen anderen Sinnen in sie hinein. Ihr Herz schlug noch. Etwas erleichtert atmete er aus. Aber sie hatte einige Wunden. Wie schlimm oder tief diese waren, konnte er so nicht sagen. Nur eines war sicher, sie brauchte sofort Hilfe. Erst jetzt blickte Slevin zu Lincoln auf.

„Ich muss sie dorthin bringen“, erklärte er ihm mit Blick auf die Burg.

Doch dieser sah ihn nur an. Er wusste nicht, was er sagen sollte, denn hätte er es nicht besser gewusst, hätte er gesagt, Slevin war kurz vorm Zusammenklappen.

„Was ist los? Kennst du sie?", frage Lincoln besorgt.

„Ja verdammt, ich kenne sie!"

Ohne weitere Erklärung hob Slevin die Frau vorsichtig vom Boden auf und ging zu seinem Pferd. Lincoln lief ihm unsicher nach.

„Ist sie das?", rief Lincoln dem Vampir hinterher und beeilte sich, ihn einzuholen.

Dieser runzelte fragend die Stirn und sah ihn an.

„Die Frau von der du immer redest, während du schläfst. Ist sie das?"

Slevin schloss kurz die Augen. Nickte dann.

„Okay, Slevin, wir werden ihr helfen."

Doch der Vampir schüttelte den Kopf.

„Nein, mein Freund, das können wir nicht. Ich werde sie in die Burg bringen. Sie braucht einen anderen Hexer, wenn sie überleben soll!"

Aus irgendeinem Grund war Slevin sich sicher, die Burg dort war ihr Zuhause. Dort würde auch ihr Bruder Diamant oder ein anderer Hexer sein, der ihr helfen konnte.

Und er konnte nicht mit einer Horde Aufständischer dorthin gehen. Es würde sofort Kampf bedeuten und das wollte er für beide Seiten nicht. Außerdem würde Dragana das mit Sicherheit nicht überleben.

Lincoln sah ihn ungläubig an.

„Du kannst dort nicht alleine hingehen, Slevin!"

„Ich muss!", entgegnete dieser mit einer Stimme, die keinen Widerspruch zuließ.

„Aber ich weiß, wo ihr hingeht", versuchte Slevin nun wieder etwas versöhnlicher auf seinen Freund einzureden. „Wenn ich in zwölf Stunden nicht wieder hier bin, dann reitet ihr weiter.

Ich werde nachkommen. Wir sehen uns in Kintz wieder, in Ordnung?"

Nein, überhaupt nichts war in Ordnung!

Es war gerade mal einen Tag her, seitdem Slevin wieder zu sich selbst und zu ihnen gefunden hatte. Sie hatten ein gemeinsames Ziel und zusammen endlich eine reelle Chance, dieses zu erreichen. Und das alles wollte der Vampir nun wieder aufs Spiel setzen? Wegen einer Frau, die sich nach dessen eigener Aussage, auf die Seite ihres Feindes geschlagen hatte?

Lincolns Gesicht musste Bände gesprochen haben. Slevin sah ihn schuldbewusst an.

„Ich muss das hier tun! Wenn es irgendwie geht, komme ich nach. Bitte Lincoln!"

„Wenn du bis zum Morgengrauen nicht wieder da bist, kommen wir dich holen!"

„Nein! Nein, Lincoln. Das werdet ihr nicht tun!"

„In dieser Burg herrschen Hexen, Slevin."

„Ich weiß, aber dennoch greift ihr diese Burg nicht an! Versprich mir das!"

„Warum?"

‚Weil ich glaube, dass es ihr Zuhause ist, welches sie sich so lange gewünscht hat und wir es sonst zerstören werden.'

Doch wieder einmal sprach er seine Gedanken nicht aus, sondern sah sein Gegenüber nur scharf an.

„Versprich es mir, Lincoln. Nicht diese Burg! Egal was passiert! In Ordnung?"

Bei diesen Worten legte er Dragana kurz in die Arme seines Freundes und stieg auf sein Pferd.

Lincoln nickte nur knapp. Er sah seinem Freund an, nichts was er noch sagen oder tun würde, konnte ihn von seiner Entscheidung abbringen.

Noch immer verwirrt übergab Lincoln ihm die Hexe wieder.
Slevin setzte sie sanft vor sich und hielt sie mit einem Arm an
sich gedrückt. Ihr Kopf lag auf seiner Schulter und er musste
sich dazu zwingen, seinen Blick von ihrem Gesicht zu lösen
und die Zügel zu greifen, die ihm sein Freund reichte. Zu sehr
hatte Slevin Angst, ihr Gesicht würde sich wieder einmal, in
das einer anderen zurückverwandeln, wenn er auch nur eine
Sekunde wegsah.
Doch er musste, sonst würde er bald auf den toten Körper
seiner Liebsten starren, also ritt er eilig los.
Lincoln sah ihm lange nach, bis er seinen Männern den Befehl
gab, sich wieder in den Wald zurückzuziehen. Sie würden dort
ihr Lager errichten und warten.
Slevin ritt so schnell er konnte. Endlich kam er an der Burg an,
die man schon von Weitem gesehen hatte.
Doch in einem hatten sie sich geirrt. Jetzt, da er näher heran
war, sah er, dass die schützende Mauer nicht nur um die Burg,
sondern um die ganze Stadt gezogen war.
Slevin schloss kurz die Augen. So viel zu seinem Plan, einfach
schnell wieder zu fliehen, wenn die Lage brenzlig wurde. Aber
vielleicht hatte er ja dieses Mal Glück.
Wie erwartet blieb das Tor bei seiner Ankunft verschlossen.
Obwohl er sich ziemlich sicher war, man hatte seine
Anwesenheit bereits bemerkt. Also stieg er ab. Er hatte länger
hierher gebraucht, als erwartet. Und Dragana hatte weiter Blut
verloren. Sie brauchte Hilfe! Und zwar jetzt sofort. Also schrie
er einfach darauf los.
„Hallo! Macht auf!"
Nachdem erst einmal nichts passierte, schickte er ein lautloses
und flehendes „Bitte!" hinterher. Und tatsächlich öffnete sich
die kleine Lucke im Tor und ein Gesicht kam zum Vorschein.
„Na endlich", entfuhr er Slevin.

Dabei achtete er penibel darauf, die Person hinter dem Tor nicht direkt anzusehen.

„Ich habe hier eine eurer … Kämpferinnen. Sie ist verletzt. Sie braucht Hilfe!"

Wie erwartet war Slevin nicht gerade begeistert von dem, was er daraufhin hörte.

„Okay, leg sie vor das Tor und verschwinde. Wir holen sie dann."

Was hatte er auch erwartet? In diesen Zeiten ließ niemand einen bewaffneten Unbekannten in seine Burg, um danach herauszufinden, ob derjenige die Wahrheit sagte oder nicht. Und er hatte keine Zeit mehr. Draganas Blut hatte bereits auch seine Ärmel durchtränkt und ihr Atem wurde immer schwächer.

„Schon gut, schon gut", antwortete er. „Ich lege sie hierher. Bitte holt sie herein und helft ihr. Ich werde nur hier draußen warten. Ich möchte wissen, ob sie es schafft. In Ordnung?"

„Warte hier", kam nur von der anderen Seite des Tores.

Nein, verdammt! Nicht warte hier. Mach dieses verdammte Tor auf, brüllte er in Gedanken den Mann auf der anderen Seite an. Laut sagte er nichts.

Mit Dragana fest im Arm lief er ungeduldig auf und ab, bis er wieder Geräusche am Tor vernahm. Ein anderes Gesicht zeigte sich nun an der Lucke. Also gut. Selbiges Spiel nochmal.

„Hier ist eine eurer Kämpferinnen. Sie ist schwer verletzt und braucht sofort Hilfe", begann Slevin wieder.

Noch bevor er weiterreden konnte, wurde er schroff unterbrochen.

„Zeig mir ihr Gesicht", forderte die Stimme hinter dem Tor ihn auf. Slevin ging auf die Lucke zu und drehte Dragana so, dass man ihr Gesicht sehen konnte.

„Dragana!", entfuhr es seinem Gegenüber. „Schnell, öffnet das Tor. Holt Celest. Sofort!"

Na immerhin, endlich jemand der Slevin verstand. Keine
Minute später ging Slevin durch das Tor und stand nun in dem
Hof der Burg beziehungsweise dem Dorfplatz.

Verstohlen blickte er sich um, während bereits ein Mann auf
ihn zukam und ihm Dragana abnehmen wollte. Erst weigerte
Slevin sich, wollte sie einfach weiter in den Armen halten. Da
sah er schon eine Frau, allem Anschein nach, die Heilerin. Sie
war alt und eigentlich sah sie mehr aus wie eine Hexe als
Dragana. Sie hatte einen alten, krummen Stock in der Hand,
auf den sie sich stützte. Außerdem umgab sie ein Geruch von
Weihrauch und noch anderen Sachen, die Slevin nicht ganz
einordnen konnte. Das Gesicht der Heilerin war faltig und die
Augen wissend. Slevin tastete vorsichtig in sie hinein …
und … tataa … eine Hexe! Im selben Augenblick blieb die alte
Frau abrupt stehen und sah ihn durchdringend an.

Slevin hörte sie schon fast Vampir schreien und spannte sich
automatisch, doch dann wandte diese sich ab und gab dem
Mann, dem er Dragana doch noch überlassen hatte,
Anweisungen sie in das Haus zu bringen, aus dem die Alte
gekommen war. Zumindest hatte Dragana nun jemanden, der
ihr auch wirklich helfen konnte. Obwohl er sich sehr darüber
wunderte, ihren Bruder hier nicht zu sehen. Die zwei waren
damals unzertrennlich gewesen.

Bei diesem Gedanken wurde sich Slevin erst richtig bewusst,
in welche Gefahr er sich gerade gebracht hatte. Die
Geschwister und er waren damals als Feinde auseinander
gegangen.

Das Tor hinter ihm, war wieder verschlossen. So einfach
würde er von hier nicht wegkommen, falls es Probleme geben
sollte. Und die sollte es geben.

„Hi Slevin!"

Diamant! Wenn man vom Teufel sprach.

Er erkannte dessen Stimme sofort, noch bevor er den Hexer aus einem der Häuser treten sah.

‚Das ist also dein alter Freund. Oder soll ich Feind sagen?! Ich denke, wir rammen diesem Verräter am besten gleich das Schwert in den Leib!'

‚Und das bringt uns dann was genau?'

‚Einen toten Hexer! Ich verstehe die Frage nicht!'

Doch Slevin wusste, würde er hier in Draganas Zuhause kommen und ihren Bruder töten, war alles, was sie vielleicht noch verband, verloren.

Noch bevor er diesen Gedanken zu Ende denken konnte, hörte er, wie aus dem Nichts, das Surren eines Pfeiles.

Bevor er richtig reagieren konnte, fühlte er auch schon einen stechenden Schmerz in seiner Schulter. Slevin verzog das Gesicht. Warum genau wollte er Diamant NICHT töten?

Ohne hochzublicken zog Slevin sein Messer. Gleichzeitig rannte er so schnell er konnte auf Diamant zu. Doch Slevin hätte sich denken können, dass der eine Bogenschütze, den Diamant hier offenbar postiert hatte, nicht der einzige war. Sofort hörte er das Schwirren in der Luft, welches einen weiteren abgeschossenen Pfeil ankündigte. Aber Slevin war mitten im Spurt und hatte nicht die Zeit, zu sehen, woher der Pfeil kam, oder gar ihm auszuweichen.

Woher hatte der Hexer gewusst, dass er kommen würde? Aber im Moment war keine Zeit darüber nachzudenken. Und vielleicht waren seine Bogenschützen auch nicht die besten? Es war schon etwas Erfahrung vonnöten, wenn man einen Mann mitten im Lauf treffen wollte. Noch bevor er sich an diese Hoffnung klammern konnte, spürte er einen weiteren stechenden Schmerz im Rücken.

Verdammt!

Und es waren noch mit Sicherheit über fünfzehn Meter zu Diamant. Slevin kämpfte den Schmerz und das unkontrollierte

Zucken in seinen Muskeln nieder. Äußerlich unbeeindruckt, rannte er weiter.

Wieder ein Schwirren in der Luft und diesmal traf ihn der Pfeil in der Seite. Eine erneute Welle von Schmerz wollte ihn zum Anhalten zwingen. Nur die pure Entschlossenheit ließ ihn weiterrennen. Noch ein paar Meter weiter! Er musste nur noch ein paar Meter an ihn herankommen. Slevin hob bereits den Arm, um das Messer zu werfen. Er sah sein Gegenüber an und zielte, da traf ihn schon der vierte Pfeil.

Scheiße nochmal, wie viele Bogenschützen hatte Diamant denn postiert?

Sein Körper wollte ihm den Dienst versagen. Mit letzter Kraft, warf er das Messer und er spürte, er würde treffen!

Die Schmerzen zwangen ihn inzwischen in die Knie. Sein Blick verschleierte sich langsam. Trotzdem verfolgte er den Flug seines Messers. Dieses hielt genau auf Diamant zu, so als hätte es die Entschlossenheit seines Besitzers übernommen. Keine zehn Zentimeter, bevor es treffen würde, stoppte es mitten in der Flugbahn und fiel lautlos zu Boden. Slevin fluchte in sich hinein. Der Hexer hatte doch tatsächlich noch Zeit gefunden, ein magisches Schutzschild zu errichten. Slevin sank in sich zusammen. Die Schwärze breitete sich immer mehr in ihm aus, während er zusah, wie Diamant auf ihn zuging.

Sofort griff Slevin mit zitternden Fingern, nach seinem Schwert. Aber er wusste selbst, er würde es nicht mehr ziehen, geschweige denn, damit angreifen können. Diamant sah dies wohl genauso. Mit einem lässigen Tritt schlug er Slevin das Schwert aus der Hand und blickte auf ihn herab.

„Hallo, Freund."

„Ich bin nicht dein verdammter Freund!", spie Slevin ihm entgegen. Dann verlor er das Bewusstsein.

Meistens war der Tod für Slevin nur schwarz und leer. Doch dieses Mal mischten sich in die Schwärze, immer wieder Erinnerungsfetzten, die ihn quälten. Erst sah er das liebevolle Gesicht von Dragana, die ihn anlächelte. Er streckte die Hände nach ihr aus, doch sie drehte sich von ihm weg. Als er nach ihr rief und sie sich wieder umdrehte, verwandelte sich ihr Gesicht, in die boshafte Fratze Thoruns. Dann wurde es immer wieder schwarz. Und er flehte die Leere schon fast herbei.

Dragana

Slevin wusste nicht wie lange er weggetreten war und es spielte auch keine Rolle. Vorsichtig öffnete er die Augen einen kleinen Spalt. Es war düster, wo auch immer er war. Obwohl er sein Schwert darauf verwettet hätte, dass Diamant ihn in den nächstbesten Kerker geworfen hatte.

Mit seinen Sinnen tastete er die Umgebung ab. Er war allein. Langsam versuchte er die Arme zu bewegen. Es ging ein kleines Stück, dann hörte er das Klirren der Ketten.

Slevin atmete ein paar Mal aus und ein.

Dann erst wagte er den nächsten Versuch mit seinen Beinen – das gleiche Ergebnis. Man hatte ihn an Armen und Beinen angekettet, so viel stand fest. Erst jetzt öffnete er die Augen ganz und sah sich um. Wie erwartet erblickte er dicke, alte Mauern um sich herum. Etwa fünf Meter vor ihm, befand sich eine schwere Eisentür zwischen den Mauern. Außerdem saß er zusätzlich in einer Zelle aus Gitterstäben. Diese war in etwa zwei auf zwei Meter groß.

Panik machte sich in ihm breit, aber er kämpfte sie nieder. Er musste jetzt einen klaren Kopf behalten, sich erst einmal die Lage ansehen. Seine Arme waren durch die Ketten nach oben gebunden und er saß auf kaltem, steinernem Boden. Er sah an sich herab. Sie hatten die Pfeile aus seinem Körper gezogen und so ermöglicht, dass sein Körper wieder heilen konnte. Wollte Diamant ihn hier foltern, hätte er die Pfeile einfach in seinem Körper stecken gelassen, redete er sich ein, um die erneute Panik in ihm zu bekämpfen.

Doch immer wieder kamen die Erinnerungen an die Zeit, die er im Kerker Thoruns verbracht hatte, hoch. Ketten, Schmerzen und dieses grauenhafte Lachen.

Slevin schüttelte sich, die Ketten klirrten dabei. Das war nicht gerade hilfreich. Also blieb er still und sah sich weiter um. Die Ketten um seine Beine ließen ihm etwas Freiraum. Außerdem konnte er aufstehen. Sein Blick folgte den Ketten, die von seinen Armen und Beinen wegführten. Sie liefen aus seiner Zelle heraus, jeweils zu einem hölzernen Rad. Er kannte solche Vorrichtungen. Im Moment konnte er sich bewegen. Wenn man aber an den Rädern drehte, wurden die Ketten aus der Zelle heraus gezogen und seine Arme würden in die Höhe gestreckt werden. Seine Füße gespreizt.

‚Verdammt nochmal Diamant! Normale Fesseln hätten es auch getan.'

Irgendetwas hatte der Hexer vor.

‚Aber was könnte dein guter alter Freund denn vorhaben?', mischte sich der Dämon in seine Gedanken.

Slevin schüttelte den Kopf, um die Stimme zu vertreiben, doch es brachte nichts.

‚Hör zu, ich kann dir helfen. Die Fesseln sind kein Problem für mich. Und auch diese alte Hexe und deinen verräterischen Freund kann ich erledigen.'

‚Ja, das würdest du wohl gerne. So wie das letzte Mal!'

‚Der ist tot, oder etwa nicht? Ich habe getan, was du wolltest!'

‚Nein! Vergiss es! Außerdem muss ich erst wissen, wie es Dragana geht!'

‚Wie soll es ihr schon gehen? Sie ist hinüber!'

‚Sag so etwas nicht!', fauchte Slevin in sich hinein.

Slevin stand auf und bewegte seine steifen Glieder. Immer wieder sah er sich um, doch mehr gab es hier drinnen nicht zu sehen.

Nach einer kleinen Ewigkeit hörte er Schritte. Dann den schweren Riegel der Tür.

Im ersten Moment sah Slevin nur schemenhafte Gestalten, denn diese trugen Fackeln und die plötzliche Helligkeit brannte in seinen Augen. Slevin blinzelte einige Male, dann wurde es besser. Fast wie erwartet erkannte er Diamant unter den Gestalten. Wäre ja auch einem Wunder gleich gekommen, wenn dieser sich nicht nochmals daran laben würde, ihn gefangen genommen zu haben, bevor er ihn Thorun übergeben würde.

Sofort war Slevin mit einem Ruck so weit an das Gitter seiner Zelle getreten, wie es seine Ketten zuließen. Die Ketten klirrten dabei laut.

Diamant schien unbeeindruckt, während die Männer in seiner Begleitung erschrocken zusammenfuhren. Kurze Augenblicke später, hatten sie sich allerdings wieder gefangen und verteilten stur die Fackeln in den Ständern an der Wand, jedoch nicht ohne ihn immer im Blickfeld zu behalten. Die Ketten an seinen Armen waren so lang, dass er fast bis vor das Gitter treten konnte. Jedoch musste er dafür die Arme seitlich nach oben, neben seinen Kopf halten.

Als die Männer die Fackeln im Kerker verteilt hatten, verließen sie den Raum wieder. Während Slevin den Hexer vor sich keines Blickes würdigte, kam eine kleinere, etwas gedrungene Gestalt herein.

Slevin blinzelte in ihre Richtung und konnte sie als die Heilerin, beziehungsweise Hexe, Celest ausmachen. Sofort weiteten sich Slevins Augen. Er hatte nur noch einen Gedanken! Und den sprach er sofort aus.

„Wie geht es Dragana?!"

Celest kam langsam etwas näher. Doch sie machte keine Anstalten ihm diese Frage zu beantworten, sondern sah ihn weiter mit ihren durchdringenden Augen.

Slevin wiederholte seine Frage nochmals.

„Wie geht es ihr?"

Doch nicht sie, sondern Diamant erhob das Wort.

„Ist das das Einzige, was dich interessiert?"

Slevin funkelte ihn zornig an.

„Ja, das ist das Einzige, was mich interessiert. Und natürlich noch, wann du endlich vorhast abzukratzen."

Sofort wich Diamant erschrocken einen Schritt zurück.

Im ersten Moment kam ihm Diamants Reaktion etwas übertrieben vor. Dann erst fiel ihm ein, dass dieser seine Augen wohl noch nicht wirklich gesehen hatte. Daran hatte Slevin überhaupt nicht mehr gedacht. Um ehrlich zu sein, konnte er, seit er Dragana gesehen hatte, nun wirklich gesehen hatte, keinen einzigen klaren Gedanken mehr fassen. Sonst wäre er wohl nicht hier.

Trotzdem wandte er sich nun böse an Diamant.

„Erschrecken dich meine Augen etwa? Sieh sie dir genau an. Sie werden irgendwann das Letzte sein, was du siehst, wenn du vorhaben solltest, mich deinem verdammten Hexenkönig auszuliefern!"

Diamant überging diese Drohung, sah ihn aber weiter auf eine schwer einzuschätzende Art an.

„Was ist passiert? Wieso hast du …"

„Oh, das war ein nettes Geschenk Thoruns", unterbrach der Vampir ihn. „Du weißt schon, der Mann, dem ihr geholfen habt, mich fast umzubringen!"

„Das war nie unsere Absicht, das weißt du!"

Slevin schnaufte verächtlich.

„Nein, natürlich nicht!"

Und tatsächlich schwang etwas Bedauern in den nächsten Worten des Hexers mit, als er antwortete.

„Du weißt, wir konnten nicht anders. Du warst wie besessen, wenn du geglaubt hast, deinen Bruder zu sehen. Du kanntest

kein Gut und Böse mehr! Dragana und ich hingegen wollten
Frieden und eine Heimat!"

„Und das habt ihr ja jetzt", fauchte Slevin zurück. „Ein ganzes
Land, regiert von euch und eurem Hexenkönig. Ich hoffe ihr
seid stolz auf euch! Und jetzt sage mir, wie es Dragana geht!"
Wieder überging Diamant seine Frage und in Slevin machte
sich langsam ein Sturm breit.

„Wie es jetzt gekommen ist, war nicht in unserem Sinn.
Aber ... wie bist du ihm wieder entkommen?"

‚Oh, das ist er nicht‘, drang die Stimme des Dämons wieder in
Slevins Kopf und er war froh, dass nur er ihn hören konnte.
Trotzdem hatte er nicht vor zu antworten. Weder dem Dämon,
noch Diamant.

„Sag mir, wie es ihr geht, verdammt noch mal!", schrie der
Vampir sein Gegenüber an.

„Wenn du mich ganz lieb und auf Knien darum bittest, sage
ich es dir vielleicht!"

Nun konnte Slevin ein Zähnefletschen nicht mehr
unterdrücken.

„Ich werde nicht vor dir knien, du verdammter Hexer!"

„Ganz wie du willst."

Mit diesen Worten drehte sich der Hexer um und ging
Richtung Ausgang. Auch Celest folgte ihm.

Slevin sah ihnen hinterher. Alles in ihm sträubte sich, dessen
Spiel mitzuspielen. Aber er musste es wissen! Jetzt!

Kurz bevor Diamant tatsächlich durch die Tür gehen konnte,
senkte Slevin den Blick und sagte leise.

„Sage mir, wie es ihr geht, Diamant, bitte! Aber lasse mich
nicht vor dir kriechen!"

Dieser ließ sich Zeit.

Langsam drehte er sich um. Und noch langsamer ging er
wieder auf Slevin zu. Der Vampir musste all seine
Willenskraft aufbringen, um nicht wie wild an seinen Ketten

zu reißen und einfach zu versuchen, diesem verdammten Hexer an die Gurgel zu springen, bis sein Gegenüber sich endlich dazu herabließ, zu antworten.

„Wie immer ist dein Stolz dir im Weg, das war schon immer so. Ich könnte dich einfach wieder zu Thorun schaffen, Slevin, das weißt du! Er wird dich die nächsten zwanzig Jahre in seinen Kerker werfen und dann wirst du niemals erfahren, ob sie es geschafft hat!"

Celest sah Diamant von der Seite durchdringend an. Das war mehr als eine Lüge. Dragana allein war der Grund, warum der Vampir noch hier war und Thorun nichts davon wusste. Niemals würde sie Diamant erlauben, ihn wegzuschaffen, bevor sie ihn gesehen hatte. Wenn sie es überhaupt erlauben würde. Doch noch bevor sie etwas sagen konnte, antwortete der Vampir.

„Du meinst wohl, du wirst es versuchen! Ich gehe nicht mehr zurück! Vorher töte ich jeden und ich meine jeden, der das versucht."

Slevin nahm seine Arme ein Stück zurück, jedoch nur um sich dann mit aller Kraft in die Ketten zu werfen. Die hölzernen Räder an den Enden der Ketten gaben ein klägliches Ächzen von sich.

Celest hatte genug gehört. Das Gespräch verlief immer mehr in eine ungute und nichts bringende Richtung. Wenn sie die beiden Dummköpfe nicht bremste, würden sie nichts von dem erfahren, weswegen sie hier waren. Also schritt sie ein.

„Nun, so wie es aussieht, steht nicht nur dem Vampir sein Stolz im Weg."

Dabei sah sie Diamant tadelnd an.

Dieser schnaubte wütend, dann sprudelten die zornigen Worte nur so aus ihm heraus.

„Er hat sie wieder in Gefahr gebracht. Nur seinetwegen ist sie verletzt. Und nun möchte er wissen, wie es ihr geht?"

Slevin verstand kein Wort.

„Ich habe sie gerettet. Es waren andere, die sie angegriffen hatten. Nicht ich! Ich habe sie so gefunden."

Diamant kam ganz nahe an die Gitterstäbe der Zelle heran, als er antwortete. Seine nächsten Worte waren leise, verloren dadurch aber nichts an der Wut, die in ihnen lag.

„Das glaube ich dir sogar. Aber warum meinst du, war sie alleine da draußen, obwohl es zurzeit viel zu gefährlich ist, da überall Aufständische herumlungern? Deinetwegen, Slevin! Sie hat DICH gesucht!"

Slevin schüttelte vehement den Kopf.

Es waren mit Sicherheit keine Aufständischen gewesen, die ihr das angetan hatten!

Oder?

Lincoln hatte ihm erzählt, dass immer mehr Leute, angespornt durch ihren Sieg, eigenständig gegen Hexen kämpften. War wirklich er es gewesen, der einen Angriff auf sie verursacht hatte?

Aber wie zum Teufel konnte es sein, dass sie ihn gesucht hatte? Wie lange war er in der Gefangenschaft dieses Bastards gewesen? Viel zu lange! Dragana konnte nach all der Zeit nicht immer noch auf eine Flucht von ihm gehofft und nach ihm gesucht haben. Und dies sprach er auch aus.

Diamant blickte ihn nur herablassend an.

„Du verstehst wieder einmal überhaupt nichts! Ich habe ihr erzählt, du seist tot und das war auch gut so! Bis sie dich vor ein paar Tagen gespürt hat. Ich weiß nicht warum und nicht wie, aber sie hat deine Nähe gefühlt. Deshalb ist sie dort draußen gewesen und hat ihr Leben dafür riskiert, um dich zu finden!"

Über Slevins Haut zog sich eine eisige Kälte. Seine Gedanken rasten. War das die Wahrheit? Hatte sie geglaubt, er sei tot? Hatte sie deshalb nicht versucht ihn zu befreien, so wie er es so lange gehofft hatte. Aber wie hatte sie ihn dann jetzt spüren können? Slevin blickte zu Boden. In Gedanken sah er Dragana wieder vor sich am Boden liegen, verletzt und blutend. Und das wegen ihm? War es vielleicht wirklich das Einzige, was er konnte? Tod und Leid über diejenigen bringen, die ihm lieb und teuer waren?

Jeglicher Widerstand, alle Kraft schien aus seinem Körper zu weichen. Er hatte nicht einmal mehr die Kraft zu stehen. Langsam ließ er sich auf die Knie sinken.

Wieder war es Celest, die einschritt, bevor Diamant noch mehr Schaden anrichten konnte. Sie sah den Vampir mitfühlend an, als sie zu ihm sprach.

„Das ist alles ziemlich viel auf einmal und verwirrend. Nicht nur für dich, Vampir. Dragana geht es den Umständen entsprechend gut. Sie ist aufgewacht, muss sich aber noch etwas schonen. Du wirst sie sehen, wenn sie so weit ist. Aber es gibt da ein paar Fragen, auf die wir eine Antwort brauchen."

Slevin atmete bei den Worten über Draganas Genesung auf. Es kam ihm fast so vor, als hätte sich eine Kette um seine Brust gelöst und er könne jetzt zumindest wieder frei atmen. Er bekam gar nicht mit, dass Celest ihn immer noch fragend ansah. Er hatte ihren weiteren Worten nicht mehr folgen können. Erst nach einiger Zeit, hob er den Kopf. Aber in seinen Augen spiegelte sich nur unendliche Erleichterung und Verwirrung über ihren auffordernden Blick. Also versuchte es Celest erneut.

„Was ist mit Thorun?"

„Was soll mit ihm sein?", erwiderte Slevin abwehrend.

„Bist du geflüchtet? Hat er dich frei gelassen? Sucht er dich vielleicht?", fragte Celest weiter.

Slevin schüttelte nur den Kopf, dann nickte er.

„Es … es ist nicht so einfach zu erklären."

„Siehst du Celest. Mit ihm kann man nicht reden. Du wirst keine Antworten bekommen. Lieber sieht er zu, wie Thorun uns alle vernichtet, wenn er herausfindet, dass wir ihn hier verstecken! So ist er! Und so war er schon immer!"

„Was denn?", blaffte Slevin nun wieder bissig zurück. „Euer guter Freund wird euch doch nichts tun, oder etwa doch?"

Diamant presste die Lippen zusammen, bevor er antwortete. „Er ist nicht unser Freund. In Ordnung, Slevin, wir haben zu spät erkannt, wie er wirklich ist. Aber wir leben hier in Frieden, auch vor ihm und das soll auch so bleiben!"

„Einen Frieden, den ihr mit Blut erkauft habt!", schrie Slevin ihm entgegen.

Celest stoppte Diamant mit einer Handbewegung, bevor dieser etwas erwidern konnte. Denn in diesem Punkt gab sie dem Vampir Recht.

„Wir müssen nur wissen, ob er hierherkommt, Thorun oder auch andere, die uns angreifen könnten. Ich muss wissen, ob wir in Gefahr sind. Wir alle, Vampir, also auch Dragana!"

Ja, Slevin, sind hier alle in Gefahr? Sag es ihnen!', flüsterte der Dämon wieder.

„Nein!", schrie Slevin seine innere Stimme und auch die anderen an, obwohl dies gewiss nicht die ganze Wahrheit war. Auf Lincoln konnte er vertrauen, aber wie sah es mit anderen aufgestachelten Aufständischen, und nicht zu vergessen, diesem Monster in seinem Inneren, aus!

Als er die fragenden Blicke von Celest und auch Diamant wahrnahm, fügte er hinzu.

„Nein, ihr seid nicht in Gefahr! Außer der da."

Dabei deutete er mit seiner Hand auf Diamant.

„Der da schon!"

Celest verdrehte die Augen. Dragana hatte Recht gehabt, als sie meinte, die zwei seien schon damals schlimmer als trotzige

Kinder gewesen. Jetzt verstand sie, was Dragana damit gemeint hatte. Trotzdem versuchte sie, gelassen zu bleiben.

„Also sucht Thorun nicht nach dir?"

„Ich weiß es nicht genau. Aber selbst wenn er mich sucht, dann mit Sicherheit nicht hier, bei diesem Verräter!"

Das hoffe ich zumindest, fügte er in Gedanke hinzu.

„Und wenn doch? Oder wenn das hier nur eine Prüfung ist?", warf Diamant ein.

Und auch Clelest schien seine Meinung zu teilen. Doch anstatt den Vampir weiter danach zu fragen, sah sie ihn nachdenklich an.

„Was ist mit deinen Augen?", fragte sie dann unumwunden. Dabei spürte Slevin, wie sie vorsichtig ihre geistigen Fühler nach ihm ausstreckte. Sofort schmetterte er diese von sich und knurrte sie an.

„Lass das!"

Celest schien ertappt und zog sich sofort zurück.

„Tut mir leid, alte Hexengewohnheit. Aber du hast mir meine Frage nicht beantwortet. Was ist mit deinen Augen, Vampir! Hat er dich damit bestraft?"

„Ob er mich damit bestraft hat?", wiederholte Slevin nachdenklich. Konnte man die Tatsache, dass ein verdammter Dämon in ihm saß, wirklich so nennen?

‚Also wenn hier jemand bestraft wurde, dann ja wohl ich! Schließlich sitze ich in DIR fest!'

Wieder einmal überging Slevin die Worte des Dämons, aber auch Slevin war langsam am Ende mit seinen Nerven

„Es geht weder dich, noch Diamant, noch sonst irgendjemanden hier etwas an, was in dem Kerker, in den der da mich gebracht hat, passiert ist. Und somit ist dieses Thema nun für mich erledigt."

Und das war sein voller Ernst. Würden sie herausfinden, dass er nicht mit den Augen bestraft wurde, sondern der Dämon IN ihm war, sie würden garantiert zu Thorun reiten oder gar versuchen ihn hier auf der Stelle zu töten! Außerdem hatte vor allem Diamant, der ihn all die Jahre in Gefangenschaft gewusst hatte, seiner Meinung nach nicht das Recht darauf zu erfahren, was dort alles geschehen war.

Celest seufzte tief.

„Willst du denn nicht verstehen, dass es hier auch um dein Leben geht?"

Slevin sah sie durch die Gitterstäbe so herausfordernd an, Celest hatte das Gefühl, sie wäre gefangen, und nicht er.

„Um mein Leben?", fragte der Vampir lauernd. „Auf einmal macht ihr euch Sorgen um mein Leben? Wie rührend! Ich bin da anderes von dem da gewohnt!"

Wieder deutete der Vampir anklagend auf Diamant.

„Wir wollten dich nur stoppen! Du bist abgehauen, bevor wir es dir erklären konnten!"

„Erklären?! Da bin ich aber mal gespannt, wie du etwa ein Dutzend Speere und Pfeile in meinem Körper plausibel erklären wolltest!"

„Hast du eigentlich eine Ahnung, wie du warst, Slevin? Hast du bereits vergessen, was du getan hast, in deinem Wahn? Du hast nicht einmal eine Ahnung davon, was du damit meiner Schwester angetan hast, oder?!"

Der Vampir setzte zu einer Antwort an, doch nun war auch Celest langsam am Ende ihrer Geduld angekommen und erhob das Wort.

„Dir ist klar, Vampir, dass Diamant dich ausliefern will, oder? Gib mir einen Grund ihn aufzuhalten!"

„Oh, ich bin eigentlich ein ganz netter Kerl, weißt du? Außer meine Freunde wechseln auf einmal die Seite und helfen meinem Feind, als ich sie so dringend gebraucht hätte und lassen mich dann in dessen Gefängnis verrotten! Gib du mir doch einen Grund, ihn nicht zu töten!"

Damit sah der Vampir die Hexe mit seinen stechenden Dämonenaugen an. Doch diese hatte sich wieder im Griff.

„Dragana! Ist dir das Grund genug? Sie ist seine Schwester! Du wirst sie verlieren, wenn du das tust!"

„Ich habe sie schon längst verloren. Wie lange ist die Schlacht her? Wie lange habe ich in seinem Kerker gesessen? Keiner von euch ist gekommen, um mich zu befreien, auch sie nicht!"

„Sie wusste es nicht", behauptete nun auch Celest. „Diamant hat ihr erzählt, du seist in der Schlacht gefallen."

Slevin sah den Hexer mit dunklem Blick an.

„Ist das wirklich wahr? Warum?"

Diamant nickte nur.

Er hatte bereits einen heftigen Streit hinter sich, als er Dragana, angesichts der Tatsache, dass sie Slevin spürte, beichten musste, dass er sie angelogen hatte. Und es würde ihm nichts bringen Slevin nicht auch die Wahrheit zu verschweigen.

„Du Bastard! Du verdammter Bastard! Du hast gewusst, wo ich war! Und anstatt mir zu helfen, hast du ihr erzählt, ich sei tot?!", fuhr Slevin auf und zerrte abermals an seinen Ketten.

„Wir waren wie Brüder Diamant! Wie konntest du?!"

Celest seufzte schwer.

Sie versuchte es nochmal im Guten, dann mit Drohungen. Doch sie bekam von dem Vampir nun keine Antwort mehr. Nach mehreren Versuchen, in denen der Vampir sie konsequent ignorierte, gingen Celest und Diamant und ließen ihn alleine.

Dragana stand derweil in der Küche von Celests Haus. Sie hatte Feuer gemacht und einen Topf mit Wasser auf die Kochstelle gestellt. Eigentlich sollte sie strikte Bettruhe halten.

Sie konnte sich schon Celests mahnende Worte vorstellen, wenn sie hereinkam und sie hier sah. Aber sie konnte keine Ruhe finden. Immer und immer wieder kehrten ihre Gedanken in die Vergangenheit zurück. In eine Zeit, in der Slevin, ihr Bruder und sie noch unzertrennlich gewesen waren. Und an die Nacht, in der sie ihn verloren hatte.

Es war nahe Mitternacht gewesen. Slevin, Diamant und sie schlichen sich gerade in den Kerker von Thoruns Burg. Gegen ihre Gewohnheit, waren sie nun schon seit mehreren Wochen als Gäste in dessen Burg geblieben. Doch zumindest Diamant und Dragana verspürten keinen Drang, allzu bald von hier wegzugehen. Genauso, wie sie eigentlich keinen Drang dazu verspürten, sich heimlich durch die Burg des Hexers zu schleichen, der inzwischen ihr Freund geworden war.

„Bist du dir denn wirklich sicher?", hakte sie nochmals an Slevin gewandt nach.

„Ja, ich bin mir sicher! Ich habe Yascha gehört. Er hat um Hilfe geschrien!", versicherte der Vampir abermals.

Dragana sah erst zu Boden und tauschte dann einen langen Blick mit ihrem Bruder, bevor sie weitergingen.

Sie hatten den Hexer Kilian Thorun auf der Durchreise kennengelernt. Einen sehr mächtigen und charismatischen Hexer, der zudem noch Graf einer Burg war.

Dies war in diesen Zeiten mehr als ungewöhnlich.

Denn früher hatten die Menschen die Hexen für ihre Heilkräfte und Zauber verehrt, hatten ihnen Schreine gebaut und ihnen Opfergaben dargebracht. Doch in den letzten Jahrzehnten hatte ein Umschwung stattgefunden. Dragana und ihresgleichen wurden nicht mehr vergöttert, im Gegenteil. Die Dankbarkeit war erst in Furcht umgeschlagen. Einige Zeit später in Hass.

Inzwischen wurden sie überall gejagt.

Nicht so in den Ländereien Thoruns. Wie er dies geschafft hatte, war ihnen bis jetzt verschlossen geblieben. Doch sie waren wie verzaubert, über die Aussicht auf solch ein Leben, wie es dieser Graf führte. Nicht die Burg, die Ländereien oder gar der Reichtum zogen sie an. Sie wollten nur irgendwo leben, ohne sich und ihre Kräfte verstecken zu müssen. Nicht von einem Ort zum anderen ziehen zu müssen, wenn die Leute begannen Fragen zu stellen und misstrauisch zu werden.

Und genau in den Kerker, des Mannes, der ihnen dies ermöglichen konnte, schlichen sie gerade mitten in der Nacht. Weil Slevin es so wollte!

Als sie die Treppe zu den Zellen hinabliefen, erwartete sie keine Wache, dafür aber komplette Dunkelheit.

Keine einzige Fackel oder Lampe brannte hier unten. Nichts und niemand war hier.

Slevin nahm dies natürlich ebenfalls wahr, was die Nervosität des Vampires nicht gerade linderte. Dragana konnte sehen, wie sich dessen Hände verkrampften und er ein leises Knurren ausstieß.

Sie und ihr Bruder tasteten sich, fast blind, weiter die Treppe hinunter, während der Vampir bereits am Ende der Stufen angekommen war und zwei Feuersteine sowie eine alte Öllampe gefunden hatte.

Er nahm sie an sich und versuchte die Lampe zu entzünden. Doch das verdammte Ding wollte einfach nicht brennen.

„Vielleicht ist hier alles einfach sehr alt und schon lange nicht mehr in Gebrauch", flüsterte Diamant dem Vampir zu, als er bei ihm angekommen war.

Doch dieser schien in überhaupt nicht zu hören.

Immer wieder und immer hektischer stieß er die beiden Feuersteine aneinander. Doch nicht einmal der kleinste Funke erbarmte sich, aus seinen Bemühungen hervorzutreten.

Im nächsten Moment zuckte er zusammen, als Dragana beruhigend ihre Hände auf die seinen legte und ihm dann die Feuersteine aus der Hand nahm. Sie klickte sie einmal aneinander und diese verräterische Öllampe begann sofort zu brennen. Slevins Gesichtsausdruck nach zu urteilen hätte er das Teil wohl am liebsten genommen und an die nächste Wand befördert. Doch stattdessen drehte er sich wortlos um und ging den schmalen Gang zwischen den Kerkerzellen entlang.

Die Zellen waren allesamt verwaist. Dem ersten Anschein nach zu urteilen war hier seit Langem kein Mensch mehr gewesen. Alles war verstaubt und lange Spinnenweben hingen an den Wänden.

Obwohl es mehr als offensichtlich war, dass hier keine Gefangenen und somit auch kein Yascha war, stürmte Slevin in jede einzelne der offenen Zellen. Wohl in der irrwitzigen Hoffnung, sein Bruder würde doch noch hier irgendwo stecken.

Diamant und Dragana waren im Gang stehen geblieben. Wieder sah ihr Bruder sie verschwörerisch an. Doch sie hatte nicht vor, darauf einzugehen.

Noch nicht!

Als Slevin zu ihnen zurückkam, versuchte sie tröstend die Arme um ihn zu legen, doch der Vampir ließ es nicht zu.

„Natürlich! Er hat Yascha gerade wegschaffen lassen, als ich ihn gehört habe!", erklärte der Vampir düster. „Wir müssen weitersuchen. Es müssen woanders noch Zellen oder Kerker sein, in denen er ihn versteckt!"

„Slevin, bitte! Du weißt so gut wie wir, es gibt keine weiteren Kerker. Wir kennen die Burg. Du selbst hast dich hier umgesehen."

Doch ihre sanft gesprochenen Worte prallten völlig an Slevin ab.

„Dann gehen wir zu Thorun! Er wird uns schon sagen, wo Yascha ist und wenn ich ihm dafür jeden Knochen einzeln brechen muss!"

Nun schritt Diamant ein, der seiner Meinung nach genug gehört hatte.

„Nein, Slevin! Du hast dich geirrt! Yascha ist nicht hier und er war es nie! Also lass es bitte gut sein, so wie wir es besprochen haben! Du hast uns VERSPROCHEN dieses Mal aufzuhören, wenn wir ihn nicht finden! Erinnerst du dich?!"

„Aber er ist hier irgendwo! Er braucht meine Hilfe! Ich muss ihn suchen! Ich muss …"

Die beiden Hexen standen nun vor ihrem Freund und sahen ihm fest in die Augen.

„Nicht dieses Mal!", sprach ihr Bruder die leisen, aber auch unnachgiebigen Worte, für seine Schwester, die nicht mehr die Kraft dazu zu haben schien. Denn die Geschwister wussten, was passieren würde, sollte sich Slevin nicht an die Abmachung halten.

Wie befürchtet stieß dieser die beiden einfach zur Seite. In seinen Augen lag eine Entschlossenheit, die die Geschwister inzwischen kannten und fürchteten.

„Nein! Ich bitte dich, Slevin!", versuchte Dragana ihn nochmals davon abzuhalten. Aber ohne Erfolg.

Der Vampir stürmte bereits die Treppen hinauf. Dragana und Diamant eilten hinterher. Doch sie wussten, nichts und niemand konnte den Vampir jetzt noch aufhalten.

Nichts und niemand, außer eine Falle und ein bestens vorbereiteter Hexer und Graf dieser Burg.

Dragana hielt die Hände vor die Augen, als sie vor der großen Empfangshalle stehen blieben, in die Slevin gerade gerannt war.

Sie wusste auch so, was gerade geschah.

Ein großes Netz aus Eisenketten fiel auf den Vampir herab und in diesem Moment hörte sie bereits Slevins erschrockenen, aber auch wütenden Schrei.

Außer dem Netz hatte Thorun mehr als hundert Bogenschützen postiert und dazu noch mehrere neuartige Wurfgeschosse, die eine brennende Flüssigkeit abfeuerten. Außerdem noch einige Fallen, die automisch Speere abfeuerten, wenn Slevin durch die dünne Schnur schritt, die diese auslöste.

Und selbst das hätte Slevin nicht aufgehalten. Er hätte die Falle vorher gespürt, quasi gewittert, hätte Diamant diese nicht mit einem Zauber vor ihm verborgen. Zwar konnte Slevin ihre Zauber leicht brechen. Doch natürlich war der Vampir nicht darauf gekommen, dass es gerade seine Freunde waren, die dahintersteckten. Wie konnte er auch.

Er hatte ihnen vertraut!

Bis jetzt.

Denn sie selbst hatten Thorun vor Slevin gewarnt.

Sie konnten nicht zulassen, dass er hier ein Blutbad anrichtete. Nicht schon wieder und nicht hier! Nicht bei diesem Hexer, der ihnen endlich die Aussicht auf eine Heimat versprach. Eine Heimat ohne wegzulaufen oder zu kämpfen.

Also hörte sie weiter, mit geschlossenen Augen zu, wie Slevin einen aussichtslosen Kampf führte. Alleine!

Doch anders war Slevin im Moment nicht mehr aufzuhalten, das wusste sie selbst. Sie hoffte, sie konnte mit ihm reden, wenn er wieder bei Besinnung war und ihn davon überzeugen, dass er sich die Stimme seines Bruders wieder einmal nur eingebildet hatte.

Trotzdem kam ihr Bruder zu ihr und musste sie mit aller Gewalt festhalten, um sie daran zu hindern, doch noch zu Slevin zu eilen und ihm zu helfen.

„Wir haben darüber geredet, Dragana", sprach Diamant leise und tröstend auf sie ein. „Es gibt keinen anderen Weg! Er wird wieder erwachen und wir erklären es ihm!"

Dragana nickte, die Tränen liefen über ihre Wangen.

Slevin hätte sie ihr weggewischt und ihr gesagt, es würde alles wieder gut werden, solange sie zusammen waren.

Wie konnte sie ihn nur so verraten? Wie hatte sie dem ganzen Irrsinn hier überhaupt zustimmen können?

Zornig stieß sie ihren Bruder von sich weg und rannte so schnell sie konnte zu Slevin.

Sie hörte ihren Bruder noch hinter sich schreien, doch es war zu spät!

Kurz sah sie noch Slevins Körper blutend am Boden liegen, bevor der Schmerz sie in die Knie zwang und es langsam schwarz vor ihren Augen wurde.

Zwei Speere hatten ihren Oberkörper durchbohrt.

‚Natürlich! Die verdammten Fallen', schoss es ihr durch den Kopf, als sie sich mit letzter Kraft zu Slevin schleifte.

Verbittert musste sie feststellen, dass er bereits nicht mehr atmete.

„Es tut mir leid! So unendlich leid!", flüsterte sie dem toten Vampir nochmals zu, bevor sie ebenfalls das Bewusstsein verlor.

Wegen ihrer schweren Verletzungen war sie erst ein paar Tage später wieder aufgewacht.

Natürlich war sie sofort aufgeschreckt und wollte sofort zu Slevin.

„Er ist weg, Dragana!", hatte ihr Bruder ihr erklärt.

„Was? Wieso? Wo ist er?"

Doch Diamant schüttelte den Kopf.

„Ich weiß es selbst nicht so genau. Es ist mitten in der Nacht passiert, als ich mich um deine Verletzungen gekümmert habe."

„WAS ist passiert?", hatte sie erschüttert, aber auch lauernd nachgefragt.

„Er ist geflohen, bevor ich mit ihm reden konnte!", erklärte Diamant mit Bedauern.

Erst nach und nach hatte sie genauere Antworten erhalten.

Laut Thorun war Slevin nach seinem Erwachen in der Zelle völlig ausgerastet, sodass er gezwungen war, ihn abermals zu töten. Und nochmals, als er wieder erwachte.

Doch anstatt sich geschlagen zu geben, war der Vampir nach jedem Erwachen nur noch entschlossener, wahnsinniger und wilder geworden. Bis er es tatsächlich geschafft hatte, sich aus der Zelle zu befreien und zu fliehen.

Danach hatte sie ihn nie wieder gesehen.

Sobald sie wieder einigermaßen sicher auf den Beinen gestanden hatte, waren sie sofort aufgebrochen, um Slevin zu suchen.

Doch sie folgten Spuren und Fährten, die immer wieder ins Nichts führten.

Eines war klar, der Vampir wollte nicht von ihnen gefunden werden! Und langsam bekam Dragana ein Gefühl dafür, wie es war, jemanden verzweifelt zu suchen und hinterherzuhetzen, ohne diesem dabei näher zu kommen.

Etliche Wochen später hatten sie davon erfahren, dass Thoruns Burg angegriffen wurde.

Von einer ganzen Armee! Einer Armee, angeführt von einem furchteinflößenden Mann mit schwarzen Haaren, der wie ein Monster gekämpft haben soll!
Sofort waren sie zurückgehetzt. Doch zu spät!
Slevin war im Kampf gegen den Dämon gefallen und sein Körper unwiederbringlich zerstört.
So hatte sie es zumindest all die Jahre geglaubt.

Ein eisiger Schauer durchdrang Dragana, als sie die Erinnerung an das Geschehene wieder einholte.

Als sie hörte, wie die Haustüre geöffnet wurde, schreckte sie auf.

Schnell schlüpfte sie wieder in das Bett, in dem sie eigentlich hätte ausruhen sollen. Da vernahm sie auch schon die Stimmen von Celest und Diamant im Gang. Sie klangen aufgeregt. Dragana wusste warum. Sie waren eben bei Slevin gewesen. Das Gespräch mit ihm war wohl nicht ganz so gelaufen wie erhofft. Aber was hatten sie erwartet? Nach so langer Zeit und nachdem, was passiert war.

„Er ist eine Gefahr, nicht nur für mich! Siehst du das denn nicht?", hörte sie Diamant sagen.

„Natürlich sehe ich das, doch was willst du tun?", gab Celest zurück.

Diamant zuckte hilflos mit den Schultern. Auch er wusste keine Lösung.

„Hallo ihr zwei! Ich sehe, ihr seid schon beim Thema. Ist gut gelaufen, oder?", begrüßte Dragana die zwei missmutig, als sie ihr Zimmer betraten.

„Dragana, Liebes. Solltest du nicht im Bett bleiben?"
Celest sah sie tadelnd an

„Aber das bin ich doch!"
Dragana schürzte die Lippen.

„Ja, das sehe ich", entgegnete Celest. „Und ich sehe auch das Feuer und den Topf mit kochendem Wasser in der Küche."

„Oh, tut mir leid. Ich konnte nicht hier herumliegen, während ihr …"

Dragana sprach nicht weiter. Es war immer noch so unwirklich, nach all der Zeit. Sie konnte es immer noch nicht ganz glauben, dass Slevin überhaupt noch lebte, geschweige denn hier war.

„Ich weiß, Liebes. Aber du musst dich noch schonen. Außerdem wirst du deine Kräfte die nächsten Tage noch brauchen."

Und schon wurde Dragana ernst.

„Wie geht es ihm?"

Celest musste bei Draganas Frage etwas schmunzeln. War es auch die erste Frage, die der Vampir gestellt hatte.

Nur Diamant war natürlich auf Konfrontationskurs.

„Wie soll es ihm gehen? Er ist ein Vampir!"

„Du hast ihn mit Pfeilen töten lassen und danach in einer Zelle angekettet!"

Diamants Geduld war langsam am Ende.

„Ja, weil er mich sonst getötet hätte! Was hätte ich tun sollen? Ihn herzlich willkommen heißen?"

„Ja! Reden wäre eine Option gewesen! Aber nein, du musstest ihn ja gleich umbringen!"

„Ja, weil ich sonst tot wäre. Du hast ihn gerade nicht erlebt! Er hat sich kein Stück geändert."

Wieder war es Celest, die in das Gespräch eingriff.

„Wir werden auf keinen Fall ein Risiko eingehen, Diamant. Das weißt du. Aber wir können ihn nicht ewig dort lassen, selbst wenn er nicht früher oder später einen Weg finden würde, sich zu befreien. Er ist schließlich Thorun entkommen. Und das nicht zum ersten Mal, vergesst das nicht!"

„Ja! Vergesst das nicht!"

Diamants Stimmte wurde immer hysterischer.

„Und er lässt nichts darüber raus, was passiert ist. Und über seine Augen müssen wir wohl gar nicht erst reden!"

Dragana sah ihren Bruder fragend an.

„Augen? Was ist mit seinen Augen?", wollte sie wissen

Celest funkelte Diamant böse an. Doch dieser schien sich keiner Schuld bewusst.

„Was? Sie wird es eh selbst sehen."

„Was werde ich selbst sehen?"

Nun war es Dragana, die schier aus ihrer Haut fuhr. Celest hob beschwichtigend die Arme.

„Liebes, bleibe ruhig."

„Was ist mit ihm!? Sagt es mir!"

Leider erhob Diamant seine Stimme wieder.

„Er hat Dämonenaugen, Dragana! Und wir wissen nicht, warum. Mit ihm ist nicht zu reden."

Nun ließ sich Dragana kraftlos in ihr Bett sinken. Es war wohl doch noch alles zu viel für sie. Celest sah sie etwas mitleidig an. Sie wollte nun wirklich nicht in ihrer Haut stecken.

„Er lebt und wir tun es auch noch. Für alles andere finden wir schon eine Lösung", sagte die alte Frau ruhig. „Aber wir müssen herausfinden, was mit ihm nicht stimmt, bevor wir ihn da herauslassen."

„Bevor wir ihn herauslassen?", fragte Diamant schräg. „Wann haben wir das denn beschlossen?"

Dragana sah ihrem Bruder fest in die Augen.

„Was willst du sonst tun? Ihn nochmals umbringen oder zu Thorun gehen und ihn dies erledigen lassen? Das werde ich nicht zulassen!"

„Aber vielleicht wäre es das Beste!", beharrte Diamant weiterhin.

„Nun, es gibt noch mehrere Optionen", warf nun Celest wieder ein. „Wir müssen erst wissen, was mit ihm los ist. Aber er könnte vielleicht wirklich hierbleiben."

Dragana pflichtete sofort bei.

„Ja, könnte er! Es kommen nie Soldaten hierher. Außerdem denke ich nicht, dass Thorun ihn gerade hier suchen wird!"

Und dabei warf sie ihrem Bruder einen vernichtenden Blick zu.

Dieser schnaubte nur noch, als er diese Worte hörte.

„Ach, so habt ihr euch das gedacht, ja?! Und er wird dann hier die Felder bestellen oder die Schafe hüten und nicht wieder mordend durchs Land ziehen und da weitermachen, wo er damals aufgehört hat?! Denkst du das wirklich Dragana? Nicht einmal du kannst so naiv sein!"

„Nein, Diamant. Ich bin nicht mehr so naiv wie früher, als ich meinem eigenen Bruder noch die Lügen geglaubt habe, die er erzählte."

Paff! Das hatte gesessen! Diamant ging, wie von einer Ohrfeige getroffen ein paar Schritte zurück.

„Warum, Diamant? Warum hast du mir gesagt, er sei tot?", fragte sie abermals.

Sie hatte vor ihrem überhasteten Aufbruch, um Slevin zu suchen, keine Antwort von ihm erhalten, bis jetzt nicht.

Diamant sah betroffen zu Boden.

„Slevin war auch mein Freund, vergiss das nicht! Denkst du, mir ist es leichtgefallen, ihn erst zu verraten und dann Thorun zu überlassen? Aber ich habe keine andere Möglichkeit gesehen. Du wärst losgezogen, um ihn zu befreien und ich hätte dich ebenso verloren. Ich konnte nicht auch noch dich verlieren, Dragana!"

„Du hättest mich nicht verloren. Vielleicht hätten wir das Ganze doch noch aufhalten können!", entgegnete Dragana abermals zornig.

„Und was dann? Wir hätten nur einen Wahnsinnigen für einen anderen eingetauscht!", behauptete Diamant jetzt wieder stur, auch wenn seine Worte härter gewählt waren als vorgehabt.

„Vergleichst du Slevin etwa mit Thorun?", fuhr Dragana auf. Ihre Stimme war ein hysterisches Kreischen.

„Ich weiß, du liebst ihn immer noch. Aber hast du vergessen, wie er war? Was er getan hat? Was er damals in dieser Stadt getan hat? Und das war nicht das erste Mal! Hast du es wirklich vergessen?"

Dragana senkte traurig den Kopf. Nein, das hatte sie nicht. Wie hätte sie das jemals vergessen können?

Celest sah sie fragend an.

„Was für eine Stadt? Was hat er getan?"

„Willst du es ihr erzählen, Dragana, oder muss ich es tun?"

Dragana sah ihren Bruder aus dunklen Augen an, dann begann sie zu erzählen.

„Es fing ein paar Jahre, bevor wir auf Thorun gestoßen sind, an. Oder vielleicht auch etwas früher und ich wollte es nur nicht sehen.

Wir waren gerade in einer kleineren Stadt am Meer. Viele Händler kamen und fuhren wieder mit ihren Schiffen oder auf dem Landweg. Und so wechselten die Gesichter der Stadt ständig und wir fielen mit unseren Heilkünsten, mit denen wir unsere Kasse für die Weiterreise auffüllten, nicht weiter auf. Wir spielten sogar mit dem Gedanken uns dort niederzulassen, zumindest eine Zeit lang.

Nach ein paar Tagen kam Slevin zu uns gerannt. Er erzählte, er habe seinen Bruder gesehen."

„Wieder einmal!", warf Diamant in die Erzählung ein.

Dragana widersprach ihm nicht, sondern sah ihn nur traurig an, als sie weitererzählte.

„Er war sich wieder so sicher, Yascha unter den Sklaven erkannt zu haben. Also gingen wir mit ihm und verhinderten

erst einmal, dass Slevin einfach die Sklavenhändler umbrachte, und sahen uns nur um. Doch, wie von uns schon vermutet, war Yascha nicht unter den gefangenen Sklaven."
Ein leises Schluchzen kam über ihre Lippen.

„Es war meine Schuld! Ich hätte es früher erkennen müssen! Hätte ihn aufhalten müssen!"
Wieder brach Draganas Stimme ab.

Celest sah sie mitfühlend an. Ermunterte sie aber trotzdem weiterzusprechen. Sie musste wissen, was damals geschehen war.

„Was ist passiert, Dragana?"

„Slevin war wie von Sinnen. Er sagte, sie hätten Yascha verkauft und wollte wissen an wen. Also suchten wir weiter."
Ein Schluchzen kam über Draganas Lippen.

„Wir hätte ihn aufhalten müssen!"

„Das hättest du nicht gekonnt, Dragana", warf Diamant bestimmt aber mitfühlend ein. „Du weißt wie stark er damals war!"

Celest sah etwas verwirrt in die Runde.

„Aber das hattet ihr doch vor? Ihr seid doch umhergezogen, um Slevins Bruder zu finden."

Wieder schritt Diamant ein.

„Er war aber nicht dort! Es war nie wirklich Yascha, den er sah, sondern irgendwelche Männer, die er für seinen Bruder hielt. Aber das konnte oder wollte er nicht wahrhaben!"
Diamant sah seiner Schwester an, dass sie nicht mehr weitersprechen konnte, also übernahm er.

„Wären wir nicht mit ihm gekommen, es wäre wahrscheinlich sofort ausgeartet. Er wurde immer rasender, vor Wut. Er schnappte sich die Sklavenhändler, einen nach dem anderen. Erst bedrohte er sie und wollte wissen, wo sie Yascha hingebracht haben, dann brachte er sie um."

Nun brach sogar Diamant kurz ab und fuhr sich mit den Händen durchs Gesicht, bevor er weitererzählte.

„Irgendwann konnten wir ihn dazu bringen, die Stadt zu verlassen. Dennoch glaubte er immer noch, die Leute dort hätten seinen Bruder und würden ihn nur vor ihm verstecken. Er war wie besessen von dem Gedanken. Wir dachten erst, er hätte sich wieder beruhigt. Er bot sogar an, in der Nacht die erste Wache zu übernehmen. Wir dachten uns nichts dabei. Nachdem, was passiert war, war es natürlich besser, vorsichtig zu sein. Doch als wir erwachten, war Slevin fort."

Diamant sah Dragana und Celest an. Er musste es erzählen. Sonst würde Celest nie verstehen, warum er so gehandelt hatte. Und auch Dragana musste er diese Erinnerung wohl noch einmal durchleben lassen. Auch wenn es sie schmerzte.

„Wir mussten nicht lange suchen, wo er war. Der Feuerschein am Himmel, zeigte uns den Weg. Er hat die Stadt angezündet, Celest. Die ganze Stadt! Es waren hunderte von Toten und nicht nur Sklavenhändler! Als wir in der Stadt ankamen, pflasterten blutige und zerrissene Leichen den Weg zu ihm. Er hatte so gut wie jeden Mann in dieser Stadt getötet!"

Diamant nahm seine Schwester in den Arm. Weitere Tränen rannen über ihr Gesicht. Diamant strich sie zärtlich weg.

„Es ist nicht deine Schuld gewesen, Dragana. Es war seine! Ganz allein seine!"

Schon seit geraumer Zeit hatten Diamant und Dragana damals bemerkt, wie er sich veränderte. Er wurde immer grausamer bei seiner Suche, nach seinem Bruder. Wie viele Tote noch und Slevin würde sich vollends in einen Vampir verwandeln? In diese grausame Kreatur, in die sich früher oder später alle verwandelten, die diesen in sich trugen und sich dessen Kraft bedienten. Sie hatten gewusst, sie mussten ihn irgendwie stoppen. Doch sie hatten keinen Weg gefunden, ohne Slevin dabei schwer zu verletzen oder gar zu töten. Mit jedem

Gefecht und jedem zerissenen Leichnam wurde Slevin stärker und bösartiger. Diamant war sich zum Schluss nicht mehr sicher gewesen, ob er überhaupt noch vor etwas Halt machen würde. Spätestens, wenn der Vampir in Slevin die Kontrolle übernommen hätte, vielleicht nicht einmal davor, ihn und Dragana zu verletzten oder gar zu töten, sollten sie sich ihm in den Weg stellen.

„Und so war es auch bei Thorun?", fragte nun Celest, sichtlich schockiert weiter.

Diamant nickte.

„Ja. Es war dort das Gleiche, wie an jedem Ort, an dem wir länger waren.

Früher oder später glaubte Slevin immer seinen Bruder gesehen oder gehört zu haben. Doch das Einzige, was wir erreichten, waren viele, viel zu viele Tote, um ab und zu irgendwelche schwarzhaarigen, jungen Männer zu finden, von denen kein einziger Yascha war.

Und so wäre es auch in Thoruns Burg gewesen. Hauptsächlich deshalb, haben wir ihn gewarnt und ihm erlaubt, Slevin aufzuhalten.

Aber er konnte fliehen, stellte eine Armee auf die Beine und griff ihn abermals an, als wir auf der Suche nach ihm waren. Es soll ein Gemetzel gewesen sein. Slevin soll so bösartig gewesen sein, selbst seine eigenen Krieger hatten Angst vor ihm und waren nahe daran einfach die Flucht zu ergreifen. Ein Überlebender hat mir später berichtet, nicht einmal der Dämon hätte ihn alleine besiegen können. Nur mithilfe Thoruns war es ihm gelungen, ihn zu stoppen.

Ich war mir sicher, von dem Mann, den ich meinen Freund genannt hatte, war nichts mehr übrig und er war nur noch eine grausame Bestie mit Fangzähnen und Klauen."

Dragana schälte sich langsam wieder aus der Umarmung ihres Bruders.

„Aber selbst, wenn es so war. Er ist anders geworden, das konnte ich fühlen, als ich seine Nähe gespürt habe. Auch du musst es gemerkt haben! Außerdem hätte er mich nicht hierhergebracht, wenn er zu einem wirklichen Vampir geworden wäre!"

Diamant nickte mit einem schmerzlichen Gesichtsausdruck.

„Ich weiß nicht, was Thorun ihm dort angetan hat und warum, aber irgendwie scheint es Slevin trotz allem gelungen zu sein, den Vampir wieder in sich zu verbannen. Aber trotzdem wissen wir nicht, wie lange dies so sein wird. Vor allem, wenn er wieder loszieht, Dragana!"

„Das werde ich verhindern!"

Draganas Stimme klang leise, dennoch lag eine Stärke und Entschlossenheit darin, die Diamant traurig den Kopf schütteln ließ.

„Und wie möchtest du das anstellen? Slevin wird nicht freiwillig hierbleiben und seine Suche aufgeben. Das weißt du!"

„Nein, das nicht, aber ich werde herausfinden, was mit ihm ist. Und dann werde ich ihn unter Kontrolle bekommen! Damit er hierbleibt und so etwas nie wieder geschieht!"

Celest nickte zustimmend.

„Wir müssen es wenigstens versuchen."

„Was?", aus Diamants belehrender Stimme wurde ein hohes Kreischen. „Ermuntere sie nicht auch noch bei diesem Wahnsinn. Slevin unter Kontrolle bekommen? Hast du eben nicht zugehört? Man kann Slevin nicht unter Kontrolle bekommen. Und er wird nicht aufgeben. Niemals! Er wird wieder töten! Wenn er es nicht schon getan hat!"

„Ich könnte einen Bann mit ihm knüpfen!"

Diamant sah seine Schwester an, als sei sie verrückt geworden, doch sie fuhr unbeirrt weiter.

„Es ist nicht einfach, aber es könnte funktionieren. Wenn er mein Lakai wäre, dann könnte ich ihn lenken und stoppen, wenn es nötig wäre und ..."

Diamant ließ seine Schwester nicht ausreden. Sein höhnisches Lachen unterbrach sie.

„Ihn zu deinem Lakai machen? Hast du Fieber? Denkst du wirklich, du würdest das überleben, ja? Du weißt noch, warum man Vampire nicht zu Lakaien macht? Weil sie die Hexer beißen, die das versuchen und sie töten. Und ich rede hier von normalen Vampiren. Slevin ist ... er war schon immer ... du weißt, was ich meine!"

Wieder war es Celest, die beruhigend eingriff.

„Es ist nur ein Vorschlag, Diamant. Eine Option. Und wir haben gerade nicht sehr viele davon."

„Nein, das ist keine Option, das ist Selbstmord!"

Auch Celest saß erschüttert da.

„Jetzt lassen wir dieses Thema erst einmal ruhen. Dragana wird selbst zu ihm gehen und mit ihm reden, wenn sie so weit ist. Und bis dahin unternehmen wir erst einmal nichts", entschied Celest trocken.

Damit gaben sich zumindest erst einmal alle zufrieden. Auch wenn Diamant seine Unruhe in den kommenden Tagen nicht verbergen konnte. Immer wieder stieg er auf die schützende Mauer ihrer Stadt und sah stundenlang in die Ferne. Immer darauf gefasst Thorun mit seiner Armee, oder noch schlimmer, mit seinem Dämon am Horizont auftauchen zu sehen. Doch nichts geschah.

Den Rest der Zeit verbrachte Diamant damit, schweigend vor Slevins Kerkertür zu sitzen. Ja, er hatte seinen Freund verraten. Aber er stand immer noch zu seiner Entscheidung. Und nachdem, was seine Schwester vorhatte, wäre es vielleicht besser gewesen, der Vampir wäre wirklich in jener Nacht gestorben.

Das Auftauchen Draganas, riss ihn aus seinen Gedanken.

„Du willst zu ihm?", fragte Diamant ohne jegliche Begrüßung. Die Geschwister hatten in den letzten Tagen kaum miteinander geredet. Dragana war in gewisser Weise der gleiche Sturkopf wie der Vampir und er wusste, er konnte sie nicht von ihrem Vorhaben abbringen, auch wenn er es noch so sehr wollte. Dragana nickte nur kurz und ihr Bruder räumte das Feld.

Sie musste Slevin einfach sehen. Und die letzten Tage des Wartens, bis sie wieder sicher auf den Beinen stand, waren hart genug für sie gewesen. Natürlich hatte sie sich Gedanken gemacht, wie sie ihm gegenübertreten sollte. Hatte sich tausende Male vorgebetet, nicht zu viel zu erwarten. Sie konnte nicht wissen, wie er inzwischen geworden war. Sie stand nun schon mehrere Minuten vor der großen, schweren Tür. Sie würde sich hier noch stundenlang den Kopf zerbrechen können, ohne jemals weiterzukommen, wenn sie nicht dort hineinging. Sie atmete tief ein, steckte den Schlüssel in das Schloss und schob den Riegel zurück. Sie trat ein. Ihre Lampe spendete genug Licht, außerdem waren in dem Kerker auch noch weitere Fackeln aufgestellt. Langsam ging sie durch die Tür und schloss sie leise wieder.

Slevin hatte ihr Kommen mit Sicherheit bemerkt, doch er rührte sich nicht. Er kniete mit nach oben gebundenen Armen in der Zelle. Den Kopf hatte er zu Boden gesenkt.

„Hallo Dragana."

Seine plötzlichen Worte erschreckten sie. Sollten es vielleicht auch.

Sie trat näher an die Zelle, versuchte ihr Licht auf sein Gesicht scheinen zu lassen. Sie war bewusstlos gewesen, als Slevin sie hierhergebracht hatte. Und nun würde sie sein Gesicht, nach so vielen Jahren zum ersten Mal wieder sehen. Doch Slevin blickte nicht zu ihr auf.

Dragana nahm ihren ganzen Mut zusammen.

„Hallo Slevin."

Sie konnte sein Gesicht immer noch nicht wirklich sehen, sein Lächeln aber sehr wohl wahrnehmen. Vielleicht war noch nicht alles verloren.

„Es … es tut mir leid! Wirklich!", presste sie hervor.

Wie oft hatte sie sich schon in Gedanken bei ihm entschuldigt, ihm alles erklärt, sich gerechtfertigt. Und nun brachte sie gerade mal diese paar Worte heraus.

Trotzdem antwortete Slevin.

„Was tut dir leid? Das ihr mich verraten habt? Oder, dass dein Bruder mich am liebsten in dessen Kerker verrotten sehen würde? Wieder einmal!"

„Das werde ich nicht zulassen!", sagte sie bestimmt. Und etwas leiser fügte sie hinzu: „Du weißt, ich wusste nicht, dass du noch lebst. Ich wäre gekommen und hätte dich befreit, das musst du mir glauben!"

„Hättest du das? Nach allem, was ich getan habe?"

Dragana nickte.

„Natürlich!"

Doch auch sie musste eingestehen, das war nicht die ganze Wahrheit.

„Dann lasse mich frei, Dragana! Mach diese verdammten Ketten los!"

Sie sah ihn traurig an.

„Ich kann nicht."

„Du meinst wohl, du willst nicht. Es ist deine Entscheidung! Sie war es damals und auch heute."

Slevin stand auf und wollte zu ihr an die Gitterstäbe seiner Zelle gehen. Er wollte sie berühren, wenn auch nur für einen kurzen Moment. Doch er konnte nicht. Diese verdammten Ketten hinderten ihn daran und so stand er abermals mit seitlich erhobenen Armen und mit gesenktem Blick da. Verdammt nochmal! Er musste hier raus!

Ein verzweifeltes Stöhnen kam ihm über die Lippen und Dragana sah ihn mitfühlend an.

„Was ist dort passiert? Was … was hat er mit dir gemacht?", fragte sie mit gebrochener Stimme.

Auf Slevins Gesicht erschien ein böses Lächeln und er sah Dragana nun zum ersten Mal an und in die Augen. Nun würde auch sie seine Augen sehen. Diese Dämonenaugen, die er so hasste und die auch sie hassen würde. Und tatsächlich wich sie erst einmal einen Schritt zurück und sog erschrocken die Luft ein.

„Gefällt dir nicht, was du siehst, Kleine? Das ist passiert. Das habt IHR aus mir gemacht. Lass mich gehen und du musst diesen Anblick nie wieder ertragen."

Slevin sah sie weiter an und in seinen Augen lag tiefe Verzweiflung. Doch die konnte sie nicht sehen. Alles was sie sah, war das grüne Schimmern, welches der Dämon dort hinterlassen hatte.

Dragana schüttelte vehement den Kopf.

„Ist es das, was du willst? Einfach wieder fortgehen? Wieder kämpfen und töten für einen Bruder, der vielleicht längst nicht mehr lebt?"

„Sage so etwas nicht! Er lebt! Und ich werde ihn befreien!"

Dragana sah ihn traurig an. Es hatte sich nichts geändert. ER hatte sich nicht geändert.

„Hast du ihn denn gesehen? Wirklich gesehen?"

„Ja! Nein …! Aber ich weiß es! Ich weiß, er hat ihn und ich werde ihn befreien!"

Slevin sah zu Boden. Sie würde es nicht verstehen. Vielleicht sollte er wirklich einfach gehen und sie und seine Gefühle für sie hinter sich lassen. Allerdings sträubte sich schon alleine bei dem Gedanken daran alles in ihm.

„Du könntest hierbleiben, Slevin. Wenn du uns verzeihen könntest, könnten wir alle wieder zusammen sein."

Und in Gedanken fügte sie hinzu: ‚Wir beide könnten wieder zusammen sein.'

„Was ist dort passiert?", fragte sie nun abermals und sah ihm dabei in diese seltsamen Augen, die nicht die seinen waren.

Ihr graute vor der Antwort, aber sie musste es einfach wissen. Etwas leiser fügte sie hinzu.

„Ich dachte, du bist gestorben."

„Oh, das bin ich. Ich bin dort gestorben. Auf jede mögliche Arte und Weise."

In Slevins Stimme schwang nun keinerlei Vorwurf. Aber sie war so ausdruckslos, dass es Dragana die Kehle zuschnürte.

„Es tut mir wirklich leid! Kannst du uns jemals verzeihen?"

Doch Slevin blickte zur Seite.

„Ihr habt mich verraten und diesem Hexer überlassen! Ihr habt mich in seinem Kerker jahrzehntelang dahinvegetieren lassen. Der Tod wäre gnädiger gewesen!"

Eine eisige Stille machte sich breit.

Dragana überlegte, ob sie Slevin überhaupt dazu bringen konnte, hierzubleiben. Geschweige denn, dieses Band mit ihr einzugehen. Denn dazu brauchte es Vertrauen. Und das war wohl das Letzte, was Slevin ihr entgegenbrachte.

Aber es war anscheinend auch die einzige Möglichkeit, Slevin davor zu bewahren, Thorun abermals anzugreifen. Und das konnte sie nicht zulassen.

Draganas nächste Worte waren mehr ein Schluchzen, als sie ihm antwortete.

„Es tut mir so leid! Wir hatten Angst. Angst vor dir und deinen Taten! Du hast so viele getötet und wir konnten dich nicht aufhalten. Aber jetzt und hier können wir es anders machen. Du bist kein Monster, Slevin, das weiß ich, das fühle ich. Außerdem hast du mich gerettet. Du hättest mich auch liegen lassen können, als du mich gefunden hast. Hast du aber nicht! Warum nicht?"

Und nun sah sie doch etwas Liebevolles in den seltsamen Augen des Vampirs, als er antwortete.

„Du hast dort draußen nach mir gesucht? Ist das wahr?"

Dragana nickte langsam.

„Natürlich habe ich das, Slevin. Ich hätte auch versucht dich zu befreien, wenn ich gewusst hätte, dass du noch lebst! Aber das hast du nicht gewusst, als du mich gerettet und hierhergebracht hast. Warum hast du es dann getan?"

‚Weil ich dich immer noch liebe!'

Dies sprach er aber nicht aus. Stattdessen umging er die Frage einfach.

„Es ist besser, wenn ich gehe, Dragana. Nicht nur für mich!"

Und das war leider die bittere Wahrheit. Slevin wollte nicht fort. Er wollte sie in seine Arme schließen und nie wieder loslassen. Aber er konnte nicht. Nicht solange sein Bruder noch in den Fängen dieses Monsters war.

Draganas Stimme riss ihn aus seinen Gedanken.

„Warum? Warum kannst du nicht einsehen, dass diese Suche ins Nichts führt? Stattdessen würdest du lieber dein und auch unser Leben dafür riskieren, auch wenn es am Ende umsonst ist?!"

‚Verdammt richtig', dachte Slevin in diesem Moment und konnte nur knapp ein Nicken unterdrücken. Er würde alles und jeden aufs Spiel setzen, um seinen Bruder zu finden.

Jeden, außer Dragana.

Auch deshalb konnte er nicht hierbleiben. Wenn ihr wieder etwas zustoßen würde, und er wäre schuld daran, er könnte es sich niemals verzeihen!

Also antwortete er mit Worten, für die er sich selbst hasste.

„Ja, Dragana, das würde ich! Lass mich gehen."

Tränen liefen ihr über die Wange. Und Slevin hätte nichts lieber getan, als diese wegzuwischen und ihr zu sagen, dass alles gut werden würde. Aber das wäre eine Lüge gewesen.

„Nein, Slevin, nein! Das kann und werde ich nicht akzeptieren. Nicht, nachdem ich dich nach all den Jahren wiederhabe."

Und mit diesen Worten stürmte Dragana hinaus und ließ Slevin alleine zurück. Sie brauchte Luft. Sie hatte das Gefühl, nicht mehr atmen zu können. Aber ihr Entschluss stand fest.

Bereits am nächsten Morgen ging sie zu Celest. Sie wusste, sie würde ihr helfen. Und wie erwartet, sah die alte Frau sie bereits wissend an.

„Du willst es tun, oder?", fragte Celest ohne Umschweife. Dragana sah ihr fest in die Augen.

„Ja, will ich. Wirst du mir helfen?"

Beim Frühstück musste Dragana der alten Hexe noch gefühlte hundert Mal sagen, dass sie sich auch ganz sicher war, es tun zu wollen. Und nochmals geschätzte hundert Male mehr, dass sie sich auch sicher war, der Vampir würde sie nicht dabei töten.

Dragana konnte sie verstehen. Sie machte sich Sorgen. Und das nicht einmal unberechtigt. Aber sie spürte, es war richtig. Außerdem hatte sie bemerkt, wie Diamant immer nervöser wurde. Er schlief nachts so gut wie nicht mehr. Früher oder später würde er eine Dummheit begehen und es war nicht auszudenken, was dann geschehen würde.

Noch einmal hakte Celest nach.

„Du weißt, du musst das nicht tun. Vielleicht gibt es auch eine andere Lösung."

„Und die wäre?"

Celest zuckte etwas hilflos mit den Schultern. Auch sie hatte sich den Kopf darüber zerbrochen, war aber zu keinem wirklichen Ergebnis gelangt. Deshalb war Dragana es, die ihr Gespräch weiterführte.

„Es ist die einzige Möglichkeit. Nur so wird Diamant ihn nicht früher oder später an Thorun verraten. Und nur so wird Slevin hierbleiben."

„Aber du weißt, was passieren wird, wenn der Hexenkönig herausfindet, dass wir ihm Obdach gewähren? Er wird uns alle töten!"

Dragana senkte den Kopf.

„Das weiß ich. Deswegen mache ich es ja! Thorun selbst und auch keiner seiner Soldaten hat sich jemals bei uns blicken lassen. Und warum? Nur weil mein Bruder ihn damals vor Slevin gewarnt hat und er ihn ansonsten getötet hätte. Wenn ich Slevin davon abhalten kann, ihn abermals anzugreifen, wird er es nie erfahren! Und das kann ich. Aber nur, wenn ich diesen Bann auf ihn lege!"

„Das hoffst du!", gab Celest abermals zu bedenken.

„Bei den Menschen funktioniert es doch auch. Warum nicht bei ihm?"

„Weil er ein Vampir ist. Und Diamant meinte, er sei unberechenbar."

„Das ist er", gab Dragana zu und erinnerte sich an die Zeit, als sie alle noch Freunde gewesen waren. Und auch daran, was ihren Bruder damals zu seiner Entscheidung veranlasst hatte.

„Aber das wird er nicht mehr sein, wenn es funktioniert!"

Wieder nickte Celest. Sie würden es versuchen müssen. Wenn Dragana sich erst einmal etwas in den Kopf gesetzt hatte, war sie schwer davon abzubringen. Und wohl noch schwerer, wenn es um den Vampir ging, den sie vorhatte, um alles in der Welt zu retten. Nicht nur vor Thorun, auch vor sich selbst. Also verabredeten sie, dass Celest an diesem Abend einen langen Spaziergang nach draußen unternehmen würde. Natürlich würde sie Diamant darum bitten, sie zu begleiten. Und so geschah es auch.

Ihr kam es sogar so vor, als wäre es Diamant ganz recht, aus diesen Mauern herauszukommen. Und wenn er wiederkommen würde, war es entweder gelungen, oder sie war tot. Noch einmal schlang sie ihre Arme um ihren Bruder und verabschiedete sich. Sie musste sich zusammenreißen. Es würde schon gut gehen. Noch einmal warf Celest einen verschwörerischen Blick über die Schultern, dann gingen sie zu dem hinteren Tor der Stadt hinaus.

Dragana bereitete sich vor. Sie lief noch einmal durch die ganze Stadt, holte sich Kraft und auch die alten Erinnerungen wieder hoch. Erinnerungen an Slevin. Wie sie ihn kennen und lieben gelernt hatte. Und nun saß er in ihrem Kerker. So hatten sie sich ihre Zukunft damals nicht vorgestellt. Aber es half nichts. Sie musste nun da rein und stark sein. Für Slevin, aber auch für Diamant und für sich selbst.

Langsam öffnete sie die Tür zum Kerker. Slevin saß wieder auf dem Boden und rührte sich nicht. Sie hatte sich lange überlegt, ob sie erst mit ihm reden sollte. Aber sie war zu dem Schluss gekommen, Slevin würde sich sträuben und alles würde noch viel schwieriger werden. Also ging sie wortlos an der Zelle vorbei zu den hölzernen Rädern, an denen Slevins Ketten befestigt waren. Langsam drehte sie an dem Rad und Slevins Ketten wurden nach oben und aus der Zelle gezogen. Nun, als er von den Ketten zum Aufstehen gezwungen wurde, ließ sich der Vampir doch noch auf ein Kommentar herab.

„Hat Diamant dich geschickt? Sollst du mich schon mal für Thoruns Ankunft herrichten?"

„Niemand hat mich geschickt."

Slevins rechter Arm war inzwischen durch die Ketten weit nach oben gestreckt.

‚Was tut sie da?', schlich durch Slevins Gedanken und er hatte so eine Ahnung, ihm würde die Antwort darauf nicht gefallen.

„Was hast du vor? Denkt ihr, ich werde mich nicht wehren, weil du es bist? Nein, Dragana. So einfach werde ich es euch nicht machen!"

Vielleicht würde sie ihm einen Dolch in sein Herz stechen? Auch dies würde er überleben, wenn man diesen wieder herauszog. Doch er hatte die schlechte Vorahnung, dies würde erst in Thoruns Kerker geschehen. Doch konnte er wirklich, so wie er es in seinen Worten prophezeite, gegen sie kämpfen? Dragana ging zu dem Rad auf der anderen Seite des Raumes und drehte auch daran.

„Nein Slevin, wenn ich eines über dich weiß, dann dass du es mir nie leicht machen wirst! Aber ich habe auch nicht vor, dich … herzurichten."

Slevin stand nun mit ausgestreckten Armen und gespreizten Beinen in der Zelle. Er konnte sich keinen Zentimeter mehr bewegen und ihm stockte der Atem.

„Was hast du dann vor? Sage es mir!", brachte er brüchig hervor.

Doch Dragana legte nur den Zeigefinger auf ihre Lippen und sprach ein leises Sschhh, als sie die Zelle zu ihm aufschloss. Mit entschlossenem Blick zog sie einen Dolch aus ihrem Gürtel und kam auf ihn zu.

„Dragana!", knurrte Slevin wieder.

Und dieses Knurren war durchaus auch eine Warnung.

Dennoch starb in diesem Moment etwas in ihm. Hatte Dragana doch gestern noch geschworen, sie hätte nichts von dem Verrat gewusst, so würde sie ihn heute eigenhändig Thorun überlassen?

„Nein, Dragana! Nicht du!", flehte er nun schon fast.

Er wusste nicht, was er tun würde. Konnte er sie wirklich töten für seine Freiheit? Denn einen anderen Ausweg ließ sie ihm nicht.

Ohne ihm zu antworten, kam sie näher. Sie hob den Dolch und zerschnitt langsam und vorsichtig sein Hemd. Der Vampir atmete schwer, zitterte leicht, das konnte sie deutlich sehen, jetzt da sie ihm so nah war.

Als sie das Messer an seine Brust setzte und der erste Blutstropfen durch die Haut des Vampirs nach außen drang, hatte Slevin den ersten Schock überwunden.

Er wehrte sich, warf sich, soweit es seine Fesseln zuließen hin und her. Und als er merkte, er konnte sie so von ihrem Vorhaben nicht abbringen, spannte er die Arme an und sah sie mit loderndem Blick an.

,Du musst sie töten, Vampir! Bevor sie dich tötet.'

Slevin keuchte auf und Dragana blickte ihm tief in die Augen. Er war immer noch genauso wild und unbeugsam, wie sie ihn in Erinnerung gehabt hatte. Seine Augen blitzten sie entschlossen an und sie konnte seine Muskeln durch das Hemd sehen, die angespannt und mit aller Kraft an den Ketten zogen. Das Holz ächzte wieder.

Sie musste beginnen, jetzt, bevor Slevin sie aufhalten konnte. Und bevor der kleine Schnitt, den sie ihm zugefügt hatte, wieder verheilen würde. Also senkte sie den Kopf und fing an sein Blut zu trinken.

Als Slevin ihre warmen, weichen Lippen spürte, fühlte er tausend kleine Explosionen auf seiner Haut. Er konnte nichts mehr tun, konnte sich nicht mehr bewegen. Er konnte nur noch sie spüren, wie ihre Zunge langsam und liebevoll sein Blut von seiner Haut leckte. Er sah nach unten, sah ihr wunderschönes Gesicht, direkt an ihm. Er sah, wie der kleine Schnitt, den sie ihm zugefügt hatte, anscheinend anfing sich zu bewegen.

Wie eine kleine Schlange, bewegten sich erst die Enden der Wunde, dann kringelte sich der ganze Schnitt und formte sich zu einem Zeichen.

Zu dem Zeichen eines Drachenkopfes. Das Symbol Draganas und ihrer Familie.

Da erst wurde ihm bewusst, was Dragana da tat.

Sie wollte ihn nicht töten! Sie wollte ihn in ihren Bann ziehen! Ihn zu ihrem Lakai machen.

Er warf den Kopf zurück, um den Anblick zu entgehen und zog so stark er konnte an den Ketten, die ihn hielten. Doch auch Dragana blieb nicht tatenlos. Während Slevin es tatsächlich schaffte, eines der Räder aus ihrer Verankerung zu reißen und dieses krachend zu Boden fiel, hatte sie wieder den Dolch gehoben. Dieses Mal aber schnitt sie sich selbst am Handgelenk. Ebenfalls nur ein kleiner Schnitt, von ein paar Zentimeter. Doch sofort konnte Slevin es riechen. Er roch ihr Blut. Und es roch so süß und verheißungsvoll. Wieder konnte er nichts anderes tun, als dazustehen und auf die kleine rote Linie starren. Seine Nasenflügel hoben und senkten sich, als er ihren Duft immer und immer wieder in sich hineinsog. Sie hob ihren Arm und führte ihn langsam zu seinem Mund. Er wollte nichts anderes mehr, als dieses rote und faszinierende Leben, welches aus Draganas Haut hervorquoll zu kosten. Er konnte die Gier in sich spüren.

„Nein, Dragana. Nein! Ich werde dich töten!"

Doch sie sah ihm fest in die Augen und hob ihren Arm langsam die letzten Millimeter zu seinem Mund.

„Nein, Slevin. Du würdest mich nie verletzten! Ich vertraue dir!"

Slevin wollte widersprechen. Denn es ging nicht nur um ihn und seine Gier. Es ging auch um den Dämon, der Draganas Leben nicht im Mindesten so kostbar ansah wie er. Doch da floss schon der erste Tropfen ihres Blutes über seine Lippen. Und er war köstlich! So köstlich, wie noch nie etwas zuvor in seinem Leben.

Und er trank. Alles um sich vergessend, trank er dieses Lebenselixier. Und da spürte er auch schon Dragana. Langsam und leise Drang ihr Geist, mit ihrem Blut, in ihn ein. Er hatte sie nicht gebissen und sie in sich hineingezogen, wie er es bei seinen Opfern tat. Er trank nur, was freiwillig aus ihr heraus und in seinen Mund floss. Aber das hieß noch lange nicht, dass er sie nicht töten würde. Denn nun war Draganas Geist in ihm und würde versuchen, die Verbindung, den Bann zu schließen. Noch niemals hatte dies jemand bei einem Vampir getan. Zumindest konnte hinterher niemand davon berichten. Und tatsächlich schreckte Dragana erst einmal etwas zurück, als auch sie Slevins Seele, sein Lebenslicht sah und fühlte. Es war kein zarter Lichtschein, wie sie es von den Menschen kannte. In Slevin brannte kein kleines Lebenslicht. Es war ein loderndes Feuer!

Und sie konnte die Hitze dieses Feuers spüren. Fasziniert sah sie diesen Feuerball, diese kleine Sonne, die in Slevins Innerem brannte, an.

Immer wieder schlugen Flammen daraus hervor, in allen erdenklichen Farben. Teilweise waren die Flammen so hell, dass es sie blendete. Doch die Farben gingen von einem blendenden Weiß über ein wütendes Rot, bis hin zu einem dunklen und finsteren Lila, welches sie daran erinnerte, dass sie es mit einem Vampir zu tun hatte.

Dragana brauchte einige Zeit, bevor sie sich wieder auf ihr eigentliches Vorhaben konzentrieren konnte. Denn Slevins Lebenslicht, so heiß und verzehrend es auch war, zog sie magisch an. Doch sie durfte nicht hineingehen. Dann war sie verloren. Sie musste aber nahe genug herankommen, um eine Verbindung herzustellen. Allerdings war die Hitze, mit der die Flammen immer wieder hochloderten, kaum auszuhalten. Trotzdem versuchte sie es. Langsam näherte sie sich.

Die Flammen züngelten sofort in ihre Richtung. Doch sie konnte jetzt nicht einfach aufgeben, nur weil es schwierig war. Was zum Teufel hatte sie denn erwartet?! Also kam sie ihm immer und immer näher. Auch wenn sie das Gefühl hatte, langsam zu verbrennen.

Und auch Slevin spürte sie und er hatte schwer mit sich zu kämpfen, sie nicht einfach in sich hineinzuziehen. Er wollte sie ganz nah bei sich, für immer. Aber er wusste auch, dass er sie damit töten würden. Für jeden anderen wäre hier der Versuch gescheitert. Nur ein Zucken Slevins und die Flammen in ihm würden zu einem tobenden Sturm werden und dabei alles und jeden verbrennen und zerstören.

Aber Dragana war nicht jeder andere!

Also konzentrierte er sich. Er konnte sie nicht verlieren. Nicht noch einmal. Und in diesem Moment, ebbten die Flammen, die eben noch in ihre Richtung gezüngelt hatten, ab. Aus dem Brand wurde ein helles Glühen, dort, wo sie ihn nun berührte. Der Moment, als dies geschah, faszinierte und schockte beide. Für eine kleine Ewigkeit blieben sie einfach so. Zusammen und verbunden.

Und es fühlte sich gut an. So gut!

Doch Dragana musste sich langsam wieder zurückziehen. Slevin konnte die Flammen nicht noch länger unterdrücken, das spürte sie. Schon bald würden sie wieder hochlodern, noch höher und wilder als vorher. Doch Dragana zog sich bereits ein Stück zurück.

Wieder hatte Slevin das Gefühl, sie einfach packen zu wollen und in sich zu ziehen. Doch er widerstand.

Da fühlte er plötzlich Erschrecken in Draganas Geist, der noch immer in ihm war und sich nicht weiter zurückzog. Dragana atmete nicht mehr, als sie hinter Slevins flammendem Licht, eine Gestalt sah. Hinter Slevins Feuerball, der immer noch die Flammen in Schach hielt, kauerte etwas. Etwas Grünes saß dort hinten und sah sie lauernd und böse an. Und schon fast konnte sie ein boshaftes Lachen hören, welches von dieser grünen dunklen Gestalt ausging. Sie konnte sich in diesem Moment nicht bewegen. Sie wusste, sie musste ihren Geist zurückziehen. Der Bann war geschlossen. Sie musste hier heraus!

Aber sie konnte nicht.

Alles was sie konnte, war wie ein verängstigtes Reh zu diesem Geschöpf zu blicken, welches immer noch hinter Slevins Seele saß und sie belauerte. Doch schon streckte dieses grün leuchtende Etwas seine Klauen nach ihr aus. Immer näher und näher.

Sie hörte Slevin schreien. Irgendwo, ganz weit weg. Dort in der realen Welt, in der es keine grünen Gestalten und flammenden Lichter gab, sondern Körper. Er schrie ihr zu, sie sollte raus aus ihm. Weg und in Sicherheit. Aber sie konnte nicht. Sie war wie gelähmt. Und dieses grüne Monster kam immer weiter zu ihr gekrochen. Nur noch ein paar Augenblicke, und es würde sie erreichen. Und in den Augen des Monsters, nein, des Dämons, stand ein Versprechen. Das Versprechen sie zu zerreißen. Sie zu verzehren. Und sie konnte nichts dagegen tun.

Als Dragana bereits die Hoffnung aufgegeben hatte, hier wieder lebendig herauszukommen, denn wenn ihr Geist hier starb, würde ihr Körper in wenigen Momenten das Gleiche tun. In diesem Moment flammte Slevins Feuer wieder auf. Doch es waren jetzt nicht nur Flammen, wie sie es am Anfang gesehen hatte, bevor Slevin das Feuer zügelte. Nein, jetzt war dort ein Sturm. Ein riesiger Feuersturm braute sich zusammen. Rote, wütende Flammen schossen hoch und in die Richtung des Dämons. Dieser schrie gepeinigt auf, als sie ihn erreichten. Doch er hatte noch nicht vor, von seinem, so sicher geglaubten Opfer abzulassen. Wieder und wieder griffen rote und lila

Flammen nach ihm. Immer und immer mehr. Sie kräuselten sich, wie durch einen unsichtbaren Wind, um den Dämon und zogen ihn mit aller Macht zurück. Wieder schrie der Dämon auf, aber auch Dragana konnte sich nun aus ihrer Starre befreien.

So schnell es ging zog sie sich aus Slevin zurück. Der Dämon hatte sich wieder hinter Slevins Sonnenball zurückgezogen. Beleidigt leckte er sich seine Wunden.

Dragana atmete schwer, als sie wieder in ihrem eigenen Körper war. Doch sie hatte keine Kraft mehr, zu stehen. Sie hatte nicht einmal mehr die Kraft die Augen offen zu halten. So sank sie bewusstlos in sich zusammen und blieb regungslos auf dem Boden, vor Slevin liegen.

Dieser brüllte wie am Spieß. Doch Dragana lag einfach nur da und rührte sich nicht mehr. Slevin schrie weiter, aber niemand kam in diesen verdammten Kerker, um ihr zu helfen. Mit aller Macht zerrte Slevin an den Ketten, streckte seinen Arm mit der losen Kette daran nach ihr aus, konnte sie aber nicht erreichen. Also zog er mit beiden Händen die Kette, die ihn noch oben hielt. Das Holz des zweiten Rades knirschte, brach aber noch nicht. Wieder sah er auf Dragana herab. Sie rührte sich immer noch nicht. Und obwohl er die ganze Zeit seine Sinne zu ihr schickte, konnte er nicht einmal genau sagen, ob sie noch atmete. Was war los mit ihm? Oder lag es an Dragana und dem, was sie in seinem Inneren gefunden hatte? Slevins Herz raste. Nein, das durfte nicht sein. Er konnte sie nicht verlieren. Nicht nachdem er sie nach so vielen Jahren wieder gefunden hatte. Er riss weiter an den Ketten, nahm keine Rücksicht darauf, ob er sich selbst dabei verletzte und tatsächlich brach auch dieses Rad aus seiner Verankerung. Slevin wurde auf die Seite geschleudert, da der Widerstand, an dem er gerade noch mit aller Kraft gezerrt hatte, nun nicht mehr da war. Fast wäre er über Dragana gefallen. Doch jetzt

263

hatte er es geschafft. Seine Beine waren noch in Ketten, aber das spielte für ihn in diesem Moment keine Rolle. Schnell kniete er sich zu Dragana auf den Boden und nahm sie sanft in die Arme. Zärtlich führte er ihren Kopf an den seinen. Fühlte ihre warme Wange an seiner. Sie atmete und ihr Herz schlug kräftig und regelmäßig. Wieder sagte er ihren Namen, dieses Mal aber leise und beruhigend. Er wiegte sie in seinen Armen. Er würde sie nie wieder loslassen. Slevin spürte ihr Erwachen kurz bevor sie verwirrt die Augen aufschlug.

„Slevin?"

„Ja, ich bin hier. Alles gut?!"

„Ja. Nein. Was ist passiert?", fragte Dragana verwirrt. Doch da schien sie die Erinnerung bereits wieder einzuholen. Erschrocken weiteten sich ihre Augen, als würde sie etwas Schreckliches sehen. Und das tat sie ja im Grunde auch. Slevin biss sich auf die Lippen. Was würde sie nun tun? Jetzt da sie wusste, WAS er war.

„Du ... der Dämon."

Dragana brach wieder ab und sah Slevin auf eine schwer einzuschätzende Art an, bevor sie erneut ansetzte.

„Der Dämon ist in dir? Thoruns Dämon?!"

Diamant und sie hatten sich aus der Eroberung dieses Landes nach der Schlacht herausgehalten. Und so hatte sie Thoruns Dämon noch nie gesehen. Bis jetzt!

Slevin blickte betroffen zu Boden, nickte aber wahrheitsgemäß. Er erwartete, dass Dragana ihn von sich wegdrücken würde. Versuchen würde, vor ihm zu fliehen. Aber das tat sie nicht. Sie lag immer noch in seinen Armen und sah ihn fragend an.

„Warum habe ich es nicht gespürt? Und wie ist das überhaupt möglich?"

Jetzt erst traute Slevin sich, mit seinen grünen Dämonenaugen, Dragana direkt ins Gesicht zu sehen.

„Naja, etwas offensichtlich war es schon, oder?"

Er versuchte dabei aufmunternd zu lächeln, aber er merkte selbst, wie sein Versuch gründlichst misslang.

„Slevin. Egal wie deine Augen aussehen. Ich hätte auf einen Fluch getippt oder Ähnliches. Aber dass ein Dämon in dir ist. Ich kann es nicht fassen! Wie ist das passiert?"

Nun drehte Slevin den Blick wieder von Dragana weg. Die Erinnerung daran, verschlug ihm immer noch den Atem. Trotzdem würde er versuchen es ihr zu erzählen.

„Ich … ich weiß es nicht. Zumindest nicht wirklich."

Er sah in Draganas Augen, dass er mit dieser Erklärung nicht davonkommen würde, also sprach er weiter.

„Thorun hat einiges versucht, um mich klein zu kriegen und er hat es auch geschafft", gab er nun mit leiser Stimme zu.

„Aber eines gelang ihm nie. Er hat etliche Hexer zu mir geschickt, die mir einen Bann aufzwingen sollten. Keiner konnte es."

Slevin sah Dragana ernst an.

„Ich habe mich ihm nie gebeugt, niemals seine Befehle befolgt. Bis er eines Tages den Dämon darauf ansetzte und ich in dessen Burg aufwachte. Als dieser mich dann aus meiner Zelle und zu sich nach oben schleppte, dachte ich, mein letztes Stündchen hätte geschlagen. Der Dämon nahm immer wieder Gestalt an, lief auf und ab und verwandelte sich wieder in diesen grünen Rauch, oder was immer das ist.

‚Ich kann nicht glauben, was ich da tue!'

Das waren seine letzten Worte, bevor er in mich fuhr. Ich hatte das Gefühl, er brennt mich einfach aus meinem Körper heraus. Noch nie habe ich solche Schmerzen gespürt. Ich habe mich gewehrt und mit allem gekämpft, was ich aufzubieten hatte! Aber gegen einen Dämon …!"

Slevin brauchte einen Augenblick, um sich zu sammeln und sich auf das richtige Ereignis zu konzentrieren und nicht wieder in diese Erinnerung abzudriften.

„Und dann war es auf einmal vorbei. Als ich aufwachte, war der Dämon weg. Und mit ihm seine ganzen Diener. Ich war alleine in der Burg und nicht gefesselt oder angekettet. Darum konnte ich fliehen. Ich bin mir nicht ganz sicher, was er vorhatte, aber es scheint ihm nicht gelungen zu sein."

Dragana sah ihm tief in die Augen.

„Bist du dir da sicher?"

„Wie meinst du das?"

„Ich meine, bist du dir sicher, dass ihm nicht gelungen ist, was er vorhatte?! Vielleicht benutzt er dich auch nur als Werkzeug."

Slevin schüttelte energisch den Kopf.

„Nein. Ich denke, auch er ist nicht wirklich glücklich über die jetzige Situation."

‚Nicht wirklich glücklich? Das ist wohl die Untertreibung des Jahrhunderts. Nicht wirklich glücklich! Ich fasse es nicht!‘

Doch noch bevor Slevin sich wieder einmal auf diese Diskussion einlassen konnte, sprach Dragana dazwischen.

„Woher weißt du das?"

Slevin biss sich auf die Lippen. Er hatte zu viel gesagt. Er konnte Dragana nicht erzählen, dass er mit dem Dämon sprach. Sie würde ihn für verrückt halten. Und vielleicht war er das ja auch. Er bewegte sich, unwillig auf diese Frage zu antworten. Sofort klirrten die zwar ausgerissenen, aber immer noch vorhandenen Ketten. Und so langsam machte sich auch wieder Wut in ihm breit. Wut darüber, was sie einfach so getan hatte. Also schob er Dragana bestimmt, aber trotzdem sanft, ein Stückchen von sich weg.

„Kannst du mir die Dinger dann jetzt vielleicht abnehmen und mich hier herauslassen?"

Dragana sah ihm seinen Sinneswandel sofort an. Und tatsächlich kramte sie aus einer Tasche ein paar Schlüssel hervor und befreite ihn von seinen Ketten.

Und auch die Zelle sperrte sie sofort auf und ließ ihn heraustreten.

„Bringst du mich zu meinem Zimmer?", fragte sie auf einmal. Slevin drehte sich zu ihr um und seine Wut verrauchte fast augenblicklich, als er sah, wie zittrig sie auf den Beinen stand. Noch ein paar Schritte und sie würde zusammenbrechen. Schnell war Slevin bei ihr und hielt sie.

„Ich bringe dich hin."

Auch wenn er nicht wusste, wo ihr Zimmer überhaupt war. Er hatte ja bisher nur diese verdammte Zelle zu sehen bekommen. Doch Dragana dirigierte ihn in die Burg. Sie liefen kurz den Gang entlang und hielten vor einer Tür, auf die Dragana deutete. Slevin öffnete diese und sie traten ein. Bereits auf den ersten Blick wirkte der Raum auf ihn gemütlich, beruhigend. Wie ein Zuhause. Sofort legte er Dragana auf das Bett, welches an einer Wand stand. Und fast sofort schloss sie die Augen und fiel in einen tiefen Schlaf. Slevin konnte ihre tiefen Atemzüge hören. Er kniete sich vor das Bett und legte seinen Kopf neben den ihren. Auch er war vollkommen erschöpft, wollte sich aber nicht einfach mit in ihr Bett legen. Außerdem hatte er nicht vor zu schlafen. Sein Körper jedoch sehr wohl. Denn nach einiger Zeit des Grübelns war er wohl ebenfalls eingeschlafen.

Ein lautes Poltern ließ ihn hochschrecken.

Diamant hatte die Tür aufgerissen und sah ihn wutentbrannt an.

„Du! Was hast du mit ihr gemacht?", schrie er Slevin entgegen.

Noch bevor Slevin etwas erwidern konnte, zog Diamant sein Schwert und griff ihn an. Doch Slevin war zu schnell, selbst wenn er erst gerade aufgewacht war. Sofort trat er Diamant entgegen und stieß ihm mit einer gekonnten Bewegung das Schwert aus der Hand. Gerade wollte Slevin Diamant packen und gegen die nächstbeste Wand werfen, da hörte er hinter sich Draganas Stimme.

„Slevin! Stopp!"

Slevin wollte sich zu ihr umdrehen, wollte sich rechtfertigen. Schließlich hatte Diamant ihn angegriffen! Doch er konnte nicht!

Sein Körper gehorche ihm nicht mehr.

Im Geist hatte er sich bereits umgedreht. Mehrmals. Und er versuchte es weiter, aber sein Körper machte nicht die geringsten Anstalten seinen Aufforderungen Folge zu leisten. Erst dann fiel ihm das Band wieder ein. Er hatte bisher nichts davon gespürt und deshalb nicht wirklich daran geglaubt. Doch nun konnte er am eigenen Leib erfahren, wie es war, von jemandem kontrolliert zu werden.

Dragana hatte ihm befohlen zu stoppen. Und genau das machte er auch. Ohne Wenn und Aber.

Panik stieg in ihm hoch, kurz gefolgt von Wut. Doch noch bevor er sie, in dieser verdammten Position, zur Rede stellen konnte, ergriff sie das Wort.

„Slevin, was machst du?", fragte Dragana, als sie sah, er würde so niemanden mehr angreifen.

Doch Slevin hatte nicht vor zu antworten.

Außerdem sah er vor sich Diamant, der mit aufgerissenen Augen vor ihm stand und die Situation anscheinend nicht wirklich begreifen konnte oder wollte.

„Dragana, du hast tatsächlich …", brachte Diamant stotternd hervor.

„Ja, habe ich", bejahte Dragana.

Ob es Stolz oder Widerspenstigkeit in ihrer Stimme war, konnte Slevin nicht deuten.

„Und er. Er hat dich nicht …", stotterte Diamant weiter.

„Nein, er hat mich nicht dabei getötet!", beantwortete sie ihm auch diese nicht vollständig gestellte Frage.

„Wow, du bist ja wirklich ein Blitzmerker", verspottete Slevin den blass gewordenen Diamant.

Wenn er ihm schon nicht eine verpassen konnte, konnte er ihn doch wenigstens verbal angreifen.

Obwohl er sich insgeheim schon die Frage stellte, warum Draganas Bruder nicht eingeweiht war. Doch bevor er sich darum Gedanken machen würde, musste er ein ernstes Wort mit Dragana reden. Und da diese immer noch keine Anstalten machte, ihn aus dieser beschissenen Lage zu befreien, knurrte er ein böses „Dragana!"

Fast augenblicklich spürte er, wie die Sperre in seinem Körper nachließ. Mit einem Ruck drehte Slevin sich um. Dragana hatte wohl erwartet, er würde wieder versuchen ihren Bruder anzugreifen und war schon in Begriff ihn abermals zu stoppen, als sie bemerkte, dass nicht Diamant das Ziel seiner Aggression war.

Mit entschlossenen Schritten ging er auf Dragana zu. Diese zuckte im ersten Moment erst einmal zusammen, hinderte ihn aber nicht am Weitergehen. Als Slevin vor ihr stand, blickte er sie vernichtend an.

„Mache das nie, nie wieder Dragana!", knurrte er sie an.

Doch diese ließ sich davon nicht beeindrucken.

„Ich habe geschworen, dass hier niemand verletzt wird. Und ich habe vor meinen Schwur zu halten. Egal welche Mittel ich dafür einsetzen muss."

Und nach einer kleinen Pause fügte sie sanft hinzu.

„Niemand, Slevin! Nicht er und nicht du! Und ich werde dich nie wieder aufgeben. Nie wieder!"

Slevin war immer noch zwischen seinen Gefühlen hin und her gerissen. Ratlos stand er vor der Frau, die er eigentlich hassen sollte, es aber nicht konnte. Darum drehte er sich um und ging. Jedoch nicht ohne Diamant noch einen zornigen Blick zuzuwerfen. Die Türe knallte und Diamant und Dragana blieben alleine zurück.

„Was hast du getan, Schwester?"

Diamant schien immer noch zu überrumpelt, als dass er es begreifen konnte.

„Er hätte dich töten können."

„Das hat er aber nicht! Und ich fürchte, ich habe ihn schon wieder verraten", sagte sie unter Tränen.

Diamant verstand kein Wort. Das konnte er auch nicht. Doch Dragana hatte nicht vor, es ihm zu erklären.

Als sie eine Weile stillschweigend nebeneinander dagesessen waren, raffte sich Diamant plötzlich auf.

„Wir sollten nach ihm sehen. Wer weiß, was er in seiner Wut anstellt", stellte er entschlossen fest.

Doch Dragana schüttelte den Kopf.

„Nein. Lass ihm Zeit. Ich habe da so eine Ahnung, wo er ist."

Und tatsächlich fand sie Slevin da, wo sie es erwartet hatte. Sie blickte von unten auf den höchsten Turm der Burg. Und auf diesem Turm saß jemand. Es war inzwischen Dunkel geworden. Nur die letzten Sonnenstrahlen gaben noch ein klein wenig Licht ab. Und in dem dunklen Rot der letzten Strahlen wirkte die Gestalt dort oben noch unwirklicher, als sie es eh schon tat. Dragana hatte keine Ahnung, wie Slevin dort hinauf gekommen war und erst recht nicht, wie er dort oben so lange verharren konnte. Jeder normale Mensch und auch sie selbst, wäre schon längst abgestürzt. Doch Slevin hatte immer schon solche Punkte aufgesucht, wenn es ihm nach Freiheit verlangte.

Dragana blickte weiter nach oben. Slevin saß in der Hocke, die Arme auf seine Beine gestützt. Sein Haar wehte leicht im Wind, genauso wie sein Hemd. Es waren nur die Umrisse von ihm zu sehen. Außer seine Augen, die grün blitzend hervorstachen.

Dragana wusste nicht, wie lange sie schon hier unten stand und den Vampir aus der Ferne anstarrte. Dieser hatte sie mit Sicherheit schon bemerkt, rührte sich jedoch trotzdem nicht. Sie wollte ihn nicht bedrängen, nachdem was alles geschehen war. Und so setzte sie sich unter einen kleinen Baum und wartete, bis er von alleine zu ihr kommen würde. Zum Glück war es Abend und die meisten Bewohner, waren in ihren Häusern. So musste sie sich wenigstens darum keine Gedanken machen.

Sie lehnte sich an den Baum, an dem sie saß, schloss die Augen und dachte nach.

Hatte sie wirklich das Richtige getan? Würde es möglich sein, dass der Vampir hier mit ihnen lebte? War es überhaupt möglich für Slevin ein Leben ohne Kämpfe und Tote zu führen? So viel sie wusste, kannte er nichts anderes mehr. Irgendetwas ließ sie aufschrecken. Erst dann begriff sie, es war das Gefühl ihres Lakaien in der Nähe. Auch sie würde wohl einige Zeit brauchen, um sich daran zu gewöhnen. Sie öffnete langsam die Augen und sah Slevin neben sich sitzen. Er hatte die Beine angezogen und den Kopf auf seine Knie gestützt. Ohne sie anzusehen, fing er an zu reden.

„Und jetzt? Was hast du nun vor, da ich deinen Worten Folge leisten muss, Herrin?!"

Diese Worte hatten einen mehr als verletzenden Unterton, den Dragana aber geflissentlich überhörte.

„Nichts habe ich vor. Das ist ja das Schöne daran. Ich habe gar nichts vor. Ich werde hier sein und in Frieden leben, genauso wie du, Slevin."

Slevin sah sie durchdringend an.

„Das ist nicht dein Ernst!"

„Und wie es das ist!"

„Das kannst du nicht tun! Er hat meinen Bruder! Und dort draußen sind Männer, Dragana. Männer, die auf mich zählen. Ich habe ihnen versprochen, wiederzukommen. Ich kann sie nicht hängen lassen!"

„Sie können ebenfalls hierherkommen und mit uns leben, Slevin. Oder was hast du vor? Sie wieder in eine Schlacht gegen Thorun und in den Tod führen?", fragte Dragana sichtlich enttäuscht.

Slevin legte den Kopf leicht schräg. Wie schaffte sie es nur, dass er sich tatsächlich für einen Moment schuldig fühlte? Doch dann hatte ihn die Wirklichkeit wieder.

„Hast du dich in letzter Zeit mal in diesem Land umgesehen? Seit ihr in den letzten Jahren auch nur einen Schritt aus diesen, ach so friedlichen Mauern herausgetreten und habt euch das Elend um euch herum angeschaut?"

Doch auch Draganas Kampfeifer war entfacht.

„Ja, das habe ich! Und wir helfen, wo wir können und gehen damit erhebliche Gefahren ein. Was hast du mit diesen Männern vor?"

Dragana schüttelte energisch den Kopf.

„Sie alle werden dann sterben! Genauso wie damals! Und ich werde dich davon abhalten!"

„Aber es wäre nicht ihr sicherer Tod, wenn ihr mit uns kämpfen würdet! Ihr und noch andere Hexen!"

„Er hat einen Dämon, Slevin! Weißt du, was dieser mit Hexen und Menschen macht, die sich …"

Auf einmal brach ihre Stimme ab, als sie in Slevins Augen sah.

In Slevins Dämonenaugen!

„Aber er hat keinen Dämon mehr, Dragana!", sagte er leise und verschwörerisch.

Doch seine Worte beruhigten sie nicht, eher im Gegenteil. Sie sah ihn an, als säße der Dämon und nicht Slevin neben ihr.

Und dieser Blick ließ Slevins kleine Hoffnung, Dragana könnte ebenfalls noch etwas für ihn empfinden, wie eine Seifenblase zerplatzen. Was war er auch für ein Narr gewesen, zu hoffen, sie würde ihn immer noch lieben, so wie er sie. Ruckartig wollte er aufstehen, doch sie hielt ihn zurück. Vielleicht hatte sie den Schmerz in seinem Gesicht bemerkt, vielleicht aber auch nicht. Ihr Blick hatte sich zumindest wieder verändert, doch der Stich in Slevins Brust blieb.

„Tut mir leid, Slevin. Es war … nur … der Moment! Weißt du was? Wir gehen jetzt zurück in die Burg. Ich werde dir dein Zimmer zeigen, dann schlafen wir uns erst einmal aus und morgen sieht die Welt schon ganz anders aus."

„Ja klar, in Ordnung", murmelte er vor sich hin.

Sie gingen zurück in die Burg und Dragana wies ihm das Zimmer neben ihrem zu. Nach einer kurzen Verabschiedung ließ sich Slevin in sein Bett fallen. Er war müde! Nur noch müde!

Am nächsten Morgen

Auf einmal ging die Tür auf und Dragana trat in sein Zimmer.

„Guten Morgen!", sagte sie laut und fröhlich.

Hatte er irgendetwas verpasst, oder warum war sie so gut gelaunt. Murrend verkroch er sich unter seinem Laken.

„Guten Morgen Schlafmütze. Das Frühstück ist fertig. Es wird Zeit aufzustehen", erklang wieder ihre ekelhaft heitere Stimme.

Also gab Slevin sich einen Ruck und setzte sich zumindest schon mal im Bett auf. Verschlafen sah er sie an. Seine schwarzen Haare standen in alle Richtungen ab und er fuhr sich müde über die Augen. Er hatte geschlafen wie ein Stein. Was nach den Tagen und vor allem Nächten in dieser Zelle auch nicht weiter verwunderlich war. Von den Geschehnissen darin ganz zu schweigen. Er schwang seine Beine aus dem Bett und suchte mit den Füßen seine Stiefel, die am Bettrand stehen sollten.

Dragana sah ihn etwas irritiert an.

„Du hast in deinen Klamotten geschlafen?", fragte sie sichtlich enttäuscht.

Enttäuscht über was, fragte sich Slevin. Aber es war einfach noch zu früh, um nachzudenken.

Stattdessen blinzelte er sie an und antwortete.

„Wenn ich gewusst hätte, dass du extra in aller Frühe hier hereinstürmst, um mich nackt zu sehen, hättest du das auch anders haben können."

Er stand auf und ging zu der Schüssel Wasser, die auf einem Tisch stand. Er schüttete sich das warme Nass ins Gesicht. Es

274

half nur mäßig, um wach zu werden. Also fügte er immer noch in leicht mürrischem Ton hinzu.

„Und ich hätte ausschlafen können."

Dragana blinzelte ihn lächelnd an.

„Ja genau! Das war mein Plan. Dich nackt sehen", erwiderte sie mit zuckersüßer Stimme.

Fast hätte Slevin es ihr abgekauft.

Er drehte sich zu ihr um. Nun stand Dragana direkt vor ihm. Er konnte ihren betörenden Duft wieder riechen und er sog ihn, so unauffällig wie es ging, in sich ein. Dabei blieb sein Blick auf ihr Gesicht geheftet. Nur noch einen Moment und er würde sie einfach in seine Arme schließen und küssen. Doch genau in diesem Augenblick nahm Dragana wieder etwas Abstand und übergab Slevin ein Pack an Klamotten.

„Hier sind neue Anziehsachen für dich. Wasch dich. Wir sehen uns dann drüben zum Frühstücken. Ist gleich die erste Tür rechts im Gang."

Schalk spiegelte sich in Draganas Augen, als sie weitersprach.

„Oder soll ich hier warten, bis du fertig bist und dich dann hinführen."

Slevin sah sie nun verlegen an.

„Ähm, nein, danke. Ich werde schon hinfinden."

*‚Eins zu null für die Hexe‘, s*prach die innere Stimme feixend, als Dragana sich ohne weitere Worte umdrehte und sein Zimmer verließ. So wie es aussah, waren hier alle fit, bis auf ihn.

Er drehte die Kleidungsstücke, die ihm Dragana eben überreicht hatte, etwas ratlos in den Händen. Sie waren wahrscheinlich von Diamant, er hatte in etwa die gleiche Größe wie er. Vielleicht war er ein paar Zentimeter kleiner. Aber seine eigenen Sachen waren nun wirklich gerade mal noch Fetzen. Außerdem stanken sie, was er jetzt erst bemerkte und ihm etwas unangenehm war. Also wusch er sich und zog die neuen Sachen an.

Kurz entspannte er sich nochmals, bevor er sein Zimmer verließ und in den Gang hinaustrat. Erst jetzt hatte er Zeit, sich etwas genauer umzuschen. Der Gang in dem er stand war hell, da so gut wie alle Türen zu den Zimmern offen standen. Auch die Wand war wohl mit Kalk oder ähnlichem verputzt worden. Nur am Boden sah man den rauen Stein. Er ging ein paar Schritte weiter und vernahm mehrere Stimmen, die miteinander sprachen. Sofort erkannte er die von Dragana und Diamant. Doch auch Celest schien dabei zu sein, wenn sein Gehör ihn nicht trog.

Mit etwas mulmigen Schritten ging er in den Raum, aus dem die Geräusche kamen.

Dragana und Celest lächelten ihn an. Er schenkte ihnen ein gemurmeltes „Guten Morgen" und setzte sich zu ihnen an den Tisch.

Nur Diamant blitzte ihn ärgerlich an.

„Mir wäre es lieber, wenn er nachts in der Zelle bleiben würde", sagte dieser mürrisch an Dragana gewandt.

Slevin fixierte ihn sofort mit seinem Blick.

„Und mir wäre es lieber, wenn du unter zwei Meter Erde begraben wärest, aber man bekommt eben nicht immer, was man sich wünscht", antwortete der Vampir anstelle Draganas.

„Jungs!", mahnte diese die beiden und rollte genervt mit den Augen.

Keiner der beiden sagte daraufhin noch etwas. Dafür lieferten sie sich ein Blickduell vom Feinsten. Dragana und Celest ignorierten die beiden, sich still duellierenden Männer und unterhielten sich weiter. Anscheinend über die heutigen Aufgaben, die erledigt werden mussten. Slevin hörte nicht richtig zu, schließlich war er immer noch damit beschäftigt sein Gegenüber wenigstens mit Blicken zu töten. Dann schnappte er sich jedoch grinsend ein Stück Brot und etwas Fleisch. Er konnte Diamant auch noch in den Boden starren, wenn er etwas gegessen hatte.

Das weitere Frühstück lief einigermaßen friedlich ab. Bis Diamant auf einmal seine Schwester anschaute und sie mitten im Gespräch unterbrach.

„Hast du es schon getan?", fragte er unumwunden.

„Später!", antwortete Dragana eindringlich.

„Später? Was soll das heißen? Er hätte die ganze Nacht hier herumlaufen und Leute töten können?", gab Diamant entsetzt zu bedenken.

„Hätte ich?", fragte Slevin schief nach.

Dragana hielt ihre aufgesetzte, heitere Stimmung sichtlich nur noch schwer aufrecht.

„Hat er aber nicht und es wäre mir lieber, wenn wir später darüber reden", blaffte sie ihren Bruder an.

„Na ja, hätte ich gewusst, dass ich hätte können, wäre mir da schon der ein oder andere eingefallen", schmiss Slevin ein und fixierte dabei Diamant.

„Slevin!"

Draganas geschauspielerte Gelassenheit wankte immer mehr.

„Ich wollte hier mit euch in Ruhe und friedlich frühstücken. Alles andere können wir später besprechen."

„Befehle es ihm endlich!", drängte Diamant und ignorierte ihre Worte eben geflissentlich.

Dragana schnaubte.

„Wir werden das später besprechen, wenn es dir recht ist. Ich denke nicht, dass es nötig ist."

„Nicht nötig?", fragte Diamant verächtlich. „Willst du wirklich das Blut der Menschen hier an deinen Händen kleben haben? Das wirst du nämlich, wenn er wieder Mist baut!"

„Und warum sollte er das tun?!"

Nun schrie Dragana fast.

„Weil er das immer getan hat. Jedes einzelne Mal hat er uns in Schwierigkeiten gebracht! Außerdem wissen wir immer noch nicht, was mit ihm los ist! Mir sitzt ein Vampir mit verfluchten, grünen Augen gegenüber und ich soll so tun, als wäre nichts?! Also tue es jetzt!"

Slevin, der diese Diskussion bis hierher still ertragen hatte, horchte auf. Dragana hatte ihrem Bruder noch nichts von dem Dämon erzählt. Trotzdem war es besser, dieses Thema im Keim zu ersticken. Außerdem würde er nur zu gerne wissen, was Diamant wollte, dass seine Schwester tat.

„Leute! Ich kann euch hören! Ich sitze neben euch!", griff nun Slevin selbst in die Unterhaltung ein und funkelte beide Geschwister böse an.

‚Läuft ja richtig prima hier', warf nun auch noch der Dämon sarkastisch ein.

Der hatte ihm gerade noch gefehlt.

‚Warum genau, wolltest du hierbleiben? Wegen der netten Frau oder der führsorglichen Gastfreundschaft?'

Nun war es an Slevin, der einmal tief ein- und ausatmen musste, bevor er etwas sagte.

„Um was geht es? Was soll sie tun?"

Celest, die ebenfalls bisher nur als Zuschauerin in ihrem Wortgefecht beigewohnt hatte, schien nun auch der geheimnisvollen Diskussion überdrüssig zu sein.

„Beruhigt euch erst wieder alle. Und um die Karten auf den Tisch zu legen", sprach sie in beruhigendem Ton, zu Slevin, weiter.

„Es geht darum, dir den Befehl zu geben, dass du keinem Menschen etwas antun kannst. Es steht in ihrer Macht. Allerdings würde es dich im Endeffekt …" Celest suchte nach den richtigen Worten.

„… wehrlos machen", schlug Slevin vor und starrte Dragana böse an.

Celest nickte.

„Und darum werde ich es auch nicht tun!", warf Dragana entschlossen ein.

„Wozu hast du dann diesen Bann mit ihm geschlossen und dabei dein Leben riskiert, wenn du ihn jetzt einfach so umherlaufen lässt?!", gab nun wieder Diamant ungefragt seinen Senf hinzu und fing sich sofort ein paar böse Blicke von Dragana und Celest ein.

„Außerdem ist es die einzige Möglichkeit, die Menschen hier zu schützen", fügte Diamant nun schon fast verteidigend hinzu.

„Oh, du redest von Menschen. Damit bist du also noch lange nicht aus dem Schneider, Hexer!", gebot Slevin ihm nun selbst Einhalt.

Diamant schnaubte böse.

„Seht ihr! Er hat sich nicht geändert! Er wird wieder töten!"

„Nur dich Diamant, nur dich!"

Wieder war es Celest, die einschritt, bevor die beiden tatsächlich aufeinander losgingen.

„Nun, ich muss zugeben, dein Verhalten, Vampir, trägt nicht gerade dazu bei, dir genug Vertrauen schenken zu können, um diesen Befehl zu umgehen."

„Mein Verhalten?", fuhr Slevin auf. „Wer hat mich denn umgebracht und dann in eine Zelle gesteckt? Von diesem verdammten Bann mal ganz zu schweigen."

Diamants Kopf lief rot an und es war wohl nur Draganas giftiger Blick, der ihm seine kommenden Worte im Hals stecken bleiben ließen.

Sobald sie sicher war, Diamant würde sich beherrschen, wendete sie sich wieder Slevin zu.

„Du weißt, was wir meinen!"

„Ja ich weiß, was ihr meint. Aber ich habe mich geändert. Ich habe dir nichts getan, als du mir diesen Bann aufgezwungen hast, und mich dadurch zu deinem Sklaven gemacht hast. Ich sitze sogar hier am Tisch mit diesem Verräter. Also sage mir, was zum Teufel ich denn noch tun muss, um euch zu überzeugen? Was!? Sagt es mir! Was muss ich verdammt nochmal noch über mich ergehen lassen, damit ihr mir auch nur einen Funken Vertrauen schenkt?!"

Hilflos ballte er die Fäuste. Und bei seinen nächsten Worten sah er Dragana fest in die Augen.

„Wenn ihr mich nun auch noch wehrlos machen möchtet, wird das hier eskalieren, Dragana!"

Und seine Worte meinte er mehr als ernst.

„Wenn du diesen Befehl gibst, werde ich dagegen ankämpfen! Gegen den Befehl und gegen diesen Bann und irgendwann wirst du ihn nicht mehr halten können."

Dragana sah ihn entgeistert an.

„Das ist noch nie passiert, Slevin! Man kann nicht dagegen ankämpfen, wenn es einmal vollzogen ist."

„Nun, so viel ich weiß, gab es auch noch nie einen Vampir, der in diesen Bann gezogen wurde. Wir werden sehen. Aber so einfach lasse ich mich nicht klein kriegen. Auch nicht von dir!"

Slevin sah Dragana fest in die Augen. Sein Entschluss stand fest. Nun wartete er auf den ihren.

Doch wieder einmal war es Celest, die entscheidend eingriff.

„Okay, Vampir, wir werden es versuchen."

„Was?", keuchte Diamant.

Celest hob mahnend den Zeigerfinger und Diamant verstummte. Aber das Zucken an seinen Schläfen verriet, wie nahe er daran war komplett auszurasten. Trotzdem wandte sie sich wieder Slevin zu.

„Aber, du wirst versprechen, Vampir, nein, du wirst schwören, dass du dich hier ruhig verhalten wirst und zwar unter allen

Umständen! Und du wirst dich auch Diamant gegenüber ruhig verhalten! Verspreche es!"

Slevin knirschte mit den Zähnen. Aber um dieses Versprechen, würde er wohl nicht herumkommen. Und selbst, wenn sie es ihm heute nicht abverlangt hätten, so wusste er auch, dass Dragana ihm den Rücken kehren würde, sollte er die Menschen hier in Gefahr bringen oder gar ihren Bruder angreifen oder verletzen. Also nickte er widerwillig.

„In Ordnung. Ich werde unserem kleinen Hexer hier nichts tun! Ich schwöre es."

Celest atmete erleichtert aus.

Nur Dragana schien noch nicht wirklich überzeugt.

„Schwöre es auf deinen Bruder, Slevin!", forderte sie.

„Lass meinen Bruder aus dem Spiel", schleuderte er sofort zurück.

Doch Dragana stand entschlossen vor ihm.

„Schwöre auf ihn und ich werde dir glauben."

Slevins Herz fühlte sich an, als würde es jeden Moment aus der Brust stoßen. Trotzdem gab er nach. Es würde Yascha nichts bringen, wenn er sich um seinetwillen dagegen wehrte. Also nickte er.

„Ich schwöre es auf meinen Bruder."

Dabei blickte er Dragana tief in die Augen und musste sich beherrschen, nicht am ganzen Leib zu zittern.

Zumindest zeigte auch Dragana sich nun zufrieden.

„Gut, dann wäre das jetzt wohl geklärt", schloss sie das Thema ab und sah ihrem Bruder dabei fest in die Augen.

Dieser schnaubte wie ein wütender Stier. Er warf allen Anwesenden noch mal einen vernichtenden Blick zu, dann stürmte er aus dem Zimmer.

‚Ich hoffe zwar, du hast nicht vor, dieses dumme Versprechen zu halten, aber diese Runde geht wohl an dich. Gut gemacht! Andererseits war das bei deinem Hexenweibchen auch keine

besonders großartige Leistung. Die Kleine ist ja völlig blind vor Liebe! Das könnten wir nutzen und ...'

Slevin schüttelte genervt den Kopf und hoffte, keiner der Anwesenden bemerkte dies, bevor er seiner inneren Stimme Paroli bot.

,Doch! Ich habe vor mich an dieses Versprechen zu halten!'

Und dabei schwirrten ganz unverhofft wieder Bilder vor sein geistiges Auge. Er sah sich und seinen Bruder an einem Bach, beim Fischen. Yascha hatte einen Fisch an der Angel und bemühte sich, ihn herauszuziehen. Er ging zu ihm, half ihm. Und mit einem kindischen Kichern fielen die beiden nach hinten zu Boden, als die Schnur riss. Yascha war auf ihn gefallen und lächelte ihn verschmitzt an. Und da war es! Nur für einen Sekundenbruchteil konnte er sich an das Gesicht seines Bruders erinnern, bevor es wieder verschwand.

Und selbst der Dämon hielt einen Moment inne, bevor er in alter Manier wieder zu lachen begann.

Traurig und wütend wandte Slevin sich wieder dem Dämon in seinem Inneren zu.

,Außerdem geht es dich überhaupt nichts an, was ... Moment! Was hast du eben gesagt?'

Der Dämon lachte wieder erst einmal höhnisch, bevor er ihm antwortete.

,Die Kleine liebt dich! Bist du dumm oder haben sie dir einmal zu oft auf den Kopf gehauen, dass du das nicht merkst?'

Slevin wusste nicht genau, was er antworten sollte. Die ganze Zeit hatte er auf ein Zeichen von ihr gewartet. Seiner Meinung nach vergeblich. Alles was er gespürt hatte, waren Mitleid und Schuldgefühle, ihm gegenüber. Konnte der Dämon etwas wahrnehmen, was ihm verborgen blieb? Andererseits, was wusste ein Dämon denn schon von Liebe!

,Oh, ich kann natürlich keine empfinden, aber ich weiß so einiges darüber. Immerhin ist die Liebe, mein dummer, naiver

Freund, fast schon eine mächtigere Waffe, als der Hass.
Nichts bringt die Menschen mehr um den Verstand und ...'
Während Slevin noch den Worten des Dämons lauschte, die
erschreckend wahr zu sein schienen, hörte er im Hintergrund
mehrmals seinen Namen.

Erst jetzt wurde ihm bewusst, dass er immer noch mit Dragana
und Celest in einem Zimmer stand und diese ihn
wahrscheinlich schon mehrmals angesprochen hatten, während
er hier stand und quasi Selbstgespräche führte.

Abrupt drehte er sich um und blickte in das leicht irritierte
Gesicht von Dragana.

„Slevin, was ist los? Alles in Ordnung?", fragte sie besorgt.

„Alles gut. Ich war nur .... in Gedanken", log er und hoffte
wenigstens dieses Mal überzeugend zu sein.

Draganas Gesichtsausdruck nach zu urteilen, war er dies eher
nicht.

„Es tut mir leid, deinen Bruder mit hineingezogen zu haben.
Aber ich muss einfach sicher sein, dass du es ernst meinst!"

„Mein Bruder, ja ...", begann er und kurz hatte er wieder
dessen Gesicht vor Augen, von dem er annahm, es war seines.
Wie lange hatte er ihn nun schon nicht mehr gesehen?

„Schon gut. Lasst uns über etwas anderes reden. Wie soll es
nun weitergehen?"

Auf diese Frage hatte Celest wohl nur gewartet. Denn sie
drängte eifrig nach vorne.

„Nun, wir dachten, es sei das Beste, wenn du dich hier
langsam einlebst. Die meisten Leute wissen bereits Bescheid.
Es wäre schön, wenn du einfach hier und dort mithilfst. Du
kannst die Menschen dabei näher kennenlernen und dir wird
nicht langweilig."

„Natürlich nur, wenn das für dich in Ordnung ist", fügte sie
nach kurzem Zögern noch hinzu.

„Natürlich. Niemals würdet ihr hier etwas gegen meinen Willen entscheiden", gab er patziger als geplant zurück.

Die beiden zuckten kurz zusammen und Slevin legte ein leichtes Lächeln auf. Vielleicht sollte er nicht so streng mit ihnen sein. Immerhin hatten sie sich gegen Diamant, für ihn aufgelehnt. Und das nicht zu knapp.

„Na dann, zeigt mir doch mal meine neuen Aufgaben", fügte er in beschwichtigendem Ton hinzu.

Und tatsächlich war er neugierig. Bisher hatte er nicht wirklich viel von dieser Stadt, welche Dragana ihr Zuhause nannte, gesehen.

Wieder war es Celest, die sofort Richtung Tür ging und ihm mit einer Handbewegung deutete, ihr zu folgen. Sie traten wieder in den Gang hinaus, den er schon kannte. Dragana folgte ihnen. Neugierig blickte er in jedes der Zimmer, an denen sie vorbeiliefen.

Alle waren hell und freundlich eingerichtet. Dabei war die Einrichtung aber durchweg zweckmäßig geblieben. Kein Prunk, so wie er es in der letzten Burg erlebt hatte. Aber es waren viele Zimmer, bevor sie bei der Ausgangstüre ankamen. Er fragte sich, wie viele Menschen, hier in der Burg wohnten. Oder waren die Zimmer nur für Besucher hergerichtet worden?

Er hatte keine Zeit, sich darüber weiter Gedanken zu machen. Als sie aus der Burg traten, begegnete ihnen bereits emsiges Treiben. Dass die Stadt eine beachtliche Größe aufwies, hatte er bereits bei seiner Ankunft bemerkt. Es mussten etwa an die vierzig Häuser sein. Und natürlich, war er davon ausgegangen, dass die Häuser auch weitestgehend bewohnt waren. Doch nun erschreckten ihn die vielen Menschen dort doch etwas. Angeblich wussten die Bewohner über seine Anwesenheit Bescheid. Doch wie würden sie reagieren, wenn sie ihm nun tatsächlich gegenüberstanden? Im Moment nahm immerhin noch niemand von ihm Notiz. Was wohl auch an Dragana und Celest lag, die links und rechts neben ihm liefen. Also blickte er sich weiter verstohlen um. Am liebsten hätte er sich wieder unter der Kapuze seines Mantels versteckt. Den hatten sie ihm allerdings abgenommen, bevor sie ihn in diese Zelle gesteckt hatten. Er musste Dragana bei Gelegenheit danach fragen, nahm er sich vor.

Er erblickte eine kleine Gruppe Frauen, die unter lautem und fröhlichem Geplapper einige Töpfe und Krüge trugen. Direkt an der Burg lagen wohl die Arbeitsstätten. Denn schon als sie nach draußen getreten waren, hatte Slevin das monotone Hämmern einer Schmiede vernommen. Hier waren die Häuser vorne meist offen, jedoch noch überdacht. So konnte man in dieser wärmeren Jahreszeit bereits draußen arbeiten und war doch vor Regen geschützt. Ein Stück weiter bearbeiteten zwei Männer ein Stück Holz. Ein anderer sägte gerade. Dies war eine lebendige Stadt, wie man sie sich vorstellte, stellte er mit Erleichterung fest. Männer und Frauen arbeiteten, trugen Eimer und Körbe, redeten miteinander. Der komplette Gegensatz zu der Stadt, die sie von den Hexern befreit hatten. Nein, Dragana und Diamant waren trotz der Macht, die sie in diesem Land über die Menschen hatten, nicht zu grausamen Tyrannen geworden. Wie hatte er auch nur so etwas vermuten können?

Trotzdem wurde Slevin etwas flau im Magen. Er fühlte sich fehl am Platz. Zum Glück gingen sie schnell weiter und die Menschen, die ihnen entgegenkamen, nickten ihnen freundlich zu und musterten den Neuen zwischen den beiden Frauen. Allerdings nicht misstrauisch, eher neugierig. Im Moment war er froh, dass niemand stehen blieb, um mit ihnen zu reden.

Sie liefen weiter und durchquerten die Stadt. Er musterte die Häuser neugierig. Denn diese waren zwar auch hauptsächlich aus Holz, allerdings kein Vergleich zu den zusammengezimmerten Hütten, die er hier in diesem Land schon gesehen hatte. Sie waren massiv gebaut und wiesen für Holzhäuser eine beachtliche Größe auf. Außerdem besaßen so gut wie alle, fein gezimmerte Türen und Fensterläden. Als sie den Rand der Stadt erreicht hatten, sah er einige Koppeln, in denen Pferde, aber auch Schweine und Hühner vor sich hin fraßen. Genauso wie kleine Felder, auf denen sie wohl Gerste und Gemüse anbauten. Diese Stadt konnte bei einer Belagerung bestimmt mehrere Monate ausharren, ohne auf Wasser oder Nahrung von außen angewiesen zu sein. Denn auch einen Brunnen hatte Slevin inzwischen ausgemacht.

Slevin fragte sich gerade, wo die zwei mit ihm hinwollten, da sah er auch schon eine kleine Gruppe Männer mit Schwertern. Jedoch keine Soldaten, stellte er erleichtert fest. Sie trugen keine Soldatenkutten oder etwa das Zeichen Thoruns auf der Kleidung. Sie absolvierten gerade ein paar Übungen, die auch ihm bekannt waren. Die vertrauten Geräusche und Bewegungen der Männer ließen ihn wieder etwas entspannen. Doch zu seiner Verwunderung, gingen die beiden Frauen, die ihn immer noch flankierten, einfach weiter. Er folgte ihnen mit etwas enttäuschtem Gesicht. Sie hatten wohl nicht vor, ihm in nächster Zeit, schon ein Schwert in die Hand zu geben. Slevin blinzelte etwas ungläubig, als sie vor einem Stall zum Stehen kamen.

„Ein Stall?", fragte er verwirrt nach. „Was soll ich da?"

Dragana drehte sich zu ihm um und hatte einen schwer deutbaren Ausdruck auf den Lippen. Wollte sie sich über ihn lustig machen? Doch sie antwortete ohne jeglichen Spott in der Stimme.

„Der Stallherr, Wilbert, braucht dringend Unterstützung. Einer seiner Söhne ist verletzt und kann nicht arbeiten. Außerdem ist er ein sehr besonnener Mann. Also eine gute Gelegenheit auszutesten, wie die Leute auf dich reagieren werden. Wenn er schreiend davonläuft, wird es bei den anderen definitiv schwierig werden!"

„Das ist ja wirklich sehr aufbauend. Danke!"

„Jetzt schau doch nicht so. Wilbert wird dir alles genau erklären. Das schaffst du schon."

Nun hätte Slevin darauf schwören können, sie nahm ihn gerade auf den Arm.

Doch noch bevor er zu einer Antwort ansetzen konnte, trat besagter Stallherr, schon zu ihnen hinaus.

„Seid gegrüßt."

Wilbert nickte ihnen offen zu und seine Stimme klang ehrlich und herzlich.

Dann sah er Slevin ins Gesicht. Automatisch spannte sich Slevin an. Doch Wilbert erwiderte seinen Blick gelassen. Außerdem würde es ihm hier auf Dauer nichts bringen, wenn er sich und seine Augen versteckte. Wilbert ließ sich sein Erschrecken nicht ansehen. Oder war er wirklich so entspannt, wie er tat?

„Du bist also die Hilfe, die mir Dragana versprochen hat", sprach er weiter an Slevin gewandt.

Kein einziges Wort über seine Augen, darüber, was er war oder über das Geschehen, als er hier ankam. Na gut, dann spielte er eben mit.

„Sieht wohl so aus. Auch wenn ich nicht versprechen kann, dass ich tatsächlich eine große Hilfe sein werde."

„Das wird schon. Komm einfach mal mit rein, ich zeige dir alles."

Und schon verschwand Wilbert wieder im Stall und nahm wie selbstverständlich an, dass Slevin ihm folgen würde.

Dieser warf Dragana nochmal einen verärgerten Blick zu. Stalljunge! Das hatten sie sich ja wirklich fein ausgedacht. Doch die zwei Frauen standen nur da und sahen ihn fröhlich an und forderten ihn mit Gesten auf, zu folgen.

Also ging auch Slevin in den Stall. Dort angekommen, sah er sich erst einmal um. Wie erwartet, erblickte er einen langen Gang in der Mitte. Links und rechts des Ganges lagen Pferdeboxen. Wilbert war vor einer Karre und einer Mistgabel stehengeblieben.

„Viel gibt es ja nicht zu erklären", fing er sofort an, als Slevin bei ihm war. „Das hier ist der Stall für die Pferde. Nebenan sind die Ställe für Schweine und Hühner. Das alte Stroh und Heu muss raus, während die Tiere auf den Koppeln sind und hier auf den Karren. Draußen, etwas weiter hinten ist der Misthaufen. Aber da kannst du dann nochmal mich oder meinen jüngeren Sohn Egbert fragen. Ansonsten, viel Spaß." Und mit diesen Worten übergab Wilbert dem leicht angefressenen Slevin die Mistgabel und ließ ihn alleine.

Slevin schnaubte. Trotzdem ging er in die erste Box und begann den Mist daraus auf die Karre zu schaufeln. So hatte er es sich nicht vorgestellt, wenn er Dragana wiederfinden würde.

‚Ach. Hattest du es dir vielleicht romantischer vorgestellt? Sie sieht dich und schlägt sofort ihre Arme liebend um dich. Dann küsst ihr euch innig, nachdem sie dir ihre immerwährende Liebe gestanden hat. Ein weißes Pferd kommt von dannen geritten. Du hilfst ihr mit deinen starken Armen auf das Pferd und zusammen reitet ihr zu eurem goldenen Schloss, wo eine Schar Diener nur auf jeden eurer Befehle wartet. So etwa?'
Wieder lachte der Dämon laut und herzhaft.

Slevin steckte die Mistgabel mit voller Wucht in das am Boden liegende Stroh.

Nein, er hatte kein weißes Pferd und auch kein Schloss erwartet. Aber hier den Mist wegzuschaufeln, war auch nicht gerade seine Vorstellung eines erfüllten Lebens. Er musste einen Weg finden, von hier zu verschwinden, so viel war klar.

„Es wird dir nichts bringen, deinen Frust an dem Mist auszulassen", sagte plötzlich eine junge Stimme hinter ihm. Slevin fuhr erschrocken herum. Er hatte wohl vor lauter Frust und Wut nicht gespürt, wie jemand zu ihm gekommen war. Dann sah er in das Gesicht eines Jungen, vielleicht zwölf oder dreizehn Jahre alt.

„Egbert?", vermutete er.

Denn der Junge war dem Stallherrn wie aus dem Gesicht geschnitten.

„Yep", antwortete der Junge keck und kam zu ihm in die Box. Und wie der Vater so übersah auch der Sohn seine Augen eindeutig beabsichtigt. Was hatten Dragana und die anderen zwei Hexen darüber erzählt?

Der Junge sah ihn immer noch feixend an.

„Es bringt wirklich nichts, mit dem Stroh zu kämpfen. Glaube mir, ich habe es versucht."

Slevin musste grinsen.

„Wieso? Hat das Stroh gewonnen?"

Egbert sah ertappt zu Boden.

„Na ja, nicht wirklich. Aber als ich das letzte Mal verärgert auf den Mist hier eingestochen habe, ist die Gabel stecken geblieben und ich habe sie mir, bei dem Versuch sie wieder herauszuziehen, aus Versehen mit dem Stiel auf den Kopf gehauen. Ich hatte eine Beule, die so groß, wie mein Kopf war."

„Aha, wirklich, ja?", hakte Slevin immer noch grinsend nach.

„Na gut, vielleicht nicht ganz so groß. Aber sie war wirklich riesig. Trotzdem habe ich nicht geweint!"

Egbert verschränkte die Arme vor der Brust.

Slevins Blick wurde weich.

„Das glaube ich dir. Du bist mit Sicherheit ein tapferer Junge!"

289

Slevin achtete genauestens darauf, keinerlei Spott in seiner Stimme mitschwingen zu lassen. Denn diese Worte meinte er durchaus ehrlich.

Er hatte in den letzten Wochen starke Krieger bei seinem Anblick zurückschrecken sehen. Dieser Junge aber, ging offen und ohne Angst mit ihm um und das wusste er zu schätzen.

„Dann werde ich deinen Ratschlag lieber beherzigen. Und wenn du Zeit hast, kannst du mir vielleicht noch zeigen, wo der ganze Mist hinsoll."

Slevin schaufelte während seiner Worte noch den letzten Rest in die Karre und nahm deren Griffe, bereit dem Jungen zu folgen. Seine Wut war mit einem Mal verpufft.

„Natürlich. Komm mit", antwortete der Junge eifrig und ging eilig voraus.

Draußen angekommen half Egbert ihm sogar noch den Mist aus der Karre zu schaufeln.

„Jetzt muss ich aber wieder rüber. Der Schweinestall braucht auch noch misten."

Bei diesen Worten zog sich der Junge sein Halstuch über Mund und Nase.

„Dort stinkt es weit mehr als bei den Pferden", erklärte Egbert, als er Slevins fragenden Blick sah.

„Aber wenn ich fertig bin, komme ich wieder zu dir, in Ordnung?", sagte Egbert eifrig.

Slevin nickte. Der Stallherr und sein Sohn hatten anscheinend wirklich alle Hände voll zu tun. Und so wie es aussah, hatten sie ihm die angenehmeren Arbeiten zugeteilt.

Er ging zurück in den Pferdestall. Dort beeilte er sich, fertig zu werden. Auf keinen Fall wollte er, dass der Junge nach seiner Arbeit, auch noch ihm helfen musste. Außerdem kam er sich etwas schuldig vor. Hatte er diese Arbeit doch als reine Schmach angesehen. Als er den ganzen Mist hinaus und auf Wilberts Anweisungen das frische Stroh und Heu wieder in die Boxen geschafft hatte, ging er in den Schweinestall. Und tatsächlich kam ihm ein ziemlich unangenehmer Geruch entgegen. Trotzdem ging er weiter hinein. Und schon sah er den blonden Jungen, der fleißig daran war, Futter in die Tröge zu kippen.

„Erster!", gab Slevin fröhlich von sich, als Egbert zu ihm aufsah.

Dieser sah ihn sogar tatsächlich etwas erstaunt an.

„Wirklich? Selbst mein Bruder hat bestimmt genauso lange gebraucht. Und er hatte Übung."

„Nun, ich habe mich auch beeilt. Ich wollte nämlich noch einem tapferen Jungen helfen, der mir einen guten Rat gegeben hat."

Erst sah Egbert ihn fragend an, dann erhellte sich seine Miene.

„Du meinst mich, oder?"

„Natürlich meine ich dich."

Slevin hob den Arm, um dem Jungen, fast wie automatisch neckisch durchs Haar zu fahren, verkniff sich aber diese Bewegung im letzten Moment.

Er wollt ihm nicht zu viel abverlangen und schließlich hatten sie sich eben erst kennengelernt. Stattdessen schnappte Slevin sich eine Mistgabel, die an der Holzwand gelehnt war und sah Egbert auffordernd an.

„Und? Was soll ich tun?"

Und es gab wirklich noch einiges an Arbeit zu erledigen. Sie waren bis in die Abendstunden beschäftigt, bis sie alle Boxen gesäubert und die Tiere wieder von den Koppeln in die Ställe gebracht hatten.

Während des Tages hatte Slevin den Stallherr auch nach seinem älteren Sohn gefragt, der wohl normalerweise hier mithalf. Wilbert erzählte ihm, sein älterer Sohn hätte sich übel an der Hand verletzt und dazu hohes Fieber bekommen. Doch Celest hatte sich gut um ihn gekümmert und er war bereits wieder auf dem Weg der Besserung. Er würde jedoch noch ein paar Wochen brauchen, um wieder im Stall mitarbeiten zu können. Slevin war etwas erstaunt, wie offen Wilbert auch über die Heilkünste Celests redete. Dass diese eine Hexe war, schreckte den Mann keineswegs ab. Andererseits hatten sie hier auch keinen Grund, anders darüber zu denken. Denn hier liefen die Dinge gänzlich anders, als er es in den anderen Dörfern und Städten erlebt hatte.

Er nahm sich vor Dragana später danach zu fragen, ob es noch mehr Städte wie diese gab. Dabei ging er nach draußen und auf die Burg zu, als er sich nochmals kurz zu dem Stall umdrehte.

Außerdem nahm er sich vor, auch in den nächsten Tagen, hier zu helfen. Einmal vorausgesetzt, die Hexen hatten nicht schon anderes für ihn geplant.

Während des Tages hatte er immer wieder die Gegenwart der Hexen spüren können. Sie kontrollierten wohl, ob er noch da war und wohl auch, ob die anderen hier noch lebten. War er wirklich so unberechenbar und grausam gewesen?

Leider musste er diese Frage mit ja beantworten. Obwohl es ihm damals nicht so vorgekommen war. Er war der Meinung gewesen, er hatte nur getan, was nötig gewesen war. Bevor er sich weiter in diese Gedanken verlieren konnte, spürte er bereits wieder die Anwesenheit einer Hexe. Sofort drehte er sich um und sah in das wunderschöne Gesicht Draganas.

„Ich muss zugeben, ich bin etwas beeindruckt", gab sie fröhlich von sich.

Slevin sah sie forschend an und ging zu ihr nach draußen.

„Dachtest du etwa, ich bin nicht einmal dafür zu gebrauchen?" Doch Dragana ging auf seine offensichtliche Provokation nicht ein.

„Doch. Ich weiß, was du kannst, wenn du willst."

Sie stieß ihm neckisch mit dem Ellbogen in die Seite. Slevin konnte nicht anders. Er packte sie an den Hüften, hob sie hoch und schmiss sie sich einfach über die Schultern. Dragana protestierte mit einem leichten Quietschen, dann trommelte sie ihm lachend auf den Rücken.

„Na warte", sagte sie immer noch lachend.

Und bevor Slevin sich versah, spannte sie ihre Beine an und riss sie mit einem Ruck nach oben, was Slevin ziemlich aus dem Gleichgewicht brachte. Als er noch kämpfte, um nicht hinzufallen, hatte Dragana genau dies im Sinn. Mit ihrem kompletten Körpergewicht drückte sie ihn nach hinten. Mit einem heftigen Plumps fielen sie beide zu Boden.

Slevin wusste, was als Nächstes kommen würde. Sie würde sich kurz wegdrehen, um dann auf ihn zu springen. Er selbst hatte ihr diese Technik gezeigt. Allerdings rollte er sich im gleichen Moment ebenfalls zur Seite und hielt sie schnell am Boden fest.

„Du hast nichts verlernt, kleine Hexe!", sagte er keuchend, während sie immer noch versuchte, sich aus seinem Griff zu befreien und diese kleine Rangelei doch noch für sich zu entscheiden.

„Lasse sie sofort los, Vampir!", grollte auf einmal eine wütende Stimme direkt hinter ihnen.

Und als Slevin den Kopf drehte, erkannte er blitzendes Metall, direkt neben seinem Kopf.

Sofort ließ er Dragana los und wollte sie zur Seite schieben, als diese schon lauthals zu schimpfen anfing.

„Diamant! Was soll das? Haben dich alle guten Geister verlassen? Steck gefälligst dein Schwert weg!"

„Er hat dich angegriffen!", gab Diamant noch immer kampfbereit von sich.

Doch das war Dragana wohl auch, nur in anderer Weise.

„Denkst du auch mal nach, bevor du handelst? Er ist mein Lakai! Wie zum Teufel sollte er mich wirklich angreifen können?"

Inzwischen hatte sich der Stallherr, dessen Junge und noch ein paar andere Dorfbewohner dazu gesellt und sahen die drei mit großen Augen an.

Slevin griff ein. Er stand auf und trat zwischen Dragana und ihren Bruder. Das Schwert in dessen Hand jedoch immer im Auge behaltend.

„Könntet ihr vielleicht leiser oder woanders darüber streiten?"

Erst jetzt sahen sich Dragana und Diamant um.

Schnell steckte Diamant sein Schwert ein und auch Dragana drehte sich von ihrem Bruder weg und sagte laut zu den Umherstehenden.

„Alles in Ordnung, Leute. Es war nur ein Missverständnis."

Slevin konnte sehen, wie Egbert von seinem Vater wieder in den Stall geschoben wurde. Und auch die anderen machten sich wieder vom Acker.

„Euer Plan, die Leute hier so wenig wie möglich zu verunsichern, hat ja bis jetzt bestens funktioniert", blaffte Slevin die beiden sauer an.

Niemand antwortete ihm und so gingen sie schweigend zur Burg.

Auch das Abendessen wurde wortlos zu sich genommen. Und nicht einmal als Slevin sich mit knappen Worten in sein Zimmer zum Schlafen verabschiedete, bekam er eine Antwort. Auch gut.

Zornig legte er sich in sein Bett und schlief einen unruhigen Schlaf.

Dragana und Slevin

Noch bevor er, am nächsten Morgen, die Augen öffnete,
wusste er, dass er nicht mehr alleine war. Gerade wollte er
verzweifelt an seinen Ketten zerren, bis ihm bewusst wurde, es
gab keine Ketten mehr. Er war bei Dragana und Diamant in
deren Burg, in seinem Zimmer. Trotzdem stand da jemand
neben ihm und beobachtete ihn.
Ruckartig öffnete er die Augen.
„Du siehst friedlich aus, wenn du schläfst. Oder hast du dich
nur schlafend gestellt?", sagte Dragana anstelle einer
Begrüßung.
„Ich dachte, du küsst mich vielleicht wach", log er,
hauptsächlich, um irgendetwas zu sagen und biss sich im
selben Moment auf die Zunge.
Wie war er nur DARAUF gekommen?
Wahrscheinlich hätte er panikartig die Flucht ergriffen, wenn
sie ihn im Halbschlaf berührt hätte, weil er sie für den Dämon
oder Thorun gehalten hätte, die ihn immer wieder in seinen
Alpträumen heimsuchten.
„Kann ich ja nachholen."
Slevins Augen wurden groß. Meinte sie das ernst? Nach dem
gestrigen Tag wohl eher nicht.
„Du machst schlechte Scherze", fuhr er sie härter als geplant
an, stand auf und schlurfte wortlos an ihr vorbei, zu der Schale
Wasser, die auf dem kleinen Tisch stand.
Idiot, schalt er sich selbst in Gedanken.

Er wusch sich lange und ausgiebig. Er hatte keine Ahnung, wie er ihr nun gegenübertreten sollte und Dragana blieb einfach beharrlich hinter ihm stehen und wartete.

„Bist du jetzt endlich fertig? Ich habe eine Überraschung für dich", sagte Dragana nach mehreren Minuten zynisch.

Trotz der Tatsache, dass Dragana langsam ungeduldig wurde, ließ er sich nochmals etwas Zeit. Irgendetwas sagte ihm, dass ihm ihre Überraschung nicht gefallen würde.

„Was ist mit Frühstück?", fragte er dann, um noch etwas Zeit zu gewinnen.

„Frühstück gibt es später. Und jetzt komm mit", erwiderte sie langsam ungeduldig.

Wenig motiviert ging er ihr hinterher, als sie die Burg verließ. Und natürlich stand sofort Diamant draußen und besah ihn mit einem durchdringenden Blick. Wenn er schon nicht verhindern hatte können, dass Dragana ihn hier trotz seiner Warnungen einfach frei herumlaufen ließ, so nutzte er doch jede Möglichkeit um ihnen seinen Unwillen darüber zu zeigen.

„Geht ihr Gassi?", fragte der Hexer mit spöttischem Lächeln.

„Wirklich sehr witzig.", fauchte Dragana ihn an. „Wir gehen raus."

„Wohin raus?", hakte Diamant nach.

„Raus eben. Und nein, es geht dich nichts an, wohin."

Nun war Slevin es, der seinem Gegenüber triumphierende Blicke zuwarf.

„Es ist zu gefährlich", warf Diamant wieder ein.

„Keine Sorge, dieses Mal bin ich ja bei ihr", antwortete Slevin.

„Deshalb mache ich mir ja Sorgen."

Der Hexer fixierte ihn mit zornigen Blicken, dann sprach er weiter zu Dragana.

„Wir wissen immer noch nicht, wer dich angegriffen hat. Oder was", fügte er mit Blick auf Slevin hinzu.

„Wir passen schon auf uns auf. Und ansonsten schreien wir gerne laut um deine Hilfe, großer Bruder."

Während dessen schüttelte Slevin langsam und grinsend den Kopf und formte mit den Lippen die Worte: „Nein, werden wir nicht!"

Diamant antwortete nicht mehr und suchte wieder einmal wütend das Weite.

Dragana hingegen packte noch im Laufen ein Bündel, welches sie anscheinend schon hier vorbereitet hatte, dann nahm sie Slevin an der Hand und führte ihn Richtung des hinteren Tores der Stadt. So langsam wollte auch er wissen, wohin sie denn nun gingen. Doch auch er bekam keine wirkliche Antwort. Also verließen sie die Stadt ohne weitere Worte und gingen einen kleinen Trampelpfad entlang. Dragana schritt schnellen Schrittes voraus. Sie waren durch das hintere Tor gegangen. Vor der Stadt lag ein überschaubares Tal. Hier hinten schlängelte sich nur ein kleiner Trampelpfad durch Bäume und Wiesen, den Berg hinauf. Was wollte sie dort oben? Ihn dort festbinden? Oder von einer Klippe stürzen?

Aber Dragana ging stur weiter und gab ihm somit nicht die Gelegenheit, nochmals nachzufragen. Sie gingen noch ein Stück den Trampelpfad entlang, bis sie am Rand eines kleinen Wäldchens ankamen. Super, wieder ein Wald, dachte Slevin. Doch Dragana deutete ihm still zu sein. Eine Weile geschah überhaupt nichts und er fragte sich schon, was das alles sollte. „Hörst du das?", flüsterte Dragana.

Slevin lauschte angestrengt in die Richtung, in die Dragana deutete, hörte aber nichts Besonderes. Vor ihnen lag eine kleine Wiese. Dahinter die ersten Bäume und Sträucher des Wäldchens. Es waren nur die normalen Geräusche zu hören, die man in dieser Umgebung erwartete. Der Wind blies leise durch die Bäume. Hier und dort vernahm er ein Knacken. Vielleicht von einem Reh oder Ähnlichem. Und tatsächlich wurde das Knacken lauter und etwas bewegte sich am Waldrand. Hinter einem Baum kam langsam ein Wildschwein hervorgetreten. Slevin hielt den Atem an und tastete sofort nach seinem Schwert. Es war natürlich nicht da. Niemals hätten sie ihm erlaubt eine Waffe mitzunehmen.

Und nun? Wenn das Wildschwein sie angreifen würde?

Er würde diesem Tier im Notfall Herr werden, auch wenn er weiß Gott keine Lust darauf hatte sich mit einem Wildschwein zu messen. Die Viecher konnten sehr unangenehm werden.

Aber wie sah es mit Dragana aus?

Slevin sah hastig zu dem Beutel, den sie mitgenommen hatte. Sie würde wohl keine Waffe darin versteckt haben. Dann blickte er sich weiter um.

In ihrer Nähe standen nur Büsche und kleine Bäumchen. Nichts worauf sie flüchten konnte.

Slevin versuchte Dragana schützend hinter sich zu schieben. Trotzdem fragte er sie leise:

„Kannst du kurzfristig ein Schutzschild errichten?"

„Ein Schutzschild? Wofür?"

Dragana sah ihn an und Slevin konnte ihren Blick nicht einordnen.

„Wofür? Für dieses Vieh dort vorne vielleicht?", gab er gedrungen zurück.

Wenn sie leise waren und sich nicht bewegten, würde das Wildschwein sich vielleicht wieder in den Wald trollen. Doch leider hielt es genau auf sie zu und ließ ein bedrohlich wirkendes Grunzen hören.

„Wir brauchen keine Zauber."

Slevin blies die Luft zwischen den Zähnen aus und biss sich dann auf die Zunge, um zu verhindern noch mehr unnötige Geräusche von sich zu geben.

Das konnte wohl nicht wahr sein! Er verstand ja, dass Dragana im Einklang mit der Natur und den Tieren leben wollte. Aber das hier ging zu weit. Das Tier würde sie einfach über den Haufen rennen, wenn es sich von ihnen gestört oder bedroht fühlte.

Während er versuchte seine Wut über ihre Naivität herunterzuschlucken, kam das Tier immer weiter auf sie zu. Und die Größe des Wildschweines war beachtlich. Es ging ihm mit Sicherheit mit dem Kopf fast bis zur Brust. Und er wusste, wie aggressiv und gefährlich diese Tiere werden konnten.

Doch Dragana schob ihn nun ihrerseits zur Seite und trat einen Schritt auf das Wildschwein zu. Dieses ließ nun wieder dieses komische Grunzen hören, bewegte sich aber nicht mehr weiter, sondern fixierte die beiden Menschen vor sich.

„Schon gut. Ich glaube, er hat genauso viel Angst vor dir, wie du vor ihm", sagte Dragana besänftigend.

„Sieht nicht so aus, als hätte es Angst vor mir!", gab Slevin zu bedenken.

„Ich habe auch nicht mit dir geredet. Sondern mit Wilhelmine", gab sie leise zurück.

„Aha, mit Wilhelmine, dem Wildschwein, oder wie? Sag mir bitte, dass das nicht dein Ernst ist!"

Dragana sah ihn nur lächelnd an.

„Was ist nicht mein Ernst?", und dabei ging sie weiter auf dieses grunzende und riesige Tier zu.

Tatsächlich griff das Wildschwein sie nicht an. Es senkte seinen Kopf und trottete nun gemächlich auf Dragana zu. Dabei ließ es Slevin jedoch nicht aus den Augen. Dieser spannte sich, bereit jeden Moment einzuschreiten, falls sich dieses Vieh doch noch auf Dragana stürzen würde.

Tat es aber nicht. Ganz im Gegenteil. Als Dragana es berührte legte es sich in das Gras und stieß nun andere, jedoch nicht minder merkwürdig klingende Laute aus.

„Wilhelmine?!", presste Slevin empört und fragend heraus.

„Ach so, nein eigentlich habe ich sie Wilhelm genannt, aber nur so lange bis sie einen dicken Bauch und dann Junge bekam."

„Ach so, ja dann."

Slevin konnte nicht verhindern, dass sich seine Mundwinkel nach oben zogen. Trotzdem wäre es gut gewesen, ihn VORHER einzuweihen.

„Beeinflusst du sie?"

Dragana sah kurz zu ihm auf und winkte ihn zu sich, bevor sie antwortete. Slevin ging langsam auf die beiden zu. Wilhelmine ließ wieder dieses eher warnende Grunzen hören.

„Nein, ich beeinflusse sie nicht. Nicht mehr. Aber sei vorsichtig. Sie hat etwas Angst vor dir. Vielleicht spürt sie, was in dir liegt."

Ob Dragana damit nun den Vampir oder den Dämon meinte, ließ sie wohl absichtlich unklar.

„Vielleicht spürt sie ja auch nur, dass ich Hunger habe."

Und jetzt grinste Slevin über beide Backen.

Nur Dragana und Wilhelmine fanden den Scherz nicht besonders lustig. Also zuckte er mit den Schultern und ließ sich in die Knie sinken und streckte behutsam die Hand aus, um das Wildschwein zu streicheln. Das Tier ließ es zu und beruhigte sich zusehends.

Dragana lächelte zufrieden.

„Ich habe sie gefunden. Sie war verletzt und hat alles und jeden angegriffen. Sie war wohl fast wahnsinnig vor Schmerz. Ich habe sie mit einem Zauber beruhigt und ihr dann geholfen. Und seitdem, naja, das siehst du ja."

Dragana sah das riesige Tier, dass nun zufrieden vor ihnen lag, stolz an.

„Du siehst, nicht alles, was gefährlich scheint, ist es auch. Manchmal ist es nur der Schmerz, der uns so aggressiv macht."

Bei diesen Worten sah sie Slevin fest in die Augen.

Slevin erwiderte kurz ihren Blick, dann drehte er den Kopf weg.

Das war er also für sie!?

Eine Art gefährliches Tier, dem man helfen musste? Sie hatte es nicht aus Liebe getan, sondern aus Mitleid!

Dragana spürte seinen Umschwung der Gefühle und sah ihn irritiert an.

„Was ist los?"

„Nichts", log Slevin. „Wir sollten wieder zurückgehen. Diamant ist bestimmt schon krank vor Sorge um dich."

„Seit wann interessiert dich, wie es Diamant geht?"

‚Seitdem du keine Gefühle mehr für mich hast!' Doch wieder einmal sprach er nicht aus, was er dachte.

Dragana sah ihn bestürzt an.

„Ich glaube, du hast mich falsch verstanden."

Slevin schnaubte. ‚Wie konnte man das falsch verstehen?'

Schneller als gut für Wilhelmines Gefühlslage war, stand er auf und ging zu dem Weg zurück. Dragana streichelte dem Schwein noch einmal liebevoll über die Schnauze und folgte ihm.

„Ich hatte eigentlich vor, dir noch etwas zu zeigen", begann sie kleinlaut, als sie bei Slevin angekommen war.

„Was denn? Noch ein Tier, welches du wie mich gerettet hast, und das sich dir nun vor die Füße wirft, um sich kraulen zu lassen?"

Dragana sah ihn mit großen Augen an.

„Das denkst du also?"

Draganas Augen sahen ihn traurig an.

„Das denkst du also, was du für mich bist?"

Slevin konnte ein Nicken nicht ganz unterdrücken.

„Fein!", sagte sie harsch zu ihm. Und etwas leiser fügte sich hinzu.

„Du hast wirklich keine Ahnung!"

„Ja richtig!", schrie er sie nun seinerseits an. „Ich habe keine Ahnung, was ich noch für dich bin! Seitdem ich hier bin, behandelt ihr mich genau SO!" Dabei deutete Slevin anklagend auf das Wildschwein. „Ihr behandelt mich wie ein gefährliches Tier, nicht wie einen Freund! Wie eines deiner Tiere, die du retten musst! Aber ich muss nicht gerettet werden, Dragana und erst recht nicht von dir!"

Slevin hatte während seiner Worte die Hände zu Fäusten geballt.

Dragana kam langsam auf ihn zu, nahm zögerlich seine Fäuste in ihre Hände und streichelte mit traurigem Blick mit den Fingern über seine vor Anspannung weiß gewordenen Knöchel seiner Hand.

„Ich dachte, du seist tot, Slevin! All die Jahre habe ich mit einem gebrochenen Herzen gelebt.

Es ist weder Kontrolle noch Mitleid, wie ich dich die letzten Tage behandelt habe."

Langsam löste Slevin seine Fäuste. Dragana nahm eine seiner Hände, hob sie an ihr Gesicht und schmiegte ihre Wange daran.

So hatte er sie damals oft berührt, mit dem Versprechen auf den Lippen, dass sie in seiner Nähe immer sicher sein würde.

„Ich habe es getan, weil ich es einfach nicht ertragen könnte, dich noch einmal zu verlieren! Ein Teil von mir ist ebenfalls damals gestorben, als ich von deinem Tod erfuhr. Noch einmal überlebe ich nicht! Und auch, wenn es selbstsüchtig ist und du mich dafür hasst, ich werde nicht zulassen, dass DIR etwas passiert!"

In Draganas Augen schimmerten Tränen und Slevin blieben die harschen Worte, die er vorher auf der Zunge hatte ihm Hals stecken. Er schluckte schwer.

„Du ... du liebst mich? Immer noch?"

„Natürlich tue ich das. Es hat sich nie, niemals etwas daran geändert, wie ich für dich fühle, Slevin!"

Dragana zog ihn an sich heran, legte ihre Arme um seinen Hals und bettete ihren Kopf an den seinen. Er schmeckte Salz auf ihren Wangen, als er sie liebevoll küsste und die Welt um Slevin herum versank.

Es gab nur noch sie. Er spürte ihre Haut an der seinen. Roch ihren Duft. Er zog sie noch enger an sich heran und erwiderte ihren zögerlichen Kuss. Sie war nun wirklich hier bei ihm. Und sie liebte ihn. Immer noch.

Es dauerte eine kleine Ewigkeit, bis sie sich wieder voneinander lösen konnten. Wilhelmine war einmal grunzend um sie herumgelaufen und hatte sich dann meckernd getrollt. Sie war wohl mehr Aufmerksamkeit von Dragana gewöhnt. Immer noch Arm in Arm sahen sie sich an.

„Und? Willst du nun weitergehen, oder doch lieber zurück zu Diamant, bevor er noch vor Sorge um mich stirbt?", fragte Dragana lächelnd.

„Schwere Entscheidung. Bist du sicher, er wird sterben vor Sorge? Dann sollten wir uns noch viel länger Zeit lassen. Wir könnten heute Nacht …"

„Slevin!", unterbrach ihn Dragana tadelnd. Doch das liebevolle Lächeln war nicht aus ihrem Gesicht gewichen.

„Na gut. Dann laufen wir noch ein Stück und gehen dann wieder zurück. In Ordnung?"

„In Ordnung. Ich muss dir doch noch die Überraschung zeigen."

„Ich mag Überraschungen nicht sonderlich. Vor allem nicht, wenn es sich um borstige Tiere handelt."

„Ich weiß. Aber das mit den borstigen Tieren hast du ja schon überstanden."

Und mit diesen Worten ergriff sie seine Hand und zog ihn einfach weiter.

Sie liefen inzwischen bestimmt schon wieder eine Stunde und Slevin fragte sich langsam wirklich, was Dragana noch vorhatte. Aber da sie es ihm mit Sicherheit nicht sagen würde, genoss er es einfach mit ihr hier alleine zu laufen. Er fühlte sich gut und frei. Das war mehr als er noch vor ein paar Tagen, als er hierhergekommen war, auch nur zu träumen gewagt hatte.

Noch bevor Draganas Schritte langsamer wurden, hörte er das laute Rauschen von Wasser. Er hatte den Fluss, der sich hier durch das Gebirge schlängelte bereits bemerkt. Doch dieses Rauschen musste mehr als nur ein Flusslauf sein. Und tatsächlich standen sie nach ein paar weiteren Minuten, vor einem beeindruckenden Wasserfall. Slevin blinzelte nach oben, dort wo das Wasser anfing steil nach unten zu fallen. Es mussten etwa zwanzig Meter sein. Links und rechts neben dem Wasserfall lagen Felsbrocken, aber auch Büsche hatten dort auf dem steinigen Boden Halt gefunden. Und hier unten, bei ihnen mündete das fallende Wasser in einen klaren See. Slevin ließ sich sofort auf die grüne Wiese davor fallen und sah in den blauen Himmel. Wie sehr hatte er dieses Gefühl vermisst!

Dragana setzte sich neben ihn und auch sie genoss diesen Augenblick für einen Moment.

„Ich wollte dich eigentlich erst hier küssen. Aber da du ja sturer, als ein Esel bist …"

Weiter kam Dragana nicht.

Slevin zog sie abermals in seine Arme.

„Ein Esel also, sagst du, bin ich?", und dabei küsste er sie auf ihre weichen Lippen.

„Nein, ich sagte du bist sturer als ein Esel!"

Sie zog ihn noch enger zu sich.

„Und das liebe ich an dir. Du gibst niemals auf, oder?"

Sie rollte sich auf ihn und drückte sanft aber bestimmt seine Knie auf den Boden. Ihr Gesicht war direkt vor seinem und alleine ihr Anblick ließen ihm seine Worte im Hals stecken bleiben. Er hatte nicht mal mehr eine Ahnung, was er eigentlich hatte sagen wollen. Trotzdem legte sie ihm ihren Zeigefinger auf den Mund und sprach ein leises: „Ssshhh!" Ihr roter Mund öffnete sich dabei verheißungsvoll.

„Willst du jetzt wirklich mit mir streiten?", fragte sie neckisch und berührte sanft mit der rechten Hand seine Wange, streifte über seine Stirn, bis sie wieder bei seinem Mund ankam.

Slevin brachte nur ein raues „Nein" heraus. Dann schlang er seine Arme um sie. Ihre Lippen legten sich auf die seinen. Für einen Moment stand die Zeit still. Alles war vergessen. Es gab nur noch sie und ihn. Er zog sie noch näher an sich heran, küsste sie. Küsste ihre Lippen, ihren Hals.

Slevins Körper überfuhr eine Gänsehaut, als sie ebenfalls anfing seinen Hals zu küssen. Dann wanderten ihre Küsse immer tiefer zu seiner Brust. Hektisch zog sie ihm sein Hemd aus. Sie sah seine makellose, fast weiße Haut, seine Muskeln, die sich bei jeder seiner Bewegungen hervorhoben, während er nun mit seinen Händen unter ihr Hemd fuhr und sie zu streicheln begann.

Sie liebten sich, erst stürmisch dann liebevoll, bis sie irgendwann erschöpft beieinander lagen.

Erst am späten Abend liefen sie zurück in die Stadt.

Slevin konnte sich ausmalen, wie Diamant vor Nervosität bereits auf und ab lief und dieser Gedanke hob seine Stimmung noch mehr. Und tatsächlich eilte Draganas Bruder ihnen bereits wild mit den Armen fuchtelnd entgegen, als sie in die Stadt liefen.

„Ich glaube, er hat uns vermisst", hauchte Slevin Dragana ins Ohr und küsste sie nochmals sanft am Hals.

„Sei nicht so", entgegnete Dragana, allerdings ebenfalls lächelnd.

Sie ging ein Stück voraus, ihrem Bruder entgegen, während der Vampir es nicht eilig hatte. Der Tag war einfach zu schön gewesen, um ihn nun mit einer Diskussion mit Diamant zu versauen.

„Ist das Turtelpärchen auch mal wieder hier, ja?", schmiss er seiner Schwester wütend entgegen.

„Diamant, was soll das?"

„Während ihr euch einen schönen Tag gemacht habt, sind Reiter gekommen, Schwesterchen! Sie warten in der Burg auf den Vampir!"

Diese Worte ließen nun auch Slevin aufhören. Schnell trat er zu den Beiden.

„Reiter? Von Thorun?"

„Nein", gab Diamant grimmig Entwarnung. „Von der Gegenseite!"

„Von der Gegenseite?", wiederholte Dragana verwirrt. „Was soll das heißen?"

„Das soll heißen, dass unser ach so friedlicher Vampir hier, noch kurz Männer zusammengerufen hat, die eine Armee gegen Thorun organisieren, bevor er zu uns kam."

Stolz grinste ihn dieser an.

„Neidisch?"

Diamants Zähne malmten aufeinander vor Wut, während der Vampir ihn triumphierend ansah.

Denn bei den Männern, von denen Diamant sprach, konnte es sich nur um Lincoln und seine Leute handeln. Zwar hatte er ihnen gesagt, sie sollten nicht herkommen. Aber so wie es schien, waren sie friedlich geblieben. Und da sich hier die Wogen zumindest geglättet hatten, war er sogar froh darum. Vielleicht würden die Hexengeschwister auf Lincolns Worte hören. Oder wenigstens Dragana.

In Slevin keimte Hoffnung hoch. Zumindest so lange, bis er aus den Augenwinkeln Draganas Gesichtsausdruck wahrnahm.

„Das bedeutet Krieg, Slevin", sagte sie so leise, ihre Stimme war kaum mehr als ein Wispern.

Dragana schüttelte den Kopf. Wie konnte sie nur so dumm gewesen sein zu glauben, sie konnten hier friedlich zusammenleben. Zu glauben, Slevin konnte diese Suche und diesen Kampf aufgeben. Für sie. Für sie beide!

Tränen kamen ihr hoch. Sie versuchte sie niederzukämpfen, doch es gelang ihr nicht.

Slevin war zu ihr getreten und wollte sie in den Arm nehmen, doch sie entwich seiner Berührung, drehte sich um und rannte davon.

Slevin ließ Diamant einfach stehen und lief ihr hinterher. Er fand sie an der Stelle, an der sie in der ersten Nacht schon gesessen hatten.

„Es tut mir leid", sagte er ehrlich und setzte sich zu ihr. „Aber wir können zusammen sein, wenn das hier vorbei ist."

„Wenn es vorbei ist?", schrie sie ihn an. „Es wird nie vorbei sein! Das weißt du! Wie lange suchst du schon nach deinem Bruder?"

„Zu lange", gab Slevin leise zu.

Dennoch konnte er nicht anders als weitermachen. Außerdem tat er es nicht nur für sich selbst.

„Diese Männer sind meine Freunde, Dragana. Gerade Lincoln, dem Anführer, habe ich einiges zu verdanken. Und er zählt auf mich! Außerdem, was ist mit Menschen in diesem Land? Sie leiden unter Thorun und seinen grausamen Hexern. Es ist nicht nur wegen Yascha."

„Das heißt, du willst dort NICHT hingehen, wegen deines Bruders, sondern weil du helfen willst? Und das soll ich dir glauben?"

Slevin nickte.

„Dragana, ich … ich muss dorthin!"

„Nein! Nein, das musst du nicht! Du willst! Du willst, weil du nichts anderes mehr kannst außer kämpfen und töten!"

Zuerst wollte Slevin auffahren, sie ebenfalls anschreien. Doch dann sah er betroffen zu Boden.

Natürlich konnte sie nicht glauben, dass er es auch für seine Freunde tat. Und für diejenigen, die wie er vor Kurzem noch, in Kerkern und Zellen dahin vegetierten, in denen man früher oder später jegliche Hoffnung verlor. Aber wie konnte sie ihm auch glauben, nachdem wie er gewesen war.

„Das werde ich nicht zulassen", erwiderte sie bestimmt und das war ihr voller Ernst.

Doch auch Slevin hatte in diesem Punkt nicht vor nachzugeben.

„Oh doch, das wirst du! Und wage es nicht diesen Bann anzuwenden, um mich davon abzuhalten! Denn dann wirst auch du Blut an deinen Händen haben! Das Blut der Leute die sterben, weil sie unter Thoruns Herrschaft elendig verhungern oder von seinen Leuten ermordet und hingerichtet werden! Genauso wie das Blut meiner Freunde, die auch ohne mich kämpfen werden! Du wolltest nicht mehr in Angst leben? Okay, das verstehe ich jetzt. Doch der Preis für euren Frieden ist zu hoch, das weißt du!"

Dragana sah ihn an, sagte aber nichts.

„Dragana", sprach Slevin nun mit einfühlsamer Stimme weiter. „Ich weiß, wie ich war und was es mich gekostet hat. Ich bin nicht mehr so. Aber ich muss dorthin! Kämpfe an meiner Seite! Nicht gegen mich! So wie früher!"

„So wie früher", wiederholte Dragana leise und Slevin konnte ihr ansehen, wie sie in Gedanken wieder einen wutendbrannten Slevin davon abbringen wollte, sich mordend zu einem Bruder durchzukämpfen, der niemals da war.

„Nicht so! Das meinte ich nicht!"

Slevin presst die Lippen aufeinander und schüttelte verbittert den Kopf, bevor er weitersprach.

„Dragana. Ich meinte, als wir drei noch wie Pech und Schwefel zusammenhielten! Weißt du noch?"

Der Vampir machte eine kleine Pause und wartete, bis Dragana ihn ansah.

„Erinnerst du dich noch daran, als wir diesen reichen Idioten als Leibwächter nach Hause begleitet haben? Er hat uns und seine Diener die ganze Zeit schikaniert und angeschrien. Diamant oder ich hätten ihn uns früher oder später gepackt und ihm seine Flausen schon ausgetrieben."

Slevin machte eine kleine Pause und sah Dragana stolz an, bevor er weitersprach. „

Aber du wusstest einen anderen, einen besseren Weg. Du hast sein Pferd beeinflusst. Jedes Mal wenn er wieder angefangen hat, uns herumzuscheuchen, hast du sein Pferd scheuen lassen und er ist jedes Mal herunter gefallen und mit einem dumpfen Knall auf dem Boden gelandet. Erinnerst du dich noch?"

Immerhin konnte er jetzt ein leichtes Lächeln auf Draganas Lippen wahrnehmen und so redete Slevin weiter.

„Wenn der Typ nicht so ein Bastard gewesen wäre, hätte man schon fast Mitleid mit ihm haben können, als er ein anderes Mal, verzweifelt seinem Pferd hinterhergerannt ist, welches immer wieder ein paar Meter vor ihm stehen blieb, um dann doch wieder Reißaus zu nehmen, wenn er es fast erreicht hatte."

Nun konnte Dragana ein Schmunzeln nicht mehr unterdrücken.

„Er hatte es nicht anders verdient", sagte Dragana schon fast verteidigend und schürzte die Lippen. „Außerdem hast du mir oder Diamant auch ein paar Mal den Hintern gerettet. Ein paar Monate später zum Beispiel."

Slevin wusste, wovon sie sprach. Ausnahmsweise war Diamant einmal für Ärger verantwortlich gewesen.

„Er hat diese Frau kennengelernt, die allerdings mehr an seinem Geld, als an ihm interessiert war", erinnerte sich Slevin. „Ein paar Tage später war sie mit ihm in einen Gasthof gegangen und hatte Diamant gnadenlos mit Wein abgefüllt. So sehr, dass er nicht einmal gemerkt hat, wie sie ihn um unsere komplette Reisekasse erleichtern wollte."

„Noch dazu hat er sich überhaupt nicht mehr im Griff gehabt und wollte seiner Angebeteten mit seinen Zauberkünsten imponieren", erzählte Dragana weiter und kicherte leise in sich hinein.

„Er hat dann aus Versehen, anstatt einer Kerze, den Stuhl eines anderen Gastes in Brand gesetzt", ergänzte Slevin sich mit einem schiefen Grinsen.

Dragana stimmte zu.

„Wenn die anderen Gäste Diamant als den Verursacher und somit als Hexer ausgemacht hätten, stünde er wohl nicht mehr hier. Sie hätten ihn auf der Stelle gelyncht. Aber du hast eine riesige Wassertonne geholt, das Feuer und zu dem alle anderen im Umkreis, inklusive meinen Bruder und seiner kleinen Diebin, damit übergossen."

Zufrieden in sich hineingrinsend nickte Slevin. Da es Winter und das Wasser eiskalt gewesen war, waren alle, auch diese Frau, so schnell es ging nach Hause geeilt. Von da an hatten sie sie nicht mehr gesehen und waren nach einiger Zeit weitergezogen.

„Diamant hat allerdings eine Woche lang nicht mehr mit mir geredet", warf Slevin in leicht vorwurfsvollen Ton ein.

Dragana sah betroffen zu Boden.

„Er war noch nie gut darin, sich zu bedanken und es hat wohl sehr an seinem Stolz gekratzt."

Doch Slevin legte seinen Arm um sie und schüttelte den Kopf.

„Ich habe es ihm damals nicht übel genommen. Ich weiß, wie es ist, wenn man sich in etwas verrennt oder verliebt ist."

Dragana sah ihn an. Ihr Lächeln war erloschen, dafür schenkte sie Slevin einen Blick voller Liebe und Zuneigung.

„Gut, Slevin!", entschied Dragana plötzlich und stand auf. Sie spürte jetzt einfach, dass es das Richtige war. „Ich werde mir anhören, was deine Freunde zu sagen haben. Wenn es tatsächlich Hoffnung auf Erfolg gibt, werde ich dir beistehen!"

Erleichtert beugte Slevin sich zu ihr und küsste sie auf die Stirn.

„Ich danke dir!"

„Ich werde erst einmal nur mit ihnen reden! Das heißt noch lange nicht, dass du gehen wirst!"

„In Ordnung!"

Das war immerhin mehr, als er sich noch vor ein paar Minuten erhoffen konnte.

Sie erhoben sich und liefen zurück. Diamant stand nicht mehr auf den Dorfplatz, wo sie ihn zurückgelassen hatten. Also musste er bereits zurück in die Burg gegangen sein.

Dragana und Slevin gingen ebenfalls zur Burg und traten in die Küche.

Lincoln, Lenker und Dave saßen mit Celest am Tisch und aßen.

Nur Diamant stand mit verschränkten Armen, wie ein Gefängniswärter neben seinen „Gästen" und starrte diese finster an.

Slevin konnte es sich bei diesem Bild, welches sich im bot, einfach nicht verkneifen.

„Du brauchst die drei nicht zu bewachen, Diamant. Die sind freiwillig hier!"

„Nicht, wenn es nach mir geht!"

In diesem Moment standen die Räuber allesamt auf, ignorierten den Hexer jedoch völlig und traten auf Slevin zu.

„Verdammt, Vampir, wir machen uns Sorgen und du genießt hier das süße Leben, oder wie?!", begrüßte Lincoln ihn, mit Blick auf Dragana in Slevins Armen, allerdings mit einem Lächeln auf den Lippen. Er schien ehrlich erleichtert, ihn hier zusammen mit ihr zu sehen.

Slevin löste sich von Dragana und begrüßte den Räuberhauptmann mit einem freundschaftlichen Schulterklopfen. Es tat gut, seinen Freund wiederzusehen.

„Tut mir leid, Lincoln. Ich wollte zu euch kommen, es …", kurz brach der Vampir ab, suchte nach den richtigen Worten. „Es war mir nur im Moment nicht möglich", erklärte er dann kurz.

Die Räuber sollten nach Möglichkeit nichts von diesem Bann erfahren. Hatte er sie bei Van Guten noch eindringlich davor gewarnt, einem Lakai zu vertrauen.

„Das glaube ich dir", antwortete allerdings Dave, auf seine ausweichende Antwort. „Mit so einer hübschen Frau, wäre es mir auch nicht möglich, aus dem Bett zu kommen."

Dies rief wiederum sofort Diamant auf den Plan.

„Das ist meine kleine Schwester, von der du da gerade redest!"

„Wirklich? Wie ist das denn passiert?", warf Dave immer noch mit einem Lächeln zurück. „Ich meine, es ist ja offensichtlich …"

„Dave!", griff Lincoln sofort ein. „Lasse es gut sein!"

Dave zuckte schnaubend mit den Schultern.

„In Ordnung, tut mir wirklich leid, dass seine Schwester die ganze Schönheit …"

„Vielleicht sollten wir uns auf die eigentlichen Dinge konzentrieren, weswegen wir hier sind", rettete Celest die Situation.

Zumindest die Räuber stimmten augenblicklich zu.

„Slevin, du wirst nicht glauben, was vor sich geht!", fing Lincoln sofort zu erzählen an. „Du musst mit nach Kintz kommen. Es ist … der Wahnsinn!"

Lincoln erzählte, es würden sich immer mehr und mehr Menschen versammeln, die bereit waren, gegen Thorun zu kämpfen. Über zweihundert Mann waren bereits in Kintz. Er und weitere Aufständische dort versuchten gerade alle Gruppen, die sich auch in anderen Dörfern und Städten zusammengetan hatten, zu koordinieren.

„Wir werden Reiter in alle Himmelsrichtungen ausschicken", erklärte Lincoln ihnen. „Wir wollen alle versammeln und dann zu Thoruns Burg marschieren. Noch wissen wir nicht, wie viele wir sein werden, aber bald …"

„Nein, tut das nicht", unterbrach Dragana.

Alle im Raum sahen sie fragend an.

Slevin wollte auffahren, hatte sie doch gesagt, sie würde es sich wenigstens anhören, was seine Freunde zu sagen hatten. Doch sie gab ihm keine Gelegenheit und sprach weiter.

„Habt ihr die Reiter schon losgeschickt?", wollte die Hexe nun wissen.

Lincoln schüttelte den Kopf.

„Nein, haben wir nicht. Ich wollte erst hierher und …"

„Gut", unterbrach Dragana ihn abermals. „Alle, die gegen Thorun kämpfen werden, sollen in kleineren Gruppen bleiben. Ihr dürft euch jetzt noch nicht sammeln. Thorun ist zu stark für einen offenen Kampf. Wir … ich meine IHR müsst anders vorgehen, wenn ihr eine Chance haben wollt."

Alle am Tisch sahen sie verwundert an und selbst Dragana schien leicht überrascht von ihren eigenen Worten.

„Die Wälder", führte Slevin Draganas Überlegungen weiter, bevor diese zurückrudern konnte. „Sind euch die Wälder um Thoruns Burg bekannt?"

„Ja, natürlich."

Mit diesen Worten holte Lincoln ein Stück Papier aus seiner Jacke und breitete es auf dem Tisch aus.

Slevin nickte, als sie die Karte betrachteten.

„Seht ihr die kleineren Wälder um Thoruns Anwesen? Wenn ihr Reiter aussendet, sagt ihnen, alle die sich gegen ihn erheben, sollen einzeln oder in kleinen Gruppen zu diesen drei Wäldern im Osten, Süden und Norden von Thoruns Burg kommen. Dann wird Thorun nicht erfahren, was vor sich geht. Oder zumindest erst um einiges später und wir bis dahin einen guten Plan haben."

„Ihr denkt wirklich, das könnte funktionieren?", warf Diamant erbost ein und sah hilfesuchend zu Celest.

Diese ergriff das Wort, jedoch anders, als Diamant es sich erhofft hatte.

„Habt ihr auch Hexen, die für euch kämpfen werden?", fragte nun auch die alte Frau.

Doch Lenker sah sie milde lächelnd an.

„Nichts für ungut, aber es sind hauptsächlich Hexen, die wir bekämpfen müssen."

„Nein! Sind es nicht!", antwortete Celest bestimmt. „Es gibt mehrere Städte, wie die unsere. Und Hexen, die wie wir ebenfalls gegen Thorun kämpfen würden. Allerdings nicht, um danach gejagt zu werden!"

Auch Dragana nickte und selbst Slevin musste eingestehen, Celest hatte recht. Sie hätten nichts gewonnen, wenn sie nach einem Sieg, gegen ihre vorherigen Verbündeten kämpfen müssten, weil diese wieder zu einer Hexenjagd aufriefen.

„Das verstehe ich!", antwortete Lincoln ernst. „Und ich weiß auch, es gab einen Grund, warum es so weit kommen konnte. Außerdem gibt es hunderte von Soldaten, menschliche Soldaten, die in Thoruns Dienst stehen, die nicht besser handeln!"

Und bei seinen nächsten Worten sah der Räuberhauptmann Celest ernst an.

„Wir werden nicht den gleichen Fehler noch einmal machen! Alle, egal was oder wer sie sind, wer mit uns kämpft gehört zu uns! Wir kämpfen gegen die Tyrannei und Grausamkeit Thoruns, nicht gegen Hexen!"

Celest sah den Mann vor sich lange und durchdringend an. Dass diese leise in den Räuber hinein fühlte, um zu spüren, ob er die Wahrheit sagte, konnte dieser nicht merken und so sprach er weiter, um sie zu überzeugen.

„Ihr könnt selbst mit nach Kintz kommen", bot Lincoln der alten Hexe an. „Dort werdet ihr sehen, wie wir sind und handeln."

Nach einer gefühlten Ewigkeit nickte die Hexe und auch Slevin, der sehr wohl mitbekommen hatte, was gerade geschehen war, atmete erleichtert auf.

„Das werde ich", stimmte Celest dem Angebot zu. „Wenn ich auch den anderen von euch glauben schenken kann, werden wir mit euch kämpfen."

Lincoln stand auf und sah alle Anwesenden nacheinander ernst an.

„Nun, das ist weitaus mehr, als wir uns erhofft hatten, als wir hierherkamen", gab Lincoln zu. „Ich danke euch!"

Aus irgendeinem Grund hatte er zwar gespürt, dass es Slevin gut ging. Sonst wäre er trotz seines Versprechens viel früher und mit mehr Männern hierhergekommen. Aber wenn nun auch noch weitere Hexen mit ihnen kämpfen würden, so hatten sie mehr als nur eine Chance auf den Sieg.

Auch Dragana nickte.

„Wir werden gehen!", beschloss sie. „Celest und ich werden nach Kintz gehen und entscheiden, was wir weiter tun werden!"

Slevin riss die Augen auf und auch Diamant schien mit dieser Entscheidung ganz und gar nicht einverstanden zu sein.

„Habt ihr nicht irgendwas Wichtiges vergessen?", schmiss der Hexer mit unverhohlener Missachtung ein. „Den Dämon zum Beispiel?!"

„Darum werde ich mich kümmern!", antwortete Slevin prompt, stand auf und sah Dragana dabei beschwörend in die Augen.

„Ja, das wirst du", stimmte sie zu. „Wenn es an der Zeit ist. Aber erst einmal bleibst du mit Diamant hier!"

„Was?!", kam, fast zeitgleich, von den beiden Männern.

Doch Draganas Entscheidung stand fest und nichts, was Slevin oder auch Diamant an diesem Abend noch sagten, brachte sie von dieser ab.

Am nächsten Morgen schälte sich Slevin langsam aus seinem Bett.

Er hatte nicht gut geschlafen. Wie auch? Trotzdem musste er aufstehen, obwohl es noch nicht einmal ganz Tag war. Er hörte bereits Geräusche aus der Küche. Vielleicht konnte er noch einmal mit Dragana reden, bevor sie aufbrechen würde. Das Waschen ließ er aus, zog sich nur schnell seine Klamotten an und ging in die Küche, in der auch schon die Hexengeschwister mit Celest saßen und auf ihn warteten.

Sie hatten noch etwas zu erledigen, bevor Lincoln und die anderen aufstanden.

Celest begrüßte ihn, wie immer um Frieden bemüht, mit einem freundlichen „Guten Morgen".

Slevin murmelte etwas in derselben Richtung zurück, setzte sich neben Dragana und fixierte sie mit Blicken. Als diese nicht darauf reagierte, erhob er das Wort.

„Und ihr wollt das immer noch so machen, ja?"

Nun endlich sah sie ihn an. Jedoch mit einem Gesichtsausdruck, der ihm eine ziemlich genaue Vorahnung auf ihre Antwort gab.

„Ja, wir werden das so machen. Weil es das Beste ist!"

Als sie merkte, wie Slevin um Fassung rang, änderte sich ihr Gesichtsausdruck und wurde sanfter.

„Ich weiß, es ist nicht leicht für dich. Und ich bin dir wirklich dankbar, dass du dich dafür bereit erklärt hast", sagte sie liebevoll.

„Bleibt mir denn eine andere Wahl?", fragte er weiterhin angefressen.

Denn „bereit erklärt" waren definitiv die falschen Worte.

Als die Räuber sich schlafen gelegt hatten, wurde eine weitere Diskussion geführt, als nur die, über eine Beteiligung an einem Krieg gegen Thorun.

Über Stunden hatten sie darüber gestritten, was denn mit Draganas Lakai zu tun wäre, während seine Herrin verreist war.

Diamant hatte natürlich sofort auf den Kerker plädiert.

Immerhin waren Dragana und Celest dagegen gewesen.

Dragana konnte ihm zwar aus weiter Entfernung Befehle erteilen, aber wenn etwas passieren würde, konnte sie unmöglich von dort aus reagieren oder etwas entscheiden.

Nein, Celest und Dragana waren sich einig, jemand musste den Bann übernehmen, solange sie weg waren. Und da der einzige Hexer, der hierblieb, Diamant war, fiel die Wahl auf ihn.

Natürlich hatten Vampir wie auch Hexer lauthals protestiert.

Aber es hatte ihnen nichts gebracht. Dragana hatte Slevin vor die Wahl gestellt.

Entweder übernahm Diamant den Bann oder es würde niemand nach Kintz gehen.

Genauso wie Diamant sich entscheiden konnte, ob er annehmen würde, oder ob Slevin hier ohne Beaufsichtigung herumlief.

Dragana sah Slevin eindringlich an.

„Bereit?"

Slevin schüttelte den Kopf.

„Ganz und gar nicht!"

„Na dann los!"

Sie hauchte ihm nochmals einen Kuss auf die Lippen und zog ihn dann einfach mit sich, in ihr Zimmer.

Ihr Bruder stand ebenfalls auf und folgte ihnen, sichtlich genauso erfreut, wie der Vampir. Obwohl er mit Sicherheit den besseren Part erwischt hatte. Noch einmal verlangte Dragana ihrem Bruder das Versprechen ab, die Macht des Bannes nur zu benutzen, wenn es wirklich nötig wäre. Dann fing sie an.

Diamant und Slevin

Die Geschwister und der Vampir standen im Kreis. Dragana
legte ihre Hand auf Diamants Brust und beide schlossen die
Augen. Es dauerte eine Zeit lang, bis auch Slevin dieses
unsichtbare Band zwischen sich und Dragana wieder völlig
spüren konnte.
Bei ihr fühlte es sich nicht wie eine Kette an, die ihn hielt,
sondern eher wie eine Verbundenheit.
Doch das würde sich gleich ändern.
Denn schon konnte er auch Diamants Geist spüren. Sofort lief
ihm eine Gänsehaut über den Rücken und Unwillen machte
sich breit. Aber er hatte Dragana geschworen, sich nicht zu
wehren. Konnte er wahrscheinlich auch nicht. Denn Diamant
musste nicht, wie Dragana eine Verbindung zu ihm aufbauen,
sondern nur die bereits vorhandene übernehmen. Trotzdem
konnten den Hexer, die Einflüsse, welche diese Übernahme
mit sich brachte, durchaus übermannen. Doch Diamant war
stark. Slevin war ziemlich überrascht, als er nun den, fast
schon überwältigenden Geist Diamants spüren konnte. Und er
nahm auch noch etwas anderes wahr. Freundschaft und
ehrliches Bedauern darüber, was damals geschehen war. Und
diese Gefühle waren echt. Sie waren tief in ihm.
Die Übergabe war jetzt so gut wie vorbei. Es hatte sich wie
Sekunden angefühlt, obwohl sie wahrscheinlich einige Zeit
hier so gestanden hatten.
Der Bann war übergeben und nun musste er sich nur noch
festigen, als der Dämon aus seinem Versteck gekrochen kam.
Aber dies war zumindest Slevin und Dragana durchaus

bewusst gewesen. Nur Diamant keuchte erschrocken auf, als er dieses finstere, grüne Etwas im Vampir wahrnahm. Dragana versuchte ihn sofort zu beruhigen und auch Slevin hielt den Dämon sofort in Schach und dieser zog sich murrend zurück.

Als sie wieder die Augen öffneten, sah Diamant ihn ungläubig an und Slevin konnte wieder einmal seinen Mund nicht halten.

„Überraschung!", sagte er mit einem munteren Lächeln im Gesicht und zeigte die Zähne.

Sofort fing er sich dafür einen vernichtenden Blick von Dragana ein, aber der Ausdruck in Diamants Gesicht war es definitiv wert gewesen.

„Dragana! Du hättest es mir sagen müssen!", fing der Hexer sofort an.

Doch seine Schwester schnitt ihm mit einer bestimmenden und trotzdem liebevollen Bewegung das Wort ab.

„Nein, Diamant. Wenn ich es dir gesagt hätte, hätte es die Diskussion gestern nur verlängert und das Ergebnis wäre das gleiche geblieben. Außerdem bestand nie Gefahr für dich, das weißt du!"

In diesem Moment hörten sie die Schritte von Lincoln, Lenker und Dave im Gang.

Diamant schnaubte noch einmal wütend und verließ, fast fluchtartig den Raum, während Dragana auf Slevin zuging.

„Danke schön", flüsterte sie und sah ihm tief in die Augen.

„Hey ihr zwei, sollen wir die Tür lieber wieder zumachen?", wurden sie von einem Lenker, der bis über beide Backen grinste, unterbrochen, der gerade an Draganas Zimmer vorbeilief.

„Nein, ist schon gut. Die zwei sind fertig", beantwortete ein immer noch angefressener Diamant dessen Frage aus der Küche herausschreiend.

Alle Anwesenden konnten ein leises Kichern nicht unterdrücken.

„Nein, wir sind nicht fertig. Wir fangen gerade erst an", sagte der Vampir laut genug, um auch noch in der Küche verstanden zu werden und zog die Tür zu.

Als die beiden etwas später wieder aus Draganas Zimmer kamen, waren alle bereits aufbruchbereit.

Gilbert hatte inzwischen die Pferde gesattelt und stand mit ihnen bereits vor dem Tor.

Während sie hinausgingen, suchte Lincoln nochmals die Nähe des Vampirs.

„Können wir ihnen wirklich vertrauen?", flüsterte er Slevin leise zu.

Dieser blieb kurz mit dem Räuber stehen.

„Ich glaube dir, dass du Bedenken hast. Aber du kannst Dragana vertrauen, denn ich tue es auch", antwortete er leise, aber eindringlich und grübelte einige Momente selbst über seine so prompt gesprochenen Worte.

Doch selbst nach einigen Minuten Überlegung, in denen der Räuberhauptmann ihn schweigend ansah, blieb seine Meinung die gleiche:

Ja! Er glaubte ihr und er vertraute ihr.

Denn er hatte auch gar keine andere Wahl. Ein weiteres Mal von ihr verraten zu werden, würde er nicht überleben. Nicht als der Mann, der er jetzt war. Und sollte der Vampir in ihm, eines Tages aus diesem Grund die Kontrolle übernehmen, so sollte er dies tun und die ganze verdammte Welt in Flammen setzen.

Lincoln, der bis jetzt geduldig auf eine Reaktion des Vampirs gewartet hatte, trat alarmiert einen Schritt zurück.

„Ist alles in Ordnung mit dir?"

Sofort verscheuchte Slevin diese Gedanken wieder und versuchte sich in ein aufmunterndes Lächeln zu retten.

„Ja, alles gut. Ich … ich habe mir nur Sorgen gemacht. Seid bitte vorsichtig, ja!"

Lincoln nickte.

„Das sind wir. Und du auch! Wir sehen uns bald wieder, mein Freund!"

„Ja, das tun wir und dann reißen wir ein paar Hexenärsche auf!", klinkte sich Dave in die Unterhaltung ein und Slevin war fast schon froh darüber.

Es würde schon alles gut gehen.

Also wandte Slevin sich Dragana zu, die vor ihrem Pferd auf ihn gewartet hatte.

Besorgnis spiegelte sich in seinem Gesicht, als er sie zu sich heranzog und ihr ins Ohr flüsterte.

„Pass auf dich auf, Kleine. Ich kann dich ebenfalls nicht noch einmal verlieren."

„Das wirst du nicht", versicherte sie und drückte ihn an sich.

Slevin wusste natürlich, Dragana war eine Kämpferin.

Außerdem war Lincoln bei ihr und dieser war ein sehr vorsichtiger und umsichtiger Mann.

Ihnen würde dort nichts passieren! Das hoffte er zumindest.

Als Dragana und die anderen bereits aus dem Tor geritten waren und selbst, als die Umrisse der Reitenden langsam in der Ferne verschwanden, standen beide, Slevin und Diamant noch eine ganze Weil am Tor und sahen hinaus. Erst nach einiger Zeit drehten sie sich um. Beide hatten zumindest für diesen Tag keine Ambitionen mehr, sich miteinander anzulegen und so gingen sie ihren Arbeiten nach und sich gegenseitig aus dem Weg.

Zwei Tage später war Slevin bereits früh auf den Beinen. Er hatte kurz gefrühstückt und verließ gerade die Burg, als Diamant ihm über den Weg lief.

„Wo gehst du hin?", wollte dieser argwöhnisch wissen.

„In den Stall, meine Arbeit machen, oh mein unwissender Herr", entgegnete Slevin ihm spöttisch, lief weiter und gab dem Hexer somit keine Gelegenheit darauf zu antworten.

Slevin musste zugeben, die Arbeit im Stall mit dem Jungen und seinem Vater war inzwischen etwas geworden, was er gerne tat. Gerade der Junge war ihm mittlerweile ans Herz gewachsen und es lenkte ihn vom Nachdenken ab.

Doch als er heute Morgen in den Stall kam und Egbert begrüßen wollte, blieben ihm seine freundlichen Worte für den Jungen im Hals stecken.

Egberts linkes Auge war so gut wie zugeschwollen. Außerdem hatte sich um das Auge herum ein dunkler Bluterguss breit gemacht.

„Was ist passiert?", fragte Slevin alarmiert.

„Nichts!", erwiderte der Junge verstockt.

„Sieht aber nicht nach nichts aus!"

Egbert zuckte mit den Schultern.

„Habe mich mit einem Jungen geprügelt. Er ist älter als ich und hänselt mich ständig."

In Slevin kroch Zorn hoch, doch er schluckte ihn herunter. Als er in dem Alter des Jungen war, war er mehr als einmal in eine Schlägerei verwickelt gewesen. Und er war weiß Gott nicht immer als Sieger daraus hervorgegangen. Das war normal für Jungen in diesem Alter, oder?

Also sagte er in erzwungen lockeren Ton.

„Ich hoffe, der andere sieht mindestens genauso aus."

Egbert blickte beschämt zu Boden und schnaubte dann wütend.

Das waren wohl nicht die richtigen Worte gewesen.

„Nein, tut er nicht! Mein Bruder hat mich normalerweise vor dem Idioten beschützt. Ich habe keine Chance gegen ihn, ich bin zu schwach!"

„Du bist nicht schwach! Außerdem hat man immer eine Chance!", erwiderte Slevin. „Aber wenn du willst, kann ich auf dich aufpassen, bis dein Bruder wieder fit ist."

Doch Slevins Worte erreichten auch dieses Mal nicht die Wirkung, die er sich erhofft hatte.

„Oh ja, der Schutz von jemandem, der sich selbst nicht einmal wehren könnte, wird mir sicher weiterhelfen, danke schön!", fauchte Egbert ihm nur noch wütender entgegen.

Slevin hingegen verstand kein Wort von dem, was der Junge da sagte und das schien ihm auch ins Gesicht geschrieben zu sein.

„Auch wenn wir dich nicht auf deine Augen ansprechen, wir wissen alle, dass du Draganas Lakai bist."

Im ersten Moment wusste Slevin nicht, ob er Lachen oder Schreien sollte.

SO hatten sie seine Augen bei den Bewohnern hier erklärt?! Er schüttelte ungläubig den Kopf.

„Tue nicht so, als ob das nicht stimmen würde", schrie der Junge ihn abermals an.

Slevin wusste, der Junge war frustriert und konnte im Moment nicht anders. Also versuchte Slevin seinen eigenen Zorn herunterzuschlucken und ruhig mit Egbert zu reden.

„Es stimmt, ich bin Draganas Lakai."

Oder ich war es, fügte er in Gedanken hinzu.

„Aber das heißt NICHT, dass ich mich nicht verteidigen oder dich beschützen kann!"

Doch Egbert schien keineswegs überzeugt.

„Auch jetzt noch, da Diamant die Macht über dich hat?"

Einige Augenblicke stand Slevin einfach nur da.

Am liebsten hätte er Egbert gesagt, dass er sehr wohl noch in der Lage war zu kämpfen. Doch das würde weder dem Jungen noch ihm selbst eine Hilfe sein. Vor allem, da er sich sicher war, Diamant würde tatsächlich bei der geringsten Kleinigkeit eingreifen, auch wenn er weiß Gott keine Ambitionen dazu hatte, auf jemanden loszugehen, der noch ein halbes Kind war! Also versuchte er sich zur Ruhe zu zwingen.

„In Ordnung. Es ist sowieso besser, wenn du dich selbst schützen kannst. Ich kann dir ein paar Tricks beibringen, wenn du möchtest. Oder kann ich das etwa auch nicht mehr?"

Egbert zog lautstark den Rotz in der Nase hoch.

„Das könntest du tun?"

Slevin ging mit einem aufmunternden Lächeln auf den Jungen zu und dieses Mal konnte er nicht anders, als ihm mit der Hand über den Kopf zu streichen. Dieser Junge bedeutete ihm vielleicht mehr, als er sich selbst eingestehen wollte.

„Natürlich. Ich weiß, du bist mutig und stark."

Endlich konnte sich Egbert ein fast schon stolzes Lächeln abringen.

Sie gingen wieder an die Arbeit und wie versprochen, fand noch am selben Abend die erste Lehrstunde statt. Slevin hatte sowieso wenig Lust darauf mit Diamant zusammen zu Abend zu essen, also wartete er hinter den Ställen auf seinen Schützling.

Er zeigte Egbert ein paar Bewegungen, vor allem welche, die bei größeren oder stärkeren Gegnern von Vorteil waren.

„Sei immer aufmerksam, wie dein Gegner sich bewegt", erklärte Slevin dem hoch motivierten Jungen.

„Du siehst es an seinem Oberkörper und auch an seinen Schultern, wenn er zum Schlag ausholt."

Slevin machte ein paar langsame Fausthiebe in die Luft, um zu zeigen, was er damit meinte.

„Wenn du das siehst, hebst du den Arm schützend vor dein Gesicht. Der Ellbogen zeigt nach oben, deine Hand schützt deinen Hinterkopf."

Er zeigte Egbert die Bewegung und ließ ihn diese einige Mal üben.

„Sehr gut. Somit hast du seinen Angriff schon einmal geblockt. Jetzt kannst du mit der anderen Hand zurückschlagen. Hole nicht zu weit aus, sonst sieht er deinen Schlag ebenfalls kommen. Du ballst die Hand zur Faust, aber versuche nicht, ihn mitten ins Gesicht zu treffen. Ein kurzer Schlag auf die Seite des Kinns und er geht zu Boden, ohne dass du ihn oder dich dabei wirklich schwer verletzen wirst."
Auch diese Bewegung zeigte er seinem Schüler, bis er sie flüssig ausführte.

„Boah. Wo hast du das gelernt?"

Slevin zuckte mit den Schultern.

„Ich habe es mir selbst beigebracht."

Und das war auch die Wahrheit. Niemand hatte ihm gezeigt, wie er kämpfen sollte. Seine Lehrstunden hatten in echten Prügeleien und Gefechten stattgefunden und diese waren sehr schmerzreich gewesen.

Er zeigte dem sehr ehrgeizigen Jungen noch ein paar andere Tricks. Jeder einzelne war mehr darauf ausgelegt, sich selbst zu verteidigen ohne den Gegner wirklich schwer zu verletzten. Nach zwei Stunden war Slevin sehr zufrieden mit sich und seinem Schützling.

Slevin musste zugeben, der Junge war talentiert und er hatte Eifer. Erst als es dunkel wurde, schickte er ihn, mit dem Versprechen, ihm morgen noch mehr zu zeigen, nach Hause. Doch als Slevin bereits gehen wollte, hielt Egbert ihn nochmals zurück.

„Es stimmt nicht, dass du nicht mehr kämpfen kannst, oder?"

Slevin sah seinem kleinen Gegenüber lange in die Augen. Er fühlte, es wäre besser, es ihm nicht zu sagen, aber sein Stolz oder auch der Wille den Jungen zu beschützen, ließen ihn reden.

„Nein, es stimmt nicht! Ich kann kämpfen und ich kann dich beschützen, wenn es nötig sein sollte. Das verspreche ich dir!"

Egberts Augen glommen bei diesen Worten auf. Er verabschiedete sich freudestrahlend und auch Slevin machte sich, allerdings nun mit gemischten Gefühlen, auf den Weg zurück zur Burg.

Er hatte, während er mit Egbert geübt hatte, nicht nur einmal die Anwesenheit des Hexers gespürt. Aber immerhin hatte er nicht eingegriffen und ihn mithilfe seines Bannes gestoppt, weil er Angst hatte, er würde jeden Moment auf den Jungen losgehen.

Als Slevin sich gerade am Esszimmer vorbeischleichen wollte, stand Diamant bereits im Türrahmen.

„Oh, du hast mit dem Essen auf mich gewartet, wie rührend. Das hättest du doch nicht tun müssen", sprach Slevin sein Gegenüber mit einem ironischen Grinsen an.

„Aber natürlich habe ich das. Also komme rein und setz dich." Slevin presst die Lippen aufeinander. Der Schuss war nach hinten losgegangen.

Aber hatte Diamant wirklich auf ihn gewartet, nur um ihn zur Rede zu stellen, warum er dem Jungen beibrachte, sich zu wehren?

Missmutig setzte sich Slevin auf einen Stuhl und tatsächlich brachte Diamant zwei Teller mit Essen darauf und stellte sie auf den Tisch. Erst als sie angefangen hatten zu Essen, nahm Diamant die Unterhaltung wieder auf.

„Hältst du es wirklich für eine gute Idee, dem Jungen das Kämpfen beizubringen?"

Aha. Also doch.

„Er hat mir erzählt, ein anderes Kind hänselt ihn. Und sein Bruder, der ihn sonst beschützt hatte, ist krank."

Diamant nickte. Allerdings so, wie es ein Vater tun würde, wenn ihm sein Kind etwas erklärte, von dem er allerdings bereits wusste, dass es falsch lag.

„Und du denkst wirklich, die Lösung ist, ihm zu zeigen, wie er die anderen Kinder verprügeln kann?"

„Er soll sie ja nicht verprügeln. Er soll sich nur wehren können."

„Aber du weißt, es gibt andere Möglichkeiten, sich zu verteidigen. Mit Worten zum Beispiel."

„Diamant. Es sind Kinder! Sie werden sich schon nicht gleich gegenseitig umbringen, nur weil ich ihm ein paar Tricks verraten habe!"

„Das will ich hoffen, Vampir. Ansonsten geht das auf deine Kappe und du wirst dafür geradestehen."

Und noch bevor Slevin etwas entgegnen konnte, sprach Diamant einfach weiter.

„Ich habe nicht eingegriffen, um dich nicht bloßzustellen. Aber ich möchte das nicht wieder sehen, hast du mich verstanden?"

„Wer bist du, um diese Entscheidung treffen zu können? Sein Vater?", fuhr Slevin auf.

Tatsächlich hatte Diamant mit dieser Antwort wohl nicht gerechnet. Er sah ihn einige Zeit lang nachdenklich an.

„Gut, dann machen wir es so. Wir fragen morgen seinen Vater und er soll entscheiden."

„Einverstanden", stimmte auch Slevin zu und hoffte, den Stallherrn richtig eingeschätzt zu haben und dieser würde wirklich seine Zustimmung geben."

Das restliche Essen nahmen sie schweigend zu sich, obwohl die beiden ehemaligen Freunde so einiges zu bereden hätten. Das, was Slevin bei der Übergabe des Bandes in Diamant gespürt hatte, stimmte ihn nachdenklich. Dennoch hatte er nicht vor, dem Hexer so schnell zu vergeben oder gar zu vertrauen.

Als sie fertig waren, räumte Slevin die Teller weg und verabschiedete sich mit einem Nicken in sein Zimmer.

Als er an Draganas Tür vorbeilief, blieb er jedoch stehen. Kurz war er versucht hineinzugehen. Einfach nur, um das Gefühl zu haben, ihr etwas näherzusein.

Doch da hörte er schon Diamants Schritte hinter sich und lief weiter. Er hatte wirklich keine Lust sich nochmals dessen Moralpredigten anzuhören.

Der nächste Tag verlief immerhin friedlich. Er half im Stall und zeigte Egbert nach getaner Arbeit, wieder ein paar Ausfallschritte. Immerhin hatte dessen Vater nach kurzem Bitten tatsächlich zugestimmt und daran konnte nun auch Diamant nicht mehr rütteln. Auch wenn er die ganze Zeit dessen Anwesenheit spüren konnte.

In der Nacht jedoch wachte er schweißgebadet auf. Wieder einmal war der Dämon in seine Träume geschlichen.

Slevins Kehle fühlte sich rau an. Hatte er geschrien?

Er lauschte in die Dunkelheit und fühlte auch mit seinen Sinnen durch die Zimmer. Wenn er geschrien hatte, so hatte es immerhin niemand gehört. Nichts rührte sich in der Burg.

Er stand auf und spritzte sich etwas Wasser ins Gesicht.

Er war aufgewühlt. So würde er auf jeden Fall keinen Schlaf mehr finden. Also sah er aus dem Fenster. Natürlich war es noch Nacht draußen.

Noch bevor er die Entscheidung traf, sich herauszuschleichen, wusste er, es würde wieder Ärger geben, wenn Diamant ihn sehen würde. Aber sei es drum.

Er musste an die frische Luft. Er musste raus.

Also ging er zu seiner Zimmertür. Vorsichtig und leise öffnete er sie. Er spähte um die Ecke und kam sich albern vor. Also lief er normal weiter.

Auf dem Weg zu Ausgangstür überlegte er kurz, ob diese vielleicht abgesperrt sein könnte. Aber so weit er sich erinnerte, war der Riegel innen an der Tür angebracht. Und so war es auch. Er löste den Riegel und wurde sich bewusst, dass es klüger gewesen wäre, wenn er einfach aus dem Fenster in seinem Zimmer nach draußen geklettert wäre. Aber er wollte jetzt nicht wieder umdrehen. Außerdem war er ja kein Gefangener und auch kein kleines Kind mehr.

Er ging nach draußen.

Sofort schlug ihm die kühle, wohltuende Luft entgegen. Er atmete tief ein und aus und augenblicklich fühlte er sich etwas besser.

Also marschierte er los, zum hinteren Teil der Burg. Dort konnte er gut auf eines der niedrigeren Dächer der Burg gelangen. Mit einem Satz sprang er hinauf.

Die Leben, die er auf Clementis und Gustavos Burg genommen hatte, hätten ihm zwar beinahe den Verstand geraubt, aber sie hatten ihm auch Kraft verliehen.

Denn nun wusste er den besten Weg hinauf, zu den Türmen. Das erste Mal, hatte er etwas gebraucht, um einen Weg nach ganz oben zu finden. Doch nun balancierte er zielsicher über die Spitze des Daches und sprang weiter.

Er kletterte weiter und sprang die letzten Meter zum Dach des höchsten Turmes. Dort ließ er sich in die Hocke sinken.

Hier fühlte er sich wohl. Hier war er alleine. Er spürte niemanden und konnte frei denken. Wieder atmete er ein und aus und merkte, wie er sich langsam entspannte. Er ließ seinen Blick über die Stadt streifen. Dunkel und regungslos lag sie da. Kein einziges Licht war zu sehen und das tat seinen Augen gut. Trotzdem schwirrten tausend Gedanken durch seinen Kopf.

Warum hatte er damals nicht besser auf seinen Bruder Acht gegeben? Was hatte Thorun vor? War Dragana in Sicherheit? Er schüttelte diese Gedanken ab, als er plötzlich fühlte, wie dort unten jemand durch die Stadt lief.

Hastig blickte er sich um. Hatte Diamant ihn etwa doch gehört und suchte ihn jetzt? Aber dies hätte er bereits früher sehen oder zumindest spüren müssen. Oder war es jemand anderes? Jemand der nicht hier sein sollte?

Schnell duckte er sich etwas hinter den Turmspitz, auf dessen Schräge er saß.

Eine kleinere Gestalt rannte zum Eingang der Burg und sagte immer wieder seinen Namen.

Was zum Teufel?

Wenn ihn nicht alles trog, war das dort unten Egbert, der inzwischen immer lauter nach ihm rief. Und wenn er so weitermachen würde, wäre es nur eine Frage der Zeit, bis Diamant aufwachen würde.

Was wollte der Junge mitten in der Nacht hier?

Wie vom Blitz getroffen stand er auf. Er musste so schnell wie möglich hier herunter. Also sprang er zu dem nächsten Dach und ließ sich dort einfach die Dachschräge hinunterrutschen. An sich keine gute Idee, denn als das Dach endete, fiel er erst einmal einen Meter nach unten, bevor er hart auf dem nächsten landete und unkontrolliert weiterschlitterte. Nach einigen mehr oder weniger kontrollierten Stürzen und etlichen Prellungen, landete er schließlich wieder mit den Füßen auf dem Boden.

Egbert keuchte erschrocken auf. Schließlich war Slevin gerade quasi neben ihm vom Himmel gefallen. Slevin ging leicht fluchend zu dem Jungen, aber immerhin hatte er sich bei der Aktion nichts gebrochen.

Egbert hatte sich wieder etwas gefangen und sah ihn nun fragend an.

„Wo bist du denn jetzt hergekommen?", dabei sah Egbert forschend nach oben zu den Dächern der Burg.

„Dasselbe könnte ich dich auch fragen", gab Slevin murrend zurück. „Es ist mitten in der Nacht. Solltest du nicht eigentlich in deinem Bett sein?"

„Genauso wie du, oder?", antwortete Egbert vorlaut.

Und in seinen Augen lag ein Ausdruck, von dem Slevin nicht genau sagen konnte, was es war. Irgendetwas wollte der Junge von ihm.

‚Wow, dass du das auch schon begriffen hast, nachdem er deinen Namen schreiend hierher gelaufen kam.‘

Okay, das war wohl wirklich mehr als offensichtlich. Also fragte er nach.

„Was willst du? Ist etwas passiert?"

„Du musst mir helfen, Slevin. Bitte!", flehte der Junge. Slevin ließ sich vor ihm auf die Knie sinken und sah ihn eindringlich an.

„Natürlich helfe ich dir. Was ist passiert?"

Egbert nickte heftig.

„Danke! Hast du ein Schwert dabei?"

„Klar doch. Ich nehme immer eines mit, wenn ich auf der Burg herumklettere", erwiderte Slevin augenrollend.

Egbert sah ihn fast schon ehrfürchtig an und suchte Slevins Gürtel tatsächlich nach dem Schwert ab.

Sarkasmus musste der Kleine wohl noch lernen.

„Nein, ich habe kein Schwert dabei, verdammt! Sag mir was los ist, Junge!"

„Tut mir leid. Die anderen und ich haben uns nach draußen in den Wald geschlichen. Aber es sind Wölfe gekommen. Ich bin der einzige, der es in die Burg zurückgeschafft hat. Die anderen Jungen haben sich auf die Bäume gerettet. Sie sind dort in Sicherheit. Aber die Wölfe, sie gehen nicht weg und …"

Slevins Augen weiteten sich.

„Was? Und das sagst du jetzt erst? Verdammt noch mal, Junge."

Slevin stand abrupt auf.

„Wir müssen die anderen holen. Ich wecke Diamant. Gehe du zu deinem Vater."

Egbert packte ihn sofort am Ärmel und hielt ihn zurück.

„Nein! Bitte nicht! Wir werden tierisch Ärger bekommen, wenn sie es erfahren. Bitte Slevin, kannst du uns nicht helfen?"

Mit diesen Worten zog nun der Junge ein Schwert aus seinem Mantel.

„Hier, das habe ich von der Schmiede geklaut."

Slevin sah den Jungen ernst an und nahm ihm sofort das Schwert aus den Händen.

„Und warum hast du ein Schwert gestohlen und rennst damit hier herum?"

Egbert sah betroffen zu Boden, machte aber keine Anstalten sich zu erklären.

Slevin stand erst einmal ratlos da. Er konnte den Jungen verstehen. Allerdings ging es hier auch um Menschenleben. Nicht auszudenken, was passieren würde, wenn einer der Jungen abrutschte und zu den Wölfen auf den Boden fiel. Wieder sahen zwei flehende Jungenaugen ihn an.

Slevin seufzte.

„Na gut. Wie viele Wölfe sind es denn?", hakte er nach.

Mit zwei, vielleicht drei Wölfen würde er im Zweifelsfall wirklich ohne größere Probleme alleine klar kommen.

Der Junge hing immer noch an seinem Ärmel, wollte jedoch mit der Sprache nicht wirklich herausrücken. Deshalb sah Slevin ihm abermals ernst in die Augen.

„Hör mir jetzt einmal zu. Deine Freunde sind in Gefahr. Also! Wie viele Wölfe sind es? Drei, vier?"

Egbert trat mit einem Fuß auf den anderen und Slevin war nahe daran ihn einfach so lange zu schütteln, bis dieser mit der Sprache herausrückte.

Da öffnete Egbert doch noch den Mund.

„Ich habe zwölf gezählt. Aber es könnten auch mehr sein", gab dieser kleinlaut zu.

„Zwölf? Bist du sicher?"

Slevin war lange in den Wäldern umhergeirrt. Aber mehr als zwei halb verhungerte Wölfe, waren ihm nicht begegnet.

Doch Egbert nickte heftig.

„Ich bin mir sicher! Bitte Slevin. Du sagtest, du kannst kämpfen! Kannst du sie nicht alleine fertig machen?"

„Klar doch", gab Slevin knurrend zurück. „Mit verbundenen Augen, wenn es sein muss!"

Slevin schüttelte den Kopf und ging zielstrebig in Richtung Eingang zur Burg.

„Was hast du vor?", rief Egbert ihm leicht verzweifelt hinterher.

„Ich werde Diamant wecken. Was denkst du denn?"

Slevin ignorierte das weitere Flehen des Jungen und ging zu Diamants Zimmer.

Er klopfte zweimal laut an und drückte dann sofort die Klinke hinunter. Sie hatten keine Zeit für Höflichkeiten. Auch wenn die Jungs auf den Bäumen tatsächlich erst einmal in Sicherheit waren – hoffte er zumindest.

Zu Slevins Verwunderung war die Tür auch tatsächlich nicht verriegelt. Also stand er keine zwei Sekunden später vor Diamants Bett. Dieser hatte sich erschrocken aufgerichtet und sah Slevin mit weit aufgerissenen Augen an.

Oh, verdammt, fuhr es Slevin durch den Kopf, vielleicht hätte er nicht mit dem Schwert in der Hand hereinstürmen sollen.

Sofort ließ Slevin das Schwert zu Boden fallen und wollte die Hände heben.

Zumindest versuchte er es.

Denn sein Körper rührte sich wieder einmal keinen Millimeter mehr. Doch noch bevor er etwas sagen konnte, zwängte sich auch Egbert zur Tür herein.

„Graf! Nicht!", dann senkte der Junge ergeben den Kopf, bevor er weitersprach. „Wir brauchen eure Hilfe. Ich habe Slevin gebeten, aber er schafft es nicht alleine."

Slevin betrachtete den Jungen aus den Augenwinkeln. Hatte er da gerade Vorwurf in den Worten des Jungen gehört?

Diamant war zumindest inzwischen hellwach.

„Was ist los?", fragte nun auch er nach.

Bevor der Junge wieder Ewigkeiten brauchen würde, erhob Slevin die Stimme.

„Die Jungs sind raus in den Wald. Es sind Wölfe gekommen. Viele Wölfe. Sie sind auf die Bäume geklettert und brauchen Hilfe, sofort!"

Diamant blickte zu Egbert, dann zu Slevin und wieder zurück. „Stimmt das, Junge?"

Dieser nickte mit gesenktem Kopf.

Sofort war Diamant auf den Beinen und schlüpfte schnell in seine Hose und Schuhe. Und sogar ein Schwert zog der Hexer unter seinem Kissen hervor, wie Slevin etwas irritiert mit ansah. Doch Diamant würdigte ihn keines Blickes, sondern wandte sich stattdessen wieder an Egbert.

„In Ordnung. Los! Zeige mir wo!", befahl er dem Jungen.

Dieser drehte sich, immer noch mit vorwurfsvollem Blick in Slevins Richtung um und trat in den Gang hinaus.

Diamant folgte ihm und warf Slevin dabei einen vernichtenden Blick zu.

Lief ja prima, bis jetzt.

„Hey, Hexer, hast du nicht irgendetwas vergessen?", schrie er den beiden hinterher.

„Habe ich das?", hörte er Diamants Stimme, der inzwischen bereits im Gang verschwunden war.

„Ja, verdammt. Du wirst mich brauchen!", schrie er, immer noch bewegungslos.

Noch als Slevin auf eine Antwort wartete, merkte er wie die Blockade aufgehoben wurde. Sofort bewegte er den Kopf hin und her und ließ auch seine Schultern entspannt kreisen.

Wie er diese Scheiße hasste!

Trotzdem drehte auch er sich um und bückte sich, um das Schwert wieder aufzuheben.

„Vergiss es, Vampir!", hörte er Diamant sagen.

Noch während Slevin sich fragte, was genau der Hexer damit meinte, versuchte er das Schwert wieder vom Boden aufzuheben. Doch so sehr Slevin sich auch bemühte, er konnte dieses blöde Schwert nicht auch nur eine Haaresbreite vom Boden heben.

Er seufzte verächtlich, lief den beiden dann aber ohne die Waffe hinterher.

„Diamant! Was hast du an ES SIND VIELE WÖLFE nicht verstanden? Wir brauchen Waffen!"

„Falsch! ICH brauche eine Waffe. Außerdem wäre es mir lieber, wenn du hierbleiben würdest!"

Slevin schnaubte wütend.

„Das ist jetzt nicht dein Ernst! Der Junge sagte, es sind etwa zwölf Wölfe! Hörst du!"

Nun war es Diamant, der so schnell stehen blieb, dass Slevin fast in ihn hineingelaufen wäre.

Aber er sah nicht zu ihm, sondern fixierte Egbert.

„Ist das wirklich wahr?"

Wieder nickte der Junge. Er wäre wohl am liebsten im Boden versunken und man konnte fast schon sehen, wie es in Diamants Gehirn arbeitete.

„Das kann nicht sein. So viele Wölfe haben wir schon seit Jahren hier nicht mehr gesehen."

Jetzt wurde der Junge wieder etwas mutiger.

„Es sind aber so viele! Ich bin mir sicher!"

Kurz schien der Hexer abzuwägen, wie wahrscheinlich es war, dass der Junge ihn tatsächlich auf den Arm nahm. Aber dies schien nun doch etwas zu abwegig. Er atmete schwer ein.

„Na gut. Slevin, du kommst mit."

Dieser schenkte ihm ein schiefes Grinsen.

Keine zehn Minuten später standen sie vor der Mauer, die die Stadt umgab.

Zielstrebig lief Egbert auf eine Stelle an der Mauer zu. Noch bevor Slevin sich wundern konnte, was er dort wollte, kletterte Egbert mit gekonnten Griffen ein Stück die Mauer hinauf und verschwand in einem Spalt, den Slevin überhaupt nicht wahrgenommen hätte, wäre dort nicht eben gerade ein Junge hindurchgekrochen. Während Slevin noch überrascht am Boden stand, blies Diamant verärgert die Luft durch seine geschlossenen Lippen und kletterte dem Jungen hinterher.

So war das also, hier gab es geheime Aus- und Eingänge, von denen er mit Sicherheit nichts hätte erfahren sollen. Mit einem Grinsen kletterte nun auch Slevin hinterher, bis Diamant ihm einen bösen Blick zuwarf. Doch Slevin ließ sich nicht davon beeindrucken und zuckte nur, weiter grinsend, mit den Schultern.

Nachdem sie durch fast zwei Meter dicken Stein gekrochen waren, kamen sie auf der anderen Seite der Mauer an. Hier standen einige Steine so aus der Mauer heraus, dass sie dort oben zu dritt stehen konnten. Sie waren etwa drei Meter über dem Boden. Die Kinder hatten eine Leiter aufgestellt, die nach unten führte.

In anderen Städten hätte man sie dafür wohl köpfen lassen und Diamants Gesichtsausdruck sagte ihm, er hatte gerade ähnliche Gedanken. Und Slevin wurde auch immer klarer, warum der Junge nicht gewollt hatte, dass jemand anderes, als er, davon erfuhr.

Später würde es noch mächtig Ärger geben, so viel war klar. Doch jetzt sahen sie erst einmal in die Richtung, in die Egbert zeigte. In zehn Metern Entfernung lag ein kleines Wäldchen, umgeben von grünen Wiesen. Der richtige Wald begann erst weiter hinten. Und sofort sah Slevin mindesten sechs Wölfe, die unruhig unter den Bäumen des Wäldchens umherliefen. Also musste er nicht lange suchen, um die Jungs, die auf diese Bäume verteilt waren, zu entdecken. Und er konnte sehen, wie Diamant die Lage, genauso wie er, abschätzte. Denn bei genauerem Hinsehen, waren tatsächlich mehr als zehn dieser graufelligen Jäger auszumachen. Außerdem waren diese nicht halb verhungert, so wie die, die Slevin damals im Wald gesehen hatte. Diese Wölfe hier waren sozusagen Prachtexemplare ihrer Gattung. Diamant konzentrierte sich, das konnte Slevin spüren. Und auch Egbert kauerte auf dem Mauervorsprung und machte keinen Mucks.

Kurze Zeit später entdeckte Slevin auch schon, was Diamant da schönes gezaubert hatte. Vier Rehe liefen schnurstracks zu dem kleinen Wäldchen. Egbert hielt sofort den Atem an und war sichtlich angespannt. Er wusste wohl nicht, dass diese nicht echt waren. Genauso wenig, wie die Wölfe dies wussten. Denn es dauerte nicht lange und sie sprangen auf die Rehe an. Natürlich nahmen diese, genau im richtigen Augenblick Reißaus. Nicht zu früh, sodass die Wölfe sich doch noch auf ihre alte Beute besannen, aber auch nicht zu spät, um den Wölfen zu schnell zum Opfer zu fallen. Als die Rehe mit ihren Verfolgern weit genug weg waren, sah Diamant den Vampir streng an.

„Siehst du. Es ist überhaupt keine Waffe nötig!"

Bevor Slevin etwas erwidern konnte, sprang Diamant die drei Meter, einfach nach unten. Slevin blickte ihm böse nach. Auch wenn er sich eingestehen musste, dass der Hexer in mancher Hinsicht vielleicht sogar Recht gehabt haben konnte. Slevin folgte ihm und auch Egbert kletterte die Leiter hinunter und ließ sich auch von einem strengen Blick Slevins, nicht davon abbringen mitzukommen. Na gut. Die Wölfe würden einige Zeit damit beschäftigt sein, ihre imaginäre Beute zu jagen. Schnell liefen die drei zu dem Wäldchen. Sie deuteten den Jungen, die immer noch auf den Bäumen kauerten, mit Gesten, herunterzukommen. Zum Glück reagierten diese fast augenblicklich, als sie den Grafen erkannten. Fünf Jungen, etwa im gleichen Alter wie Egbert, kamen von den Bäumen geklettert. Sofort empfing sie Diamant mit einem strafenden Blick, dann scheuchte er sie zurück zur Mauer. Geduckt und schuldbewusst liefen sie vor Slevin her. Diamant war nochmals stehen geblieben und sah angestrengt in die Richtung, in der die Wölfe verschwunden waren.

Zum Glück, denn hätte dieser die flüsternden Worte der Jungen gehört, wäre er wohl aus der Haut gefahren. Genauso wie Slevin.

Sofort packte er den Jungen, der die Worte geflüstert hatte, an den Schultern und drehte ihn grob um. Die anderen blieben von selbst stehen und sahen ihn mit großen Augen an. Sie hatten wohl nicht erwartet, dass der Vampir sie hatte hören können.

„Was soll das heißen, Egberts Plan ist nicht aufgegangen? Was war denn bitte schön Egberts Plan?", und dabei fixierte er böse den Stalljungen, den er eigentlich schon fest ins Herz geschlossen hatte.

Doch nicht er antwortete, sondern einer der anderen Jungs.

„Er hat behauptet, du seist gar nicht wehrlos! Deshalb sind wir nachts immer wieder hier hinaus und haben mit ein paar Fleischbrocken versucht einen oder zwei Wölfe anzulocken. Wir konnten ja nicht ahnen, dass gleich so viele kommen würden. Außerdem hat Egbert uns versprochen, du würdest sie alle platt machen! Aber er hat gelogen! Und jetzt bekommen wir deswegen Ärger!"

„Oh ja, den bekommt ihr!", antwortete Slevin böse. „Und wie ihr den bekommen werdet!"

Doch Egbert schürzte trotzig die Lippen.

„Ich … ich wollte doch nur, dass sie mich endlich nicht mehr hänseln! Und wenn es nicht so viele gewesen wären, hätte es auch funktioniert. Nicht wahr Slevin? Du hättest gegen weniger Wölfe gekämpft und gewonnen! Sage es ihnen!", forderte er.

„Seid ihr denn alle von Sinnen?", schrie Slevin heraus. „Wisst ihr eigentlich, was hätte passieren können? Das sind wilde gefährliche Tiere, verdammt noch mal!"

„Ja, sind sie. Im Gegensatz zu dir!", brüllte einer der Jungs.

Doch noch bevor Slevin alle miteinander in Grund und Boden brüllen konnte, kam Diamant auf sie zu gerannt.

„Was macht ihr hier noch? Ihr solltet schon längst auf der Mauer sein! Die Wölfe, sie kommen zurück!", keuchte er ihnen entgegen.

Ohne weitere Worte scheuchten sie die Jungs in Richtung Mauer.

Doch sie waren zu langsam. Es trennten sie noch einige Meter von der Leiter. Und diese mussten sie erst einmal alle nach oben, um in Sicherheit zu sein. Slevin hörte die Meute bereits in ihrem Rücken, bevor er sich gehetzt umsah.

Warum war das Rudel so schnell wieder zurückgekehrt? Aber für solche Fragen war später noch Zeit.

„Wir schaffen es nicht!", schrie er Diamant zu.

Dieser nickte, ohne sich umzusehen und scheuchte die Jungs weiter.

„Ein Schwert wäre jetzt echt toll!", schrie Slevin weiter.

Er konnte gerade noch rechtzeitig reagieren, als Diamant ihm schon sein Schwert entgegenschleuderte. Allein aus Reflex fing er es auf.

„Lauft weiter! Bringt euch in Sicherheit!", schrie Diamant den Jungen zu, bevor auch er sich, wie Slevin, umdrehte und sich den Wölfen entgegenstellte.

„Was jetzt, Hexer?"

Doch Diamant ergriff bereits einen langen Stock vom Boden, richtete den Blick konzentriert darauf und schon entzündeten sich dessen Enden.

„Jetzt kämpfen wir!"

„Sag bloß! Kannst du das denn überhaupt noch?", gab Slevin herausfordernd zurück.

„Das werden wir gleich herausfinden."

Denn die Meute Wölfe war nun bei ihnen angekommen. Das Feuer hatte sie langsamer und etwas vorsichtiger werden lassen. Doch fingen sie an, sie langsam zu umkreisen. Dabei ließen sie ein bedrohliches Knurren hören und stellten ihre Nackenhaare auf.

Slevin hob ebenfalls noch schnell einen dicken, doch nicht so langen Stecken vom Boden auf.

„Darf ich bitten?", flüsterte er nun leise, um keinen Angriff der Wölfe zu provozieren.

Und schon knisterte der Stock in seiner Hand. Kurz darauf ging auch dessen Ende in Flammen auf.

Langsam kamen die Wölfe immer näher. Mindestens zwei von ihnen bereiteten sich auf einen Sprung vor.

Na, immerhin würde Egberts Plan doch noch aufgehen, dachte Slevin mürrisch und warf kurz einen Blick zurück. Alle Jungen waren inzwischen auf der Leiter oder auf dem Mauervorsprung angekommen.

Noch während Sleivn sich wieder umdrehte, kam auch schon der erste Wolf auf ihn zugesprungen. Slevin wich aus und rammte ihm noch in der gleichen Bewegung, das Schwert in den Bauch. Noch bevor der Wolf auf den Boden aufkam, war er tot. Und auch Diamant schwenkte seinen brennenden Stock hin und her, hielt die Meute auf Abstand und zog einen Dolch aus seinem Gürtel.

Wieder wehrte Slevin einen Wolf ab, der sich hinter ihm herangeschlichen hatte.

Im selben Moment sprang ein weiterer auf ihn zu. Er riss sein Schwert hoch und traf das Vieh, allerdings nur an der Vorderpfote. So konnte das Tier ein weiteres Mal nach ihm schnappen und bohrte seine scharfen Zähne in sein Bein. Slevin schrie auf, biss sich dann aber auf die Lippe und versuchte weiter fest zu stehen.

Er durfte nicht zu Boden gehen! Die Wölfe würden sich sofort alle auf ihn stürzen. Also unterdrückte er den Schmerz und stieß das brennende Ende seines Stocks in das Fell des Wolfes, während er einen anderen Angreifer mit dem Schwert zumindest dazu brachte, kurzfristig von ihm abzulassen.

Ein Blick nach rechts zeigte ihm, dass es Diamant nicht viel besser erging. Der Hexer drehte und schwang den langen, brennenden Stab in alle Richtungen, um die Wölfe von sich fernzuhalten und lief dabei langsam rückwärts, genauso wie Slevin. Dennoch war es noch ein gutes Stück, bis zu der rettenden Leiter. Außerdem mussten sie sich bis dahin einige der Tiere entledigen, wollten sie die Leiter hinaufsteigen, ohne dabei von den Wölfen zerfleischt zu werden.

Diamant sah zu Slevin, während er einem der felligen Räuber seinen Dolch in die Kehle stach. Der Vampir war der bessere Kämpfer, deswegen hatte er ihm sein Schwert gegeben.

Immerhin sah es so aus, als würde dieser einen Wolf nach dem anderen erledigen.

Dennoch würden sie diesen Kampf auf Dauer verlieren. Diamant zählte hektisch noch einmal die Wölfe nach, die sie weiterhin umringten.

Vierzehn!

Das konnte nicht sein!

Er hatte mindestens zwei von ihnen bereits getötet oder schwer verletzt! Slevin noch mehr! Trotzdem schienen ihre Gegner nicht weniger zu werden.

Spätestens jetzt war der Zeitpunkt gekommen, um Rücken an Rücken zu kämpfen. So wie sie es schon tausende Male getan hatten. Damals, als sich der Hexer und der Vampir noch blind vertraut hatten. Und Diamant bewegte sich tatsächlich immer mehr zu ihm hin.

Doch in Slevin sträubte sich noch alles dagegen, dem Hexer so viel Vertrauen entgegenzubringen. Also hielt er Abstand zu ihm, was Diamant natürlich registrierte, aber hinnehmen musste. Hätten sie zwei Schwerter oder gar noch eine Armbrust, sehe das hier wenigstens etwas besser aus!

Immer weiter kämpften sie gegen die Überzahl der Zähne und Krallen, die nach ihnen schnappten und die trotz Verlusten, einfach nicht weniger werden wollten. Slevin sah aus den Augenwinkeln, wie sich abermals ein Wolf von hinten an ihn heranschlich. Aber er konnte sich jetzt nicht umdrehen. Zwei weitere standen vor ihm und warteten nur auf einen günstigen Augenblick.

Scheiße nochmal. Das würde jetzt gleich wehtun, und zwar sehr.

Aber vielleicht konnte er den Wolf hinter ihm schnell töten, wenn er sich in ihn verbissen hatte. Das war nicht gerade seine beste Idee, das wusste er selbst, aber alles, was er gerade hatte. Also hielt er die Wölfe vor ihm, mit seinem brennenden Stab weiter von sich fern, hielt sein Schwert bereit und wartete auf den Schmerz, der sich gleich in ihm ausbreiten würde.

Doch der Schmerz kam nicht. Als er eine Sekunde Luft hatte, schielte er nach hinten. Und anstatt eines zähnefletschenden Wolfes sah er Diamant.

Eigentlich sah er nur eine schnelle Gestalt, die dem Wolf hinter ihm gerade eine brennende Fackel in den Leib rammte und sich dann sofort wieder um sich selbst drehte, da Diamant seine Deckung durch diese Aktion weitestgehend aufgegeben haben musste.

„Hast du mir etwa gerade den Arsch gerettet?", schrie Slevin dem Hexer entgegen.

Diamants Augen funkelten ihn spöttisch an.

„Sieht wohl so aus, Vampir. Aber keine Sorge, passiert nicht noch mal. Und jetzt schwing gefälligst deinen Hintern zu mir rüber und gib mir ebenfalls Deckung."

Während Slevin sich nun auf den Hexer zubewegte, sah er aus den Augenwinkeln, wie einer der Wölfe sich hinter diesem anschlich und zum Sprung ansetzte. Sofort drehte Slevin sich um.

Der Wolf sprang los.

Diamant hatte den Angreifer immer noch nicht gesehen. Er würde ihn erwischen. Die Zähne des Wolfes schnappten schon mitten im Sprung nach dem Fleisch des Hexers, bis sie von der Klinge eines Schwertes gestoppt wurden.

Slevin hatte ihm das Schwert vom Maul durch den Kopf gezogen. Leblos landete das Tier auf dem Boden.

Als Slevin sich wieder keuchend zurückzog, sah er in Diamants erschüttertes Gesicht. Diesem war bewusst geworden, wie nahe er gerade dem sicheren Tod entronnen war. Denn ohne die Heilkraft einer anderen Hexe, konnte er so schwere Wunden, wie der Wolf sie gerissen hätte, nicht überleben. Slevin positionierte sich wortlos hinter dem Rücken des Hexers und tatsächlich spürte er langsam wieder die alte Verbundenheit zu seinem Freund. Diamant nickte kurz dankbar und konzentrierte sich wieder auf das Rudel. Dieses war trotz ihrer Gegenwehr immer noch nicht kleiner geworden.

„Das ist nicht normal", keuchte nun der Hexer wieder zu ihm nach hinten. „Wölfe stehen nicht einfach wieder auf, nachdem man ihnen die Kehle aufgeschlitzt hat!"

„Das scheinen die hier nicht zu wissen! Was willst du jetzt tun, Hexer?"

„Jetzt kämpfen wir uns zusammen bis zur Leiter durch, dann versuche ich sie abzulenken.

„Bitte sag mir, du zauberst nicht wieder ein paar Rehe", gab Slevin mit einem spöttischen Unterton zurück. „Das hat vorhin schon so gut funktioniert."

Slevin musste sich nicht zu dem Hexer drehen, um mitzubekommen, wie dieser wütend schnaufte.

„Es hätte funktioniert. Jemand hat den Zauber gebrochen, bevor die Wölfe weg waren."

„Also wenn du mich fragst, ist hier wirklich ein anderer Hexer am Werk und dessen Macht ist definitiv größer, als deine! Möchtest du irgendetwas dazu sagen?"

„Ja!", keuchte Diamant. „Können wir das bitte später besprechen." Und dabei hieb Diamant wieder nach einem zubeißenden Maul, direkt vor ihm.

„Wenn du nicht gleichzeitig kämpfen und reden kannst, bitte", gab Slevin leicht lächelnd von sich.

Aber der Hexer hatte Recht. Sie mussten sich in Sicherheit bringen. Sie konnten kein Rudel Wölfe bezwingen, wenn diese einfach nicht tot liegen blieben, wenn man sie umgebracht hat! Schritt für Schritt näherten sie sich der Leiter. Dort angekommen warf Diamant wie selbstverständlich seinen Stab zu Slevin. Dieser hätte ihn, genauso wie das Schwert zuvor, prompt am Kopf getroffen, wenn er Diamant nicht schon so lange kennen würde und sie dies schon über tausende Male so gemacht hätten.

„Wie damals, als wir noch wie Pech und Schwefel zusammenhielten", schossen Slevin seine eigenen Worte an Dragana wieder in den Kopf. Und langsam spürte er auch wieder, wie gut es sich angefühlt hatte, mit den zwei Geschwistern zusammen gewesen zu sein.

Vielleicht sollte er Diamant doch noch eine Chance geben. Irgendwann zumindest!

Mit geübten Bewegungen ließ nun Slevin den langen Stab hin und her sausen und hielt ihnen damit die Wölfe vom Leib. Diamant konzentrierte sich derweil bereits auf einen größeren Zauber und konnte sich somit nicht wirklich verteidigen.

‚Jetzt!‘, zischte der Dämon plötzlich los. ‚Lass ihn einfach stehen. Die Wölfe erledigen dann den Rest.‘

‚Was? Nein! Das werde ich nicht tun!‘

‚Du verstehst wirklich nicht, was das hier ist, oder?! Warum sollte plötzlich ein verzaubertes Rudel Wölfe hier auftauchen, hä?‘

Slevin verstand immer noch nicht, was der Dämon ihm gerade sagen wollte.

‚Das hier ist nicht das Werk eines anderen Hexers, sondern des Mannes neben dir!‘

Slevin sah zur Seite zu Diamant und musterte diesen für einige Sekunden. Dann schüttelte er den Kopf.

‚Warum sollte er das tun?‘, hakte Slevin immer noch ungläubig nach.

‚Er will dich erledigen, bevor Thorun hier eintrifft. Er wird dich ihm ausliefern, um seine Schwester und die anderen zu beschützen!‘

‚Nein! Das wird nicht geschehen!‘, fauchte Slevin zurück.

‚Er hat dich wieder verraten! Sobald deine kleine Hexe weg war, hat er zwei Männer losgeschickt. Das hast du gesehen!‘

‚Die Männer halten draußen Wache, falls sich jemand der Stadt nähert', erwiderte Slevin.

‚*Hat er das gesagt, ja? Wo sind seine Wachen dann jetzt? Die Männer sind zu Thorun geritten!*'

Die Stimme des Dämons war reine Bosheit. Und sein Lachen, welches in Slevin widerhallte, unheilverheißend.

‚Nein! Das würde er nicht tun!', brüllte Slevin zurück.

Aber war er sich da sicher? Diamant hatte keinen Hehl daraus gemacht, dass er gegen Draganas Entscheidung nach Kintz zu gehen war. Und auch eine Mitwirkung in einem Kampf gegen den Hexenkönig hatte er definitiv abgelehnt. Außerdem hatte der Hexer darauf bestanden, quasi ohne ausreichende Bewaffnung hier herauszugehen!

Slevin warf abermals einen musternden Blick auf Diamant.

‚*Lass mich die Kontrolle übernehmen*', flüsterte der Dämon weiter eindringlich. ‚*Der Bann gilt nicht für mich! Ich töte diesen Verräter und er wird nie wieder zwischen dir und deiner Kleinen stehen!*'

‚Nein! Nein, verdammt!'

Slevin wusste nicht, ob er diese Worte laut geschrien hatte, oder nicht. Auf jeden Fall sah Diamant ihn irritiert an. Das konnte aber auch daran liegen, dass Slevin sich nicht mehr wirklich konzentrieren konnte und seine Abwehr gerade mal noch ein wirres Fuchteln war.

Und da passierte es auch schon. Einer der Wölfe sprang auf Diamant zu, der definitiv zu wenig Schutz hatte. Er verbiss sich in der Hand des Hexers, zerrte wütend daran und Diamant schrie gepeinigt auf.

Dies riss Slevin aus seinen wirren Gedanken.

So schnell er konnte, war er bei Diamant und stach auf das fellige Monster ein. Doch dieser wollte seine eben gerade gewonnene Beute so schnell nicht wieder hergeben.

Wie verrückt stach Slevin weiter auf das Tier ein. Und er hörte selbst dann nicht auf, als es reglos und blutend am Boden lag. Eigentlich wäre der Kampf nun vorbei gewesen.

Er hatte es vermasselt! Und das gelinde ausgedrückt.

Denn als er wie ein verrückter auf den bereits am Boden liegenden Wolf eingestochen hatte, hätten die anderen Tiere leichtes Spiel mit ihnen gehabt.

Es war alleine dem Hexer zu verdanken, dass er in diesem Moment noch lebte. Er hatte seinen Zauber gewirkt und ihn damit beschützt!

Slevin hatte nur in seiner Rage nicht mitbekommen, wie bereits die ersten Blitze aus dem Himmel schossen. Nun, als er sich wieder erhob, konnte er sehen, wie die Blitze inzwischen zielsicher zwischen ihnen und den übrig gebliebenen Wölfen in den Boden krachten. Warum zum Teufel ließen diese Bestien nicht von ihnen ab? Denn die Tiere gewahrten nun zwar einen gewissen Abstand zu ihnen, trollten sich aber keineswegs. Immer noch angriffslustig sahen sie sie mit ihren durch den Feuerschein funkelnden Augen an. Aber darüber sollten sie nun wirklich später nachdenken. Diamant war bereits ein Stück auf die Leiter geklettert und sah zu ihm herab.

„Kommst du, oder hast du da unten noch etwas zu klären?" Dieser Satz bestätigte Slevin, dass der Hexer seinen Ausbruch sehr wohl mitbekommen hatte.

Mit einem beherzten Sprung war Slevin ebenfalls auf der Leiter und kletterte mit nach oben. Die Jungs hatten sich inzwischen hinter die Mauer getrollt. Doch das würde sie nicht retten. Vor den Wölfen vielleicht, doch nicht vor der Strafe, die sie erwartete. Slevin warf nochmal einen Blick auf die immer noch aggressive Meute dort unten.

Als er die Leiter hochziehen wollte, sah er etwas Merkwürdiges.

„Hexer, hast du den Zauber bereits beendet?", fragte er nach hinten gewandt.

Diamant schüttelte irritiert den Kopf.

„Dann sieh dir das mal an."

Sofort war Diamant wieder neben ihm. Seine Lippen wurden zu einem schmalen Strich, als er sah, was dort unten vor sich ging.

Dort, wo eigentlich noch immer Blitze die Wölfe von ihnen und der Leiter trennen sollten, fielen gerade mal noch ein paar harmlose Funken zu Boden. Und die Wölfe waren wieder herangekommen und sahen gierig zu ihnen hinauf. Einer von ihnen versuchte sogar, die Leiter zu erklimmen. Als er jedoch abrutschte und auf den Boden fiel, biss er mit einem verärgerten Knurren in sie hinein.

„Ich sagte doch, jemand hat meinen Zauber gebrochen", sagte Diamant leise. „Und wenn du mich fragst, ist das auch kein normales Verhalten, was die Viecher dort an den Tag legen."

„Und du auch nicht!", fügte der Hexer nach einer kleinen Pause hinzu.

„Was willst du damit sagen?", fragte der Vampir zornig.

Seine Gefühle waren ein einziges Chaos.

Diamant schnaubte einmal, hatte sich dann aber sofort wieder im Griff.

„Ich will damit sagen, du hast auch schon besser gekämpft!"

Dabei hob Diamant seine blutende Hand anklagend nach oben.

Slevins Zorn erlosch augenblicklich.

„Tut mir leid! Das … das war meine Schuld!", gestand er zerknirscht ein.

„Das heilt wieder", antwortete Diamant versöhnlich, dann wurde er sofort wieder ernst. „Du kommst mit, wir haben etwas zu bereden!"

Slevin nickte nur und kletterte, nachdem er nochmals einen Blick zu den Wölfen hinabgeworfen hatte, hinter Diamant die Mauer hinab.

Dieser wandte sich nun den Jungen zu, die allesamt wie ein Häufchen Elend dastanden und zur Erde starrten.

„Und ihr! Ihr kommt morgen nach Mittag zu mir in die Burg. Ich werde mir eine sehr gute Strafe für euch einfallen lassen. Und jetzt haut ab nach Hause in eure Betten!"

Das musste er ihnen nicht zweimal sagen. Als ob die Wölfe nun doch wieder hinter ihnen her wären, rannten die Jungen davon.

Slevin und Diamant liefen wortlos zurück zur Burg. Im Esszimmer ließen sich beide schwer auf die Stühle fallen.

„Du weißt, was das bedeutet!", fing Diamant das Gespräch an.

„Nein, weiß ich nicht!", erwiderte der Vampir verstockt.

Slevin konnte den Worten des Dämons zwar immer noch keinen wirklichen Glauben schenken. Aber eines war klar.

Wenn es nicht Diamant gewesen war, dann wusste Thorun, wo er war und er würde ihn sich früher oder später holen kommen.

„Und was willst du jetzt tun?", fing der Hexer das Gespräch abermals an.

„Ich werde den Bastard töten, der dafür verantwortlich ist!", antwortete Slevin bösartig.

Diamant rollte mit den Augen.

„Du weißt so gut wie ich, dass Thorun dahintersteckt! Wie willst du ihn jemals besiegen? Willst du wieder hunderte von Kriegern und dieses Mal auch noch meine Schwester in den Tod führen, ja?!"

Slevin schüttelte den Kopf.

Nein, Dragana nicht!

Allerdings war es genau das, was er gerade tat!

Dragana und Celest waren in diesem Augenblick in Kintz beim Widerstand.

Was ihn zu der Frage brachte, was Thorun vorhatte? Selbst wenn Diamant ihn tatsächlich verraten hatte, warum war der Hexenkönig nicht selbst hierhergekommen, um ihn und den Dämon zu holen?

Diamants Stimme riss ihn aus seinen Überlegungen.

„Du bringst ihr und allen anderen in deiner Nähe den Tod, Slevin! Deshalb haben wir uns damals von dir abgewandt! Und jetzt wird es wieder so sein!", fing Diamant mit Verzweiflung in der Stimme an auf Slevin einzureden.

„Dragana, meine Schwester, wird sterben, Slevin! Die Menschen hier und auch deine Freunde vom Widerstand werden sterben!"

Slevin sprang auf, stemmte die Hände auf den Tisch und beugte sich so lauernd über den Hexer, dass dieser fast nach hinten von seinem Stuhl kippte.

„Und deswegen dachtest du, es wäre besser mich abermals an Thorun zu verraten? Habe ich Recht? Hast du es wieder getan?!"

Diamant hielt dem bohrenden Blick Slevins stand.

„Ich habe GAR NICHTS getan! Lass du mich das nicht bereuen, Vampir!"

Mit diesen Worten stand auch Diamant auf und starrte ihn entschlossen an.

Einige Zeit stierten sich Hexer und Vampir in die Augen und Slevin fühlte, Diamant sagte die Wahrheit.

Also ließ er wieder von seinem Gegenüber ab und nahm einige Meter Abstand. Sein Blick flackerte jedoch und seine grünen Dämonenaugen wurden so hell, als brenne ein Feuer in ihnen. Und so ziemlich genau das beschrieb es auch, was Slevin fühlte.

Diamant hatte recht!

Auch wenn Thorun im Moment keinen Dämon hatte, weil dieser in ihm festsaß, so konnte er nicht wissen, ob er ihn nicht doch noch gegen sie verwenden würde. Lincoln würde an vorderster Front kämpfen, genauso wie seine Leute. Ebenso wie Dragana und er. Viele würden sterben. Zu viele!

In diesem Moment fasste Slevin einen Entschluss.

„Okay, Diamant, du hast gewonnen."

Dieser starrte ihn ungläubig an.

„Was?!"

„Ich sagte, du hast gewonnen. Wir reiten in einer Stunde los!"

„Und wohin bitte schön reiten wir?"

„Du reitest nach Kintz und holst Dragana und Celest sofort hierher. Und du wirst dafür sorgen, und zwar unter allen Umständen, dass ihnen und den Menschen hier nichts passiert. Hast du mich verstanden?!"

Nein, eigentlich verstand Diamant gerade gar nichts mehr, trotzdem nickte er.

„Und was machst du bitte schön?"

„Ich muss noch etwas erledigen und dann gebe ich diesem Bastard, was er haben will. Und was er verdient!"

„Ah, ja."

Mehr brachte Diamant beim besten Willen nicht mehr heraus. Slevin erklärte ihm noch die wichtigsten Dinge, die der Hexer seiner Meinung nach wissen musste und knapp eine Stunde später saßen sie beide auf den Pferden und ritten los.

Kintz

Slevin kam später als geplant der Stadt Kintz näher. Diamant, Dragana und Celest würden nicht mehr dort sein, wenn er in der Stadt eintraf und das war auch gut so.

Hoffentlich hatten sich auch Lincoln und seine Männer ebenfalls an die Anweisungen, die er Diamant für sie mitgegeben hatte, gehalten.

Natürlich hatten Diamant und er befürchtet, Thorun würde Kintz angreifen lassen und schon bevor die Stadt in Sichtweite war, hatte Slevin ein schlechtes Gefühl. Einige Zeit später sah er dieses bereits am Himmel bestätigt. Dicke Rauchschwaden stiegen von dem Punkt, an dem der Treffpunkt des Widerstandes war, dem Himmel empor. Slevin gab seinem Pferd die Sporen.

Keine halbe Stunde später stand er vor den ersten brennenden Häusern der Stadt und ließ sich von seinem Pferd gleiten. Er spitzte die Ohren.

Im hinteren Teil der Stadt hört er Schreie und das Klirren von Metall.

Den Geräuschen nach zu urteilen, die aus der Stadt an sein Ohr drangen, waren immer noch Menschen hier, die kämpften. Und wenn hier noch jemand kämpfte, dann waren mit Sicherheit auch Lincoln und seine Männer darunter!

Verdammt noch mal! Das war nicht der Plan!

Frust und Wut stiegen in ihm hoch. Er musste dort hin!

Er rannte durch die Straßen. Mehrere Häuser brannten. Ein paar Bewohner hatten sich in kleine Gassen gedrängt und kauerten dort mit ängstlichen Gesichtern. Steinbrocken lagen auf den Wegen.

So schnell er konnte, hetzte Slevin weiter.

Wütend und brüllend rannte er zu den Kämpfenden, die er im hinteren Teil der Stadt ausmachen konnte, und zog sein Schwert.

Nein, verdammt! Du wirst sie dir nicht holen, schrie Slevin aus sich heraus. Er konnte das hier nicht zulassen! Er hatte die Entscheidung getroffen, dass er nicht mehr zulassen würde, dass einer der Menschen, die ihm lieb und teuer waren, ihr Leben lassen mussten.

Also brach der Vampir wie ein Derwisch über die Soldaten herein, die dort gegen einen kleinen Rest an Bewohnern und Widerständler kämpften. Während er die ersten Soldaten einfach ohne Erbarmen aufschlitzte und sie sterbend zurückließ, sah er sich hektisch nach Lincoln um. Doch keine Spur von ihm oder einem anderen bekannten Gesicht der Räuber.

Kurze Augenblicke später stellte sich ihm auch schon der erste Hexer Thoruns in den Weg und beendete abrupt Slevins Suche nach seinen Freunden.

Kaum einen Meter vor Slevin stoben, wie aus dem Nichts, Flammen aus dem Boden empor.

„Habt ihr verdammten Hexer nichts anderes auf Lager?", fauchte er seinem Gegner zu.

Dieser sah ihn erschrocken durch die Flammenwand schreiten. Sofort konzentrierte sich der Hexer erneut, während Slevin bereits zum Schlag ausholte. Keine zwei Zentimeter, bevor sein Schwert auf den Hexer treffen und diesen zu Boden schicken würde, wurde Slevin von einem großen, schwarzen, haarigen Etwas umgerannt. Er keuchte ungehalten auf, bevor sich die Zähne des Tieres in sein Fleisch verbeißen wollten.

Genau in diesem Moment löste es sich jedoch bereits in Rauch auf.

Ein böses Lächeln zog sich über Slevins Gesicht, als er langsam wieder aufstand. Ruhig und drohend trat er auf den Hexer zu, der immer noch nicht wirklich glauben konnte, was er da gerade gesehen hatte.

Wie erstarrt stand Slevins Gegner da und starrte in die grünen, jetzt hell leuchtenden Augen des Vampirs.

„Du … du bist …"

Slevin legte den Kopf schief und zog die Lippen noch etwas weiter nach oben, was ihm nun das Aussehen eines wilden Tieres verlieh, welches die Zähne fletschte.

„Ja; genau, bin ich! Und ich löse mich ganz sicher nicht in Rauch auf, so wie dein erbärmlicher Zauber!"

Mit diesen Worten ließ Slevin sein Schwert fallen und sprang, wie es vor ein paar Augenblicken das unwirkliche Vieh des Hexers getan hatte, seinen Gegner an. Slevins Zähne und zu Klauen geformte Hände bohrten sich in das Fleisch seines Gegners. Kurz labte sich der Vampir an den Kräften seines Opfers, dann stand er auf und ließ abermals seinen Blick über die Kämpfenden schweifen.

Dieser Hexer war nicht gerade mächtig gewesen, aber Slevin war sich sicher, er würde noch auf bessere treffen. Also brauchte er Kraft, viel Kraft.

Wie ein fleischgewordener Teufel sprang er weitere Soldaten an. Nur durch die zahlenmäßige Übermacht der Soldaten schafften es tatsächlich ein paar von ihnen, ihn mit Hieben ihrer Schwerter zu treffen. Doch das spornte den Blutdurst des Vampires in ihm nur noch mehr an und auch der Dämon, genauso wie der Vampir in seinem Inneren, feierten ein Fest, als er weiter und weiter tötend durch seine Gegner schritt. Er ließ seinen Blick dabei immer wieder durch die Kämpfenden schweifen.

Als er Lincoln und seine Leute endlich erkannte, bahnte er sich rücksichtslos seinen Weg zu ihnen, als plötzlich Flammen aus seiner Kleidung züngelten. Slevin berührte sofort die Flammen, um den Zauber zu brechen und sah sich nach dem Verursacher um.

Jedoch waren seine Versuche, den Brand auf sich zu ersticken, wie kleine Tropfen Wasser auf einen Vulkan. Immer mehr Flammen schlugen aus seiner Hose und seiner Jacke.

Ein boshaftes Lachen drang von hinten zu ihm durch und Slevin drehte sich um.

Theodor!

Slevin hatte bereits das zweifelhafte Vergnügen gehabt, diesen Hexer kennenzulernen. Und schon damals war Theodor ein bösartiger und gefährlicher Bastard gewesen.

Slevin knurrte, als dieser jedoch bereits seinen Blick auf etwas, oder besser gesagt, jemand anderen konzentrierte.

Und zwar auf Lincoln und seine Leute.

Gleich würde auch deren Kleidung in Flammen stehen. Selbst wenn die Räuber, oder zumindest Lincoln den Zauber inzwischen brechen konnten, so würden genauso wie bei Slevin immer neue Flammen aus ihm emporsteigen. Slevins Haut brannte bereits, doch er würdigte dieser Tatsache nur einen Augenblick seiner Aufmerksamkeit. Er würde in wenigen Minuten wieder geheilt sein. Seine Freunde nicht.

„Theodor!", schrie Slevin so laut er konnte.

Denn dieser stand mindestens zwanzig Meter von ihm entfernt. Zu weit, um ihn noch zu erreichen, bevor dieser seinen Zauber wirken konnte.

Theodor sah zu ihm und seine ganze Aufmerksamkeit galt nun dem immer noch in Flammen stehenden Vampir, der ihn mordlüstern ansah.

„DU! Ich hätte es wissen müssen! Wie bist du Thorun entkommen?"

„Ich denke nicht, dass es dir noch etwas bringt; das zu wissen. Jetzt, kurz vor deinem Tod!", knurrte Slevin angriffslustig.

Aus den Augenwinkeln nahm Slevin wahr, dass die Räuber tatsächlich von Theodors Zauber verschont geblieben waren und sich von hinten an den Hexer herankämpften.

Allerdings durften sie diesen Hexer nicht unterschätzen. Und bereits als er diesen Gedanken zu Ende gedacht hatte, fielen Steinbrocken vom Himmel herab, fast so als würde gerade eine Burg über ihnen zusammenstürzen.

Alle Kämpfe kamen zum Erliegen und die Soldaten Thoruns, genauso wie ihre Gegner; versuchten so schnell wie möglich sich unter die nächstbeste Deckung zu verkriechen, die sie finden konnten.

Nur Slevin stand regungslos da. Seine Hände öffneten und schlossen sich immer wieder, als ob sie bereits den Leib des Hexers vor ihm zerreißen würden.

Der Vampir spurtete los. Und auch wenn er von den Brocken getroffen wurde und bereits an mehreren Stellen blutete, rannte er weiter, sein Ziel fest vor Augen.

Doch auch sein Gegner unterschätzte ihn nicht.

Theodor hatte sich gespannt und war bereit. Die Erde vor Slevins Füßen begann zu beben. Zwischen Slevin und Theodor tat sich ein Riss in der Erde auf. Aus diesem Riss leckten nun sofort Flammen hervor.

„Ist das alles, was du gegen mich vorzubringen hast?", schrie Slevin, bereit auch diese Hürde zu nehmen.

„Nein, ist es nicht!", entgegnete Theodor scharf.

Und in diesem Moment kam etwas Schwarzes aus dem brennenden Spalt. Eine Dunkelheit, schwärzer als die Nacht. Und diese Dunkelheit waberte langsam, aber unaufhaltsam auf Slevin zu.

Erst wollte er sich einfach hindurchschmeißen, um so zu seinem Gegner zu gelangen, doch der Dämon hielt ihn zurück.

‚Nein, verdammt! Lass das! Du kommst da nicht mehr heraus!‘

Doch dieses schwarze Etwas hatte sich nun rund um Slevin ausgebreitet und zog sich immer mehr um und über ihm zusammen.

‚Hast du eine bessere Idee, Dämon? Ich sehe keinen anderen Ausweg.‘

Doch der Dämon lachte nur hämisch. *‚Natürlich habe ich das. Ich bin ein Dämon. Mir gehört die Dunkelheit!‘*

Ohne weitere Erklärung konzentrierte sich der Dämon auf dieses dunkle Nichts, welches sie umgab.

Doch dieses Schwarz wich nicht, wie von Slevin erhofft vor dem Dämon zurück und machte einen Weg frei.

Im Gegenteil.

Der Dämon zog sie in sich und somit auch in Slevin hinein. Und nun spürte er auch, was der Dämon meinte, als er ihn gewarnt hatte. Diese Schwärze versuchte nach dem Vampir in ihm zu greifen. Und der Vampir wehrte sich nicht dagegen. Er wurde von diesem Nichts aus Dunkelheit geradezu angezogen, wie die Motten vom Licht. Und Slevin wusste, er würde sich darin verlieren.

Nur der Dämon hielt den Vampir und die Dunkelheit mit aller Macht auseinander.

Slevin stöhnte. Es war, als wäre alle Kraft aus ihm gewichen und er wollte nur noch eines. In diese Dunkelheit eintauchen und nie wieder heraustreten.

‚Reiß dich zusammen, Vampir!‘, schrie der Dämon ihn an.

Mit dem letzten bisschen an Kraft, welches er noch in sich hatte, wehrte sich Slevin gegen die Anziehungskraft. In dem Moment nahm der Dämon die Dunkelheit komplett in sich auf und sie und dieses Verlangen darin zu versinken, waren augenblicklich verschwunden.

Slevin brauchte einige Momente, um wieder vollends zu sich zu kommen. Mit zusammengekniffenen Augen sah er sich um, jetzt da er seine Umgebung wieder wahrnehmen konnte. Er versuchte sich zu orientieren und seinen Gegner in dem ganzen Geröll an Stein- und Erdklumpen, die am Boden lagen, auszumachen.

Einige Sekunden später sah er ihn.

Theodor hatte sich abgewandt und kämpfte gerade. Und das gegen niemand anderen als Lincoln, der als Einziger zu dem Hexer durchgedrungen war. Doch dieser Kampf würde nicht lange dauern. Slevin hob sein Schwert und überwand den immer noch brennenden Krater vor ihm mit einem Sprung. Das Kommende war im Endeffekt wohl nur der Tatsache zu verdanken, dass der Hexer mit seinem Erscheinen einfach nicht mehr gerechnet hatte. Denn er stand einfach nur da und sah Slevin aus weit aufgerissenen Augen an, als würde der Tod persönlich vor ihm stehen. Und das tat er auch. Slevin hieb ihm mit einem kräftigen Schwerthieb den Kopf von den Schultern, bevor der Hexer auch nur fassen konnte, was gerade geschah.

Danach sank der Vampir schwer atmend in die Knie, als Lincoln, ebenfalls verletzt und mit letzter Kraft auf ihn zukam.

„Slevin! Oh mein Gott, du hast es geschafft."

„Gott hatte damit wohl eher weniger zu tun", brachte er stockend hervor.

Langsam richtete sich Slevin wieder auf, obwohl er am liebsten einfach auf dem Boden liegen geblieben wäre. Slevin hoffte, seine Beine würden ihn wieder tragen. Und tatsächlich schaffte er es sogar, langsam einen Fuß vor den anderen zu setzen. Blinzelnd sah er sich um.

Der Teil der Stadt, in dem er stand, war nur noch ein Trümmerhaufen.

Slevin schüttelte nochmals den Kopf. So einen starken Zauber hatte er selbst bei diesem Hexer nicht erwartet. Aber immerhin schien der Kampf beendet. Viele der Soldaten waren ebenfalls von den herabfallenden Gesteinsbrocken getroffen worden. Der Rest hatte die Flucht gesucht oder wurde gerade von den überlebenden Widerständlern getötet oder gefangen genommen.

Slevin stützte seine Hände auf die Knie und sah sich weiter um. Zum Glück hatte wenigstens Diamant seine Schwester und Celest bereits von hier weggeholt, dachte er in sich hinein, als er die zerstörte Stadt sah. Obwohl die Leute hier ihre Heilkraft jetzt gut gebrauchen konnten. Aber diese hätte ihnen auch nichts gebracht, wenn Dragana oder Celest in diesem Gefecht gestorben wären. Und vor allem für ihn wäre dann alles vorbei gewesen.

„Was ist passiert?", wollte Slevin wissen. „Hat Diamant euch nicht gewarnt? Ihr solltet in einem Versteck in der Näher auf mich warten!"

Lincoln schüttelte den Kopf.

„Ich weiß. Aber wir waren sehr vorsichtig und haben überall Späher aufgestellt. Und da Dragana darauf bestanden hatte, diese Stadt hier zu beschützen, konnten wir ja wohl kaum einfach so laufen."

Slevin brauchte ein paar Augenblicke, um das Gehörte zu verstehen.

„Dragana? Sie ist hier? Jetzt?"

Der Räuber sah ihn schuldvoll an.

„Ja, mit ihrem Bruder und Celest! Ich weiß, du hast Diamant aufgetragen, sie ebenfalls aus dieser Stadt fortzubringen. Aber deine Kleine hat wohl noch einen größeren Dickkopf als du!"

Der Vampir konnte über diesen Scherz gerade nicht lachen. Er richtete sich auf und ging, fast schon drohend auf Lincoln zu. Dieser zuckte automatisch vor ihm zurück und hob die Hände.

„Hey, beruhige dich."

Doch Slevin hatte nicht vor sich zu beruhigen. Allerdings war Lincoln nun wirklich der Falsche, auf den er seinen Zorn richtete.

Diamant, dieser verdammte Idiot!

„Wo sind sie?", wollte er nun, in wenigstens nicht ganz so drohendem Ton, von dem Räuber wissen.

Lincoln deutete auf eine Stelle irgendwo in der Stadt. Wahrscheinlich die kleine Burg, die dort in der Mitte stand.

„Zeige es mir!", forderte Slevin und sofort rannten beide los.

Als sie schnaufend dort ankamen, fanden sie einen Diamant vor, der wie wild versuchte, durch einen Bretterhaufen zu kommen, der vor dem Eingang der Burg lag. Diese brannte lichterloh.

Noch bevor der Hexer die beiden gewahr wurde, hatte Slevin ihn bereits gepackt und sah ihn zornig an.

„Sag mir nicht, dass Dragana dort drinnen ist?!", forderte der Vampir wütend.

Doch Diamants Gesicht machte sofort klar, wie seine Antwort lauten würde.

Am liebsten würde Slevin ihm sofort den Kopf von den Schultern reißen und er hatte schwer mit sich zu kämpfen, es nicht zu tun.

Diamant sah dies wohl genauso.

Denn keine Sekunde später, konnte Slevin sich bereits nicht mehr bewegen. Diamant löste sich schnaubend aus seinem Griff und starrte ihn stur an.

„Dragana IST dort drinnen! Also reiß dich gefälligst zusammen und hilf mir!"

Slevins Augen deuteten ein Nicken an und fast augenblicklich fiel die Sperre wieder von ihm ab. Es vergingen noch einmal zwei Sekunden, in denen Slevin den Hexer wütend fixierte und Lincoln die beiden mit mehr als irritiertem Blick ansah.

Dann ging ein Ruck durch die drei Männer und sie packten zusammen die Bretter und das Gestein weg, die den Eingang blockierten.

Doch auch dann schien ein Hineinkommen in die Burg schier aussichtslos. Heiße Flammen schlugen ihnen sofort entgegen, als sie durch die frei gewordene Tür, wieder frische Luft als Nahrung bekamen. Die Hitze war bereits hier draußen kaum zu ertragen.

Slevin biss auf die Zähne, bis es knirschte. Seine Wunden waren inzwischen wieder verheilt und die Leben, die er genommen hatte, hatten ihn bereits stärker werden lassen.

Jedoch eine komplett in Flammen stehende Burg zu durchqueren, würde auch ihn an seine Grenzen bringen. Aber er konnte nicht anders. Wenn Dragana dort war, musste er zu ihr!

„Sie ist oben im Turm!", erklärte Diamant, während Lincoln ihn fassungslos ansah.

„Dort kann niemand hinein!", stellte er mit eiserner Miene fest.

Noch bevor Diamant etwas erwidern konnte, sprang der Vampir in die Flammen.

‚Du willst dich unbedingt selbst umbringen, bevor Thorun dich bekommt, wie?'

Das hatte Slevin gerade noch gefehlt, als er sich Meter für Meter durch Flammen, herabgefallene Trümmer und Gestein kämpfte.

‚Sie ist dort oben und ich muss sie holen!', antwortete er zornig. ‚Also hilf mir lieber, wenn du deinem Herrn mehr als ein Häufchen Asche von mir bringen möchtest!'

‚Er ist nicht mein Herr!', keifte der Dämon angepisst zurück.

‚Was auch immer.'

Dies waren garantiert nicht der Ort und der richtige Zeitpunkt, um das zu diskutieren.

So schnell es in diesem brennenden Trümmerhaufen ging, arbeitete er sich langsam vorwärts. Die Flammen versenkten seine Haare, seine Kleider und die Haut. Dennoch lief er eisern weiter, selbst als die Hitze kaum mehr auszuhalten war und er das Gefühl hatte, brennende Luft zu atmen. Keuchend stemmte er Bretter und Steinbrocken aus dem Weg.

Irgendwie schaffte er es, sich bis zur Treppe durchzukämpfen. Die steinernen Stufen und Wände gaben nicht viel Brennbares ab und so konnte er diese fast ungehindert hinaufrennen, obwohl der beißende Rauch ihm schier den Atem nahm. Oben angekommen schrie er lauthals Draganas Namen und hob dazwischen immer wieder den Arm vor sein Gesicht, dennoch bekam er kaum noch Luft und hustete qualvoll. Doch als er ihre Stimme hörte und zu ihr eilen wollte, wartete bereits das nächste Problem auf ihn.

Dragana befand sich zweifellos in dem linken Raum hinter einer schweren Holztür. Doch selbst als er sich, mit seinem ganzen Körpergewicht dagegenrammte, rührte diese sich keinen Millimeter.

„Dragana! Die Tür!", schrie er durch das dicke Holz hindurch und versuchte abermals mit aller Kraft diese zu öffnen. Sie musste von innen verschlossen sein.

„Slevin!", kam ihre panische Stimme zu ihm durch.

Selbst durch die dicke Tür konnte er die Verzweiflung in Draganas Stimme erkennen.

Er musste dort hinein, koste es was es wolle!

„Die Tür ist versperrt! Das Dach kam herunter!", schrie Dragana.

Hektisch sah Slevin sich um. Doch in diesem kargen Gang fand sich nichts Brauchbares.

Wieder rannte er auf die Tür zu und versuchte sie mit reiner Gewalt zu durchbrechen, als er auf der anderen Seite einen dumpfen Knall und einen spitzen Aufschrei hörte.

„Dragana!", schrie er immer wieder verzweifelt, doch er bekam keine Antwort mehr.

„Nein! Nein, Dragana!"

Immer und immer wieder ließ er sich gegen die Tür prallen, bis er seine eigenen Knochen brechen hörte und selbst dann machte er weiter.

‚Dir ist klar, dass das so nichts wird, oder?‘

Keuchend ließ Slevin sich auf die Knie sinken, sah sich abermals um. So würde er es tatsächlich nicht schaffen und jede Sekunde die Dragana in dem brennenden Raum war, war vielleicht ihre letzte. Er sah zur Decke hinauf. Das Dach war auch hier an einigen Stellen eingestürzt. Wenn er dort hochgelangen konnte, überlegte er fieberhaft. Doch die offenen Stellen waren zu schmal, um sich hindurchzuzwängen. Er musste das Dach aufbrechen. Und das am besten noch fliegend, denn viele Möglichkeiten gab es nicht, sich dort festzuhalten. Egal, er würde es versuchen. Er rappelte sich stöhnend auf.

‚Verdammt, Vampir, du bringst dich wirklich noch um! Geh zur Seite!‘

‚Was hast du vor?‘

‚Geh zur Seite habe ich gesagt!‘

Slevin wusste nicht genau warum, aber er kam dem Befehl des Dämons nach und trat von der Tür weg. Er öffnete die Barrieren, die er um den Dämon in seinem Inneren errichtet hatte, einen kleinen Spalt.

Mit voller Macht strömte die grüne Energie des Dämons heraus.

Gepeinigt schrie Slevin auf.

Er war ein Narr, drängten sich flüsternd die warnenden Stimmen in seinen Kopf. Der Dämon hatte nur auf eine Gelegenheit gewartet, um die Oberhand zu gewinnen und er hatte sie ihm auf dem Silbertablett serviert. Er würde den Teufel tun, um ihm oder Dragana zu helfen.

Der Dämon kam gierig aus ihm herausgeprescht und stieß ein befreites Stöhnen aus.

Seine grünen Klauen öffneten und schlossen sich vor Slevins Augen, bis er diese so fest zusammenzwickte, dass es beinahe weh tat.

Slevin war verzweifelt. Er hatte kaum noch Kraft, um sich auf den Beinen zu halten, geschweige denn, gegen einen Dämon zu kämpfen, das wusste er selbst. Doch er würde es versuchen! Er musste es versuchen!

Doch Slevin merkte selbst, wie langsam seine Bewegungen waren, als er versuchte schützend den Arm vor sein Gesicht zu heben, als der Dämon zum Schlag ausholte.

Langsam, mit der Gewissheit zu siegen, hob dieses grüne Monster seinen Arm und mit einem gewaltigen Hieb zertrümmerte der Dämon ohne jegliche Mühe die Tür, hinter der Dragana war und die Slevin selbst mit all seiner Kraft nicht hatte öffnen können. Und auch die Trümmer dahinter lagen wenige Sekunden später zerkleinert vor ihm.

Slevin senkte den Arm wieder und stand einige Momente einfach nur da.

Der Dämon hatte Wort gehalten!

Wieso hatte er das getan?

Doch alles, woran Slevin noch denken konnte, als er eine Person vor sich auf dem Boden liegen sah, war Dragana. Er musste zu ihr!

So schnell es sein verletzter Körper zuließ, sprang er über die Trümmer, die von der gewaltigen Kraft des Dämons zerborsten am Boden lagen.

Dragana lag am Boden und bewegte sich nicht. Um sie herum und auf ihr lagen Steinbrocken und Bretter. Er eilte zu ihr und ließ sich neben ihr auf die Knie sinken. Wieder einmal tastete er mit zitternden Fingern nach ihrem Körper.

Es musste enden! Er musste sie in Sicherheit bringen und diesen Kampf beenden!

Doch erst einmal fühlte er sanft an ihr Gesicht. Sie atmete noch! Sofort befreite er ihren Körper von den Schuttbrocken, die noch auf ihr lagen, traute sich aber kaum, sie zu berühren. Was, wenn sie in seinen Armen starb, für einen Krieg, den er heraufbeschworen hatte?!

,Das wird sie mit Sicherheit! Und du auch, wenn du nicht langsam mal deinen Arsch hier heraus bewegst!'

Erschrocken fuhr Slevin auf.

Der Dämon!

Doch dieser war, ohne dass er es gemerkt hatte, wieder zurück und hinter die geistigen Mauern gefahren. Und das ohne jeglichen Kampf! Doch darum würde er sich später noch Gedanken machen.

Vorsichtig nahm er Dragana auf seine Arme und blickte unschlüssig zu dem Gang, von dem aus die Treppe nach unten führte. Dicker, schwarzer Rauch strömte die Treppe hinauf. Schon als er sich alleine dort unten durch die Flammen und Trümmer gekämpft hatte, war es die Hölle gewesen. Mit Dragana auf dem Arm war es unmöglich. Außerdem würde sie die Hitze und die Flammen, in ihrem Zustand nicht überleben. Sie brauchte die Heilkraft eines anderen Hexers und das so schnell wie möglich!

Wieder sah er sich um. Auf das Dach klettern war allerdings auch keine wirkliche Alternative.

Da blieb nur …

,Bist du irre?! Wage es ja nicht …'

Doch noch während der Dämon seine warnenden und auch drohenden Worte sprach, rannte Slevin los. Die Scheiben des

Fensters waren längst zerstoben und so sprang er ohne Widerstand aus diesem heraus.

Der Fall war tief. Er war immerhin mehr als hundert Stufen zu Dragana hinaufgeeilt. Er ignorierte seine Reflexe, die ihn dazu bringen wollten, sich zu drehen und so mit den Füßen auf dem Boden aufzukommen, um sich abrollen zu können. Dies hätte den Aufprall zumindest etwas gemindert und ihm vielleicht das Leben gerettet.

Aber er würde so oder so wieder erwachen. Dragana nicht!

Also ließ er sich weiterhin mit dem Rücken nach unten in die Tiefe fallen und umklammerte Dragana dabei so fest er konnte.

So kam er mit voller Wucht mit dem Rücken auf dem Boden auf. Er musste das Knacken nicht hören, um zu merken, dass so ziemlich jeder Knochen in seinem Körper gebrochen war. Eine Welle des Schmerzes nach der anderen wogte durch seinen Körper hindurch. Er konnte seinen Kopf nicht mehr heben. Trotzdem versuchte er auf sich zu blicken.

Was war mit Dragana?

Erleichtert spürte er ihre Atemzüge auf sich. Dann sah er, wie Diamant neben ihn trat und Dragana vorsichtig von ihm herunternahm.

Er versuchte den Kopf zu drehen, aber es gelang ihm nicht.

„Wie … wie geht es ihr?", brachte Slevin brüchig hervor.

„Sie ist schwer verletzt, aber sie wird wieder. Alles wird gut!", antwortete Diamant direkt neben ihm leise.

„Alles wird gut?!", hörte er nun Lincoln neben sich schreien. „Er wird sterben! Tue etwas!"

Lincolns zu Tode erschrecktes Gesicht tauchte über Slevin auf. „Verdammt, Slevin, was hast du getan?"

Slevin zwang sich zu einem leichten Lächeln.

Er wollte dem Räuber noch ein paar beruhigende Worte zukommen lassen, aber er brachte keinen Ton mehr heraus.

Seine Lungen füllten sich langsam mit Blut, an dem er in ein paar Minuten ersticken würde, wenn er nicht vorher den anderen Verletzungen erlag.

Noch einmal versuchte er den Kopf zu drehen und einen Blick auf Dragana zu erhaschen. Lincoln, der seine Bemühungen sah, half ihm dabei. Diamant kümmerte sich bereits um sie und er sah noch einmal das Gesicht seiner Liebsten, die er nun gerettet wusste, bevor er die Augen schloss und den letzten Atemzug tat.

Er starb und er hieß die Schwärze, die in ihm hochkroch willkommen. Er musste nicht wach sein, wenn sein Körper mit tausend brennenden Blitzen durchzogen wurde, bis seine Verletzungen wieder geheilt waren.

,Hey, Vampir! Lass das! Na komm schon!'

Aber Slevin war bereits gestorben und auch sein Geist würde erst später wieder ansprechbar sein.

,Na ganz toll!', murmelte der Dämon vor sich hin. *,Jetzt darf ich hier sitzen und mir das Geheule von dem Hexer und Räuber anhören, während du friedlich gestorben bist.'*

Diamant wandte sich wieder Dragana zu und machte sich daran sie durch seine Kräfte zu heilen, während Lincoln mit wütenden Schritten an seine Seite trat.

„Was … was ist mit ihm?", fragte er schmerzerfüllt und zeigte anklagend auf Slevin. „Warum hilfst du ihm nicht?"

Diamant musste sich eigentlich auf die Heilung seiner Schwester konzentrieren, aber er sah dem Mann neben sich an, wie verwirrt und zornig dieser war. Er konnte Lincoln, der inzwischen wohl Slevins Freund war, verstehen. Er hatte ihn gerade dort hinunterfallen sehen. Und Diamant wusste nicht, ob er bereits von Slevin darüber aufgeklärt worden war, dass dieser nach seinem Tod wieder erwachte.

„Er wird wieder", fing Diamant langsam an.

Zitternd sah Lincoln ihn an. Wieder sah er zu dem Vampir, der immer noch reglos am Boden lag.

„Aber er atmet nicht einmal mehr!"

„Er ist gerade gestorben. Aber er ist ein Vampir. Er erwacht wieder. Wenn er Glück hat, sind bis dahin seine Verletzungen bereits geheilt."

Lincoln sah sein Gegenüber an, als hätte dieser gerade einen sehr schlechten Witz gemacht und deutete auf das Fenster des Turmes.

„Er ist von DORT heruntergefallen!"

„Ich weiß", antwortete Diamant immer noch ruhig. „Und ich sagte dir, er braucht meine Hilfe nicht! Er steht von selbst wieder auf. Glaube mir!"

Lincoln blickte auf und versuchte einen einigermaßen gefassten Eindruck zu machen. Dem Blick seines Gegenübers nach zu urteilen, misslang ihm dies gänzlich.

Natürlich hatte der Vampir ihm erzählt, dass er nahezu unsterblich war. Aber dies von Slevin gesagt zu bekommen und ihn nun so tot neben sich liegen zu sehen, war etwas ganz anderes!

Diamant setzte sich näher zu dem Räuber, als er Dragana stabilisiert hatte.

„Keine Angst, sie werden beide wieder gesund! Das verspreche ich dir!"

Lincoln sah abwechselnd von Slevin zu Dragana und wieder zurück.

„Das ist dein Ernst, oder?"

Diamant sah ihn sanft an.

„Über so etwas mache nicht einmal ich Scherze!"

„Und … und wie lange wird es dauern, bis er wieder … erwacht?"

Diamant zuckte mit den Schultern. Das ist unterschiedlich. Aber wenn man mal davon ausgeht, dass er sich gerade jeden

Knochen gebrochen haben dürfte, dann würde ich auf einige Stunden tippen. Oder auch etwas mehr."

„Aber … wie ist das möglich?"

„Genau, weiß das niemand. Aber es ist so. Sonst wäre er wohl nicht von dort hinuntergesprungen!"

Beide sahen sich an und wussten, Slevin wäre gesprungen! Selbst wenn er nicht mehr erwachen würde.

Ein paar Minuten saßen sie still zusammen.

„Ich muss nach den anderen sehen. Es gibt bestimmt einige Verletzte, die meine Hilfe brauchen", brach Diamant das Schweigen.

Lincoln nickte.

„Ich bleibe bei ihnen", versprach der Räuber, der Diamants sorgenvolles Gesicht sah. „Wenn irgendetwas ist, hole ich dich sofort."

Damit gab sich der Hexer zufrieden und ging.

Tatsächlich gab es für Diamant und Celest sehr viel zu tun. Mehr als die Hälfte der Männer, die gekämpft hatten, waren tot. Bei den Bewohnern sah die Bilanz nicht ganz so verheerend aus. Trotzdem hätte das hier nicht passieren dürfen. Doch im Moment versuchten Diamant, Celest und zwei weitere Hexen, die auf ihrer Seite waren, so viele zu retten, wie es ging.

Erst in den frühen Morgenstunden waren so weit alle Verwundeten versorgt und in den noch intakten Häusern untergebracht worden.

Auch Dragana und Slevin hatten sie ohne Bewusstsein in das Haus eines Gutsherren gebracht, in dem gerade von den überlebenden Anführern des Widerstandes Krisenrat abgehalten wurde.

Als Slevin wieder erwachte, fühlte er, dass er in einem Bett lag. Sie hatten ihn wohl in eines der Häuser getragen, genauso wie Dragana.

Dragana!

Seine Gedanken drehten sich. Er versuchte sich aufzusetzen, aber es ging nicht. Sein Rücken ließ das noch nicht zu.

Also versuchte er sich mit den Armen, die er immerhin schon wieder bewegen konnte, aus dem Bett zu ziehen. Doch als er seine Beine auf den Boden setzen wollte, versagten diese ihm den Dienst. Genau gesagt konnte er sie nicht einmal richtig spüren. Das Einzige, was er sehr gut spüren konnte, waren die Blitze der Heilung, die durch seinen ganzen Körper fuhren.

Und so knallte er mit schmerzverzerrtem Gesicht und einem dumpfen Knall auf den Boden und blieb erst einmal keuchend liegen.

Er gab sich nur wenige Momente der Ruhe, dann versuchte er sich weiter über den Boden zu ziehen.

‚Hast du nicht langsam mal genug, Vampir? Es geht ihr gut, Diamant hat sich um sie gekümmert.‘

Slevin horchte auf. Konnte er den Worten des Dämons glauben? Andererseits hätte er sie ohne seine Hilfe gar nicht erst retten können. Was ihn wiederum zu einer Frage brachte, die er vor seinem Tod nicht mehr hatte stellen können.

‚Warum hast du mir geholfen?‘

Er würde in diesem Zustand tatsächlich nicht weit kommen. Deshalb blieb er erst einmal liegen und wartete auf die Antwort des Dämons.

‚Wer sagt, dass ich es für dich getan habe?‘

Slevin zwickte die Augen zusammen. Was sollte das bitte schön wieder heißen?

‚Für deinen Herrn hast du es ja wohl kaum getan.‘

‚Ich sagte dir bereits, er ist nicht mein Herr!‘, fauchte der Dämon zurück.

‚Ja, genau, deshalb tust du auch, was er sagt, tötest und mordest tausende von Menschen.‘ *‚Ja, genauso wie du! Denn Thorun hat ebenfalls etwas, das mir gehört und so lange dies so ist …‘*

Der Dämon brach ab, als überlege er noch, ob er diesen Satz wirklich beenden sollte.

Slevin verstand natürlich kein Wort.

‚Er hat etwas, was dir gehört? Wieso holst du es dir nicht einfach wieder? Du bist ein verdammter Dämon!‘

Dieser stieß nur ein verächtliches Lachen aus.

‚Er ist nicht umsonst einer der mächtigsten Hexer im Land. In seiner Brust ist ein Stein eingelassen, ein Kristall. Er gehört mir. Thorun hat einen Zauber darauf gelegt! Ich kann es mir nicht einfach holen. Niemand kann das! Und sollte er sterben, wird er vernichtet.‘

Slevin brauchte ein paar Minuten, um diese Information zu verstehen.

Wenn der Dämon tatsächlich nur aufgrund dieses Kristalls tat, was Thorun von ihm verlangte, konnte das zu ihrem Vorteil sein.

Bevor er diesen wichtigen Gedanken weiterverfolgen konnte, wurde die Tür zu dem Zimmer, indem er lag, geöffnet. Immer noch am Boden liegend spähte Slevin zu Lincoln hinauf.

„Verdammt, Vampir, was tust du da?“, fragte der Räuber, als er ihn am Boden liegen sah.

„Ich wollte ein wenig spazieren gehen, aber wie du siehst …“, versuchte Slevin seine bescheidene Lage herunterzuspielen. Er hasste es, so von seinem Freund gesehen zu werden.

„Diamant hat mich gewarnt, dass du in solchen Dingen unbelehrbar bist. Es ist besser, wenn ich dich wieder zurück ins Bett bringe und du noch etwas schläfst", erklärte Lincoln ernst.

„Schlafen kann ich, wenn ich tot bin und jetzt hilf mir auf die Beine und bringe mich zu diesem Vollidiot an Hexer", forderte Slevin grob.

Eine kurze Zeit musterte Lincoln seinen Freund. Aber er kannte ihn nun genug, um zu wissen, er würde nicht im Bett liegen bleiben, selbst wenn er ihn tausend Mal dort hinschleppen würde. Also ging er mit einem tiefen Seufzer zu ihm und half ihm aufzustehen.

Immerhin konnte Slevin inzwischen einigermaßen stehen, auch wenn er so wankte, dass Lincoln ihn sofort hielt, damit er nicht wieder zu Boden sackte.

Den Vampir auf sich stützend verließen sie das Zimmer und gingen zu den anderen, die im Wohnraum des Hauses saßen und heftig diskutierten.

„Es ist alles vorbei, siehst du das denn nicht?", meinte einer der Aufständischen gerade.

„Man kann Hexen einfach nicht trauen, das haben wir nun wieder einmal alle am eigenen Leib erfahren."

„Es muss nicht sein, dass jemand uns verraten hat", warf nun Celest ein, die ebenfalls mit im Zimmer saß. „Thorun ist nicht zu unterschätzen und das haben wir leider …"

In diesem Moment sah die alte Hexe auf und blickte mit leicht ärgerlicher aber auch besorgter Miene Slevin und Lincoln entgegen.

„Du solltest das Bett hüten, das weißt du! Warum hört niemand auf eine alte, weise Frau wie mich?!", fügte sie seufzend hinzu.

Sofort flogen Slevins Gedanken zu Dragana. War sie ebenfalls bereits wieder wach und sogar auf den Beinen?

Sein Blick musste Bände gesprochen haben, denn Celest stand auf und ging zu ihm.

„Sie ist noch nicht wach, aber außer Gefahr. Auch sie braucht noch Ruhe, aber wenn du möchtest kannst du kurz zu ihr."
Slevin nickte, erkannte dann aber in einem hinteren Eck des Zimmers Diamant, der mit verschränkten Armen an der Wand lehnte. Sofort fuhr Slevin auf und wollte zu dem Hexer, als ihm gerade noch einfiel, wie weit er ohne seine Stütze, Lincoln kommen würde.

„Hey, Hexer, was zum Teufel tust du hier?!", fegte er ihn stattdessen an.

„Nach was sieht es denn aus, hä? Wir betreiben gerade Schadensbegrenzung …", weiter kam Diamant nicht. Mit einer unwirschen Bewegung schnitt der Vampir ihm das Wort ab.

„Schadensbegrenzung, verdammt, ihr solltet gar nicht mehr hier sein, ihr alle nicht! Ich habe gesagt, sie sollen sich auflösen und irgendwo verstecken! Dir ist klar, dass das hier ein sehr beschissenes Versteck ist?!"
Doch nicht Diamant war es, der ihm antwortete.

„Es ist nicht seine Schuld, Slevin", griff Lincoln in den Streit ein. „Er hat uns berichtet, was du gesagt hast. Aber sie hätten die Stadt so oder so angegriffen. Wenn wir nicht hiergeblieben wären, hätten sie Kintz dem Erdboden gleich gemacht. Das konnten wir den Bewohnern hier nicht antun!"
Nun war Lincoln es, den Slevin mit bösem Blick fixierte.

„Hat ja auch wunderbar geklappt, wirklich sehr gut. Wie viele Häuser stehen denn noch, wenn ich fragen darf?"
Sofort knickte der Räuber ein.

„Nicht viele", gab er kleinlaut zu. „Aber weder ich noch einer der anderen hier wollten uns wie Feiglinge verstecken und dich alleine gegen ihn kämpfen lassen! Was hattest du eigentlich vor, wenn ich fragen darf?", warf Lincoln ebenfalls etwas angefressen zurück.

Das lass mal lieber meine Sache sein. Und wenn ich sage, ihr sollt euch verstecken, dann tut ihr das gefälligst auch!", richtete Slevin seine Worte mehr als herrisch an alle Anwesenden im Raum.

„Und wer hat dich überhaupt zum Anführer ernannt?", ertönte eine unbekannte Stimme inmitten des Raumes.

Slevins Kopf ging ruckartig zur Seite, seine grünen Augen blitzten auf.

Doch noch bevor der Vampir sich auf den todessehnsüchtigen Idioten stürzen konnte, der diese Worte gesagt hatte, griff abermals Lincoln ein.

„Konrad, sei so gut und halte deine verdammte Klappe, wenn du schon nichts Intelligentes zu sagen hast", fuhr Lincoln den jungen Mann vor ihnen an.

Wieder an Slevin gewandt erklärte er.

„Der da ist Konrad, der Sohn eines der reichsten Adligen hier im Lande, der es ebenfalls geschafft hat, sich von den falschen Grafen seiner Burg zu entledigen. Sein Vater hat ihn und seine Krieger geschickt, um mit uns zu kämpfen."

„Er hätte uns lieber einen Krieger mehr und einen Dummkopf weniger schicken sollen", entgegnete Slevin und versuchte auf eigenen Beinen zu stehen, was nicht wirklich funktionierte.

Konrad fuhr wie erwartet auf, zog sein Schwert und kam drohend auf sie zu.

Lincoln atmete schwer ein und auch Slevin machte sich bereit und spannte sich.

„Komm schon, lass das. Er ist kein Gegner für dich, das weißt du", versuchte Lincoln die Situation nochmals zu retten.

„Das hätte er sich lieber überlegen sollen, bevor er sein Maul so weit aufgerissen hat", giftete der junge Mann wütend zurück und lief weiter auf den Mann mit den seltsam grünen Augen zu, der immer noch Mühe hatte sich selbstständig auf den Beinen zu halten.

„Dich hat er auch nicht gemeint, du Idiot!", kam nun Dave in den Raum getreten und sah sich die Szenerie mit einem

Lächeln an. Er musste schon länger dort im Gang gestanden und zugehört haben.

Mit ausgebreiteten Armen ging er auf Slevin zu und schob Konrad dabei einfach mit der Fülle seines Körpers auf die Seite.

„Verdammter Vampir, hast ja lange auf dich warten lassen!"

„Ich kann leider nicht so schnell rollen, wie du, Kugelbauch", gab Slevin ebenfalls lächelnd zurück.

„Und fliegen wohl auch noch nicht. Habe von deiner harten Landung gehört."

Mit diesen Worten schlang Dave kurz aber heftig die Arme um ihn. Slevin keuchte kurz schmerzerfüllt auf und Dave zog sich sofort wieder zurück und sah ihn an.

„Wo warst du so lange? Wenn du hier gewesen wärst, wäre es wahrscheinlich für alle besser ausgegangen, auch für dich."

Slevin schnaufte verbittert.

„Ihr solltet euch verstecken, verdammt noch mal!"

„Ich weiß, ich weiß!"

Dave erhob die Arme, als würde er sich ergeben.

„Aber verstecke mal einen Mann wie mich."

„Was hattest du eigentlich vor, Slevin?", mischte sich auch wieder Lincoln in die Unterhaltung mit ein. „Wolltest du alleine gegen Thoruns Leute kämpfen?"

„Das erkläre ich euch, sobald Diamant, Dragana und Celest aufgebrochen sind", antwortete Slevin mit finsterem Blick zu Diamant.

Alle im Raum sahen nun zu dem Hexer, der immer noch bewegungslos an der Wand lehnte.

„Was denn Vampir, auf einmal nicht mehr darauf aus Thorun zu töten?"

„Oh doch Hexer! Oh doch! Aber vorher bringst du Dragana und alle anderen Bewohner eurer Stadt in ein Versteck! So wie ich es dir bereits gesagt habe!"

Slevins Worte strotzten nur so vor Wut und Zorn. Warum zum Teufel hörte niemand auf ihn, wenn er wirklich mal einen Krieg und Tote verhindern wollte!

Diamant setzte sich nun endlich in Bewegung und kam langsam auf ihn zu.

„Du hast das hier allesherauf beschworen, also gib mir jetzt nicht die Schuld daran, was passiert ist! Du alleine bist schuld! Du bringst den Tod, Slevin! Das war schon immer so!"

Damit drehte sich der Hexer um und verließ den Raum.

„Celest, komme bitte, wir machen Dragana reisebereit und verschwinden hier!"

Diese sah aufgebracht von dem Vampir zu dem Hexer und wieder zurück, bis sie sich dann doch erhob und mit Diamant ging. Allerdings nicht, ohne nochmal einen Blick über die Schulter zurück auf Slevin zu werfen und ihm ein Nicken zukommen zu lassen.

Slevin wusste nicht, was dieses Nicken ausdrücken sollte, aber es war ihm im Moment auch egal, solange er die Leute aus der Stadt und vor allem Dragana endlich in Sicherheit wissen konnte.

Kurze Zeit später war es dann so weit. Celest und Diamant hatten Dragana auf einen Wagen gebettet und waren kurz vor dem Aufbruch.

Langsam und mit gesenktem Kopf ging er auf sie zu.

Es schmerzte ihn, Dragana ohne Bewusstsein ziehen lassen zu müssen. Wie gerne hätte er sich wenigstens noch von ihr verabschiedet. Auf der anderen Seite war dies vielleicht auch besser so. Er kannte seine sturköpfige Hexe. Niemals hätte sie ihn allein gegen Thorun ziehen lassen. Ohne Diamant überhaupt zu beachten stieg er auf den Wagen zu ihr.

„Es tut mir leid, Kleine", hauchte er in ihr Ohr. „So weit hätte ich es niemals kommen lassen dürfen. Ich habe mir geschworen, niemals wieder einen geliebten Menschen in

Gefahr zu bringen und habe es wieder getan. Aber nun ist das vorbei. Du wirst leben und glücklich sein, egal wie das hier endet."

Er hauchte ihr schweren Herzens nochmals einen Kuss auf die Lippen und ging zu Diamant. Er hatte noch ein paar ernste Worte mit ihm zu besprechen.

Der Verrat

Wie verabredet reisten Diamant, Celest und Dragana wieder zurück in ihre Stadt. Noch während der Reise war Dragana wieder erwacht, allerdings war sie noch schwach und blieb im Wagen. Zumindest am Anfang. Kurz bevor sie ihre Stadt erreichten, ließ sie es sich nicht nehmen, zumindest vorne auf dem Wagen zu sitzen. Sie hatten nicht viel geredet. Diamant hatte ihr erzählt, was geschehen war und Dragana hatte immerhin zugestimmt, erst die Bewohner in Sicherheit zu bringen. Danach würde sie sich auf den Weg machen und Slevin suchen und nichts auf der Welt konnte sie davon abbringen. Diamant wusste das und so hatte er es auch gar nicht erst versucht, auf sie einzureden.

Als die drei Hexen ihrer Burg näher kamen, wurde wie immer das Tor geöffnet, um sie einzulassen. Doch irgendetwas stimmte nicht, kroch es in Dragana hoch. Es war nur ein Gefühl, doch auch Diamant schien dieses zu teilen. Er sah sich immer wieder sorgenvoll um. Aber es war nichts zu sehen oder zu hören. Also ritten sie weiter. Erst als sie durch das Tor gelangt waren und dieses sich wieder hinter ihnen schloss, wurde ihnen gewahr, was hier nicht stimmte.

Es war tatsächlich nichts zu sehen und zu hören.

Kein Mensch war hier! Normalerweise müssten hier, um diese Zeit, die Bewohner der Stadt ihren Arbeiten nachgehen.

Kinder müssten auf dem Hof spielen. Aber nichts!

Alarmiert sahen sie zum Tor hinter sich. Irgendjemand musste ihnen geöffnet haben. Doch auch an der Stelle, an der eigentlich Ludolf Wache hielt und von wo aus sich das schwere Tor öffnen ließ, war niemand mehr.

Die Geschwister sahen sich an, sprangen vom Wagen und griffen gleichzeitig zu ihren Schwertern. Aber gegen wen sollten sie kämpfen?

Zumindest diese Frage wurde ihnen sogleich beantwortet.

Zwischen den Häusern und auf den Dächern der Stadt zeigten sich nun Soldaten. Und alle trugen des Königs Wappen auf der Brust.

Sofort stellten sich die Geschwister Rücken an Rücken auf.

Doch was sollten sie gegen diese Übermacht ausrichten? Von den Dächern zielten mindestens zehn Bogenschützen auf sie. Und etwa zwanzig, wenn nicht mehr, Soldaten standen ihnen auf dem Boden gegenüber. Trotzdem konzentrierte sich Diamant bereits, während seine Schwester darauf gefasst war, einen Angriff mit einem Schutzschild abzuwehren. Auch Celest war inzwischen von dem Wagen gestiegen und sah sich mit sorgenvollem Blick um.

„Ich an eurer Stelle würde das lassen!"

Die Geschwister blickten sich suchend um und sahen Thorun, der gelassen aus ihrer Burg heraustrat und auf sie zumarschierte.

Fassungslos starrte Dragana den verhassten Mann an, so als wäre dies nur ein schlechter Traum, aus dem sie erwachen würde, wenn sie sich nur genug Mühe gab. Doch es war kein Traum. Der Hexenkönig höchstpersönlich stand keine fünf Meter vor ihnen.

„Dragana, schön dich zu sehen, meine Liebste! Dich natürlich auch, Diamant", wurden sie abermals begrüßt. „Und nun legt doch bitte eure Waffen ab, damit wir reden können!"

„Thorun!", spie Dragana mehr aus, als dass sie es sagte. „Was zum Teufel?!"

Der Hexenkönig setzte ein bösartiges Grinsen auf.

„Mit Schmeicheleien kommst du auch nicht weiter, meine Liebste! Also legt doch bitte endlich eure Waffen nieder, oder muss ich euch wirklich erst drohen?"

Draganas Gesichtsausdruck sprach ein eindeutiges „Ja!"

Ihr Bruder war wie immer fügsamer. Er sah seine Schwester bittend an und immerhin senkte diese nun ihr Schwert.

„Seid gegrüßt, König!", ergriff Diamant das Wort. „Was verschafft uns diese Ehre?"

Doch Dragana ließ sich nicht so einfach den Mund verbieten.

„Ja, was verschafft uns diese zweifelhafte Ehre? Vor allem, da wir eine feste Abmachung hatten, oder etwa nicht?!"

Draganas Stimme zitterte leicht vor Anstrengung. Doch auch wenn sie alles andere als fit war, würde sie es auf einen Kampf ankommen lassen, sollte dies nötig sein.

Thorun kam einige Schritte näher auf sie zu, blieb aber vorsichtig.

„Eine Abmachung. Ja, die hatten wir durchaus. Aber soweit ich weiß, kam darin nicht vor, dass ihr meinen Vampir bei euch versteckt. Und als wäre dies nicht genug, helft ihr auch noch den Aufständischen, meine Hexen zu töten, oder irre mich da etwa?!"

Diamant ließ seinen Blick zu Boden sinken. Seine kleine irrwitzige Hoffnung, Thorun wüsste nichts von dem, was sie getan hatten, verpuffte wie eine Seifenblase.

„Mein König, bitte. Wir können das erklären, wirklich!"

„Na, da bin ich aber gespannt."

Ja, Diamant war dies auch, wie er sich da bitte schön herausreden wollte. Aber einen Versuch war es wert. Er steckte sein Schwert wieder zurück und wollte auf den König zugehen. Doch dieser schüttelte den Kopf.

„Ts ts ts … wer hat etwas von Waffen einstecken gesagt? Ihr solltet sie wegschmeißen! Los!"

Dragana fixierte ihren Bruder mit Blicken und deutete ein Kopfschütteln an, welches Thorun aber durchaus mitbekam.

„Na gut, wenn ihr es nicht anders wollt."

Mit diesen Worten deutete der Hexenkönig auf den hintersten Stall, in dem normalerweise die Pferde untergebracht waren. Die Tore des Stalles waren verschlossen und zusätzlich mit Brettern vernagelt. Und die Geräusche, die nun, einmal darauf aufmerksam gemacht, zu hören waren, waren nicht die von Pferden. Leises Weinen und Schluchzen drang durch die Holzbretter.

Dort waren also die ganzen Bewohner!

Thorun hatte sie alle in den Stall gesperrt. Und sei dies nicht schon genug, standen auch bereits fünf Soldaten mit Fackeln um den Stall herum.

Diese Drohung wirkte. Thorun würde den Stall einfach anzünden, würden sie sich nicht ergeben.

Draganas Blick verfinsterte sich, dennoch warfen sie und Diamant fast augenblicklich ihre Waffen von sich.

„So ist es brav."

Sofort wurden sie beide gefesselt, ihre Waffen eingesammelt. Celest wurde von drei Soldaten in die Burg geleitet, während Dragana und ihr Bruder zu dem Hexenkönig geführt und unsanft vor ihm auf die Knie gezwungen wurden.

„So! Und jetzt bin ich ehrlich auf eure Erklärung gespannt! Diamant?"

Dieser wand sich erst einmal wie ein Aal am Haken einer Angel. Er hatte beim besten Willen keine Ahnung, was er sagen konnte, um diese Stadt noch zu retten.

„Es tut mir wirklich leid, mein König, ich weiß, wir hätten gleich zu euch kommen sollen. Aber alles ging so schnell. Wir wollten sehen, wie weit der Widerstand ist, und euch dann warnen. Aber wir haben sehr schnell erkannt, dass diese keine Chance haben würden und …"

Der Redeschwall des Hexers wurde von einem Kinnhaken gebremst.

„Ich bin nicht hier, um mir von dir Märchen anzuhören!" Diamant unterdrückte einen Schmerzenslaut, während der erste Tropfen Blut über sein Kinn auf den Boden fiel.

Bevor Thorun ihn nochmals schlagen konnte, zwängte Dragana sich zwischen die beiden und fauchte Thorun an.

„Lass ihn! Ich alleine habe Slevin geholfen! Also wenn du jemanden dafür bestrafen willst, dann mich!"

Thorun sah sie mitleidig an.

„Nein Kleine, das wäre wirklich zu einfach!"

„Und nun willst du uns alle töten, um ein Exempel zu statuieren?", schrie Dragana.

Thorun sah geschauspielert nachdenklich in den Himmel, bevor er sich dazu herabließ, zu antworten.

„Ja, du hast es erfasst. Ja, genau das werde ich tun!"

Sofort wollte Diamant auffahren, etwas unternehmen, damit wenigstens die Dorfbewohner noch dem Tode entkommen würden, doch seine Schwester unterbrach ihn augenblicklich.

„Nein, Diamant! Nein!"

„Aber es ist die einzige Möglichkeit, siehst du das denn nicht?"

„Nein, ist es nicht! Und du wirst das nicht tun!"

Bevor die zwei Geschwister, vor ihm weiter streiten konnten, mischte sich nun auch König Thorun ein.

„Ich finde eure kleine Auseinandersetzung herzallerliebst, wirklich, aber würdet ihr vielleicht die Güte besitzen, mich einzuweihen?"

Und nach einer kleinen Pause fügte er hinzu:

„Bevor ich einem von euch die Zunge herausschneiden muss, damit endlich Ruhe herrscht."

Leider ergriff Diamant zuerst das Wort.

„Ich kann dir Slevin liefern, mein König! Ich kann ihn dir liefern, wenn du diese Stadt verschonst!"

Dragana, die nun kurz davor war, auf ihren Bruder loszugehen, warf ihrerseits ein:

„Nein, das wird er nicht tun! Und glaube mir, du willst nicht, dass Slevin hierherkommt und das hier sieht. Denn er wird dich töten!"

Doch der Hexenkönig schien nicht im Mindesten beeindruckt, ganz im Gegenteil.

„Oh doch, meine Liebste, genau das will ich und deswegen bin ich hier!"

Am liebsten hätte Dragana ihm das triumphierende Lächeln aus dem Gesicht geschlagen. Und sie hätte es auch mit Sicherheit versucht, wäre sie nicht gefesselt und immer noch angeschlagen.

„Thorun, bitte!", ergriff nun Diamant wieder das Wort.

„Ich kann euch verstehen, wirklich. Aber wenn es um Slevin geht, kann ich euch helfen!"

Während seine Schwester ihren Bruder mit Blicken aufspießte, sah Thorun tatsächlich interessiert aus.

„Und warum sollte ich deine Hilfe benötigen?"

„Weil Slevin nicht dumm ist. Wenn er hier Rauch sieht, wird er wissen, dass du hier bist. Er wird mit allem kommen, was er aufzubieten hat. Und das ist so einiges, wenn ich das behaupten darf. Ich kann ihn euch liefern. Ohne jegliche Gefahr für euch und eure Männer."

Wieder einmal betrachtete Thorun sein Gegenüber mit einem überheblichen Ausdruck in den Augen.

„So, und wie willst du das tun, wenn ihr mir meine unwissende Frage erlaubt?"

„Ich werde ihm erzählen, Dragana ginge es schlecht. Er wird mit mir reiten, ohne Fragen zu stellen und ohne darüber nachzudenken. Ihr könnt ihm eine Falle stellen, so wie damals!"

Thorun sah für einige Zeit nachdenklich die beiden Hexen, die vor ihm knieten an.

„Einmal Verräter, immer Verräter, nicht wahr Diamant? Was mich zu der Frage bringt, warum sollte er dir vertrauen oder wegen der da hierherkommen?"

„Weil er sie liebt! Glaubt mir, er wird kommen. Und wenn er die Falle dieses Mal durchschaut, wird er mich umbringen und ihr habt nichts verloren."

Diamants Worte waren flehend gewesen, doch Thorun schien noch nicht wirklich anzubeißen.

„Ich weiß nicht. Es wird ein hübsches Feuer geben, meinst du nicht? Denkst du wirklich, dass ich mir diesen Spaß entgehen lassen sollte?"

Diamant sah vor seinem inneren Auge den Stall bereits brennen. Und er hörte schon fast die verzweifelten Schreie, die aus den Flammen hervorrufen würden. Vielleicht war es dieses Bild vor seinem inneren Auge oder vielleicht auch nur die Tatsache, dass er es gewusst und trotzdem nicht hatte verhindern können, was gerade geschah, was ihn zu seinen nächsten Worten trieb.

„Ich kann euch noch mehr anbieten Thorun! Aber dafür verlange ich auch mehr!"

Während seine Schwester ihm wahrscheinlich gerade den Tod wünschte, zog Thorun überrascht die Augenbrauen hoch.

„Was hättest du mir anzubieten, was es rechtfertigen würde, dass du mir sogar mit Bedingungen kommst?"

„Slevin als Lakai! Das biete ich dir an!"

Dragana schrie in diesem Moment herzzerreißend auf. Doch ihr Bruder war entschlossen, die Menschen hier zu retten.

„Willst du, dass er sie alle verbrennt, Dragana? Willst du das, Herrgott?"

Diese sah ihn aus verzweifelten Augen an, schüttelte dann jedoch den Kopf und brach in ein Schluchzen aus.

„Slevin als Lakai", wiederholte Thorun nachdenklich.

„Ja, aber nur, wenn den Leuten hier nichts zustößt! Außerdem gilt unsere Abmachung erneut! Keine Soldaten hier und auch keine Abgaben! Außerdem werdet ihr mit den Aufständischen verhandeln! Die Abgaben der anderen werden um die Hälfte gesenkt. Damit werden sie sich zufrieden geben und sich wieder zurückziehen! Und niemand muss sterben!"

Der Hexenkönig brach in schallendes Gelächter aus.

„Sonst noch etwas? Darf es vielleicht eine neue Burg sein? Mit Böden aus reinem Gold? Was bringt dich zu der Annahme, ihr könntet so etwas von mir verlangen?"

„Er hat es uns erzählt, Thorun. Er hat es Dragana erzählt, dass ihr jahrelang versucht habt, ihn diesem Bann zu unterziehen. Er hat alle eure Hexer getötet, die das versucht haben, nicht wahr? Und sogar euer Dämon ist daran gescheitert! Das gibt mir die Gewissheit, das alles verlangen zu können!"

„Ich muss zugeben, ihr seid ein schwerer Verhandlungspartner, Diamant. Und vielleicht könntet ihr sogar Recht haben. Aber warum sollte ich dir glauben, dass du, ausgerechnet du, einen Bann mit dem Vampir schleißen konntest?"

„Das konnte ich auch nicht!", gab Diamant zu. „Aber Dragana!"

Thorun sah die Hexe mit einem sonderbaren Blick an.

„Du kleines Teufelsweib, du! Wie hast du es getan?"

Dragana war indessen nur noch ein Häufchen Elend. Sie konnte es nicht ertragen, wie um Slevins Leben gefeilscht wurde. Er würde den Preis für ihren Frieden zahlen müssen, wieder einmal! Mit roten Augen sah sie ihr Gegenüber an.

„Weil ich ihn vor euch beschützen wollte! Darum habe ich es getan!"

„Hat ja wirklich perfekt funktioniert!"

Der Hohn in Thoruns Stimme ließ ihr Herz gefrieren und ihre Mundwinkel hasserfüllt zucken.

„Na gut, dann gibt es nur noch eine Frage: Ich glaube nicht, dass dein Schwesterherz mir den Bann über ihn übergeben wird. Es ist nur so ein Gefühl, also berichtige mich, wenn ich mich täusche."

Diamant stimmte zu.

„Nein, das würde sie niemals tun! Wahrscheinlich nicht einmal, wenn es um mein Leben ginge."

Zumindest jetzt nicht mehr, fügte er in Gedanken hinzu.

„Aber das braucht sie auch nicht. Sie hat mir den Bann übergeben. Vielleicht war es eine Fügung des Schicksals, vielleicht aber auch nicht. Wir hatten noch keine Zeit, ihn wieder auf sie zu übertragen."

Thorun sah die zwei Geschwister lange an.

Diamants Finger begannen zu zittern, als er auf die Entscheidung wartete und Draganas Gesicht hatte inzwischen jegliche Farbe verloren und ihr Bruder machte sich ernsthaft Sorgen, sie würde jeden Moment umkippen.

„Gut, dann hole ihn!"

Diamant atmete auf.

„Nein, zuerst lässt du die Leute frei!"

Wieder einmal grinste der König und seine Augen funkelten böse.

„Du holst ihn. Wenn er mir gehört, werden die Gefangenen freigelassen."

„In Ordnung!"

Diamant stand auf, ohne auf das Einverständnis seines Königs zu warten, und sah diesen auffordernd an. Sofort gab dieser Befehl ihn und Dragana loszubinden. Die beiden Männer gaben sich die Hand, während Dragana sich der Magen umdrehte.

Ihr Bruder sah sie ehrlich zerknirscht an. Nur Thorun blieb wie immer unbeeindruckt.

Dragana erhob sich und sah beide mit unverhohlenem Hass an. „Dafür werdet ihr beide in der Hölle schmoren!"

„Wer sagt dir, dass wir uns nicht bereits in ihr befinden?", erwiderte Thorun gehässig. „Frage deinen Liebsten Slevin, er würde mir beipflichten."

Dragana spuckte dem König verächtlich ins Gesicht und dieser hob sofort die Hand, um sie gebührend für ihre Respektlosigkeit zu bestrafen. Jedoch war es nun Diamant, der seinen Arm festhielt und mit eindringlicher Miene sprach.

„Nichts und niemand tut meiner Schwester weh! Auch ihr nicht! Ansonsten ist der komplette Deal geplatzt und wir werden sehen, wer am Ende noch übrig bleibt!"

Tatsächlich ließ der Hexenkönig den Arm wieder sinken.

Wie abgemacht befehligte Diamant seinen Lakai sofort zu ihm zu reiten. Und zwar augenblicklich. Natürlich würde Slevin wissen, dass irgendetwas nicht stimmte. Trotzdem würde er nichts dagegen tun können. Sein Körper würde sich einfach in Bewegung setzen, ob er dies wollte oder nicht.

Danach drehte er sich zu Thorun. Er ist etwa einen halben Tagesritt entfernt. Ich denke, er kommt erst am Abend hier an.

„Na gut, dann warten wir", gab Thorun nun auf einmal fröhlich zurück. Aber warum auch nicht. Er hatte gewonnen. Er würde bekommen, was er wollte.

Während sie auf seine Ankunft warteten, gingen sie alle in die Burg.

Celest hatte in der Zwischenzeit eine Suppe aufgewärmt und sah die Hereinkommenden mit fragenden und ängstlichen Blicken an. Dragana wollte sofort zu ihr laufen, wurde aber von Thoruns Soldaten, die Celest in die Burg begleitet hatten, zurückgehalten.

„Na na na", ergriff Thorun das Wort. „Was ihr zu bereden habt, könnt ihr auch hier am Tisch sagen. Also setzt euch, wir essen!"

Diamant war der Einzige, der die anmaßende Einladung annahm. Schließlich war dies hier ihr Zuhause und nicht seines!

Dragana blieb finster auf den Boden starrend stehen, während Celest sich lieber wieder in die Küche verkroch.

„Na gut, dann eben wir beide, nicht wahr mein Freund?"

Diamant versuchte sich in einem zaghaften Lächeln. Seine Schwester hatte ihn keines Blickes mehr gewürdigt und er war sich nicht sicher, ob sie dies jemals wieder tun würde. Dieser Gedanke schmerzte ihn sehr. Trotzdem stand er zu seiner Entscheidung. Er konnte diese Menschen und seine Schwester nicht sterben lassen! Um keinen Preis der Welt!

Also saß er nun dem König gegenüber, der auf ihren Stühlen saß, als wären es die seinen und ihr Essen aß, als wäre es das seine. Diamant versuchte seine Gefühle wieder tief in sich zu versenken, bevor Thorun sie ihm noch ansehen würde. Also prostete er ihm zu, konnte jedoch keinen Appetit aufbringen. Nicht einmal bei der leckersten Suppe der Welt.

„Hast du seinen Bruder getötet?", fragte Dragana, immer noch mit verschränkten Armen in einer Ecke stehend, wie aus dem Nichts heraus.

Thorun und auch Diamant blickten überrascht auf.

„Was?"

„Hast du seinen Bruder getötet, habe ich gefragt!"

Thorun legte seinen Löffel beiseite und lehnte sich nach hinten.

„Warum sollte ich dir das sagen?"

„Weil du dann mit reinem Gewissen sterben würdest! Denn das wirst du, sehr bald sogar!"

„Nun, meine Liebe, da ich noch nicht vorhabe, allzu bald abzutreten, denke ich nicht, dass ich dir diese Frage beantworten werde."

„Oh, das hatten die meisten nicht, bevor er kam, um sie zu holen, Thorun. Das hatten die meisten nicht!"

In ihrer Stimme, schwang ein Versprechen mit, welches sogar Diamant schlucken ließ.

„Dragana, ich bitte dich!", flehte er seine Schwester an.

Doch dann drehte er sich wieder zu Thorun, der bereits wieder den Löffel aufgenommen hatte und sich ihre verdammte Suppe lautstark schmecken ließ. Diamant musste sich immer mehr zusammenreißen, um seine Stimme friedlich erscheinen zu lassen.

„Aber auch ich muss gestehen, diese Frage brennt mir unter den Nägeln, mein König. Ihr wisst bestimmt, manche behaupten, ihr hättet ihn niemals auch nur gesehen."

Damit wollte er den Hexenkönig bei seiner Ehre packen. Dies war durchaus gefährlich. Und tatsächlich sah dieser ihn mit diabolisch funkelnden Augen an.

„So, sagen dies manche! Wer sagt so etwas?"

Diamant zuckte sofort mit den Schultern.

„Gerede eben. Von Leuten. Ich meine ja nur."

Immerhin schien der Hunger des Königs nun gestillt zu sein. Abrupt legte er den Löffel auf den Tisch, stand auf und ging zur Tür. Bevor er hinausging, drehte er sich nochmals um.

„Wie lange dauert es denn noch, bis dein netter Lakai hier antanzt?"

Diamant wusste, er sollte den Bogen lieber nicht überspannen, also legte er einen unterwürfigen Blick auf.

„Nicht mehr lange. Etwa noch eine Stunde. Wenn ihr Vorbereitungen treffen wollt, dann wäre es jetzt an der Zeit."

„Warum sollte ich das, wenn ich mich doch auf dich verlassen kann?"

Diese Worte waren nun definitiv eine Drohung. Sollte irgendetwas schiefgehen, würde diese ganze Stadt brennen. Und vor allem er und seine Schwester würden sich einen gnädigen und schnellen Tod nur wünschen können.

Diamant atmete tief durch, dann ging er mit Thorun nach draußen. Es war wohl nicht das Verkehrteste, wenn er ihn im Auge behielt, was dieser hier so tat. Er warf einen bitteren Blick zurück zur Burg. Und dieser war nicht der Einzige, den er im Auge behalten sollte. Dragana würde nicht so einfach zulassen, dass Thorun den Vampir mit sich nahm, dachte er besorgt.

Fast genau zur angegebenen Zeit, war es so weit. Man konnte Thoruns Anspannung nicht nur fühlen, sie war auch ansteckend. Mit dem Finger immer wieder auf seinen Oberschenkel tippend stand Diamant neben seinem König und wartete auf die Ankunft des Reiters, der vor einer halben Stunde gesichtet worden war und sich der Burg näherte.

Diamant konnte nur hoffen, es würde alles gut gehen.

Aber gut für wen? Einer musste in diesem Spiel verlieren.

Zaghaft sah er zu dem Mann an seiner Seite. Hätte er es nicht besser gewusst, hätte man diesen König mit der braunen Haut und den wachen dunklen Augen für einen sympathischen Mann gehalten. Aber nachdem, was die letzten Jahrzehnte in diesem Land geschehen war, wusste er es besser. Und was er auch wusste, war, dass dieser absolut nicht dumm war. Seine Soldaten waren durchaus fleißig gewesen. Sie hatten die besten Posten ausgelotet, um auch wirklich jeden Winkel des Eingangsbereiches und wahrscheinlich der halben Stadt, einzusehen. Auch außerhalb der Burg waren Wachen postiert worden. Ebenso auf den Dächern, in den Häusern und

wahrscheinlich sogar darunter, so wie er den Hexenkönig
kannte. Thorun war auf das Kommende bestens vorbereitet.
Diamant nicht!

Er blickte hinter sich zur Burg und zu dem Fenster von
Draganas Zimmer, an dem sie mit Sicherheit gerade stand und
sie beobachtete. Es waren zwei Wachen bei ihr, um
aufzupassen, dass sie keine Dummheiten machte.

Dann war es endlich so weit. Der Reiter war knapp vor der
Burg und die Tore wurden geöffnet. Thorun hatte sich hinter
eines der Häuser gestellt, damit er nicht auf den ersten Blick
zu sehen war. Und nun stand Diamant alleine und mit
zitternden Knien inmitten des riesigen Burghofes.

Slevin kam im vollen Galopp auf ihn zugeritten. Er hatte einen
langen Mantel an und das Gesicht wieder unter einer Kapuze
verborgen, was Diamants Nervosität nicht gerade minderte.
Noch bevor das Pferd seinen Lauf ganz gestoppt hatte, sprang
der Vampir vom Pferd und eilte auf Diamant los. Dieser
musste sich zusammenreißen, um nicht zurückzuzucken.

Als Slevin bei ihm angekommen war, stand er für einen
Augenblick einfach nur da.

Diamant konnte ihm ansehen, wie eine Frage auf dessen
Lippen brannte, die er aber nicht stellte. Stattdessen ergriff
Diamant das Wort. Er musste die Situation so schnell es ging
unter Kontrolle bekommen, denn er zweifelte nicht daran, dass
bereits wieder Soldaten mit Fackeln an dem Stall standen.

Er sah Slevin fest in die Augen, dann sagte er:

„Es tut mir leid mein Freund! Lege den Mantel und deine
Waffen ab!"

Diamants Worte waren keine Bitte. Es waren die Befehle eines
Herrn über seinen Lakai. Slevin stierte ihn die ganze Zeit
durch seine grünen, dämonischen Augen an, während sein
Körper den Befehlen Folge leistete. Diamant konnte schon fast

sehen, wie auch der Dämon in dessen Inneren mit gierigem Blick lauerte.

Slevin stand nun ohne Mantel und ohne Waffen da und wartete auf weitere Befehle.

„Gut so und jetzt knie dich hin und halte die Hände hinter deinen Kopf. Und du wirst so verharren, bis ich dir etwas anderes sage."

Wieder gehorchte der Vampir, während Diamant eine einzelne Träne über die Wangen lief, die er aber sofort wegwischte.

„Bitte schön Thorun. Hier ist er."

Der angesprochene trat aus seinem feigen Versteck hervor und begutachtete die beiden erst einmal aus sicherer Entfernung. Dann gab er seinen Soldaten einen Wink. Was dieser zu bedeuten hatte, wusste Diamant nicht, aber er würde es gleich erfahren.

Wie aus dem Nichts surrte ein Pfeil durch die Luft und traf Slevin im Oberschenkel. Dieser zuckte vor Schmerz zusammen, blieb aber in seiner angewiesenen Stellung.

Nur Diamant sprang erschrocken ein paar Schritte zurück und sah den König verwirrt und auch zornig an.

„Was soll das?"

„Nun, wie soll ich sagen", druckste dieser einen Moment herum. „Ich traue dir nicht ganz. Was, wenn das hier alles eine Falle ist, mein Freund?"

„Dann wäre er nicht alleine gekommen und deine Soldaten würden bereits von den Mauern fallen!", herrschte Diamant zurück.

„Ja, da könntest du Recht haben. Aber Vorsicht ist nun mal besser als Nachsicht."

Thorun blickte nochmals zu seinen Soldaten auf den Mauern. Doch auch von dort kam Entwarnung. Niemand schlich sich gerade an die Burg heran. Denn wenn, dann wüssten sie es.

Thorun hatte rund um die Burg Späher ausgesandt, die sofort jede Aktivität melden würden. Es war nichts zu sehen.

„Gut! Sehr gut!", begann Thorun zufrieden. „Dann lasst uns unseren neuesten Fang doch einmal begutachten."

Langsam trat er neben Diamant und musterte den Vampir eingehend. Dieser spießte ihn mit hasserfüllten Blicken nur so auf und seine Mundwinkel zuckten ganz leicht, ansonsten blieb er unbewegt, so wie es ihm befohlen wurde.

Thorun zog sein Schwert und hielt es dem Vampir an die Brust. Alle hielten den Atem an. Es war so ruhig, man hätte die berühmte Stecknadel fallen hören können.

„Oh ja, ich sehe du würdest so gerne, nicht wahr?! Am liebsten würdest du mich einfach mit deinen Klauen zerreißen! Aber du kannst nicht!"

Tatsächlich ließ Diamant dem Vampir keinen Millimeter Freiraum sich zu bewegen, also bewegte er das Einzige, was er noch konnte.

„Du verdammter Bastard, ich werde dich …"

Weiter kam Slevin nicht. Thorun schlug ihm mit der Faust fest ins Gesicht. Die Nase des Vampirs blutete augenblicklich und auch in seinem Mund schmeckte er sein eigenes Blut.

Slevin sah seinen Feind, dessen Nähe allein ihn einfach nur anwiderte mit offener Verachtung an. Dann spuckte er dem Hexer all seine Verachtung für ihn ins Gesicht.

Dieser wischte das Gemisch aus Blut und Speichel gelassen mit seinem Handschuh weg. Er hatte wohl gesehen, was er sehen wollte. Mit einem Ratsch durchschnitt der König Slevins Hemd und das rote, geschwungene Zeichen welches Draganas Bann auf seiner Haut hinterlassen hatte, kam zum Vorschein.

Thorun lächelte siegessicher.

„Du dummer, dummer Vampir. Hatte ich dich nicht eigentlich gelehrt, dass du niemanden vertrauen kannst? Aber nein, du musstest ja wieder zu deinen Hexen laufen."

Wieder hob Thorun sein Schwert und setzte es an die Brust des Vampirs.

Er hatte nicht vor ihn jetzt zu töten.

Noch nicht!

Aber er würde diesen Moment auskosten. Den stierenden und hasserfüllten Blick des Vampirs noch etwas genießen. Also würde er ihn nur mit der Spitze seines Schwertes nun auch sein Zeichen in die Brust ritzen. Es würde schnell wieder verheilen, aber so gab er Slevin schon einmal einen Vorgeschmack darauf, dass nun bald sein Zeichen dessen Brust zieren würde. Also setzte er sein Schwert an.

Doch er konnte die Haut des Vampirs nicht durchdringen. Etwas, oder besser gesagt jemand, hinderte ihn daran.

Wütend sah er zu Diamant. Denn dies war das Werk eines Hexers. Er würde diesen Zauber mühelos brechen können, dennoch, was erlaubte sich dieser Idiot, ihn zu bremsen.

Doch dieser sah ihn nur mit fragenden Blick an.

Fast gleichzeitig drehten sie sich zu der Burg und dem Fenster, an dem Dragana stehen musste, um. Noch vor fünf Minuten hatten sie ihr Gesicht durch die Scheiben erkennen können. Nun war es verschwunden. Mit einem Fluch auf den Lippen rannte Diamant sofort los, gefolgt von Thorun, dessen Miene nichts Gutes verhieß.

Diamant konnte seine Schwester ja verstehen. Dennoch musste auch sie jetzt die Nerven behalten. Jetzt war es schon zu spät. Thorun würde ihn dazu zwingen, ihm diesen Bann zu übergeben, so oder so. Doch wahrscheinlich würden die Menschen im Stall dies nicht überleben.

Noch während er zum Eingang der Burg rannte, schrie er den Namen seiner Schwester und war darauf vorbereitet, sie aus der Burg stürmen zu sehen.

Doch sie kam nicht.

Sie war schlau genug, um Diamants Verhalten vorauszusehen. Mit einem Klirren zersprang das Glas ihres Fensters und sie kam durch dieses herausgesprungen. Sofort änderten die zwei Männer ihren Kurs und Diamant betete, keiner der Soldaten würde auf sie schießen. Doch diese rührten sich zum Glück nicht und warteten auf die Befehle ihres Königs.

Thorun war inzwischen stehen geblieben und ließ Dragana sogar an sich vorbei und zu Slevin rennen.

Auch Diamant blieb stehen und musste mit starrer Miene zusehen, wie Dragana sich Slevins Schwert schnappte und sich kampfbereit vor ihn stellte.

„Du wirst ihn nicht bekommen!", schrie sie Thorun entgegen. Noch bevor dieser reagieren konnte, war Diamant schon bei ihm und sah ihn flehend an.

„Ich bitte dich, mein König. Sie hat nur die Nerven verloren. Sie wird ihn freigeben, aber lasse mich mit ihr reden!"

Thoruns Augen blitzten auf.

„Dann wünsche ich dir viel Spaß. Du hast fünf Minuten, um diese wildgewordene Hexe von meinem Eigentum wegzuschaffen!"

Diamant nickte eifrig, ging auf seine Schwester zu und hob beschwichtigend die Arme.

„Dragana, bitte! Komm zu mir! Jetzt!"

Er sah ihr beschwörend in die Augen. Diese waren gerötet und es liefen ihr wieder Tränen über die Wangen. Trotzdem stand sie weiterhin entschlossen vor Slevin und schüttelte den Kopf.

„Dragana", flehte ihr Bruder wieder. „Du machst es nur schlimmer. Bitte, denke an die Menschen hier!"

Und auch von hinten vernahm sie eine leise, aber eindringliche Stimme.

Die von Slevin.

„Ich werde dir das nie vergessen, Kleine! Aber es ist okay, lass ihn."

„Nein!"

Draganas Stimme klang verzweifelt.

„Geh!", schrie nun selbst Slevin sie an und bedachte Diamant mit einem finsteren, aber auch auffordernden Blick.

Dieser ging nochmals einen kleinen Schritt auf die beiden zu und streckte die Arme nach seiner Schwester aus.

„Ich bitte dich Dragana! Komm jetzt zu mir!"

Bei diesen Worten sah Diamant mit flehendem Blick zu dem Stall, in dem die Dorfbewohner gefangen waren und neben dem die Soldaten Thoruns bereits die Fackeln hoben.

Dragana schüttelte den Kopf.

Sie konnte es nicht! Sie konnte Slevin nicht wieder diesem Monster überlassen!

Ihre Hände zitterten, als Diamant nun bei ihr ankam. Er hob beschwichtigend die Hände, war sich nicht sicher, ob seine Schwester ihn nicht doch noch angreifen würde.

„Ich bitte dich, Dragana. BITTE!"

Vorsichtig führte er seine Hände an die ihren und wollte ihr das Schwert abnehmen.

Nur langsam ließ sie es zu und hielt ihr Schwert, kurz bevor sie es ganz aus ihrer Hand gleiten ließ, nochmals eisern fest. Nur einen Moment. Ein kleiner Moment, den sie Slevin schuldig war. Dann ließ sie los, warf sich in die Arme ihres Bruders und trommelte wütend mit den Fäusten auf dessen Brust ein.

Diamant verzog sein Gesicht, führte seine Schwester aber sofort einige Meter von Slevin weg und ließ ihre Schläge ohne Klage über sich ergehen. Er hatte viel mehr als das verdient.

Während dessen war Thorun zu ihnen getreten. Kalt lächelnd stand er da und genoss sichtlich dieses kleine Drama, welches sich ihm bot.

Diamant versuchte den Hexer und auch die Gefühle, die dieser Mistkerl in ihm hervorrief, auszublenden und drückte seine kleine Schwester an sich.

„Ich bringe sie am besten in die Burg zurück."

Doch Thorun schüttelte den Kopf.

„Nein, ich möchte, dass sie hierbleibt und es mit ansieht."

„Thorun, es wird sie nur quälen. Bitte seid nachsichtig."

„Ich bin nicht König geworden, weil ich so nachsichtig bin. Sie bleibt hier!"

Diamant nickte ergeben, musste sich aber beherrschen nicht nun seinerseits eine Dummheit zu begehen.

Zum Glück kam nun auch Celest so schnell es ihre alten Beine zuließen, aus der Burg gerannt. Sie nahm ihm Dragana ab und streifte ihr mütterlich über den Arm.

Thorun hingegen schlenderte bestens gelaunt wieder zu Slevin.

„Na dann wollen wir es doch lieber kurz und schmerzvoll machen, oder was denkst du?"

Obwohl Slevin hätte antworten können, tat er es nicht. Jedes einzelne Wort wäre nur noch mehr Balsam für Thoruns schwarze Seele gewesen. Also starrte der Vampir nur stur zu Boden. Im Vergleich zu dem, was in Thoruns Kerker wieder auf ihn warten würde, war das hier gar nichts.

Trotz seiner Worte setzte Thorun ganz langsam sein Schwert an Slevins Brust und drückte die Spitze der Klinge bedächtig in seine Haut.

Noch einmal blickte Slevin zu Dragana. Sah in ihre verweinten und trotzdem wunderschönen Augen. Er prägte sich jede einzelne Linie ihres Gesichtes ein. Die From ihrer schönen Lippen, die kleinen Falten, die ihre Augen zierten, wenn sie vor Freude lachte.

Dann schloss er die Augen.

Der Schmerz in seiner Brust wurde immer größer.

Unbarmherzig drückte Thorun die Klinge weiter in ihn hinein, so lange, bis er sein Herz erreichen und es zum Stillstehen zwingen würde.

Doch bis dies geschah, dauerte es lange.

Erst nach einer gefühlten Ewigkeit, wurde es dunkel um ihn.

Natürlich tötete Thorun ihn. Slevin hatte auch nicht erwartet, dass er ihn anders wieder in sein Schloss bringen würde. Der Hexenkönig ging kein Risiko ein. Und wenn er wieder erwachen würde, hatte Diamant das Band bereits übergeben und Thorun war sein neuer Herr. Und fast war Slevin dankbar für diese Zeit der Stille, in der er nichts fühlen und nicht nachdenken musste.

Während Slevin mit Thoruns Schwert im Leib auf dem Boden lag, übergab nun Diamant schweren Herzens seinem König den Bann. Jenes Band, welches seine Schwester mit Slevin geschlossen hatte, um ihn genau vor diesem Mann zu schützen, dem er ihn jetzt auslieferte. Aber er musste es tun, redete er sich immer und immer wieder ein.

Als dies geschehen war, bestand Diamant darauf die Bewohner sofort freizulassen. Und immerhin kamen alle etwas verwirrt, ziemlich hungrig und durstig, aber unverletzt aus dem Stall getreten. Während dessen rief Thorun seine Männer ab und machte sich bereit zum Aufbruch. Immerhin hatten sie vor, sofort loszureiten.

Diamant und noch mehr Dragana konnten keine Minute länger die Anwesenheit dieses Monsters, welches ihr König war ertragen.

Diamant fasste all seine verbliebene Kraft zusammen, um Thorun noch gebührend zu verabschieden. Danach würde er kotzen gehen.

Letztes Spiel

Als Slevin wieder erwachte, hatte er einen schalen Geschmack im Mund. Seine Glieder schmerzten, als wäre er den ganzen Tag gerannt. Außerdem fühlte sich sein Körper merkwürdig fremd an.

Wie immer rührte er sich nicht und hielt seine Augen geschlossen. Dies war inzwischen zur Routine geworden, wenn er nach seinem Tod wieder erwachte. Doch dieses Mal würde ihm dies nicht helfen. Und als hätte Thorun seine Gedanken gelesen, hörte er auch schon dessen Stimme.

„Du weißt doch, dass es nichts bringt, dich vor mir bewusstlos zu stellen. Ich spüre, wenn du wach bist, Lakai."

Dieser schlug mit einem mal die Augen auf und blickte sein Gegenüber finster an.

„Vielleicht wollte ich mir ja auch nur noch einige Augenblicke den Anblick deiner hässlichen Visage ersparen!", gab er angriffslustig zurück.

Währenddessen sah er sich um.

Er war nicht in Thoruns Kerker, so viel stand fest. Er lag auf einem polierten Steinboden. Um sich herum weiße, hohe Wände mit imposanten Gemälden darauf. Auch ein paar Schwerter hingen zierreich an den Wänden und vor ihm ein riesiger Thron, auf dem Thorun saß. Außer ihnen waren nur zwei Wachen in dem großen Raum. Sie standen links und rechts des Thrones. Allerdings wohl ebenfalls eher als Zierde oder Handlanger, denn diese würden im Ernstfall nicht wirklich etwas gegen ihn ausrichten können. Thorun war sich seiner Sache wohl ziemlich sicher. Außerdem sahen die

Wachen nicht gerade fit aus. Es hatten eben nicht alle das Privileg, zwar tot aber ohne jegliche Mühe zu Thoruns Schloss gelangt zu sein.

Slevin rappelte sich umständlich auf.

Was war nur mit seinem Körper los?

Als er sich weiter aufsetzen wollte, registrierte er, dass er mit Ketten an den Boden gefesselt war.

Ganz so sicher war der Hexer sich seiner Übermacht wohl doch nicht, stellte Slevin kalt lächelnd fest.

Als Thorun sich nun erhob, hielt Slevin anklagend seine in Ketten gelegten Arme hoch.

„Ist das wirklich nötig? Oder hast du selbst jetzt noch Angst vor mir?"

Thorun kam mit langsamen Schritten auf ihn zu.

„Wie ich sehe, hast du deinen Sinn für Humor immer noch nicht verloren."

Dieser zuckte nur mit den Schultern und sah sich immer noch etwas benommen um.

Immerhin ließ Thorun ihm die Zeit, sich zurechtzufinden. Erst als er aufstehen wollte, hörte er ein mahnendes Zischen.

„Ts … ts … ts. Du musst noch einiges lernen, Lakai. Du wirst nicht stehen. Du wirst knien!"

Und sofort ging ein Ruck durch Slevin und er spürte, wie sein Körper ohne sein Zutun sich auf die Knie begab und die Hände hinter den Rücken hielt.

Eine überaus demütige Haltung. In Slevins Gesicht hingegen, spiegelte sich keinerlei Demut. Im Gegenteil. Provokativ grinste er seinen Herrn an.

„Ist es das, was du immer wolltest? Für das du dein Königreich und dein Leben aufs Spiel gesetzt hast? Ich würde ja applaudieren, aber wie du weißt, ist mir das gerade nicht möglich."

Thorun sah ihn auf eine schwer einschätzbare Art an, bevor sich ein bösartiges Lächeln auf seine Lippen stahl.

„Bezwungen, aber ungebrochen, Vampir. Nicht wahr?! Aber das wird sich auch noch ändern, glaube mir!"

„Genieße, was du bekommen hast, solange es dir möglich ist. Ich werde es genießen, dir beim Sterben zuzusehen. Und es ist mir scheißegal, ob du gebrochen bist oder nicht. Hauptsache tot!"

Slevins Stimme war so lauernd und bösartig, dass selbst den Hexenkönig ein leichtes Frösteln überkam. Doch sofort übernahm wieder die überhebliche Art des Hexers die Oberhand und er lächelte kühl.

„Große Worte für einen Sklaven."

Noch bevor Slevin etwas antworten konnte, schnippte sein Herr kurz mit den Fingern.

Erst einmal passierte gar nichts, obwohl sich der Vampir bereits auf eine erneute Demütigung vorbereitet hatte.

Stattdessen floss nach kurzer Zeit grüner, wabernder Rauch durch den Schlitz der großen Eingangstür zu dem Saal.

Slevin erstarrte.

Der Dämon!

Er hatte es die ganze Zeit gespürt. Nur aus irgendeinem Grund war er nicht darauf gekommen, warum er sich so eigenartig gefühlt hatte.

Etwas in ihm fehlte!

Obwohl dieser Gedanke allein schon ziemlich absurd war. Immerhin war es ein verdammter Dämon gewesen, der sich unerlaubt in seinem Inneren breit gemacht hatte.

Doch er konnte nicht umhin. Als er diesen Rauch und somit die ersten Anzeichen des Dämons sah, hatte er das sichere Gefühl, etwas verloren zu haben.

Slevin schauderte und sein Körper schüttelte sich kurz, so als wäre er mit kaltem Wasser übergossen worden, während der nach Schwefel riechende Rauch weiter zu ihnen vordrang und zwischen ihm und Thorun so etwas wie Gestalt annahm.

Die Wachen husteten, angesichts des schwefelartigen Gestankes, welcher der Dämon verbreitete. Und auch Thorun konnte zumindest ein Räuspern nicht unterdrücken.

Doch erst die Stimme Thoruns, riss Slevin wieder aus seiner Starre.

„Und? Was haben seine Freunde vor?", fragte der Hexer an den Dämon gewandt.

Der Dämon antwortete und es war merkwürdig, diese metallene Stimme außerhalb seines Kopfes zu hören.

„So wie es aussieht, haben sie nichts vor."

Thoruns Blick wirkte ehrlich überrascht.

„Wie meinst du das, sie haben nichts vor?"

Der obere Teil des Dämons bewegte sich kurz nach oben, was wohl so etwas wie ein Schulterzucken darstellen sollte.

„Sie sind nicht mehr auffindbar. Haben sich wohl irgendwo versteckt und lecken immer noch ihre Wunden."

Slevin horchte auf. Sie konnten nur über Lincoln und den Rest seiner Armee sprechen. Wirklich viele waren nach dem Überfall auf Kintz nicht mehr übrig geblieben.

Thorun, der Slevins Reaktion bemerkt hatte, drehte sich zu ihm.

„Siehst du. Und wieder einmal wird niemand kommen, um dich zu befreien, Vampir. Wie traurig!"

Doch Slevin schüttelte den Kopf, soweit sein Herr dies unter seinem Bann zuließ.

„Nein. Aber das müssen sie auch nicht. Sie werden einfach warten, bis ich ihnen die Tore öffne."

So etwas wie Spiellust spiegelte sich in den Augen des Hexers. Allerdings so, wie eine Katze eine Maus ansah, mit der sie spielen würde, bevor sie sie letztendlich tötete.

Während ihrer Unterhaltung musterte der Dämon den Vampir, mit seinen grünen, schimmernden Augen, in denen ein kleines Universum zu liegen schien.

Noch vor Kurzem waren dies auch seine Augen gewesen, die er verflucht hatte. Jetzt schienen sie ihm seltsam vertraut. Aber er hatte wirklich andere Dinge zu tun, als den Dämon Thoruns anzustarren. Denn der König war inzwischen in schallendes Gelächter ausgebrochen.

„Es hat fast den Anschein …", fing Thorun unter weiterem Gelächter an. „Ich glaube fast, die Hexen und mein Dämon haben deinen Geist etwas verwirrt!"

Das Gelächter von Thorun und seinen Wachen wurde nur durch das Husten des Königs unterbrochen. Mit einer wedelnden Geste schickte er den Dämon wieder fort. Dieser gehorchte schnell, jedoch nicht, ohne noch einmal einen fixierenden Blick auf Slevin zu werfen.

„Und wie hattest du vor, mich zu töten, wenn ich fragen darf, Lakai?!"

„Oh, nein, ich werde dich nicht töten, Thorun. Du bist schon tot! Du weißt es nur noch nicht."

Der Hexenkönig sah ihm fest in die Augen. Er kannte Slevin inzwischen so gut, dass er darüber keine Scherze machen würde.

„Was hast du getan?", fragte er lauernd.

„Du weißt doch, dass ich dich schon immer für eine Plage gehalten habe, Hexer. Nun wirst du durch eine sterben."

Wieder einmal wurde ihr Gespräch von einem Hustenanfall unterbrochen.

Der Hexer fuhr sich fahrig über seine kalte Stirn.

„Fühlt ihr euch etwa nicht gut, Herr?", erkundigte sich Slevin boshaft.

„Was … was hast du getan?"

Mit Genugtuung nahm Slevin das Erschrecken in der Stimme Thoruns wahr.

Thorun schüttelte ungläubig den Kopf.

„Du hast mich vergiftet? Wann? Wie?"

„Nein, nicht vergiftet. Angesteckt", gab Slevin dann mit einem bösen Funkeln in den Augen zu. „Ich wollte dir schon lange dabei zusehen, wie du langsam und elendig zugrunde gehst. Und nun da ich die Gelegenheit hatte, konnte ich einfach nicht widerstehen."

Wieder hallte das unechte Lachen Thoruns, unterbrochen von seinem Husten, durch den Saal. Er hob die Hand, wischte sich kurz über den Mund und sah mit aufgerissenen Augen das Blut an, welches er gerade weggewischt hatte.

Keine Sekunde später drehte der Hexenkönig sich um und preschte aus dem Saal heraus.

Slevin spürte, wie die Sperre in seinem Körper nachließ und er lehnte sich sitzend an die Wand des Saales, was seine Ketten immerhin zuließen.

Es könnte etwas Zeit vergehen, bis er seinen Herr und Meister wieder sehen würde.

Und ja, er wusste, was für ein gefährliches Spiel er da spielte. Doch er hatte keine andere Wahl mehr gehabt. Anders wäre er an Thorun nicht mehr herangekommen, ohne dass seine Freunde und viele andere dabei gestorben wären. Wenn sie es, mit den wenigen Männern, die ihnen geblieben waren, überhaupt geschafft hätten.

Van Guten, von dem er das Todesserum bekommen hatte, versteckte sich irgendwo weit weg. Diamant, Dragana und die Bewohner ihrer Stadt ebenso. Zumindest hatte der Hexer ihm geschworen, sich dieses Mal an seine Anweisungen zu halten und wirklich alle an einen sicheren Ort zu bringen, an dem nicht einmal der Hexenkönig oder dessen Dämon sie finden würde. Wenigstens bis das hier vorbei war. Und bis jetzt hatte dieser sture Idiot sich ja immerhin an das gehalten, was er ihm aufgetragen hatte.

Slevin sah zu Boden.

Irgendwie würde es heute enden. So oder so.

Immerhin hatte er bis jetzt den Vorteil, dass Thorun ihn wie angenommen getötet hatte, um ihn hierherzubringen. Mit dem Erwachen war er wieder von der Krankheit befreit. Und selbst wenn er sich nochmals anstecken würde, ER würde wieder gesund erwachen, was bei dem Hexer nicht der Fall sein würde.

Tatsächlich dauerte es mehrere Stunden bis die Tür des Saales wieder geöffnet wurde und Thorun mit blutunterlaufenen Augen eintrat.

Slevin konnte sich ein leicht triumphierendes Lächeln nicht verkneifen.

„Ist alles in Ordnung, Meister?"

Thorun ging überhaupt nicht auf seine Worte ein, lief schnellen Schrittes zu ihm und packte ihn am Hals.

Slevin ließ es zu und genoss den Anblick des kranken Hexers.

„Wo ist das Heilmittel?", fauchte Thorun in an.

„Ah", keuchte Slevin, der unter dem harten Griff Probleme hatte zu atmen.

Der Hexer lockerte diesen ein wenig. Genug, damit er sprechen konnte, aber fest genug, damit es weiterhin schmerzhaft für den Vampir blieb.

„Wer sagt dir, dass es eines gibt?", keuchte Slevin.

„Du würdest niemals das Risiko eingehen, dass ich die ganzen Bewohner hier mit der Pest infiziere und sich diese Krankheit wieder ausbreitet."

Slevin sah dem Hexer fest ins Gesicht.

„Und da bist du dir sicher, ja?"

Tatsächlich sah Thorun ihn lange und durchdringend an. Er wusste, wie tief der Hass gegen ihn war.

„Sag mir, wo es ist!"

Mit diesen Worten schmiss Thorun den Vampir von sich und er krachte mit voller Wucht gegen die Wand hinter ihm.

Benommen blieb er einen Moment liegen, bis Thorun abermals auf ihn zutrat und ihn packte.

„Wo ist es?!"

Doch Slevin schüttelte stur den Kopf.

„Mache mit mir, was du willst, solange du noch kannst! Ich werde es dir nicht sagen!"

„Das werden wir sehen", knurrte der Hexer ihm entgegen und entließ ihn wieder aus seinem eisernen Griff.

Slevin ging zu Boden und starrte den Hexer an. Was hatte er vor?

Sofort dachte Slevin an seinen Bruder Yascha. Wenn er ihn hatte, dann würde er es jetzt erfahren!

Wieder schnipste Thorun mit den Fingern. Doch dieses Mal kroch der Rauch nicht, wie davor durch den Türspalt, sondern die Tür wurde geöffnet und der Dämon kam herein.

Und er war nicht alleine!

Doch es war nicht Yascha, den der Dämon und zwei weitere Soldaten gefesselt hereinführten.

Es war Dragana!

In diesem Augenblick hörte Slevins Herz einfach einige Augenblicke auf zu schlagen.

„Nein!", knurrte er. „Nicht sie!"

Diese sah ihn mit roten, geweiteten Augen an, sagte aber nichts. Und auch Slevin fehlten die Worte. Wie und vor allem warum hatte der Hexer sie hierhergebracht?

Thorun hustete und labte sich danach noch einige Momente an Slevins Verzweiflung, bevor er weitersprach.

„Nun, Vampir, das Heilmittel!"

Dieser sackte, wie von einem Schlag getroffen in sich zusammen.

Er hätte fast alles dafür riskiert, Thorun unter die Erde zu bringen. Aber nicht sie! Nicht sie, verdammt nochmal!

Draganas Ketten wurden inzwischen ebenfalls an einen eisernen Ring im Boden befestigt. Weit genug entfernt, damit Slevin sie nicht erreichen konnte. Ihre Lippen waren von der Krankheit gezeichnet und rissig. Sie hatte sich bei dem Versuch ihn vor Thorun zu verteidigen angesteckt!

Die zwei Soldaten verließen den Saal wieder, während Slevin den Hexer mit hasserfüllten Augen ansah.

Natürlich hatte er mit dem Todesserum auch das Heilmittel mitgenommen und es Lincoln gegeben. Er sollte, nach Thoruns Tod, damit die Bewohner hier oder auch in Draganas Heimatstadt versorgen, falls dies nötig sein sollte.

Außerdem wollte er ein Druckmittel haben, mit dem er Thorun den Aufenthaltsort seines Bruders entlocken konnte, falls dieser ihn tatsächlich noch in seinen Händen hatte. Doch auch dies war nun vorbei. Er musste zulassen, dass Thorun und damit auch Dragana an den Heiltrunk kamen.

„Lincoln hat es", antwortete Slevin mit tonloser Stimme „Er versteckt sich in einer Höhle, nicht sehr weit von hier."

Auf einen Wink Thoruns hin löste sich der Dämon wieder in Rauch auf und verschwand.

Slevin musste nicht fragen, wohin.

Einige Minuten lang herrschte Stille. Dragana sah ihn mit Tränen im Gesicht an.

„Es tut mir so leid!", sagte er leise, mit gebrochener Stimme zu ihr.

Sie verformte ihre sonst so wundervollen Lippen zu einen hartem Strich, um das Weinen zu unterdrücken, schüttelte dann aber den Kopf und sah ihn an.

„Nein, das muss es nicht! Ich hätte nie zulassen dürfen …

„Jetzt ist es aber genug der Heulerei!", unterbrach sie Thorun schroff. „Sei still, Hexe! Oder ich bringe dich zum Schweigen."

Mit diesen Worten ging Thorun langsam auf Dragana zu, beobachtete den Vampir dabei jedoch ganz genau.

Dieser warf sich wie wild in die Ketten und stierte den Hexer an.

„Wenn du ihr auch nur ein Haar krümmst, töte ich dich! Sehr langsam und sehr schmerzhaft!", raunte der Vampir mit dunkler, drohender Stimme.

Tatsächlich blieb Thorun stehen, sah Slevin jedoch mit zufriedener Miene an.

„Genau deshalb habe ich euch ausgesucht.", erklärte Thorun kalt.

„Was soll das heißen?", zischte Slevin zurück.

„Deshalb habe ich euch ausgesucht", wiederholte Thorun nochmals.

Seine Stimme troff nur so vor Bosheit.

„Doch zu meinem Bedauern musste ich feststellen, dass ich den falschen Bruder getötet habe."

„Du hast ihn getötet? Du hast Yascha getötet?"

Slevins Stimme war wie kaltes Eis, welches Dragana frösteln ließ. Nur Thorun zeigte sich unbeeindruckt.

„Nein Slevin, du hörst mir nicht richtig zu. Ich sagte, ich habe den falschen Bruder getötet. Dich!"

Verwirrt schüttelte dieser den Kopf.

„Mich?"

„Erinnerst du dich noch, als du zum ersten Mal in meinem Kerker erwacht bist? Damals, als deine sogenannten Freunde mich gewarnt haben und ich dir diese Falle stellte?"

Slevin nickte. Wie könnte er diese Nacht vergessen.

„Dann weißt du sicher auch noch, als ich dich in dieser Nacht in meinem Kerker langsam getötet habe, nicht wahr?"

Slevin war wie erstarrt. Was wollte Thorun ihm damit sagen?
„Dein Bruder war dort, du musst ihn gesehen haben", fuhr
Thorun weiter fort.

Slevin begriff immer noch nicht, aber er wusste, wovon
Thorun redete. Er hatte Yascha tatsächlich in dieser Nacht
gesehen. Oder zumindest angenommen, ihn gesehen zu haben.
Denn er hatte inzwischen ebenfalls angenommen, es war nur
wieder sein Verstand gewesen, der ihm einen Streich gespielt
hatte. So wie viele Male zuvor und so wie es ihm Diamant und
Dragana immer wieder beteuert hatten.

Bevor Slevin eine weitere Frage stellen konnte, wurden sie
unterbrochen. Der Dämon kam mit einem kleinen Fläschchen
in den Saal.

Sofort nahm Thorun es an sich, fixierte jedoch Slevins Gesicht
dabei ganz genau.

„Das Heilmittel oder Gift?", fragte er lauernd.

„Nimm es und finde es heraus", forderte der Vampir.

Doch anstatt seiner Forderung nachzukommen, was Slevin
auch sehr gewundert hätte, ging Thorun zu Dragana.

„Trink!", befahl er ihr knapp.

Dragana sah Thorun mit hasserfüllten Blick an.

„Ich hoffe es ist Gift!", zischte sie ihm entgegen.

„Das werden wir gleich herausfinden", erwiderte dieser kühl,
packte Draganas Gesicht und hielt ihr das geöffnete
Fläschchen an den Mund.

Sie versuchte sich wegzudrehen und einen Blick auf Slevin zu
erhaschen, aber der eiserne Griff Thoruns ließ dies kaum zu.
Doch auch der Vampir stand nur mit zusammengepressten
Lippen da und starrte sie mit angehaltenem Atem an.

Natürlich hatte auch Slevin daran gedacht, ein weiteres Gift
bei Lincoln zu deponieren. Aber in dem Fall, dass er den
Aufenthaltsort des Heilmittels preisgeben musste, war ihm
klar gewesen, dass damit auch wertvolle Leben auf dem Spiel

stehen würden. In erster Linie hatte er dabei an Yascha gedacht. Doch auch Draganas Leben war mehr als wertvoll für ihn.

Niemals würde er ihr Leben opfern, selbst wenn es die letzte Möglichkeit wäre, Thorun zu besiegen.

Allerdings konnte auch er nur hoffen, dass Lincoln und vor allem die anderen Aufständischen, die bei ihm waren, dies genauso sahen.

Slevin sah zu Boden, dann zu Dragana, die langsam ihren Kopf wieder zu Thorun drehte und zaghaft ihre Lippen öffnete.

Dragana hatte den Mund geöffnet und der erste Tropfen der Flüssigkeit lief aus dem Fläschchen heraus, während Slevin hektisch nach Luft schnappte und dann den Atem anhielt.

Es ist das Heilmittel. Es muss einfach das Heilmittel sein, betete Slevin sich selbst vor.

Im wirklich allerletzten Moment, zog Thorun den Arm wieder zurück, ohne Dragana auch nur einen Tropfen gewährt zu haben.

Ob dies nun gut oder schlecht für Dragana war, konnte Slevin nicht wissen und er fragte sich auch, was der Hexer vorhatte.

„Hey, einer von euch! Herkommen!", fuhr der König nun die beiden Wachen an, die immer noch links und rechts des Thrones standen und die sich beide, sehr offensichtlich ebenfalls angesteckt hatten. Auch ihre Augen waren blutunterlaufen und sie husteten.

Die angesprochenen Männer zuckten zwar zusammen, als hätte sie ein Schlag getroffen und sahen sich gegenseitig an. Doch keiner von ihnen wollte das Versuchskaninchen spielen.

„Herkommen! Sofort!", befahl der Hexer abermals.

Sofort begann der größere der beiden, den anderen mit wirschen Handbewegungen von seinem Platz zu scheuchen. Dieser gab, vor allem wegen dem nun definitiv drohenden

Blick seines Herrn, klein bei. Mit klammen Schritten näherte er sich langsam seinem König und sah dann demütig und ängstlich zu Boden.

„Mache den Mund auf", lautete der weitere Befehl.

Man konnte sehen, wie jegliche noch verbliebene Farbe im Gesicht des Mannes verloren ging.

Dennoch öffnete er gehorsam den Mund und ließ sich drei Tropfen aus dem Fläschchen in den Mund träufeln.

Alle Anwesenden im Raum starrten ihn nun an, während der Körper des Soldaten heftig zu zittern begann und er sich schon fast hilfesuchend umsah.

Ansonsten passierte erstmal überhaupt nichts!

Erst einige Minuten später veränderten sich die roten Augen. Allerdings nicht gerade in eine gesunde Farbe. Was allerdings auch an dem erneuten Hustenanfall liegen konnte, der den Mann gerade überkam. Dunkles Blut, brach dabei über seine Lippen.

Dragana und Slevin tauschten angespannt Blicke aus, während der Rauch des Dämons unruhig zu zucken anfing.

Thorun hingegen war die Wut über den nicht heilen wollenden Soldaten bereits ins Gesicht geschrieben.

Hatte der Vampir wirklich das Leben der Hexe aufs Spiel gesetzt, um ihn zu töten? Oder hatten dessen Freunde ihn hintergangen? Es wäre ja nicht das erste Mal, dass der Vampir in der Wahl seiner Vertrauten kein gutes Händchen bewies.

Stille breitete sich aus und es dauerte eine gefühlte Ewigkeit, bis sich wieder etwas tat.

Die Augen des immer noch zitternden Mannes wurden nun von Augenblick zu Augenblick wieder heller und auch sein Gesicht nahm langsam wieder eine gesunde Farbe an.

Sichtlich erleichtert lächelte der Soldat zurück zu seinem Kameraden, der immer noch keuchend neben dem Thron stand.

„Ich … ich glaube es hat funktioniert, Herr", stammelte er in die Richtung seines Königs.

„Das sehe ich selbst. Und jetzt schleiche dich wieder auf deinen Platz, du Made", herrschte dieser ihn an und nun gehorchte der Soldat sofort. Wobei er es sich nicht nehmen ließ, der anderen, immer noch kranken Wache noch ein Grinsen entgegenzuwerfen.

Trotzdem wartete der Hexer noch einige Minuten, in denen er das Versuchskaninchen im Auge behielt, bevor auch er einen großen Schluck von dem Heilmittel nahm. Auch bei ihm war die Genesung bald zu sehen und Slevin biss sich auf die Lippen. Er hätte Lincoln einfach vertrauen sollen, verdammt nochmal.

Triumphierend verschloss Thorun die kleine Flasche wieder und stellte sie auf einen Tisch im Raum.

„Du hast bekommen, was du wolltest", begann Slevin flehend. „Ich bitte dich! Gib ihr das Heilmittel und lasse sie gehen. Du hast gewonnen!"

„Oh, denkst du wirklich, das ist es, was ich anstrebe? Nein, Slevin, wir sind noch lange nicht fertig!", entgegnete Thorun scharf und bei seinen nächsten Worten umspielten seine Lippen ein siegreiches Lächeln.

„Warum denkst du, habe ich mir all die Mühe gemacht? Ich habe dich mehr oder weniger frei herumlaufen lassen, damit du dich endlich wieder mit deiner Liebsten vereinen kannst. Und ich muss sagen, es war wirklich herzallerliebst, wie du sie gefunden und zu ihrem Bruder gebracht hast. Ich wusste, du kannst sie nicht einfach dort liegen lassen, verletzt und sterbend!"

„Du warst das?!", schrie Slevin mit gefletschten Zähnen, als ihm langsam gewahr wurde, das alles, seine Flucht und auch das Wiedersehen mit Dragana nur ein Spiel Thoruns gewesen war.

„Warum?! Warum hast du das getan?!"

Slevin war inzwischen auf die Knie gesunken und stützte sich schwer mit den Armen auf dem Boden ab, während sein Peiniger langsam auf ihn zuging und sich neben ihm in die Hocke sinken ließ.

„Weil nur sie das bei dir hervorrufen kann, was ich brauche", flüsterte Thorun ihm leise ins Ohr.

Slevin ließ den Kopf hängen und schüttelte den Kopf. Er verstand nicht, was der Hexer ihm damit sagen wollte.

Dragana war mit einer der Gründe gewesen, warum er zugelassen hatte, dass Thorun diesen Bann von Diamant übernehmen konnte. Er hatte nicht gewollt, dass es für den Hexer noch einen Grund gab, sie zu bedrohen oder gar zu töten.

Also was wollte dieser Bastard noch?

Verzweifelt und wütend sah er zu seinem Feind auf, der immer noch neben ihm kniete und ihm sogar wie tröstend den Arm um die Schultern gelegt hatte, als sei die Situation selbst nicht schon Hohn genug.

„Oh, ich sehe, am liebsten würdest du deine Zähne ich mich schlagen, nicht wahr?", erkannte der Hexer das Zucken an Slevins Lippen.

„Du kannst deinen Herrn nicht angreifen, Lakai, das weißt du!"

Ernüchtert senkte Slevin wieder den Blick zu Boden.

„Dann sage mir wenigstens, was du willst! Ich werde es tun! Aber lass sie gehen!", bat Slevin abermals.

„Das sagte ich bereits. Sie wird diesen wertvollen Moment in dir auslösen, Slevin."

Bei Thoruns Worten sahen beide zu Dragana, die sich inzwischen wieder etwas aufgerappelt hatte und den Hexer aus gehässigen, aber auch angsterfüllten Augen ansah, als dieser weitersprach.

„Ich meine damit, diesen Moment, wenn jemand, den du über alles liebst, vor deinen Augen stirbt, Slevin. Dieser Moment, wenn dein Herz aufhört zu schlagen und es deine Seele zerreißt! Wenn du nichts anderes mehr spüren kannst, außer den Schmerz und du außerstande bist dich zu bewegen oder irgendetwas, in diesem Fall, irgendjemanden abzuwehren. Genau diesen Moment wird sie bei dir auslösen!"

Slevin verstand immer noch kein Wort von dem, was sein Gegenüber sagte, aber eines verstand er nur zu gut. Er würde Dragana nicht gehen lassen. Nein, er würde sie töten! Und zwar vor seinen Augen! Aus welch abartigen Gründen auch immer.

Er blickte zu Dragana, die schwer atmend am Boden lag. Tränen liefen ihr die Wange hinunter und tropften auf den Boden, als auch sie seine Blicke wahrnahm.

Wenigstens in Gedanken wischte er die Tränen fort und sagte ihr liebevoll:

„Es wird alles gut werden."

Im nächsten Moment sah Slevin zu seinem Peiniger auf, fletschte die Zähne und packte mit einer blitzartigen Bewegung dessen Kehle mit beiden Händen.

Langsam drückte Slevin immer weiter zu, während sich die Augen des Hexers vor Schreck und Unglauben weiteten.

Wie, zum Teufel war es seinem Lakai möglich ihn anzugreifen?

Doch er bekam nicht mehr genug Luft, um diese Frage zu stellen.

Wie erwartet begann der Rauch des Dämons wild hin und her zu zucken und suchte offensichtlich nach einer Lücke oder einer Gelegenheit, sich auf den Vampir zu stürzen, ohne dass dieser vorher seinen Herrn töten konnte.

Sofort drehte Slevin sich um, behielt den Hals Thoruns dabei aber fest im Griff.

„Denk nicht einmal daran!", mahnte Slevin den Dämon. „Oder er ist tot, bevor du es auch nur versucht hast!"

Diese Drohung wirkte. Kurz wirbelten die Schwaden noch einmal auf, bevor sie sich zusehends beruhigten und dann fast zum Stillstand kamen.

Erst einmal zufrieden stand Slevin mit seiner Geisel auf und fixierte den genesenen Soldaten. Denn er selbst war immer noch an diese Ketten gebunden und er konnte diese nicht sprengen, ohne eine Flucht Thoruns oder gar einen Angriff des Dämons zu riskieren.

„Gib ihr das Heilmittel!", forderte Slevin grollend.

Doch der Mann stand weiterhin einfach nur da und sah Slevin aus großen Augen an.

„Gib ihr verdammt nochmal das Heilmittel!", schrie der Vampir nun noch lauter.

Immerhin löste der Mann sich nun aus seiner Starre und ging auf den Tisch zu, auf dem das kleine Fläschchen stand. Er ergriff es und lief langsam, sehr langsam zu Dragana. Sie stand mit hoffnungsvollen Augen auf und lief dem Mann so weit sie konnte entgegen.

Endlich hatte es der Soldat geschafft, sie zu erreichen. Zitternd streckte er den Arm aus, um der Kranken nicht zu nahe kommen zu müssen. Draganas Ketten klirrten, als sie ebenfalls die Arme ausstreckte.

In diesem Moment drehte sich Thorun im Griff des Vampirs, soweit er konnte.

„Nein!", keuchte der Hexenkönig. „Gib es ihr nicht. Er wird alle hier umbringen, wenn du es tust!"

Sofort drückte Slevin seine Hände und damit Thoruns Kehle wieder fester zusammen, aber der Soldat hatte seinen Arm bereits wieder sinken lassen und Dragana kam durch ihre Ketten nicht an das Fläschchen.

Slevins Augen wurden schwarz vor Wut.

„Ja, das werde ich!", herrschte er den Mann an. „Und ich schwöre dir, Soldat, du wirst der Erste sein, den ich in kleine Stücke zerfetze, wenn du nicht endlich tust, was ich dir sage!" Sofort hob dieser seinen Arm wieder und reichte Dragana das Fläschchen mit so zitternden Fingern, dass Slevin es schon zu Boden fallen sah. Sein Herz pochte so schwer, als würde es aus seiner Brust springen wollen. Doch da hatte Dragana das Heilmittel endlich entgegengenommen. Hektisch öffnete sie es und nahm einen großen Schluck.

Nun starrten alle auf die Hexe.

Dragana war bereits von den Verletzungen in Kintz angeschlagen gewesen. Und nun auch noch diese Krankheit! Was, wenn es zu spät war, drängten sich die Gedanken in Slevins Kopf. Was, wenn das Heilmittel nicht mehr wirkte und sie hier vor seinen Augen starb und er sie nicht einmal erreichen konnte?

Wieder einmal geschah eine gefühlte Ewigkeit lang nichts, bis sich endlich auch die Augen Draganas wieder erhellten.

Sie würde genesen, das spürte sie. Allerdings würde es noch etwas Zeit dauern, bis sie wieder einigermaßen zu Kräften kommen würde. Dankbar sah sie zu Slevin, schloss die Augen und fiel schwer zu Boden.

„Dragana! Dragana!", schrie Slevin wie von Sinnen.

Er versuchte trotz des Hexers in seinem Griff gegen die Ketten zu drücken. In seiner Sorge und Rage bekam er gar nicht mit, wie er dabei den Hexer fast zu Tode drosselte.

„Beruhige dich, Vampir. Sie lebt!", vernahm er auf einmal eine nur zu wohlbekannte Stimme. Es war die des Dämons, der beruhigend auf ihn einsprach.

„Fühle selbst, sie lebt. Sie ist nur ohnmächtig."

Sofort sandte der Vampir seine Sinne aus. Etwas, was er sofort hätte tun sollen, das wusste er selbst. Doch in dem Moment, als er Dragana zu Boden fallen hatte sehen, war jeglicher rationale Gedanke wie ausgelöscht gewesen.

Und … der Dämon hatte recht.

Natürlich wusste auch Slevin nur zu genau, welches Ziel der Dämon damit bezweckte. Er wollte verhindern, dass er seinen Herrn vor Zorn tötete und sich selbst damit die Zeit verschaffte, ihn doch noch anzugreifen. Und das alles nur um einen Edelstein in Thoruns Brust zu schützen, der angeblich dem Dämon gehörte.

Slevin war bewusst, er musste sich diesem Problem noch stellen. Aber erst wenn er Dragana in Sicherheit wusste. Und das war sie hier auf keinen Fall!

„Sperre ihre Ketten auf!", verlangte Slevin nun von dem Soldaten.

Doch wieder einmal kam dieser seinem Befehl nicht nach.

„Ich … ich habe die Schlüssel nicht", stotterte der Mann angsterfüllt.

Slevin brauchte nicht zu fragen, wer diese verdammten Schlüssel denn dann hatte, als er in Thoruns grinsendes Gesicht sah.

„Ich würde sie ja nur zu gerne befreien", keuchte dieser, als Slevin seinen Griff etwas lockerte. „Aber ich bin gerade etwas verhindert."

Fluchend fing Slevin an, mit einer Hand die Taschen des Hexers zu durchsuchen. Diese Schlüssel mussten doch hier irgendwo sein!

Mit einem erleichterten Seufzen zog der Vampir einen ganzen Bund Schlüssel hervor und warf sie dem Soldaten vor die Füße, bevor er, fast im selben Augenblick gepeinigt vor Schmerz aufschrie.

Noch zwei, vielleicht drei Sekunden war es Slevin möglich, seine Geisel in den Klauen zu behalten und mit aller Kraft zuzudrücken, bevor der Hexer ihm von dem Dämon aus den

Händen gerissen wurde. In derselben Bewegung wirbelte der Dämon wieder herum, packte Slevin und warf ihn einfach mit voller Wucht gegen die Wand.

Immerhin hatte sich jetzt das Problem mit seinen Ketten dadurch erledigt, dachte Slevin bitter in sich hinein. Diese waren einfach durch die Wucht, mit der der Dämon ihn nach hinten geschleudert hatte, zerborsten.

Jedoch breitete sich auch zunehmend Schwärze in Slevins Sichtfeld aus. Er versuchte sie wegzublinzeln.

Er durfte jetzt nicht ohnmächtig werden! Sonst wäre sein und vor allem auch Draganas Leben vorbei.

Doch bereits im nächsten Augenblick war der Dämon über ihm. Verzweifelt schlug Slevin nach seinem Angreifer. Doch der Dämon hatte dazugelernt. Immer wieder löste sich sein Körper, kurz bevor Slevins Hiebe ihn treffen konnten in Rauch auf. Doch auch der Vampir war nicht bereit diesen Kampf zu verlieren. Zähnefletschend nahm er alle Kraft, die er hatte und sprang auf den Dämon zu. Erst schlug er nach ihm. Doch wie erwartet, bekam er abermals nur Rauch zwischen die Klauen. In dem Moment, als der Dämon jedoch wieder Gestalt annahm und nun seinerseits nach ihm schlagen wollte, verbiss sich der Vampir in dessen modriges Fleisch. Immer und immer wieder schlug er seine Zähne in den Dämon. Grünes, klebriges Blut lief ihm bereits über Kinn und Hals. Doch auch der Dämon ließ nicht locker. Slevin musste feststellen, sein Gegner war inzwischen um einiges schneller als bei ihrem letzten Kampf. Und er schien trotz Slevins verbissenen Attacken nicht langsamer zu werden.

„Wann begreifst du endlich, dass du auf der falschen Seite stehst?", fragte Slevin keuchend und versuchte dabei dem nächsten Hieb von dessen Klauen zu entkommen.

Es gelang ihm nicht und er schrie gepeinigt auf, als sein rechter Arm von grünen Krallen aufgeschlitzt wurde.

„Ich habe keine Seite, Vampir!", antwortete dessen metallene Stimme.

Den Schmerz so gut es ging ignorierend, schlug Slevin zurück.

Aber er fand keinen Weg, sich auch nur für zwei Sekunden von den Angriffen des Dämons zu befreien, um sich nach Dragana oder auch Thorun umzusehen.

Also sprang er abermals auf dieses grüne Monster zu, welches noch vor Kurzem ein Teil von ihm gewesen war.

Doch dieses Mal war er schlicht zu langsam.

Der Dämon hatte seine Bewegung vorausgesehen und so sprang Slevin ins Leere, beziehungsweise, in ungreifbaren Rauch, während der Dämon sich bereits wieder hinter ihm aufbaute. Und nun hieb der Dämon nicht mehr mit seinen Krallen nach ihm, sondern stieß seine grüne, ebenfalls bereits blutende Hand tief in Slevin hinein. Sofort spürte der Vampir, wie das Leben langsam, aber unaufhaltsam aus ihm herausgezogenwurde.

Mit einem lauten Knurren, versuchte Slevin des Dämons Klauen wieder aus sich herauszustoßen, doch es gelang ihm nicht. Und auch sein Körper versagte ihm langsam seinen Dienst.

Slevin wurde bewusst, wenn nicht noch ein Wunder geschah, würde der Dämon ihn hier und jetzt töten! Was würde dann aus Dragana werden? Und was würden seine Freunde tun? Würden sie das Unmögliche versuchen und Thorun angreifen.

Vor seinem inneren Auge sah er bereits, wie Lincoln und auch seine Männer zerfetzt und sterbend am Boden lagen.

Nein! Er konnte das nicht zulassen! Er musste einen Weg finden und …

In diesem Augenblick schossen grelle Blitze durch den Saal. Erst, wie ziellos. Doch von Sekunde zu Sekunde wurden die Blitze zielgerichteter und bewegten sich weiter und weiter auf die zwei kämpfenden Kreaturen zu.

Mit einem Ruck fuhren die totbringenden Hände wieder aus ihm heraus, als eine dieser grellen Lichter in den Dämon krachte.

Slevin atmete röchelnd aus und drehte sich auf den Bauch, um zu sehen, wer dieses Wunder, welches ihm das Leben gerettet hatte, verursacht hatte.

Und tatsächlich saß Dragana mit konzentrierter Miene, jedoch sichtlich geschafft von ihrem Zauber da. Am liebsten wäre Slevin sofort zu ihr geeilt, hätte sie in den Arm genommen und hätte ihr gesagt, wie furchtbar stolz und dankbar er war.

Doch er wusste auch, er durfte trotz dem, was geschehen war, nicht die Nerven verlieren. Dragana hatte ihnen eine Chance verschafft, auf die Slevin bereits nicht mehr gehofft hatte.

Aber auch diese würde vergehen, wenn er Thorun nicht erledigte, bevor der Dämon sich wieder erholt hatte.

So schnell es seine schmerzenden und verletzten Glieder zuließen, stand Slevin auf.

Auch Thorun hatte sich wieder erhoben. Mit einer Hand an seinem wohl noch schmerzenden Hals stand er da.

Und als Slevin den ersten Schritt auf den Hexer zu machte, kam, wie aus dem Nichts ein Schwert auf ihn zugeschnellt.

Doch er hatte auch nicht erwartet, dass der Hexer es ihm so einfach machen würde.

Mit einer blitzartigen Bewegung, wich er dem fliegenden Geschoss aus Stahl aus, rollte sich ab und grollte den Verursacher böse an.

„Ich werde dich töten, Thorun."

„Wahrlich beeindruckend!", erwiderte der Hexer, als sei er nur Zuschauer in diesem Kampf.

„Denkst du wirklich, du kannst mich damit aufhalten?"

Bei diesen Worten zeigte Slevin nach oben, auf die sechs weiteren Schwerter, die vor und über ihm in der Luft schwebten.

Die Lippen des Hexers umspielte ein böses Grinsen.

„Lange genug."

Slevin blickte mit zuckenden Händen zu dem Rauch des Dämons, der sich bereits wieder sammelte.

„Das werden wir sehen!", zischte er dem Hexer entgegen und preschte los.

Fast in derselben Sekunde, verließen auch drei der Schwerter ihren Platz und flogen mit hoher Geschwindigkeit auf ihn zu. Slevin versuchte auszuweichen, indem er zur Seite sprang, sich abrollte und augenblicklich weiterrannte.

Doch keine Chance!

Die Klingen folgten jeder seiner Bewegungen. Natürlich konnte er auch diesen Zauber brechen. Doch dafür musste er die Schwerter berühren und dazu gab es nur eine Möglichkeit. Slevin biss die Zähne zusammen und blieb stehen.

Im nächsten Augenblick durchbohrten die drei Klingen seinen Körper.

Der Schmerz trieb ihn in die Knie und er brauchte ein paar wertvolle Sekunden, bevor er mit einem lauten Knurren anfing, eines nach dem anderen aus seinem schmerzenden Körper herauszuziehen.

„Gib endlich auf, Vampir", sprach Thorun auf ihn ein. „Du kannst mich nicht töten, auch wenn du es bis zu mir schaffen solltest! Oder willst du etwa nie erfahren, wo dein Bruder ist und was ich mit ihm gemacht habe?!"

„Sag es mir!", schrie Slevin zurück und zwang sich wieder auf die Beine. „Wo ist er? Wo ist Yascha?!"

„Oh, ich denke, ich werde sogar so gütig sein und es dir erzählen, bevor du ganz mir gehören wirst, Vampir. Aber zuerst musst du mir verraten, wie du es geschafft hast den Bann zu brechen? Oder hatte da auch deine kleine Hexe die Finger im Spiel?"

Während der Hexer dies sagte, drehten sich langsam zwei der Schwerter um die eigene Achse und zielten nun auf Dragana.

„Sie hat nichts damit zu tun", erklärte Slevin schnell.

Er hatte es inzwischen geschafft, sich der Schwerter zu entledigen. Jedoch würde er noch etwas Zeit brauchen, bevor er überhaupt wieder in der Lage war zu laufen oder gar verzauberten Schwertern auszuweichen. Denn immerhin hingen noch drei von ihnen in der Luft und warteten auf ihren Einsatz.

„Dragana wusste nichts davon", erklärte er schwer atmend. „Niemand wusste es. Aber der Bann hatte nie Macht über mich."

Nicht nur der Hexer sah ihn überrascht an. Auch Draganas Augen weiteten sich ungläubig.

Doch Slevin sprach die Wahrheit. Beim ersten Mal, als Dragana ihn mithilfe des Bannes gestoppt hatte, hatte dieser ihn einfach übermannt. Doch bereits bei ihrem neckischen Kampf vor dem Stall und spätestens, als Diamant ihn übernommen hatte, war ihm bewusst geworden, dass er die Befehle sehr wohl spüren konnte, diesen allerdings in keinster Weise Folge leisten MUSSTE. Sonst hätte er sich niemals freiwillig wieder in die Hände dieses Bastards begeben.

„So ist das also", sagte Thorun nachdenklich. „Du warst also durchaus bestens auf unser Wiedersehen vorbereitet. Ich muss gestehen, ich bin etwas beeindruckt, Vampir."

„Das freut mich zu hören", zischte Slevin bösartig zurück. „Und nun sage mir, wo mein Bruder ist, oder du wirst beeindruckt sterben. Und zwar jetzt!"

Mit letzter Kraft lief Slevin abermals los.

Der Dämon war jeden Augenblick wieder bereit ihn anzugreifen. Bis dahin musste Slevin etwas unternommen haben. Also preschte er, trotz der verbleibenden Klingen, die ebenfalls wieder auf ihn zuhielten, weiter. Tatsächlich gelang es ihm, wenigstens eines aus der Luft zu fischen, während die anderen abermals ihr Ziel trafen. Beide Schwerter bohrten sich durch seine Beine. Thorun wollte ihn nicht töten, nein, er wollte seinen abartigen Plan in die Tat umsetzen und dazu brauchte er ihn lebend.

Und wenn dieser Bastard einen lebenden Vampir wollte, dann sollte er ihn auch bekommen.

Slevin wusste selbst nicht wie, aber er schaffte es tatsächlich die Distanz zwischen sich und dem Hexer zu überwinden, bevor der Dämon ihn angriff.

Mit einem letzten Sprung packte er seinen Nemesis und hielt ihm das Schwert an den Hals.

Wieder zeigte sich der Hexer jedoch wenig erschüttert über die Situation. Im Gegenteil. Er brach in höhnisches Gelächter aus, welches Slevin an den Rande des Wahnsinns brachte.

„Wo ist mein Bruder?", schrie der Vampir.

Der Ausdruck in seiner Stimme war dabei kalt wie Eis. Er würde alles, wirklich alles dafür tun, seinen Bruder nur noch einmal zu sehen! Und wenn er selbst dafür endgültig sterben musste, dann war das ein Preis, den er zahlen würde.

„Bist du wirklich so dumm, oder tust du nur so?", antwortete Thorun spöttisch und labte sich sichtlich an Slevins Qualen. „Er ist hier! Er war immer hier!"

Slevin blickte sich hektisch um. Doch alles, was er sah, waren Dragana, die Wachen und der Dämon, der sich inzwischen wieder gesammelt hatte und ihn mit seinen seltsamen, schimmernden Augen ansah.

Da fiel es ihm wie Schuppen von den Augen.

Der Dämon!

Thorun beobachtete ihn ganz genau und ein mildes Lächeln breitete sich auf seinem Gesicht aus, als er sah, wie der Vampir verstand.

„Ich habe dich damals, in der ersten Nacht in meinem Kerker getötet! Vor seinen Augen. Genau dies ist der Moment, von dem ich dir erzählt habe. Dein kleiner Bruder konnte nicht wissen, dass du wieder erwachst und das hat ihm sein kleines, unschuldiges Herz zerrissen!"

Der Hexer machte eine kurze nachdenkliche Pause, bevor er weitersprach.

„Sogar ich war der Meinung, nach solchen Verletzungen, wirst nicht einmal du jemals wieder aufstehen. Weißt du, du hättest einfach für immer sterben sollen. Dann hättest du uns allen so einiges erspart! Aber nein! Du musstest ja wieder erwachen, fliehen und eine verdammte Armee gegen mich aufstellen!"

Slevins Gedanken waren ein einziger Schmerz. Er hatte versucht seinen Bruder zu befreien und mit diesem Versuch hatte er ihn in dieses Monster verwandelt!?

Ohne es überhaupt zu merken, ließ er den Hexer los und trat, wie von einem Schlag getroffen ein paar Schritte zurück.

Er wollte nur noch sterben. Er wollte in diese gefühllose Dunkelheit eintauchen und nie wieder erwachen.

Doch das Leben war nicht so gnädig. Also musste er weiter die Worte mit anhören, die Thorun sprach und die schlimmer waren als jede Folter.

„Ja Slevin! Du hast es getan, als du starbst. Und in diesem wertvollen Moment habe ich seine Seele geraubt! Der Rest war einfach. Mit seiner Seele gingen all seine Gefühle und Erinnerungen an dich und jeden, den er eins gekannt hatte, in diesen Kristall über. Und obwohl er nicht weiß und nicht wissen kann, was es ist, tat er alles, um seine Seele und seine Erinnerungen zu schützen oder gar wiederzuerlangen."

Und um seine Worte zu untermauern, riss Thorun sein Hemd auf und der Kristall, der an seiner Brust hing, kam zum Vorschein.

Erst war er so gut wie durchsichtig. Nur das Licht, dass auf ihn fiel, ließ ihn in allen erdenklichen Farben schimmern und schon alleine dieser Anblick war einfach nur wunderschön und atemberaubend.

Doch dann tippte der Hexer ihn nur ganz leicht an und die Farbe des Kristalls änderte sich und in ihm, kamen Bilder zum Vorschein. Erinnerungen aus Tagen, an denen der Dämon noch kein Monster gewesen war, sondern ein Junge. Ein Junge, der ausgelassen mit seinem Bruder spielte. Slevin sah sich selbst, als auch er noch jung war, fast ein Kind. Er sah sich mit seinem Bruder herumtoben, sah dessen Lächeln, mit dem er ihn immer angesehen hatte. Trotz dem ganzen Unfug, den er getrieben hatte, hatte sein Bruder ihn immer als seinen Helden gesehen. Und genau diesen Ausdruck sah er in dem Bild des Kristalls.

Mit glasigem Blick sah Slevin zu dem grünen, mit Rauch umwobenen Dämon, der mit ihnen im Raum stand und alles mit anhörte und sah.

„Keine Sorge, es macht ihm nichts. Er spürt nichts!"

„Nein!", schrie Slevin voller Entsetzen. „Nein! Warum hast du nicht mich genommen, du verdammter Bastard!"

Thorun zuckte nur unberührt mit den Schultern.

„Ich wusste nicht viel von euch. Nur dass ihr beide jahrzehntelang versucht habt, euch zu finden. Es schien mir sicherer, den Vampir zu nehmen, der nicht gerade von seinen Freunden wegen seiner Unberechenbarkeit verraten wurde."

Slevin sah zu dem Dämon, der sein Bruder war. Dessen Rauch zuckte abermals unkontrolliert hin und her. Ansonsten war nicht die geringste Gefühlsregung an ihm zu erkennen.

„Erst als du trotz dem, was ich dir alles angetan habe, wieder erwacht und geflohen bist. Nachdem du eine Armee gegen mich aufgestellt und in dieser Schlacht fast mein neu gewonnenes Meisterwerk besiegt hättest. Da kam mir der

Gedanke, ich hätte dich auswählen sollen! Später, als du dich selbst nach Jahren immer noch gegen mich gewehrt hast, musste ich dich einfach bekommen! Glaube mir, ich habe es sehr bereut, dass ich den falschen ausgesucht habe."

Slevin sah seinen Feind aus roten, gebrochenen Augen an.

„DU hast es bereut?!", brachte er mit brüchiger Stimme hervor.

„Ja, das habe ich. Sieh dir an, wie mächtig dein Bruder als mein Dämon ist und was er mir alles ermöglicht hat. Wie mächtig wärst du gewesen! Ich hätte nicht nur dieses Land mein Eigen nennen können! Nein, mit dir, kann ich die ganze westliche Welt unterjochen. Du bist so viel stärker als er, das warst du schon immer. Also habe ich einen Weg gesucht, auch dich zu bekommen."

Aus Slevins Körper war jegliche Kraft gewichen.

„Das kannst du haben, Thorun! Gib meinen Bruder frei! Verwandle ihn zurück und du kannst mich haben! Ich werde mich nicht wehren!"

„Das kann ich leider nicht, sonst hätte ich es schon längst getan! Nichts und niemand kann ihn wieder zu einem Menschen machen, selbst wenn ich seine Seele freigeben würde.

Außerdem werde ich nicht einen Dämonen aufgeben, um einen weiteren zu bekommen. Und was ist wenn du dein Wort nicht hältst, oder halten kannst?

Nein, Slevin, ich werde dich bekommen!

Denn ich habe es nun geschafft, wieder jemanden in dein Leben zu bringen. Jemand, für den du dein eigenes opfern würdest. Jemand, der diesen Moment in dir hervorrufen kann! Bald wirst du wieder mit deinem Bruder vereint sein und mit ihm, wirst du mir alles, was ich möchte, zu Füßen legen, ALLES!"

Mit Blick auf den Dämon fügte Thorun hinzu.

„Eigentlich wollte ich es selbst tun, aber angesichts der Situation …"

Der Hexer vollendete den Satz nicht, dennoch wusste Slevin nur zu gut, was er sagen wollte.

Er sah zur Seite und auf Dragana, die mit steinerner Miene und geballten Fäusten da stand.

„Dämon, hole sie dir!" lauteten die nächsten Worte des Hexers.

Sie beide wussten, noch einmal konnte Dragana nicht die Kraft aufbringen, einen Zauber zu wirken und den Dämon aufhalten.

Slevin selbst jedoch auch nicht. Sein ganzer Körper fühlte sich an, als wäre er aus Blei. Trotzdem stand er mit langsamen, zähen Bewegungen auf und zog mit einem Schrei die zwei Schwerter, die immer noch in seinen Beinen gesteckt hatten, heraus. Doch es war nicht der körperliche Schmerz, der ihn schreien ließ!

Ein Blick nach hinten zeigte ihm, wie der Dämon, wie Yascha bereits schnell auf Dragana zuwogte, während Slevins Schritte so schwerfällig waren, als bewege er sich durch Treibsand. Doch auch wenn er die beiden erreichen würde, bevor es zu spät war, was dann?

Er sah herab auf seine Hände, die immer noch voll waren, von dem grünen, klebrigen Blut seines Bruders. Er konnte nicht mehr gegen ihn kämpfen, jetzt nicht mehr.

Slevin wartete nur noch auf die Klauen, die jeden Augenblick in Dragana hineinfahren würden, um ihr das Leben einfach herauszureißen.

In diesem Moment blieb Slevin stehen und sah mit starrem Blick nach vorne. Er wusste nicht, ob sein Bruder seine nächsten, nur in Gedanken gesprochenen Worte hören konnte. Dennoch musste er es ihm einfach sagen, solange er es noch konnte.

‚Egal, was du tust, kleiner Bruder, und was auch geschieht. Ich will, dass du weißt, dass es mir leid tut! Es tut mir so unendlich leid, dass ich dich nicht retten konnte!'

Tatsächlich erhielt er sogar eine Antwort. So, wie es für ihn noch vor einem Tag bereits fast schon wie selbstverständlich gewesen war, hörte er nun wieder dessen Stimme in seinem Kopf.

‚*Es muss dir nicht leid tun, Bruder. Ich bin ein Dämon! Ich BIN das mächtigste und gefährlichste Wesen dieser Welt!*'

Im nächsten Moment hallte ein markerschütternder Schrei durch den Saal, der Slevin das Blut in den Adern gefrieren ließ.

Ein Schrei, der viel mehr war, als nur Schmerz und Verzweiflung.

So unendlich mehr!

Slevin keuchte auf und hatte das Gefühl nicht mehr atmen zu können, während dem Hexer jegliche Farbe aus dem Gesicht wich.

Doch nicht nur im Gesicht wurde Thoruns Haut immer heller und heller, bis sie fast weiß war, wie die Wände des Saales, in dem sie standen.

Und genauso, wie der Putz einer alt gewordenen Mauer, begann auch die Haut des Hexers langsam Risse zu bekommen. Ungläubig sah Thorun an sich herab, als kurz darauf diese brüchig gewordenen Fetzen von seinem Leib bröckelten, bis nur noch blutiges Fleisch und Muskelsehnen zu sehen waren.

Die blutenden Gliedmaßen des Hexers zuckten unkontrolliert hin und her, bevor sie sich seine Arme langsam und mit letzter Kraft auf seine Brust und damit auf den immer noch funkelnden Kristall zubewegten.

„Nein!", schrie Slevin voller Entsetzen, als er verstand, was Thorun im Anblick seines Todes vorhatte.

Keine Sekunde später war der Vampir bei diesem abscheulichen und rot glänzenden Etwas, welches einmal der Hexenkönig gewesen war und schlug ihm mit aller Kraft die Arme beiseite und zerfetzte sie dabei regelrecht.

Noch ein letztes Mal öffnete der Hexer seinen Mund zu einem erstickten, fast lautlosen Schrei. Und obwohl dieser Schrei kaum zu vernehmen war, lagen darin schreckliche Schmerzen und ein unendliches Grauen, als Thoruns blutiger Leib schrecklich verkrampft und eingedörrt vor ihm zu Boden fiel.

Selbst Slevin, der den Tod dieses elenden Hexers mehr als alles andere herbeigesehnt hatte, hätte sich am liebsten Ohren und Augen zugehalten.

Doch er konnte nicht. Er war wie erstarrt, von dem, was sich vor seinen Augen abgespielt hatte. Und auch Dragana stand nur mit weit aufgerissenem Mund da, hatte aber inzwischen die Augen vor der Hölle, die sich vor ihr auftat verschlossen.

Als sich der Vampir einigermaßen wieder gefangen hatte, ließ er sich sofort neben dem Leichnam auf den Boden sinken und tastete mit zitternden Fingern über den Kristall.

Nichts!

Kein Riss, keine Verfärbung oder sonst irgendetwas deutete darauf hin, dass Yaschas Seele zerstört worden war.

Slevin atmete erleichtert auf, sah nach oben und schloss dann die Augen.

Der Hexer hatte es nicht mehr geschafft, den Kristall zu zerstören, bevor er starb!

Doch wie immer war die Hoffnung nur ein mieser Verräter. Gerade als Slevin die Augen wieder öffnete und mit einem Lächeln nach hinten zu seinem Bruder und Dragana sah, hörte er ein lautes Knacken unter sich, welches Slevin das Herz zerbrechen ließ.

Und in dem Moment, als er mit weit aufgerissenen Augen nach unten sah, zerbarst der Kristall, die Seele seines Bruders, in tausend Stücke. Lautlos und langsam fielen sie auf den kalten, polierten Stein und waren verschwunden, wie Schneeflocken, die warmen Boden berührten.

Und auch Slevin war zerbrochen.

Es war dieser Moment, von dem Thorun gesprochen hatte. Alles um Slevin herum wurde still und er fühlte nur noch diesen unendlichen Schmerz in sich. Er schloss die Augen und ließ sich fast wie Tod auf den Boden fallen.

Er konnte es nicht ertragen! Er konnte Yascha nicht ansehen und wissen, seine Seele war verloren, weil er ihn und Dragana gerettet hatte.

Nach einer halben Ewigkeit, öffnete er seine Augen wieder. Er hatte Geräusche gehört und auch bemerkt, wie sich jemand an ihm zu schaffen gemacht hatte. Aber er hatte nicht einmal mehr die Kraft gehabt, seine Augen zu öffnen, um zu sehen, was vor sich ging. Es interessierte ihn auch nicht mehr. Sollten die Soldaten oder Hexer Thoruns ihn doch töten. Oder was auch immer.

Erst als er irgendwann doch wieder langsam die Augen öffnete, erkannte er Lincolns bekanntes Gesicht. Er bemerkte die Sorge darin, konnte die Worte aber immer noch nicht verstehen. Und am Rande nahm er jetzt auch wahr, wie Draganas Haare in seinem Gesicht kitzelten.

„Slevin, bitte, sage etwas", bat die wundervolle und doch zutiefst traurige Stimme seiner Geliebten.

„Wo … wo ist er?"

Mehr brachte Slevin nicht hervor. Doch Dragana wusste nur zu gut, wovon er sprach.

„Ich weiß es nicht", gab sie leise zu. „Er hat alle Soldaten und Hexer in Thoruns Dienst getötet und ist dann einfach verschwunden."

Slevin versuchte sich hochzustemmen und ließ sich auch von Dragana, die ihn liebevoll zurückdrücken wollte, nicht aufhalten.

„Du musst dich ausruhen Slevin, bitte!"

„Nein, das muss ich nicht! Ich muss ihn finden!", krächzte Slevin mehr, als das er es sagte.

Dragana nahm sein Gesicht in ihre Hände und sah ihm tief in die Augen.

„Das werden wir, Slevin. Das verspreche ich dir! Egal wie lange es dauert oder was wir dafür tun müssen! Wir werden ihn suchen und finden. Zusammen! Das Verspreche ich dir!"

Der Vampir sank, mehr durch seine eigenen Schwäche, als durch Draganas Worte wieder in sich zusammen. Und als er abermals kurz die Augen schloss, sah er es!

Er sah das Gesicht seines Bruders wieder vor sich, welches er schon verloren geglaubt hatte!

Zwar hatte es sich verändert, denn nun war es nicht mehr das Gesicht eines Jungen, welches er vor sich sah, sondern die wabernden Gesichtszüge eines Dämons. Dennoch erkannte er ihn und er würde dieses Gesicht, welches er genauso liebte, wie das davor, immer wieder erkennen.

Mit dieser Erkenntnis gewährte Slevin sich noch ein wenig Ruhe, bevor er aufstand und den anderen dabei half, die Dinge zu tun, die getan werden mussten.

Sie brachten alle Menschen, die sich noch in der Burg aufhielten, hinaus.

Ohne sich weiter umzusehen oder irgendetwas mitzunehmen, brannten sie die Gemäuer mit allem was sich von diesem Bastard noch darin befand, bis auf die Grundmauern nieder.

Einige Stunden später sah Slevin auf die langsam kleiner werdenden Flammen vor sich. In seinen Armen hielt er Dragana. Er vergrub sein Gesicht in ihr Haar und schloss die

Augen. Es tat gut sie wieder nahe bei sich zu haben und so schnell würde er sie nicht mehr loslassen!

„Wir wären dann so weit."

Lincolns Stimme ließ ihn aufsehen.

Hinter diesem sah er die bekannten Gesichter der anderen Räuber.

„Ihr wisst, ihr müsst nicht mit uns kommen", erklärte Slevin ernst.

„Natürlich kommen wir mit euch", erklärte Dave mit einem verschmitzten Lächeln. „Wenn dein Bruder nur halb so ein Arsch ist wie du, dann müssen wir ihn einfach kennenlernen."

„Er ist ein Dämon ohne Seele!", gab Slevin immer noch ernst zu bedenken.

„Ja, das hast du uns schon erklärt. Und außerdem hat er einfach so, deine seltsamen Augen mit sich genommen", erwiderte nun Lenker, komplett unbeeindruckt von Slevins Worten.

„Dave! Lenker!", mahnte Lincoln und schüttelte den Kopf.

„Aber mit einem haben die beiden recht. Wir werden mit euch kommen und auch deinem Bruder helfen, wenn es irgendwie möglich ist. Schließlich hat er diesen Bastard getötet und damit das Land befreit."

Slevin nickte dankbar.

Eine Stunde später saßen sie auf ihren Pferden.

Die Hexe, die Räuber und der Vampir. In ihrem Rücken die verbrannten Überreste von Thoruns Burg.

Doch sie sahen nicht zurück. Sie blickten nach vorne.

Diamant war mit den verbleibenden Männern des Widerstandes aufgebrochen, alle Städte und Burgen von grausamen Hexern zu befreien. Doch die meisten waren bereits nachdem die Nachricht von Thoruns Tod die Runde gemacht hatte geflohen.

Slevin wusste, sein Bruder war irgendwo dort draußen. Und selbst wenn es noch einmal hundert Jahre oder länger dauern würde, er würde ihn wieder finden.

Er schloss seine Augen und sah wieder das Gesicht seines Bruders vor sich.

‚Ich komme zu dir Yascha! Und wir werden einen Weg finden!', versprach er. Und irgendwie hatte er das Gefühl, sein Bruder konnte seine Stimme und dieses Versprechen, da wo er gerade war, hören.

ENDE

27996431R00258

Printed in Great Britain
by Amazon